L'Enfant de personne

Données de catalogage avant publication (Canada)
Kagan, Elaine

L'enfant de personne

(Super Sellers)

Traduction de : Somebody's baby

ISBN 2-89077-204-7

I. Ego, Catherine. II. Titre.
PS3561.A3629S6614 2000   813'.54   C00-941492-4

Photo de la page couverture : Terje Rakke/The Image Bank
Conception de la page couverture : Création Melançon
Photo de l'auteur : Robert Zuckerman
Révision : Monique Thouin

Titre original : Somebody's Baby
Éditeur original : William Morrow and Company, Inc., New York

ISBN 2-89077-204-7

Dépôt légal : 4ᵉ trimestre 2000

Imprimé au Canada

Elaine Kagan

L'Enfant de personne

*traduit de l'anglais
par Catherine Ego*

SUPER SELLERS

À Tom

Jenny

Il était tatoué. Pas formidable, comme présentation, mais bon. Le fait est que son tatouage m'a jetée par terre. Oh, ce n'était pas le premier torse d'homme que je voyais, mais c'était mon premier tatoué. Un aigle bleu, majestueux, les ailes repliées. Un aigle qui vous regarde bien en face, impérial. « Un aigle au repos », j'ai dit. Non. Non, pardon : je ne l'ai pas dit. Je l'ai seulement pensé. En fait, je n'ai rien dit. J'étais hypnotisée par le tatouage. J'ai passé doucement mes doigts dessus, juste en dessous de l'épaule gauche. L'aigle semblait me toiser. J'étais subjuguée. Il avait un autre tatouage sur le bras droit, une rose et des feuilles qui s'enroulaient à une croix, et un autre encore : « Maman ». Et puis : « SEXE », soigneusement calligraphié sur les orteils des deux pieds, sauf que le *S* était à l'envers, un peu comme un *Z* arrondi. Une fois « SEXE » sur le pied gauche, une fois sur le pied droit, les deux *S* à l'envers. Cette calligraphie-là, je ne l'ai découverte que beaucoup plus tard. Ce n'est que beaucoup plus tard aussi que j'ai appris qu'il se l'était tatouée lui-même quand il était en prison.

La prison. Un mot qui ne faisait même pas partie de mon vocabulaire à l'époque. Oh, non ! Les jeunes filles juives de bonne famille ne savaient rien de la prison, en ce temps-là. Même pour les chrétiennes, c'était l'inconnu — du moins, pour autant que je sache. À Kansas City, en 1959, on n'entendait pas parler de tatouages, encore moins de prison. Je n'avais jamais discuté avec quelqu'un comme lui de toute ma vie. Bonjour, bonsoir, peut-être, mais toute une conversation, non, jamais. Je ne parlais pas avec « ces gens-là », comme aurait dit ma mère, les lèvres pincées, le menton pointé, méprisante. Après tout, j'étais une jeune fille tout ce qu'il y a de bien, une digne représentante de la classe moyenne supérieure — pas très supérieure, mais quand même supérieure à la moyenne. Jennifer Jaffe, fille unique d'Esther et Mose Jaffe, seize ans, un mètre soixante-quinze, cinquante-quatre kilos, maigre. Très ordinaire, aussi. Les cheveux châtains indisciplinés, toujours tirés en queue de cheval plantée haut sur le crâne, dans l'espoir toujours déçu qu'ils paraîtraient moins frisés. La peau claire, les yeux bruns. Mocassins, jupe plissée, tout le bastringue. Une jeune fille juive du Midwest, adolescente sans histoire, jamais un mot plus haut que l'autre, bonnes notes à l'école. Pas des tonnes d'amis, juste ce qu'il faut. Pas de problème, pas de crise, pas de rébellion. Normale, quoi. La seule différence entre les autres et moi, c'est que je savais ce que je voulais faire quand je serais grande. J'avais… appelons ça une ambition, un rêve. Oh, rien de grandiose à la Martin Luther King, rien qui changerait le cours du monde, non. Un petit rêve à la Jenny Jaffe. Je ne savais pas comment je m'y prendrais pour le réaliser, mais bon. Le seul fait d'avoir un projet qui me tenait à cœur me distinguait des autres. En 1959, à Kansas City, très peu d'adolescentes savaient ce qu'elles voulaient faire de leur vie. J'imagine que c'est encore comme ça de nos jours. Moi, je le savais. J'avais seize ans et, depuis que j'étais en mesure de me tenir debout sur mes deux jambes, je voulais être danseuse, une vraie danseuse. Pour Esther et Mose, c'était d'un ridicule consommé. Leur fille unique, danseuse ? Et pourquoi pas cosmonaute ou présidente des États-Unis, tant qu'on y est ?

— Ma pauvre chérie, soupirait Esther, si tu t'imagines qu'on peut conquérir New York quand on sort du fin fond du Kansas ! Allons, ne sois pas ridicule. Tu ne seras personne, là-bas ! Tu vas te noyer dans la masse. Tu ferais bien mieux d'aller à l'université pour apprendre un vrai métier.

Depuis plusieurs années déjà, je m'arrangeais pour que mes parents ne me voient pas danser. La dernière fois qu'ils s'étaient déplacés, c'était à l'école de ballet. Je portais un tutu rose. Dissimulée au dernier rang, juchée sur mes jambes trop grandes, j'avais l'air d'un échassier en pot, un flamant rose égaré au milieu d'un essaim de gracieuses jeunes filles. « Celle du dernier rang, c'est mon vilain petit canard de fille », avait persiflé ma mère depuis la salle. Et moi, plantée sur la scène, pétrifiée, j'avais entendu mon père confirmer d'un petit rire approbateur. Depuis ce soir-là, je m'étais toujours arrangée pour qu'ils ne viennent pas me voir. Je gardais mon rêve enfoui au creux de moi. Peut-être que si tout cela n'était pas arrivé, je ne serais jamais montée à New York. Je ne serais jamais devenue danseuse. Je me serais sauvée avec Will dans sa Mercury bleue modèle 1950 et je n'aurais jamais dansé qu'avec lui, dans des stationnements en plein air, des bars en bordure de route. On pourrait discuter longuement du destin, de ce qu'on ne peut changer, de ce qui est écrit. Quelle importance ? Ça s'est passé comme ça, point.

Il travaillait à la station-service Texaco, au coin de la Soixante-quinzième Rue et de Wornall Road. Toute la journée, il voyait défiler les parents de mes amis dans leurs voitures. Un jour, ma mère et moi y sommes allées faire le plein. Il a nettoyé le pare-brise de l'Oldsmobile bleu ciel en me dévisageant. J'ai détourné le regard et j'ai fait semblant de chercher quelque chose dans mon sac à main. Plus tard, je l'ai revu Chez Joe. Il faisait sauter les hamburgers en l'air comme des crêpes et lavait la vaisselle. J'étais avec ma copine Sherry. Il est venu débarrasser la table d'à côté et nous a souri. Ses yeux devenaient encore plus bleus quand il souriait comme ça. Je ne sais pas si c'est possible du point de vue scientifique mais moi, j'aurais mis ma main au feu qu'ils devenaient plus bleus. Et puis, je l'ai revu deux fois au bowling King Louie de State Line. Les amoureux allaient passer là leur vendredi ou leur samedi soir. Lui travaillait au comptoir de location de chaussures. Il a regardé mes pieds. « Pointure huit ? » Je n'ai pas répondu. Mic Bowen a dit : « Ouais, c'est ça, pointure huit » et il a pris les chaussures.

11

Je finissais mon secondaire à Southwest et lui... Lui, je ne savais strictement rien de lui. Aucune idée s'il avait fini son secondaire, ni même s'il l'avait commencé. Il avait l'air un peu plus vieux que moi, peut-être de deux ou trois ans. Deux ou trois ans sur le calendrier mais, en expérience de vie, des années-lumière. William Cole McDonald. Son nom aussi, je ne l'ai su que beaucoup plus tard. Tout ce que je connaissais de lui, à ce moment-là, c'était son prénom : Will. Il était brodé en rouge sur la poche de poitrine de sa chemise bleue Texaco.

— Salut !

— Pardon ?

— Salut !

— Ah, oui. Salut.

Tu parles d'une entrée en matière. Enfermée dans l'Oldsmobile bleu ciel, ma mère au volant, je me sentais parfaitement ridicule. Will avait fait le tour côté passager pour retirer le tuyau de la pompe du réservoir. Il boitait un peu de la jambe gauche. C'est tout ce que j'ai vu de lui ce jour-là : une légère claudication, un grand sourire, des yeux bleus.

— Je vais passer chez Harzfeld, soliloquait ma mère, et peut-être chez Wolff. S'ils n'en ont pas, tant pis ! Je ne vais quand même pas courir aux quatre coins de la ville pour une paire de chaussures.

Je me suis tournée vers elle.

— Nous n'allons pas y passer la journée, tout de même, précisa-t-elle.

— Bien sûr que non.

— J'ai rendez-vous avec Charlotte au club à midi.

À partir de là, je ne l'ai plus entendue que de très loin, comme à travers une brume. Will nettoyait le pare-brise sans me quitter des yeux.

— Treize heures au plus tard, poursuivait maman. Où veux-tu que je te dépose ? Chez Sherry ?

Il souriait. Son chiffon rouge allait et venait sur le pare-brise de l'Oldsmobile et, derrière, ses yeux bleus me fixaient en souriant. Je me sentais devenir aussi rouge que le chiffon.

— Jenny ? piailla ma mère.

J'ai baissé la tête et je me suis mise à fouiller dans mon sac.

— J'ai fini, m'dame, dit-il en lui tendant la facture par la fenêtre.

— Merci, lança-t-elle sans le regarder.

— Avec plaisir, m'dame.

Elle signa le bordereau. Il me dévisageait toujours en souriant. Il avait le soleil dans le dos. Ses cheveux paraissaient plus que blonds — presque blancs. J'essayais de détourner les yeux de lui, mais impossible. J'essayais aussi de ne pas sourire, sans plus de succès. Je devais grimacer atrocement, j'imagine. Je me mordais la lèvre inférieure pour ne pas sourire, mais rien à faire.

Ma mère a tourné la clé dans le contact et nous sommes parties.

— Tu ne m'as toujours pas répondu, Jennifer ! disait-elle. Veux-tu que je te dépose chez Sherry, oui ou non ?

Dans le rétroviseur, Will me saluait avec de grands gestes du bras.

Ce n'était pourtant pas le premier garçon qui me regardait. J'avais même eu deux ou trois amoureux. J'étais allée au cinéma avec l'un ; j'avais mangé un hamburger avec un autre ; et j'étais arrivée accompagnée au bal de l'école. Ce n'était pas que les garçons ne s'intéressaient pas à moi. C'était l'inverse. Je ne m'intéressais pas à eux. Les flirts, les rumeurs, les soirées du samedi, c'était tout ce qui comptait pour mes amies. Qui aimait qui, qui sortait avec qui, qui avait embrassé qui et quand et où. Personne n'allait vraiment plus loin que ça. À les entendre, tous les garçons baisaient comme des bêtes plusieurs fois la semaine sur la banquette arrière de leur Chevrolet. Ils savaient tous ouvrir un soutien-gorge d'une main pendant que l'autre caressait la peau nue de la fille en pâmoison. Foutaises. Leurs ébats se résumaient en réalité à quelques baisers plutôt chastes. Rares étaient les filles qui avaient franchi le grand cap. Rares étaient celles qui, comme moi, n'étaient plus vierges. J'avais eu deux types dans ma vie et je les avais plantés là. Aujourd'hui, ça n'a l'air de rien. En 1959, c'était presque un exploit. Les filles se répartissaient à

13

l'époque en deux clans : les vierges et les putains. Avec David Greenspan et Mic Bowen, j'étais tombée dans la deuxième catégorie. J'étais allée « jusqu'au bout ». Impossible de revenir en arrière. La différence entre les autres non-vierges et moi, c'est que j'avais couché sans être amoureuse. Je ne m'étais jamais enflammée ni pour David ni pour Mic. Ni passion, ni trahison, ni amertume, rien du tout. David était juif, grand, beau garçon, un peu ennuyeux sur les bords. Il conduisait une Corvette rouge et blanche 1957 avec des drapeaux croisés sur le pare-chocs et jouait en première ligne défensive dans l'équipe de football américain de l'université du Missouri. Il n'était pourtant qu'en première année. Jeune homme prometteur, donc. Il avait le cou gros comme ma cuisse. Dame Nature, hélas, ne s'était pas montrée aussi généreuse envers son organe mâle. Mic Bowen donnait plutôt dans le basket-ball. Il était en dernière année de secondaire à Central. Rouquin, le visage et le corps criblés de taches de rousseur, il parlait aussi vite qu'il dribblait et conduisait une Ford qui avait appartenu à son oncle Oscar, lequel travaillait dans la nourriture pour chiens. L'odeur suave de *Canoë*, l'après-rasage de Mic, reste pour moi indissociable des effluves de viande de cheval qui imprégnaient la guimbarde.

À part les deux types, personne ne savait que je n'étais plus vierge. Je ne sais pas s'ils l'ont répété à quelqu'un. S'ils l'ont fait, je n'en ai jamais rien su. Moi, j'étais la bizarre, la tranquille. Je ne disais pas grand-chose et les gens ne savaient rien de moi, ou presque. Je n'avais jamais été de leur monde. On aurait dit que je venais d'une planète lointaine ou d'une époque révolue. Contrairement aux autres filles de mon âge, je ne m'intéressais ni au maquillage, ni à la mode, ni aux vedettes de cinéma. Les garçons, les amourettes, les cancans m'indifféraient et la perte de ma virginité ne m'importait pas plus. Ce n'était qu'un état de fait, une décision que j'avais prise et qui me distinguait un peu des autres. Quant à faire l'amour, si tant est que j'aie su ce que cela voulait dire, je ne comprenais pas pourquoi tout le monde en faisait un tel plat. Avec David Greenspan, je trouvais nos balades dans sa Corvette décapotable infiniment plus enivrantes que nos pauvres ébats. Quant à Mic Bowen, il était encore plus gauche et plus énervé que moi. Chez monsieur et madame Greenspan, nous nous étions réfugiés, toutes lumières éteintes, dans le sous-sol aménagé en salle de jeux, sur un canapé râpeux qui sentait la boule à mites. Chez les Bowen, nous avions dû nous contenter du sol glacé du vestibule. Les deux fois dans le noir, les deux fois dans le silence pour ne pas alerter les parents qui dormaient en haut. Les deux fois très vite. N'importe. En 1959, deux relations sexuelles complètes, même furtives, ça tenait presque du prodige pour une jeune fille de bonne famille. Tout le monde aurait mis sa main au feu que j'étais encore vierge. « Jenny Jaffe ? Allons donc ! Elle est si ennuyeuse, si terne ! Il ne lui arrive jamais rien, à celle-là — et surtout pas ça. »

J'ai revu Will trois semaines plus tard au Gregory Drug Store, à cinq coins de rue de chez moi. J'ai d'abord pensé que c'était un client. Incroyable ! Ça fait une éternité, mais je m'en souviens comme si c'était hier. Et pas seulement les premiers instants de notre première rencontre, non. Tout est resté vivant dans ma mémoire, tout ce que nous nous sommes dit, tous nos regards, tous nos silences, et surtout la splendide pureté de nos rendez-vous, notre candeur et notre extrême jeunesse. Tout est encore là et la raison en est fort simple : c'est que je n'ai jamais cessé d'y penser.

Il se tenait debout près de la caisse, le visage enfoui dans un magazine. Une mèche de cheveux lui tombait sur l'œil.

— Eh, salut ! j'ai dit.

— Eh, salut !

— Est-ce que ce sera tout, Jenny ? a demandé monsieur Sealy.

— Pardon ?

— Est-ce que ce sera tout pour aujourd'hui, Jenny ?

— Euh... Oui, merci, ce sera tout.

Will était tout près de moi, juste devant la caisse de monsieur Sealy.

— Qu'est-ce que tu as acheté ?

— Oh, rien. Un rouge à lèvres.

— Quelle couleur ?

— Rose.

— Tu me le montres ?

Monsieur Sealy a refermé son tiroir-caisse d'un coup sec et m'a tendu le petit sac. Will s'en est saisi, a sorti le bâton de rouge et l'a examiné avec soin.

— *Rose féerique*, a-t-il lu à voix haute. Mets-le !

— Maintenant ?

— Ben... oui !

Monsieur Sealy nous fixait d'un œil dubitatif depuis l'autre côté du comptoir, les bras croisés, les deux pouces enfoncés dans sa ceinture.

— Je n'ai pas de miroir.

— Tu n'as qu'à te regarder dans mes yeux.

J'ai ri. J'ai ri parce que j'ai cru que j'allais me désintégrer sur place, que j'allais fondre comme un petit morceau de sucre dans une tasse de thé. Will me couvait du regard comme si j'avais été la plus grande vedette de cinéma de tous les temps, comme si j'avais eu au moins trois ans de plus que mon âge, comme si nous avions été seuls au monde, malgré monsieur Sealy qui nous dévisageait toujours depuis sa caisse.

— Allez ! a dit Will.

J'ai mis le rouge à lèvres en me regardant dans ses yeux. Monsieur Sealy nous considérait d'un air soupçonneux, le sourcil froncé. Il connaissait mon père et ma mère. Il connaissait tout le monde dans le quartier — sauf Will.

— Un peu plus sur la droite. Super ! Tu as une bouche magnifique, Jenny.

— Ah ? Je... merci.

— Tu veux aller boire quelque chose ?

— Euh... oui.

Il m'a ouvert la porte comme à une femme. La clochette du Gregory Drug Store a tinté joyeusement et je me suis retrouvée au coin de la Soixante et onzième et de la rue Holmes en compagnie d'un parfait inconnu. Nous sommes allés chez Friedson. J'ai pris un Coca-Cola et lui, un soda vanille.

16

— Comment sais-tu que je m'appelle Jenny ?

— Monsieur Sealy, le type de la caisse avec les gros sourcils, il a dit : « Ce sera tout, Jenny ? »

— Ah.

J'ai ri encore. Un hennissement suraigu qui tenait de la hyène, pas du tout mon rire habituel.

— Tu as une tête à t'appeler Jenny, aussi.

— Ah, ouais ?

— Ouais. C'est un prénom romantique. Ça te va bien.

— Tu trouves que j'ai l'air romantique ?

— Je trouve que tu es très belle.

Il m'avait dit ça droit dans les yeux. J'ai repris mon Coca pour me donner une contenance et je me suis dit : « C'est sûr que je vais tout renverser. Le Coca va me sortir par les trous de nez, ou quelque chose. » J'ai bu quand même. C'était ça ou m'effondrer en bas de mon tabouret.

— On pourrait peut-être sortir ensemble, un de ces soirs ?

Cette fois, j'en étais certaine, mon cœur allait exploser dans ma poitrine.

— Ouais. Pourquoi pas ?

J'ai dit ça sans y penser, parce qu'il fallait bien dire quelque chose au lieu de rester plantée là comme une idiote. J'avais répondu sans réfléchir. Ça ne me ressemblait pas du tout.

— Super, il a dit.

— Et toi, comment tu t'appelles ?

— McDonald. William Cole McDonald. Pour vous servir, m'dame.

Il avait l'air d'un cow-boy timide à peine descendu de son cheval.

— C'est la première fois que je rencontre quelqu'un qui s'appelle Cole.

— Ah, ouais ? J'en ai entendu de toutes les couleurs, avec ce nom-là.

— Comment ça ?

— Hé, McDonald, ça colle ? Hé, McDonald, ils sont bons, tes hamburgers ?

— Je n'y avais même pas pensé !

— Alors, McDonald, le ketchup, ça colle ?

— Et la mayonnaise, ça colle ?

— Tu vois le genre. Je leur ai cassé la figure, tous autant qu'ils étaient. Ça leur a fait ravaler leurs jeux de mots stupides.

Quand j'ai regardé dehors, la nuit était déjà tombée. Cela faisait trois heures que nous étions chez Friedson à siroter nos verres. J'allais arriver en retard pour le repas et personne ne savait où j'étais. Pendant ces trois heures-là, j'avais raconté à William Cole McDonald à peu près tout ce qu'il y avait à savoir sur moi. Je ne sais même pas pourquoi. C'était facile de lui parler. On aurait dit que j'avais attendu seize ans qu'il fasse irruption dans ma vie pour commencer à dire qui j'étais, ce que je faisais, ce qui me passionnait, pour lui confier que je n'avais pas vraiment d'amis proches, que je me sentais à part, différente depuis toujours, et que je ne savais pas pourquoi. Will m'écoutait. Il était assis tranquillement sur son tabouret du comptoir de chez Friedson et il m'écoutait, ses yeux rivés dans les miens. Et plus il m'écoutait, plus je lui livrais mes secrets les plus chers, plus je lui disais ce que j'avais de plus intime, de plus précieux, que personne d'autre n'avait jamais su. Je lui ai même raconté que je voulais devenir danseuse, que c'était ce qui me tenait le plus à cœur, mais que je ne savais pas comment m'y prendre pour faire carrière dans la danse ; que mes parents trouvaient ça ridicule et qu'ils ne m'appuieraient jamais, qu'au contraire ils me serinaient que je ferais mieux d'apprendre un vrai métier. Je lui ai dit aussi que ma vie serait certainement plus facile si j'avais des frères et des sœurs, parce que mes parents devraient s'occuper d'eux et qu'alors ils me laisseraient respirer un peu. Will m'a répondu qu'il ne faut pas se faire trop d'illusions sur les frères et sœurs. L'un de ses frères n'arrêtait pas de le martyriser quand il était petit. Il le détestait tellement qu'un jour, à neuf ans, il avait essayé de lui trancher la gorge avec un couteau. J'ai pris sur moi pour garder l'air naturel, mais le fait est que ma mâchoire a failli se décrocher pour aller s'écraser sur le comptoir de chez Friedson. Mon cœur battait à tout rompre dans ma poitrine.

Moi, quand j'avais neuf ans, je jouais à coiffer mes poupées. Will, lui, se promenait avec un couteau dans sa poche et cherchait le meilleur moyen de l'enfoncer dans la gorge de son frère.

Je lui ai avoué que j'avais toujours été très sage. Il m'a confié qu'il ne l'avait jamais été.

— Mes ennuis ont commencé vers l'âge de six ans, a-t-il dit.

J'ai replié ma jambe gauche sous moi et je me suis tournée sur mon tabouret pour lui faire face. Je voulais me donner une allure très adulte, très femme. Je l'ai regardé calmement dans les yeux et j'ai dit :

— À six ans, vraiment ? Que s'est-il passé ?

— Je me suis fait renvoyer de l'école.

— Pourquoi ça ? ai-je demandé en reprenant une petite gorgée de Coca.

— J'avais dit à la maîtresse qu'elle avait la chatte verte, ou quelque chose du genre.

Pour le compte, je me suis vraiment étranglée. J'ai craché tout mon Coca sur le comptoir devant moi.

Il était incroyable, ce type.

Nous nous retrouvions presque tous les après-midi. En sortant de Southwest, après la classe, je prenais le bus jusqu'au coin de la Soixante-neuvième et de Mission Road, dans Prairie Village, et j'allais à l'école de danse de mademoiselle Lala Palevsky. Will venait m'y chercher après le cours et me ramenait chez moi. Le soir, je révisais mes leçons d'anglais, de maths ou d'histoire dans ma chambre. Mais de dix-sept heures quinze à dix-huit heures trente, alors que ma mère me croyait dans l'autobus qui devait me ramener de l'école de danse, j'étais avec Will.

Il était très différent de moi dans tout ce qu'il était, dans tout ce qu'il avait vécu. On aurait dit qu'il débarquait de la planète Mars. J'avais toujours été couvée, dorlotée, élevée dans le coton. Très jeune, Will avait été plongé dans la vie tête première. Sa mère était morte alors qu'il n'avait que cinq ans. À partir de ce moment-là, il avait grandi tout seul à bien des égards. Ensemble, son père et sa mère n'avaient pas eu d'autre enfant que lui. Par contre, son père avait été marié plusieurs fois avant et s'était remarié par la suite. Chaque union élargissait la tribu des enfants qui composaient la maisonnée, sans compter ceux que les nouvelles épouses amenaient avec elles de mariages précédents. À une certaine époque, Will avait vécu au milieu de quinze demi-frères et sœurs, quarts de frère, quarts de sœur et autres. N'importe. Il se sentait toujours seul.

— On n'a jamais vécu dans une vraie maison, disait-il, une maison comme la tienne. C'étaient plutôt des cabanes, des baraques. On a même habité dans une tente au bord de la route.

Ils ont déménagé des centaines de fois, se sont installés dans des villes dont je n'avais jamais entendu parler, comme South Fork, Kernville ou Pacoima, quelque part en Californie. Très souvent, c'était sa tante qui s'occupait de lui.

— Mon vieux m'envoyait chez Cleo. Il disait qu'il n'y avait rien à tirer de moi, que j'étais têtu comme une mule et mauvais comme une teigne.

Sa mère était morte d'un furoncle. C'était la première fois que j'entendais ce mot. Will m'a expliqué que c'est une sorte de bouton qui sécrète du pus.

— Ça n'avait l'air de rien au début, mais l'infection s'est propagée et ça l'a tuée.

Je le revois encore disant : « Ça l'a tuée. » Il avait le regard dur, les mâchoires crispées. Je n'ai pas détourné les yeux.

— Elle n'aurait jamais dû mourir de ça, poursuivit-il. Le problème, c'est que le vieux n'a pas voulu qu'on aille chercher le docteur.

Il s'est tu. Je suis restée immobile, très droite, à le regarder sans détourner les yeux. Comment son père avait-il pu faire une chose pareille ? Pourquoi n'avait-il pas envoyé chercher le médecin alors que sa femme était en train de mourir ? Jamais je n'avais entendu parler de ça, que des gens meurent, sans soins, sans médicaments, sans que l'entourage envoie chercher le docteur. Des gens comme ça, il n'y en avait pas dans ma vie. Les familles que je connaissais avaient toutes une liste de médecins collée près de chacun des téléphones de la maison. Je n'ai rien dit. J'observais simplement ses mains sur le volant, ses doigts, l'ombre sous sa pommette, le mouvement de ses cheveux.

— Je ne m'entends pas avec ma mère.

Il a tourné la tête vers moi.

— Des petites brouilles de femmes ou plus grave ?

J'ai écrasé un morceau de tarte à la noix de coco du bout de ma fourchette et je me suis mise à le promener dans mon assiette.

— Un peu plus grave, je pense.

J'ai levé les yeux vers lui. Comment lui dire ? Will n'avait pas connu sa mère, ou si peu. Moi, j'en avais une depuis toujours mais elle ne m'aimait pas. C'est vrai : elle ne m'aimait pas. J'en étais venue assez vite à cette conclusion et plus je grandissais plus les faits me confirmaient qu'elle était juste. Quoi que je fasse, ce n'était jamais assez bien pour elle. Elle aurait voulu une fille parfaite, c'est-à-dire une fille qui lui aurait ressemblé en tous points, qui aurait agi comme elle, qui aurait pensé comme elle, qui aurait eu les mêmes ambitions, les mêmes goûts. Évidemment, cette fille de rêve avait toujours le dessus sur moi. Elle était toujours mieux que moi et c'était elle qu'Esther préférait, elle qu'elle aimait, elle qu'elle aurait voulu voir à ma place.

— Qu'est-ce qui ne va pas entre vous ? demanda Will.

— Elle voudrait que je sois quelqu'un d'autre, je pense.

— Elle voudrait que tu sois qui ?

— Une fille différente de moi. Une fille qui n'aurait pas de rêves, une fille ordinaire quoi.

J'ai éclaté de rire.

— Je ne veux pas dire que je ne suis pas ordinaire. Je suis une fille très ordinaire, au contraire, mais...

Il a posé sa main sur la mienne et je me suis tue. C'était la première fois qu'il me touchait. Nous prenions un café avec un morceau de tarte chez Allen, un resto qui faisait le service au volant, sur la Soixante-troisième. Will aimait beaucoup la tarte. Non. Will adorait la tarte, il vénérait la tarte.

— C'est un péché, de ne pas aimer la tarte, disait-il. Tu savais ça, Jenny ?

Un vendredi après-midi, au milieu d'un de ces orages effroyables dont le Missouri a le secret. En pleine journée, il faisait presque noir.

— Tu n'es pas une fille ordinaire, a dit Will. Tu n'as rien d'ordinaire, tu peux me croire.

— Oh, si! Je me regarde tous les jours dans le miroir. Je vois bien que je suis ordinaire.

— C'est parce que tu ne te vois pas telle que tu es.

Ses doigts étaient toujours posés sur les miens. Je n'ai pas fait un geste. Esther saisissait toutes les occasions qui s'offraient à elle de me dire que je n'étais pas assez jolie. Depuis le temps, difficile de ne pas la croire. Et puis, elle m'avait mise au monde et me connaissait depuis toujours. Comment aurait-elle pu se tromper sur mon compte?

— Quoi qu'il en soit, ma mère aimerait que je lui ressemble. Elle voudrait que je reste à la maison à ne rien faire, que je n'aille jamais nulle part… que je fasse ce que je peux de ma vie compte tenu de mes moyens limités.

— Le réveil va être brutal, dit Will en souriant.

J'ai ri sans trop savoir pourquoi.

— Tu crois que je vais vivre une vie extraordinaire, Will?

— Je crois que tu as une immense force en toi, Jenny. Je crois que tu feras tout ce que tu voudras dans la vie.

— Tu ne me connais même pas! Tout le monde me trouve insignifiante, ennuyeuse.

— Tout le monde se trompe. Sauf moi.

Il a retiré sa main. J'ai piqué mon dernier morceau de tarte du bout de ma fourchette et je l'ai englouti. Puis, j'ai haussé les épaules et j'ai secoué la tête en faisant valser ma queue de cheval.

— Tu as peut-être raison. Qu'est-ce que j'en sais, après tout?

Une immense force en moi? Ce n'est pas du tout comme ça que je me voyais dans ces années-là. Je me considérais comme une trouillarde, une faible, une aigrette de pissenlit qui se disperse au moindre souffle. Cependant, Will me trouvait forte et il me le disait droit dans les yeux. Alors, j'ai commencé à le croire. Je me suis mise à oser. Je me suis mise à m'affirmer.

— Il est hors de question que tu l'invites à manger pour Roch Hachanah !

— Pourquoi ?

Ma mère replace brutalement le couvercle sur la casserole de soupe et se tourne vers moi.

— Parce qu'il n'est pas juif, parce qu'il ne sait même pas ce qu'est Roch Hachanah, parce que tu ne le connais pas et parce que je t'interdis de l'inviter, point final !

— Tu parles d'un argument !

— Pardon ?

— « Parce que je t'interdis de l'inviter », tu parles d'un argument ! À quoi ça sert, les fêtes religieuses, si on ne peut pas les vivre avec nos amis, avec les gens qui s'intéressent à nos traditions et qui veulent s'informer ? Tu crois que Dieu ferait le tri comme ça ? « Non, Will, pas toi. Désolé ! Au suivant ! » Tu crois qu'Il voudrait que je lui dise ça ?

— Et depuis quand ce jeune homme s'intéresse-t-il à nos traditions, comme tu dis ?

— Je lui ai parlé de Roch Hachanah et de Yom Kippour. Il m'a écoutée très attentivement et je trouve que ce serait une excellente chose que nous l'invitions pour Roch Hachanah.

— Il n'est même pas juif !

— Et alors ?

— Tu ne pourrais pas inviter un Juif à la place ?

Je n'ai même pas répondu.

— Il est quoi, s'il n'est pas juif ?

— Il n'est rien du tout.

— Rien du tout ! Qu'est-ce que ça veut dire, rien du tout ? Ils sont quoi, ses parents ?

— Rien.

— Ils ne vont même pas à la messe ? Mais qu'est-ce que c'est que ces gens qui n'ont pas de religion ? Je ne comprends pas, Jennifer !

— Son père n'a jamais fréquenté l'église et sa mère est morte quand il avait cinq ans. C'est tout ce que je sais pour le moment.

Esther a froncé les sourcils. Je suis restée là, droite, sans broncher. Elle s'est finalement détournée pour aller à l'évier.

— Alors ? Je peux l'inviter ?

Pas de réponse.

— Maman, je peux l'inviter ?

— Tu ne le connais même pas. De plus, Roch Hachanah est une fête de famille. Pour la Pâque, peut-être, mais pas pour Roch Hachanah.

— D'où ça sort, cette règle ? C'est une loi que Moïse a ramenée du Sinaï ou quoi ? Pas d'étrangers à Roch Hachanah, sinon gare au buisson ardent qui va vous tomber dans le salon !

Les sourcils de ma mère se dressent comme deux petits chiens de cirque sur leurs pattes arrière.

— Je n'aime pas ça du tout, Jenny.

— Tu n'aimes pas quoi ?

— La façon dont tu me parles depuis quelque temps. Ce garçon-là exerce une très mauvaise influence sur toi. Tu deviens grossière depuis que tu le fréquentes.

— Je ne suis pas grossière, maman. Je te demande simplement si je peux l'inviter à manger avec nous pour Roch Hachanah.

Empoignant une carotte, elle se met à la trancher à coups de couteau furieux.

— Maman ?

— Pourquoi faut-il toujours que tu t'arranges pour me causer des ennuis ? Je ne comprends pas, Jennifer…

— En d'autres termes, c'est non ?

— Évidemment, que c'est non ! Ça fait deux cents fois que je te le dis ! Pourquoi faut-il toujours que tu me fasses répéter ?

Pour l'immense force, on repassera. Quand même, j'avais fait des progrès. Au moins, j'avais demandé, j'étais restée dans la cuisine et j'avais même insisté. Après, j'ai pensé à ce que j'aurais pu dire. J'aurais pu crier, menacer, jeter des injures. Je n'en étais pas encore là. Je commençais seulement à me tenir debout, fragile comme un pissenlit, mais c'était quand même un début.

Je ne parlais pas beaucoup de Will à mes amies. Elles le voyaient quand il venait me chercher après la classe ou quand il me déposait quelque part, mais c'était à peu près tout. Je ne voulais pas qu'elles sachent à quel point nous étions proches. Je ne voulais pas qu'elles mettent leur nez dans notre histoire. Je ne crois pas qu'elles auraient compris, de toute façon. Elles auraient dit que j'étais folle de m'amouracher d'un type dont je ne savais rien et qui avait tatoué le mot « SEXE » sur ses orteils avec le *S* à l'envers, un peu comme un *Z* arrondi. Aussi folle que cette imbécile d'Angie Singleton, amoureuse du type du salon de beauté Chasnoff qui faisait des mèches blondes à sa mère et qui, manifestement, s'intéressait beaucoup plus aux garçons qu'aux filles.

— Tu sais, Will, je ne suis plus vierge.
— Moi non plus.

Voilà. Cela faisait des jours et des jours que je me demandais comment je lui annoncerais la nouvelle. Je l'ai dit et c'est tout. Pas d'interrogatoire, pas de drame. Avec Will, rien n'était difficile. Je ne sais pas pourquoi je tenais tant à le lui dire, d'ailleurs. Il n'avait rien tenté, ni de m'embrasser, ni rien. C'était simplement que je lui disais tout. Je voulais qu'il sache tout de moi, alors, ça aussi, je le lui ai dit. J'étais heureuse. Nous roulions dans le centre-ville, dans sa vieille Mercury bleue magnifique. Will l'aimait comme je n'avais jamais vu quelqu'un s'enticher d'une voiture. C'était un modèle 1950 mais on aurait juré qu'elle sortait des chaînes de montage de Cadillac. Will la nettoyait sans cesse, la bichonnait. Il l'appelait même « Beauté ». J'étais assise près de lui, la radio sur mes genoux. Il venait de s'acheter un nouvel autoradio mais ne l'avait pas encore installé. Les fils étaient reliés au tableau de bord et frôlaient mes genoux. J'étais loin de la Corvette blanche et rouge de David Greenspan avec les drapeaux croisés sur le pare-chocs et les sièges en cuir chamois. Et puis, ce n'est pas tout : nous écoutions de la musique country. Dans la voiture de Will, dans ma chambre, partout, je découvrais des gens dont je n'avais jamais entendu parler jusque-là. Dans mon cœur, les Bob Wills, Kitty Wells et Red Foley commençaient à supplanter Johnny Mathis, les Flamingos, Dion et les Belmonts...

— Où allons-nous ?

— Au resto mexicain.

Je n'avais jamais mangé mexicain de ma vie.

— Un resto mexicain à Kansas City, tu plaisantes ou quoi ?

— Pas du tout. Et après le resto, je vais t'apprendre à jouer au billard.

— Au billard ?

— Mais oui ! Avec les grandes jambes que tu as, tu vas arriver jusqu'au milieu du tapis rien qu'en te penchant un peu.

Il a ri, puis il m'a regardée.

— Ben, quoi ? C'est pas vrai que tu as des grandes jambes ?

À mon immense surprise, il y avait effectivement un restaurant mexicain à Kansas City. Il y avait aussi des salles de billard au décor clinquant, des pièces immenses étrangement calmes où la poussière dansait dans les rayons de lumière, au milieu de l'épaisse fumée des cigarettes. Le claquement des boules et l'odeur du feutre quand Will m'a fait me pencher vers la table pour me montrer comment frapper. Et puis, les gargotes de bord de route qui servaient du poulet frit dans du papier rose de boucherie, avec de la bière. Les bars country où des groupes s'époumonaient sur scène pour essayer de couvrir, en vain, le vacarme du public ; des salles enfumées où tout le monde se marchait dessus, se bousculait, où les filles s'entassaient dans les toilettes pour refaire leur maquillage devant un miroir crasseux. Rouge à lèvres crémeux, mascara qui dégouline, décolletés trop plongeants. Minijupes, collants, bottes de cow-boy. Sueur, whisky, parfum bon marché, les seins qui jaillissent de chemisiers trop serrés à la taille. Des pays où tout le monde a une tête à avoir sa photo affichée au bureau de poste du coin, de face et de profil, avec le mot *Recherché* écrit en travers. Moi, j'étais l'étrangère, la nouvelle avec son visage tout propre, ses cheveux bien tirés en arrière, son petit rouge à lèvres *Rose féerique,* la novice qui débarque de la lointaine planète « Thé mondain et country clubs ».

J'ai eu dix-sept ans le 4 décembre, entre Thanksgiving et Noël. Esther et Mose ont trouvé qu'il serait de bon ton de m'organiser une soirée d'anniversaire « distinguée », les filles en robe de cocktail, les garçons en cravate. J'ai usé de tout ce que je possédais d'éloquence pour les détourner de ce projet ridicule, mais rien à faire. Ils tenaient à cette fête comme à la prunelle de leurs yeux.

— Ce serait mieux si les garçons venaient en robe de cocktail et les filles en cravate, disait Will.

— Mets ce que tu trouveras. Un costume, une veste, n'importe quoi d'un peu habillé, ça fera l'affaire.

— Il vaudrait mieux que je n'y aille pas, Jenny. On pourrait se retrouver après la fête, d'accord ? Je t'attendrai dehors.

— Tu ne pourrais pas emprunter une veste à quelqu'un ?

— Si. Joe, par exemple.

J'ai ri aux larmes. Joe, le propriétaire du restaurant où Will préparait tous les samedis et dimanches des pommes de terre rissolées, du poulet frit à la sauce brune et des sundaes. Joe devait mesurer un mètre cinquante et peser dans les cent dix kilos. Il avait l'air d'une grosse boule juchée sur des jambes maigrichonnes, avec de tout petits bras. Will mesurait un mètre quatre-vingt-huit. Très mince, les épaules larges, les bras musclés, des mains calleuses et des fesses toutes rondes avec des jambes aussi longues que les miennes. Il avait des yeux bleus à faire fondre un glacier et des cheveux blonds très fournis et très clairs. Le jour où il s'est laissé pousser la moustache, il a juré qu'il la teindrait au mascara si elle persistait à rester transparente. Ses pommettes étaient hautes et bien dessinées, parce qu'il avait du sang indien shoshone du côté de sa mère. N'importe quelle fille l'aurait trouvé à couper le souffle, même celles qui avaient plus d'expérience en matière d'hommes. Pour moi, Will était tout. Pour la première fois de ma vie, je tombais amoureuse.

J'étais en train de m'éprendre follement d'un dénommé William Cole McDonald et je n'y pouvais rigoureusement rien.

— On va te trouver une veste, Will. Je demanderai à Mic Bowen ou à quelqu'un d'autre.

— Ça ne m'ira pas, Jenny. De toute façon, je n'ai pas envie d'y aller. Ce n'est pas mon monde.

— Je t'en prie, Will! Tu ne voudrais quand même pas que je fête mon anniversaire sans toi?

— Ça va mal tourner, Jenny, je le sens.

— S'il te plaît… Ça me ferait tellement plaisir!

— Ça te ferait plaisir?

— Ça me ferait super plaisir!

Il a plongé ses yeux dans les miens.

— Alors, c'est d'accord. J'irai.

— Promis?

— Hé! Qu'est-ce que je viens de te dire?

Je l'ai embrassé. Nous étions dans le stationnement du magasin Jones. Il devait être dans les dix-sept heures quinze, parce que le soir commençait à tomber. Nous marchions vers sa voiture. Notre tout premier baiser. Nous ne nous étions presque pas touchés jusque-là. Toute notre intimité passait par la parole, par les secrets que nous nous étions confiés, par ces mots que nous n'avions jamais dits à d'autres. Je l'ai embrassé. Il a reculé sa tête pour mieux me voir. Il m'a regardée pendant une éternité, et je crois que je n'ai pas respiré de tout ce temps-là. Le ciel derrière lui était bleu marine et je me rappelle avoir vu les lampadaires du stationnement, des néons blancs qui faisaient des reflets sur l'asphalte. Je sentais mes cheveux humides sur ma nuque parce que je sortais de mon cours de danse. Il faisait froid mais j'avais les joues en feu et je me sentais petite, toute petite du haut de mon mètre soixante-quinze. Mon cœur battait la chamade. Will m'a attirée contre lui. Il m'a entourée de ses deux bras et m'a serrée très fort. Et puis, il m'a embrassée, embrassée, embrassée. La bouche de Will sur mon visage, sur mes paupières, dans mon cou. La bouche de Will contre la mienne.

Vue de l'extérieur, la fête devait être splendide. Un samedi froid mais dégagé de décembre, des grappes d'étoiles étincelantes dans un ciel d'ébène, du givre sur les pare-brise, la glace et le sel qui croustillent sous les pas, le claquement sec des talons hauts qui gravissent les marches du Oakbrook Country Club. Puis, un grand feu dans l'âtre, l'odeur mêlée du chêne qui se consume, des aiguilles de pin, des parfums de marque, les rires et la musique, le champagne qui pétille dans les flûtes, le buffet, les chandelles, l'orchestre... Mon père et le cabinet comptable Jaffe, Shafton & Blackman ne s'étaient pas montrés regardants. Ils en avaient amplement les moyens, du reste. Pour moi, ce n'était que débauche obscène et prétentieuse de fric, une honte, une imposture. J'aurais voulu être ailleurs. J'aurais été plus heureuse à grignoter des ailes de poulet avec Will au Snead's Barbecue. Will aurait essuyé de son pouce la sauce qui aurait coulé sur mon menton.

Je portais une robe fourreau de dentelle rouge, des escarpins de soie que nous avions teints pour l'occasion, le collier de perles de ma grand-mère. Mes cheveux flottaient sur mes épaules, dénoués, bien que ma mère eût de très loin préféré les voir tirés en tresse haute. Les invités avaient commencé de faire la queue devant le buffet. Esther m'avait déjà demandé par deux fois pourquoi je regardais la porte avec tant d'insistance. Je n'avais pas répondu. Elle ne savait pas qu'il viendrait. Je ne l'avais dit à personne.

Il portait un smoking noir avec une chemise blanche de coupe impeccable, une ceinture de soie noire et des chaussures de la même couleur. Il avait loué le tout sans m'en dire un mot. C'était la première fois que je le voyais sans ses éternels jeans et bottes de cow-boy, sauf quand il était affublé de son bleu réglementaire de pompiste ou de son tablier de cuisinier. Quand la porte s'est ouverte sur lui, je l'ai trouvé si beau que j'ai dû me retenir à une chaise pour ne pas défaillir.

Il a traversé la pièce pour venir vers moi.

— Tu es magnifique, Jenny.

Ma mère est apparue près de moi comme un diable qui aurait jailli de sa boîte.

— Will, je te présente ma mère, Esther Jaffe. Maman, je te présente William McDonald.

— Nous nous sommes vus à la station Texaco, je crois, a dit ma mère.

Ses yeux brillaient d'un éclat suspicieux. Il ne manquait que le rire grinçant et le balai, et elle était bonne pour le Grand Concours annuel de sorcières de Kansas City.

— En effet, maman, Will travaille chez Texaco. Il est également cuisinier chez Joe. Mais tu ne fréquentes guère ce genre d'établissement, n'est-ce pas, maman?

Touchée, vieille chipie. J'ai pris Will par la main. Esther nous dévorait des yeux, ne manquait aucun de nos gestes.

— Quelle école fréquentez-vous, William? a-t-elle demandé. Pas Southwest, si je ne m'abuse?

— Je n'en fréquente aucune, madame. Je suis sur le marché du travail, comme on dit.

— Bon, Will! J'ai faim. Tu veux manger quelque chose?

— Allons-y!

Il a passé son bras autour de ma taille et nous nous sommes éloignés de la harpie qui me tenait lieu de mère.

— Bonne soirée, m'dame! a lancé Will par-dessus son épaule.

Je souriais. On aurait dit que James Dean venait de se lever d'entre les morts.

La bagarre a commencé peu après le gâteau. Il paraît que David Greenspan aurait eu l'indélicatesse d'émettre une remarque au sujet de ma poitrine. Malheureusement pour lui, Will était à portée de voix. Son poing a surgi pour atterrir en plein sur le nez de David. Le prometteur joueur de première ligne de l'équipe de football américain de l'université du Missouri est allé au tapis en un huitième de seconde chrono. Étalé de tout son long sur la jolie nappe blanche que maman avait disposée sur la table du buffet, les fesses très inélégamment engluées dans ce qui restait du gâteau au chocolat, David saignait du nez dans la coupe en argent qui contenait la crème chantilly. Quel dommage. À un cheveu près, il aurait arraché au passage la banderole noire et dorée qui proclamait : « Joyeux anniversaire, Jenny ! » et le spectacle aurait été parfait. Je n'ai jamais réussi à démêler ce que David Greenspan avait eu l'infortune de dire, mais c'était en rapport avec mes seins. Je l'ai su par Bob Feder, le petit ami de Sherry, qui avait entendu la remarque disgracieuse. Will n'a jamais voulu me répéter ce que le prometteur joueur de première ligne défensive avait dit. « Je n'aimais pas la façon dont il te regardait », se bornait-il à expliquer. Voilà. Un regard de travers sur moi et Will prenait le mors aux dents.

Ma mère aussi a pris le mors aux dents. Elle a réussi sans trop de difficultés, comme d'habitude, à convaincre mon père de se ranger à son avis. Il lui obéissait toujours au doigt et à l'œil. Dès le lendemain, le couperet tombait, implacable.

— Ce William, c'est terminé, Jennifer !

Trop tard, il n'y avait plus que Will qui comptait pour moi. Contrairement à ce que croyait ma mère, c'était loin d'être terminé. Ça ne faisait même que commencer.

— Elle est magnifique, Jenny !

Une ceinture noire de cuir souple avec une boucle en argent sur laquelle j'avais fait graver ses initiales. Il a passé ses doigts sur le métal, puis il a retiré son ancienne ceinture.

— Elle est magnifique, a-t-il répété doucement. Je vais la mettre tout de suite et jeter l'autre.

— Joyeux Noël, Will.

Nous étions cernés par une foule compacte, là où Wornall Road sort de la Plaza et monte un peu pour traverser Ward Parkway. Dans quelques minutes, ce serait officiellement Noël. À minuit pile, les bâtiments, et les tours du chic quartier de la Plaza se mettraient à scintiller de tous leurs feux. Jusqu'au nouvel an, les avions qui atterriraient à Kansas City ou qui en décolleraient en soirée survoleraient un océan de lumières multicolores.

Will sortit une petite boîte de sa poche.

— Joyeuse Hanoukka, Jenny.

Il m'a tendu un petit paquet enveloppé de papier bleu et blanc avec un ruban bleu frisotté autour. Il y avait aussi une carte représentant une *menora* et une toupie avec un message préimprimé qui disait : « Que les huit chandelles d'Hanoukka brillent en votre cœur toute l'année durant.» Au-dessous, Will avait ajouté d'une écriture tremblotante : « Pour Jenny, de la part de Will. »

— Est-ce que ça va ? demanda-t-il. Je l'ai achetée au Gregory Drug Store, avec le papier et tout le reste. J'ai demandé conseil à monsieur Sealy pour être plus sûr. Est-ce que ça va ?

— C'est parfait, Will…

— Ouvre la boîte !

J'ai arraché le papier d'une main fiévreuse et j'ai soulevé le couvercle. Dans l'écrin, sur le coton, reposait un minuscule bracelet de cheville en or, délicat et fragile, très féminin. Deux chaînes enlacées l'une à l'autre. Le plus beau bijou que j'aie vu de ma vie.

— C'est comme nous, dit Will en prenant la fine dentelle d'or dans sa main puissante. Deux chaînes enlacées, comme toi et moi.

Il s'est penché vers moi. Il m'a embrassée doucement et toute la foule a poussé un « Ooooooh ! » émerveillé. La Plaza venait de s'illuminer.

Plus tard, Will a passé le bracelet d'or à ma cheville et nous nous sommes enroulés l'un à l'autre comme les deux chaînettes. C'est ce soir-là que nous avons fait l'amour pour la première fois.

Il faut être bien jeune, bien naïf ou bien bête pour croire qu'on peut avoir ce qu'on veut. Tout conspire contre nous. Je ne comprends même pas pourquoi les gens s'acharnent à essayer. C'est perdu d'avance. Ils essaient parce qu'ils ne savent rien de la vie. Avec le temps, ils comprennent et ils baissent les bras. Peut-être qu'il faut en passer par là. Peut-être qu'il faut essayer pour se rendre compte par soi-même que ça ne marche pas, pour se faire une raison sans trop d'amertume. Après, on peut laisser tomber, le cœur en paix.

Je ne saurais dire exactement ce qui s'est passé avec Will. Tout ce que je sais, c'est que, depuis le jour de mes dix-sept ans jusqu'à ce qu'ils nous détruisent, j'ai passé tous mes moments libres avec lui. J'ai tout fait pour ça : j'ai menti, j'ai louvoyé, j'ai convaincu mes copines de mentir pour me couvrir. J'étais prête à tout. Ma mère ne savait jamais où j'étais. Elle me coinçait régulièrement. Elle criait, elle hurlait, elle suppliait mon père de me faire entendre raison, elle pardonnait. Ça m'était égal. Elle aurait pu s'arracher le cœur et le déposer tout palpitant devant moi sur la table de la cuisine que ça n'aurait rien changé. J'avais Will dans le sang, dans la peau. Il n'était pas question que je renonce à lui.

Les enfants ne mesurent jamais pleinement le pouvoir des grands. Ils ne savent pas de quoi ils sont capables quand on leur tient tête. Ils ne savent pas jusqu'où ils peuvent s'abaisser pour arriver à leurs fins. Qui aurait pu croire que, en dépit de notre amour si fort, si grand, ils arriveraient à nous briser ? Nous avions une vie radieuse devant nous. Ils ont réussi à la saccager.

Je vais trop vite. Je brûle les étapes. Il faut reprendre point par point, dans l'ordre. Notre histoire d'amour douce-amère nous emportait comme un torrent et nous laissait pantois sur la rive. À peine avions-nous retrouvé le souffle qu'elle nous poussait plus loin encore, toujours plus loin et plus haut. Moi, William Cole McDonald et son tatouage bleu. Je brûlais de toute mon âme et de tout mon corps pour lui. Will a été la seule passion de toute ma vie de femme riche et enviée, de mes cinquante-trois années interminables de solitude et de chagrin. D'abord, il m'a rendue belle. Il a fait de moi, Jenny Jaffe, le vilain petit canard, l'insignifiante, l'invisible, une splendeur éclatante. Il suffisait qu'il pose les yeux sur moi pour que je devienne éblouissante. Il me trouvait intelligente, aussi. Il m'écoutait quand je parlais ; il trouvait que je disais des choses sensibles et brillantes, importantes. Il a même réussi à me donner confiance en moi, à me rendre heureuse. William Cole McDonald m'a aimée et tout a changé, en moi comme à l'extérieur de moi. Tout a changé.

— Je t'aime, Jenny. Pour toujours.

Mon Dieu ! Je donnerais ma vie pour l'entendre encore dire ça.

Il était tout pour moi et je lui donnais tout ce que j'avais, tout ce que j'étais. Rien n'était tabou entre nous. Tout ce que je pensais, tout ce que je ressentais, les moindres recoins de mon corps et de mon âme, je les lui offrais sans peur, sans pudeur, sans retenue. Nous partagions tout. Nous étions affamés l'un de l'autre, féroces à force de nous désirer. Nous avions le diable au corps et à l'âme et, des deux, c'était moi qui étais la plus enragée. Il me disait que j'étais vorace et c'était vrai. « Ma petite vorace », disait-il en riant. Je voulais tout voir, tout faire, tout essayer. J'avais dix-sept ans et j'en avais cent. J'étais femme pour la première fois, rien qu'un petit bourgeon de femme, à peine une ombre, mais ça m'enivrait. J'entrevoyais à peine ce que cela pouvait vouloir dire, être une femme, mais déjà, ça me grisait.

— Arrête, arrête ! souffle-t-il.

Je ris, je le regarde les yeux grands ouverts, assise à califourchon sur lui, ruisselante de sueur.

— Comment ça, arrête ?

— Tu l'as cassé. C'est fini. Repos !

— Si je l'ai cassé, je peux le réparer.

Je glisse sur son ventre et je prends sa queue dans ma bouche. Nos deux odeurs de jouissance mêlées m'emplissent les narines, me montent à la tête.

— Arrête, je te dis. Il est fini.

— Hé ! Je sais ce que j'ai à faire !

Je le suce.

— Bon sang de bois, grogne-t-il.

Son sexe se redresse, se gonfle, durcit.

— Tais-toi, Will !

La vorace que je suis le suce et rit jusqu'à ce qu'il jouisse dans sa bouche.

Tout. Nous faisions tout ensemble. Des choses que j'ignorais jusqu'à lui, des trucs dont j'avais seulement entendu parler. Et puis les mots, les phrases qu'une jeune fille comme il faut n'aurait jamais dû prononcer et qui jaillissaient de moi en une ribambelle indécente et joyeuse. Un flot impossible à endiguer, une rivière impétueuse qui surgissait de moi en toute impudeur parce que je les pensais, ces mots-là, je les ressentais au plus profond de moi, je les vivais.

— Lèche ma chatte, Will.

Et je le regardais droit dans les yeux, impudente, provocante. Je n'étais plus moi-même. Non. Oh, non! Ce n'est pas ça. Au contraire. J'étais parfaitement moi-même. Pour la première fois de ma vie, j'étais moi.

— Attends-moi là.

La voiture est arrêtée en bord de route, le long d'un champ de maïs, ou plutôt ce qu'il reste d'un champ de maïs ravagé par l'hiver du Midwest. Des tiges décapitées à l'infini, une plaine brune couchée sous un ciel grisâtre. À moi, il ne serait jamais venu à l'idée de me garer là, mais c'était dans la manière de Will. Il est sorti de la voiture, m'a ouvert la porte et m'a tendu la main pour m'aider à sortir. Ensuite, il a pris un sac dans le coffre et s'est éloigné dans le champ.

— Ce champ doit appartenir à quelqu'un, Will. Si jamais le fermier...

— Ne t'inquiète pas, Girafe. Attends-moi là.

Je me suis appuyée contre la Mercury et je l'ai regardé s'éloigner parmi les piquets d'ambre décharnés, soulevant des mottes de terre à chacun de ses pas. Quand il a été assez loin de la route, il a ouvert le sac et en a retiré ce qui m'a paru être des boîtes et des bouteilles de bière. Il les a disposées au hasard dans le champ. J'ai refermé le col de mon manteau et j'ai enfoncé mes mains dans

35

mes poches. Les nuages filaient à vive allure dans le ciel et le vent soufflait en bourrasques glacées. Il neigerait bientôt.

Will est revenu vers moi.

— Qu'est-ce que tu fais ?

Sans répondre, il m'a caressé la joue du bout des doigts et s'est accroupi près de la voiture, puis il s'est glissé dessous.

— Will ?

— Quoi ?

— Qu'est-ce que tu fais ?

— Attends! Je ne t'entends pas.

Il donnait de grands coups furieux sous la carrosserie. Puis, il a reparu sur le sol poussiéreux et s'est relevé. Il a passé son bras autour de moi et m'a attirée vers lui, mon dos contre son ventre. Il a enfoui son visage dans mon cou.

— La voiture est cassée ?

— Non.

— Pourquoi as-tu placé des bouteilles dans le champ ?

Je sentais son sexe au travers de ses jeans, dur et gonflé contre mes fesses.

— Will…

J'ai ri. Il a glissé sa main contre ma jambe gauche pour remonter ma jupe plissée de laine et le froid m'a mordu les cuisses. Il m'a embrassée dans le cou, ses ongles effleurant la peau de mes jambes, puis ma culotte. Ses doigts caressaient si tendrement le coton que j'ai titubé. Il m'a rattrapée avant que je ne tombe. J'ai essayé de me tourner vers lui mais il me tenait d'une main ferme. Je ne bougeais plus. Je pouvais à peine faire un geste.

— Will, nous sommes au bord d'une route…

— Et alors ?

— Si quelqu'un vient…

— Ne t'inquiète pas pour ça.

Sa respiration dans mon cou, sa bouche à mon oreille, ses doigts qui écartaient l'élastique de ma culotte et qui la tiraient. Le vent caressait le bas de mon ventre, sa bouche me mordillait la nuque. Son sexe gonflé frottait contre mes fesses à travers le jeans. Il s'est mis à frotter, d'abord si doucement que mes jambes ont tremblé, puis plus vite, et j'ai tout oublié du champ de maïs, des gens qui pouvaient survenir à tout instant et nous surprendre. Je me suis avancée un peu, j'ai ouvert mes jambes et Will a insinué ses doigts en moi, très loin, très profond. Je ruisselais, mon corps tout ouvert à lui, et son pouce qui frottait ce petit bourgeon de velours qui est en moi, ses doigts qui entraient en moi, qui me pénétraient encore plus loin, plus vite, plus fort. Je me suis brusquement rejetée contre lui et j'ai cru que j'allais m'effondrer, j'ai cru que j'allais mourir.

— Oh, Will!

— Ça va, Jenny.

— Will...

— Laisse-toi aller, chérie.

J'ai essayé de faire passer ma main droite dans mon dos pour attraper sa queue, pour la faire sortir de ses jeans et la mettre en moi, mais il ne voulait pas. Je tendais la main vers lui et mes doigts se refermaient sur du vent.

— Arrête, Jenny.

— Will…

— Laisse-toi aller, chérie.

Une vague enflait en moi. Elle a jailli de moi pour emplir tout l'espace, tout le ciel. J'ai hurlé, un cri de bête sauvage qui s'est répercuté jusqu'aux confins du monde, au-delà du champ, du vent et de la neige qui tomberait bientôt. Will a attrapé ma main tendue vers lui, enlaçant ses doigts aux miens, et il y a glissé une arme.

— Will!

Je ne tenais plus debout. Je tremblais tellement que je devais m'agripper à lui pour ne pas tomber. Je n'arrivais pas à reprendre mon souffle. C'était la première fois de ma vie que je voyais un revolver, sauf à la télé. Il était là, dans ma main, métallique et froid. J'ai levé les yeux vers Will. Il souriait.

— Ça va, chérie. Tout va bien.

Il s'est penché vers moi, m'a embrassée très tendrement sur le bout du nez.

— Viens ! Je vais t'apprendre à tirer avant qu'il neige.

Je suis debout devant le miroir et j'observe la fille qui me fait face. La nouvelle Jenny. Elle joue au billard, elle fait l'amour et tire sur des canettes de bière, les deux jambes écartées plantées droites au milieu d'un champ de maïs, ses cheveux au vent. Une Jenny qui n'a pas peur du bruit de la déflagration ni de l'odeur de la poudre, ni de son goût sur la langue, ni du poids et de la chaleur de l'arme dans sa main, qui fait pourtant battre son cœur un peu plus vite. Quand les canettes volent en éclats, ça rugit dans sa tête. Je regarde cette autre Jenny, nue devant moi. Son visage ne m'est pas inconnu. Pourtant, j'ai l'impression de ne pas savoir qui c'est. À vrai dire, je ne sais rien d'elle. Où est-elle passée, la grande fille maigrichonne, insignifiante, l'enfant unique d'Esther et Mose Jaffe, celle qui n'avait jamais rien à dire, à qui personne ne portait attention ? Et qui est-elle, cette fille qui me regarde dans les yeux depuis le miroir, cette girafe aux joues roses d'excitation, la gorge marquée par un suçon que Will lui a laissé en l'embrassant trop fort ? Elle sait ce que ça fait d'avoir un .32 glissé dans la ceinture de sa jupe plissée écossaise, juste au creux des reins. Elle sait se faufiler dans les herbes et la poussière pour aller cacher une arme dans une petite boîte de métal fixée sous la carrosserie d'une Mercury, les jambes éraflées par les brindilles et les graviers. Elle sait revenir chez ses parents le sourire aux lèvres, une balle de revolver serrée dans son poing. J'observe cette autre Jenny dont les yeux grands ouverts brillent d'une lumière sauvage. Qui est-elle ? Moi ? Une autre qui aurait pris possession de moi ? Ma mère crie depuis le rez-de-chaussée.

— Jennifer ! Nous partons pour le club dans dix minutes ! Habille-toi, veux-tu ?

———— · ————

Et puis, les douches.

J'adorais prendre ma douche avec lui.

Debout face à moi, il passait un petit peigne de plastique noir dans mes boucles épaisses. D'abord les deux côtés, puis il s'attaquait à l'arrière, là où c'est toujours plus difficile parce que les cheveux s'emmêlent et font des nœuds presque inextricables. Il me coiffait comme si j'avais eu cinq ans et j'adorais ça. Je me tenais sur la pointe des pieds — il mesurait presque quinze centimètres de plus que moi — et je ne le quittais pas des yeux. L'eau dégoulinait sur mon nez. Il embrassait mes paupières.

Savon, shampoing, vapeur. Sa petite baignoire avec un rideau en plastique. Je crache un peu de mousse de dentifrice sur sa poitrine, en plein sur l'aigle bleu.

— Hé! Qu'est-ce que tu fais?

— L'aigle a éjaculé.

On rit.

— Vilaine fille! Attends que je te donne la fessée!

— Essaie de m'attraper, pour voir.

— Je t'ai déjà attrapée, Jenny.

Il fait glisser le savon sur mes seins, sur mon ventre, sur mes fesses en me retenant de l'autre main.

— Tourne-toi, Giroflette, je vais te laver le dos.

Il a raison. Il m'a bel et bien attrapée.

Will m'avait inventé un tas de surnoms : Girafe, Giroflette, Gamine, Poupée, Canaille, Chérie, plus deux sobriquets indiens : Plume blanche et Oiseau rouge, selon son humeur. Plus tard, il m'a offert ma première paire de bottes de cow-boy. Je ne voulais plus m'en séparer, alors il m'a appelée Bottine.

Nous étions deux mais ne faisions qu'un. Nous ne voulions personne d'autre autour de nous. Nous avions toujours soif d'être ensemble. Il m'arrivait même de l'accompagner au travail. Je m'assoyais dans un coin du Texaco et je faisais semblant de lire un magazine de cinéma. En fait, j'observais ses longues jambes et ses bottes qui sortaient de sous les voitures qu'il réparait. J'étais assise là, tranquille, dans un coin du Texaco. Je regardais ses bottes et ses jeans qui sortaient de sous la voiture et soudain, je sentais ma poitrine se dilater, tout mon corps envahi par un grand bonheur. Ou alors, je le suivais pas à pas dans les rayons des magasins d'accessoires automobiles. Il lisait attentivement les étiquettes et tendait sa main derrière lui pour prendre la mienne. Je m'installais Chez Joe et je sirotais des Coca vanille en le regardant faire sauter les omelettes dans la poêle et les rattraper derrière son dos comme des crêpes. Je riais. Moi aussi, je volais comme une crêpe.

— T'as vu ça, Jenny ? On ne dirait pas comme ça, mais je viens d'une famille de grands chefs. Tu savais ça ?

Will qui sourit, Will qui éclate de rire. Tout ce qu'il faisait, tout ce qu'il était m'importait. Tout ce que je faisais, tout ce que j'étais lui tenait à cœur.

Will qui me contemple du fond de la pièce. Je danse pour lui. C'est vrai. Il était la seule personne devant laquelle j'acceptais de danser. Il s'assoyait au bord du lit dans son petit meublé. L'air posé, presque grave, il observait chacun de mes gestes. Quand j'avais fini, il épongeait la sueur qui perlait sur tout mon corps et me parlait jusqu'à ce que j'aie repris mon souffle.

— Un jour, je construirai une maison pour nous deux, disait-il. Une grande maison victorienne avec des colonnes et des frisettes en bois partout, partout.

— Avec une galerie ?

— Oui. Avec une galerie qui fera tout le tour et tu danseras sur la galerie.

— Ce sera chez nous ?

— Ce sera chez nous, sur notre terre. Personne au monde ne danse comme toi. Je te jure, on aurait dit que tu volais ! On va aller à New York, tu vas voir. Je vais t'emmener à New York. On ira où il faut pour que tu te fasses connaître et tu danseras devant tous les grands de ce monde, les présidents, les rois, les reines... Tu seras une grande vedette, ma Giroflette.

— Tu crois ?

Je riais. Je m'étranglais de rire, le souffle encore court.

— Tu verras ce que je te dis, répondait-il avec force.

Il y croyait. Il était convaincu que j'irais à New York, à Paris, que quelqu'un me découvrirait et m'amènerait jusqu'au sommet. Mon rêve n'était pas une chimère stupide à ses yeux, mais un projet magnifique, réalisable. Il était le seul à me prendre au sérieux, le seul à croire en moi.

— Toi et ce garçon, cela suffit, Jennifer!
— Pardon?
— Toi et ce garçon, cela suffit, maintenant!
— Maman…
— Tu t'imagines qu'il est l'homme de ta vie parce que tu n'as connu rien d'autre, voilà tout. Je sais que vous vous voyez. Ne me dis pas le contraire! Tu as beau me raconter que tu es chez Sherry ou je ne sais où, je ne suis pas dupe. Je sais très bien que tu le fréquentes.
— Il faut que j'y aille. Je vais être en retard.

J'aurais dû deviner pourquoi elle était debout si tôt. Ma mère ne se levait jamais avant que je ne sois partie pour l'école. Depuis que j'étais assez grande pour attraper la boîte de céréales dans l'armoire, elle restait au lit jusqu'à ce que je parte.
— Ton père s'imagine que tu ne le vois plus, mais moi, je ne suis pas dupe!

Elle prononçait les *d* avec dureté, presque comme des *t*. Ses parents avaient immigré d'Allemagne et lui avaient transmis leur langue maternelle avant qu'elle n'apprenne l'anglais à l'école. Malgré les années, il lui restait une légère intonation germanique. Elle avait étudié l'anglais en classe, puis le yiddish et le français. Ma mère parlait donc quatre langues et trouvait que je les baragouinais toutes plus mal les unes que les autres.
— Il faut que je parte, maman. Je vais être en retard à mes cours.

Elle abaissa lentement sa tasse.
— Ce garçon te tourne la tête parce que tu n'as connu rien d'autre, répéta-t-elle.

Mes livres serrés très fort contre ma poitrine, je déployais des efforts considérables pour ne pas m'enfuir en courant.

— Je vais être en retard.

— Je m'en fiche. Tu n'auras qu'à leur dire que tu as eu un problème familial. Je te ferai un mot d'excuse.

Je me suis appuyée contre l'évier de la cuisine et je l'ai regardée. Ma mère était belle. Un vrai scandale, d'être belle à ce point. Plus petite que moi, les yeux et la peau plus sombres que les miens. Elle avait le corps et les traits délicats. La magnifique Esther Jaffe. Esther Jaffe, la Juive superbe. Et sa fille Jennifer, le vilain petit canard du dernier rang. C'est de mon père que j'avais hérité ma grande taille, mes boucles indisciplinées, mes yeux brun clair, mes taches de rousseur, mon allure dégingandée, mes mains larges et fortes, mes pieds. J'avais beau chercher, ma mère ne m'avait légué aucun de ses traits somptueux.

— Tu as toute la vie devant toi. Tu vas changer, tu vas voir.

— Ce qui veut dire ?

Ce qui voulait dire que j'étais laide mais qu'un jour, l'âge et les diplômes aidant, ça se verrait moins.

— Ce qui veut dire que tu rencontreras certainement un homme qui t'appréciera pour ce que tu es.

Nous nous sommes fixées longuement, le regard vide.

— Il y a plein de garçons bien, des garçons qui viennent de bonnes familles. Tu les fréquenteras à l'université. Vous ferez connaissance…

— Je ne veux pas aller à l'université, maman, tu le sais très bien.

— Nous ne parlons pas de cela pour le moment, Jennifer ! Nous parlons de ce garçon.

Les deux mains agrippées au bord de l'évier, je ne sentais plus mes doigts.

— Il a un nom, dis-je.

Elle a fait une sorte de moue, mais a gardé le silence.

— Il s'appelle Will, dis-je d'une voix forte et claire.

— Tu es en train de commettre une grosse erreur, Jennifer. Ce garçon te tourne la tête parce que tu es jeune et que tu ne sais rien de la vie. C'est ce que j'essaie de te faire comprendre…

— Pourquoi suis-je en train de commettre une erreur ?

— Parce qu'il n'est pas pour toi, voyons !

— Parce qu'il n'est pas juif ?

— Parce qu'il n'est rien du tout ! Parce que ce n'est pas quelqu'un pour toi, voilà tout.

— Pourquoi ?

— Parce qu'il y a mieux.

— Comment peux-tu dire ça ? Tu ne le connais même pas !

Elle a tourné légèrement sa tête vers la droite, le menton pointé haut. Le froid soleil d'hiver entrait par la fenêtre et venait s'écraser sur ses pantoufles.

— Détrompe-toi. Je vois très bien le genre, Jennifer.

— Tu ne sais rien de lui ! Comment peux-tu dire qu'il n'est pas pour moi alors que tu ne sais strictement rien de lui ?

Pas de réponse.

— Veux-tu faire sa connaissance, maman ? Veux-tu que je l'invite à manger un soir pour que tu puisses faire sa connaissance ?

Toujours rien.

— Maman, je te parle !

— J'en sais assez sur son compte, Jennifer, et je te dis que tu es en train de commettre une grosse erreur !

Quelle confiance elle me portait ! Aucune des décisions que je prenais, aucun des choix que je faisais ne trouvait grâce à ses yeux. Ma mère mettait une telle détermination à me dénigrer, à me rabaisser, à pilonner systématiquement le peu de confiance en moi que je pouvais acquérir, qu'elle en devenait presque admirable.

— Il faut que j'y aille.

— Je te préviens, Jennifer !

— Je vais être en retard.

À l'école, je ne parlais à personne. Après l'école, j'allais au cours de danse, où j'épuisais mon corps et vidais mon esprit. Le soir, je voyais Will. Je mentais constamment à ma mère sur mon emploi du temps. L'école, la danse, Will : ma nouvelle vie.

— Pourquoi m'aimez-vous, monsieur McDonald ?

— Parce que je t'attendais, Jenny. Je rêvais de toi depuis toujours.

— Will…

Il rêvait de moi depuis toujours. Il me disait qu'il rêvait de moi depuis toujours, qu'il m'attendait. Difficile à croire comme ça, mais il me suffisait de le regarder dans les yeux pour savoir qu'il disait vrai. Ses yeux, son visage, le regard qu'il posait sur moi, la façon dont il me voyait. Personne ne me voyait comme lui. Il me disait que j'étais quelqu'un de très important dans sa vie, que j'étais la première personne qui comptait vraiment.

— Qu'est-ce que tu veux dire ?

— Je me méfie beaucoup des gens, Jenny. Ils finissent toujours par te poignarder dans le dos.

— Pas tous, quand même. Les amis…

— Je n'ai pas d'amis. Les gens se disent amis, mais ils ne font que se servir les uns des autres. Je n'en veux pas, des amis.

— Et la famille ?

— C'est encore pire !

— Will…

— Quoi ?

Il avait le regard sombre, la voix brutale.

— Je n'ai que toi, Jenny, et je n'ai besoin de personne d'autre.

Il serait beaucoup trop facile de dire que j'étais jeune, que je n'avais aucune expérience de la vie, que c'était un premier amour et que ces amours-là ne durent pas. Elles pétillent comme du champagne, elles grisent, elles brûlent, puis elles éclatent et vous laissent à demi mort, le cœur en miettes. Beaucoup trop facile, de dire que nous n'aurions jamais dû, que Will n'était pas un garçon pour moi, que notre amour, si flamboyant, si fort, était voué à l'échec, à la grisaille. Beaucoup trop facile, de prétendre que cinq, ou dix ans plus tard, j'aurais vu Will tel qu'il était, que la terre se serait ouverte sous mes pieds et que je me serais écriée : « Qu'est-ce que j'ai fait là ? Qu'est-ce qui m'a pris de m'amouracher de ce type ? » Trop facile. Trop facile et très faux. J'ai cinquante-trois ans. J'ai tout eu, tout ce qu'une femme peut désirer, ou presque. J'ai beaucoup vécu et j'ai appris deux ou trois petites choses au passage. D'abord, on ne peut jamais dire : « Ce type-là, cette fille-là n'est pas pour toi. » On ne devrait jamais dire ça parce qu'on n'en sait rien. Personne n'en sait rien. Un jour, on rencontre un type ou une fille et on a le cœur qui bat soudain plus fort, comme s'il se rattrapait de longues années de dormance. Ce type-là, cette fille-là, d'où qu'il ou elle vienne, il ou elle est pour nous. On le sait, point. Ça ne s'explique pas ; ça ne se prédit pas. William Cole McDonald est le seul homme qui ait fait battre mon cœur comme ça, le seul qui m'ait fait vibrer comme ça, le seul auprès duquel je me sois sentie plus vivante. Il n'y en avait pas eu avant lui ; il n'y en a pas eu après et il n'y en aura pas.

Même si j'ai été mariée longtemps avec un autre, même si j'ai essayé de toutes mes forces d'en aimer un autre. Peu importe ce qui s'est passé après, le pourquoi du comment du fin mot de l'histoire. Will était mon homme, celui qui faisait palpiter mon cœur et chanter mon âme. Pour moi, il n'y en a jamais eu d'autre.

Janvier, février, mars. nouvel an, Saint-Valentin, Saint-Patrick.

Avril, mai, juin. Poisson d'avril, 1er mai, remise des diplômes.

Juin… Juin, c'est beaucoup plus que la remise des diplômes. Je n'ai pas de mots pour décrire juin. C'est le déclenchement de la guerre, le début des hostilités, comme disent les journalistes qui vont dans les pays où les gens s'entretuent. Juin, c'est l'aurore d'un carnage sans fin.

Janvier.
— Mais pourquoi voler ?

— Quoi ?

Il a enfoui sa tête sous les couvertures. Sa chambre est glaciale et bruyante. Trois petits appareils de chauffage au gaz sifflent, claquent, gémissent sans réchauffer la pièce.

— Je te demande pourquoi. Pourquoi voler ?

— Hein ?

— Will, sors de là, veux-tu ?

Un œil bleu, une pommette.

— Qu'est-ce que tu dis ?

— Explique-moi, Will.

— Pas maintenant, Giroflette.

Je passe mes doigts dans les cheveux qui sont tombés sur son front.

— Raconte-moi, Will.

— Moi qui avais un si beau projet sous les couvertures…

— Raconte-moi.

— Je pensais que tu allais venir me réchauffer…

— Raconte-moi.

— Qu'est-ce que tu veux que je te raconte ?

— Tu le sais très bien, Will.

Il se relève sur un coude et me regarde.

— Parce que l'occasion s'en est présentée, dit-il. Ce n'était pas dirigé contre quelqu'un en particulier. L'occasion s'en est présentée alors, je l'ai fait.

— L'attrait du risque ? L'adrénaline ?

— Ouais… peut-être. Je ne me le suis jamais demandé. Je l'ai fait, point.

— Et tu t'es fait attraper.

Il repose sa tête sur l'oreiller, ferme les yeux. Ses doigts vont et viennent distraitement sur ma hanche, ses orteils se pressent sous mon pied. Je me penche vers lui et pose mes lèvres sur l'aigle bleu. Il sourit sans rouvrir les yeux.

— Et tu t'es fait attraper.

Mon sein effleure sa poitrine. Will m'embrasse en frottant mon mamelon de son pouce. Mon cœur bat plus vite. Ça coule entre mes jambes. Will fait glisser sa main dans mon dos, sur mes fesses. J'embrasse son menton, la barbe qui commence à poindre à ses joues. J'inspire profondément.

— Et ils t'ont attrapé.

Il embrasse ma bouche, me soulève de ses deux mains et m'allonge sur lui. Son sexe est dur sous mon bassin. J'ai mal. Je voudrais qu'il entre en moi. Je le désire tellement que j'en ai mal.

— Deux fois, dit-il en me regardant.

Je frôle sa poitrine du bout des doigts.

— Qu'est-ce qui s'est passé ?

— Ils m'ont collé en taule, qu'est-ce que tu crois !

— Incroyable.

— Pourtant, c'est vrai.

Je plonge mes yeux dans les siens. Ses doigts sont comme du velours entre mes cuisses. Je n'entends plus que le chauffage qui claque et mon cœur qui bat à grands coups, comme un océan qui rugirait dans ma tête.

— Will…

— Quoi ?

— Raconte-moi.

— Raconte-moi quoi ?

— Tout. Je veux tout savoir.

Ça ruisselle entre mes jambes. Je me penche vers lui et caresse sa poitrine de mes cheveux. Nous nous regardons dans les yeux sans rien dire et il entre en moi. Il s'enfonce plus profond dans mon ventre. Je respire de plus en plus fort.

— Tu veux que je te raconte maintenant ?

Il baisse la tête et prend mon sein dans sa bouche. Mon cœur bat trop vite, je ne peux plus répondre. Il jouit en moi et je hurle en riant.

Il m'a tout raconté. Ce qu'il avait volé, quand, comment. Comment la police lui avait mis la main au collet, ce qu'il avait ressenti, ce qui s'était passé ensuite. Il m'a raconté toute l'affaire dans ses moindres détails, même les plus douloureux, parce que je le lui avais demandé, parce que je voulais savoir. Les deux fois, il a été accusé de vol à main armée, un truc qui va chercher dans les cinq ans, souvent plus. Je l'écoutais, naïve comme un nouveau-né, les yeux grands ouverts, serrant les dents pour ne pas sangloter. On aurait dit qu'il parlait une langue étrangère. Il prononçait des mots, des phrases que je n'avais entendus qu'à la télé : « Ça va chercher entre cinq ans et la perpétuité. »

La première fois, il avait quinze ans. Il a volé cent dix-sept dollars et cinquante-trois cents dans un magasin d'alcools. Il s'est montré très précis sur le montant. Je me rappelle ses yeux quand il disait cela, l'ironie qu'il avait dans le regard. Oui, on peut se faire envoyer à l'ombre dix-huit mois pour cent dix-sept malheureux dollars et cinquante-trois cents.

La deuxième fois, il avait dix-sept ans. Il a volé mille deux cents dollars et des poussières dans une épicerie. Il en a pris pour cinq ans.

En réalité, il n'a fait que trois ans, dont onze mois dans une prison. Avant, il était dans un centre d'éducation surveillée, autrement dit une maison de correction. Il était mineur, ce qui le plaçait techniquement sous la tutelle de l'État. Puis, il a presque tué un type qui s'appelait Newton Breen, alors les autorités l'ont déclaré irrécupérable et l'ont envoyé dans une vraie prison.

— On était sur un tas de bois qui avançait vers le four. Cet abruti m'a poussé. Il devait trouver ça drôle, j'imagine. Je suis tombé d'un étage et demi de haut et j'ai atterri en plein sur ma jambe. Double fracture. Crac, crac ! Comme un cure-dents. Je suis resté trois mois à l'hôpital sans bouger. Les médecins m'ont fait deux opérations, ils m'ont collé des tas de broches et puis, merci, bonsoir. Je pourrais remarcher, mais je boiterais toute ma vie. C'était le maximum qu'ils pouvaient faire pour moi. Le jour où je suis sorti de l'hosto, je suis allé trouver Newton pour qu'il sache que je n'étais pas mort.

Il l'a tellement battu que Newton Breen est tombé dans le coma. Personne n'a pris en considération le fait que l'autre l'avait poussé de presque cinq mètres de haut. Ils ont déclaré Will irrécupérable et l'ont envoyé à San Quentin. C'est là qu'il a fini de purger ses trois ans, puis il a été mis en liberté conditionnelle.

C'est à la maison de correction qu'il a tatoué le mot *SEXE* sur ses orteils à l'encre bleue, avec le *S* à l'envers comme un *Z* arrondi, mais c'est à San Quentin qu'il est devenu un homme. Ce qu'il a vu là-bas l'a convaincu de renoncer à sa carrière de cambrioleur.

— Je ne remettrai jamais les pieds dans une prison, Jenny. Je ne prendrai plus jamais le risque de m'y retrouver, tu peux me croire.

La détermination de Will, ses espoirs, sa certitude d'être revenu sur le droit chemin et d'avoir un avenir brillant devant lui, cela n'avait rien à voir avec moi. Will avait confiance en lui à cause de ce qu'il avait vécu. Ça n'avait rien à voir avec moi.

Février.

— Mais qu'est-ce que tu fais avec lui ? demanda Linda.

— Hein ?

— Tu ne vas quand même pas te marier avec lui ? Ce n'est pas le genre de type qu'on épouse, enfin ! Évidemment, pas question de mariage avant d'avoir fini nos études, mais quand même...

Elle s'est tue deux secondes et m'a scrutée d'un regard soupçonneux.

— Tu l'as fait ! Tu as été jusqu'au bout avec lui et c'est pour ça que tu t'es entichée de lui !

— Linda ! s'est écriée Sherry d'une voix horrifiée. Ne l'écoute pas, Jennifer, elle dit n'importe quoi.

— En effet, je ne suis plus vierge, si c'est ce que tu veux dire.

— Quoi ! a crié Sherry. Mon Dieu ! Tu dis ça pour rire, n'est-ce pas, Jennifer ?

— Et toi non plus d'ailleurs, ai-je ajouté en fixant Linda d'un regard dur.

— Oh, mon Dieu ! a glapi Sherry. Linda... Tu l'as fait ?

— Oui.

Linda a dessiné trois petits ronds humides sur la table avec son verre d'eau.

— Tu devrais faire attention à toi, Jenny. Moi, au moins, c'est du solide avec Alan. Nous allons nous fiancer cet été et nous nous marierons dès qu'il aura terminé son droit. Fais attention. Tu ne voudrais quand même pas finir avec quelqu'un qui n'a pas d'avenir? Ouvre les yeux, Jenny! Ce type-là travaille dans une station-service!

Elle a ri, puis elle a passé ses doigts dans ses cheveux blonds bien coiffés pour s'assurer que chacun d'eux suivait le mouvement réglementaire.

— Comment feras-tu pour élever tes enfants, Jenny? Et où, d'abord? Dans un meublé au-dessus du Texaco?

— Je n'en reviens pas! souffla Sherry. Je suis la seule qui soit vierge, alors?

La serveuse est arrivée, essoufflée, le visage rouge. Elle a posé les hamburgers devant nous.

— Le Coca vanille, c'est pour…

— Pour moi, a dit Sherry.

— La limonade cerise sans glace… marmonnait la serveuse. Le lait malté… Ça va?

— Oui, merci.

Si seulement elles pouvaient arrêter de me poser des questions! Si seulement on pouvait passer à autre chose. Je me suis affairée à sortir mon hamburger du papier en espérant qu'elles me ficheraient la paix.

— J'avais une de ces faims! a lancé Sherry.

— Moi aussi, ai-je dit en lui souriant.

Linda a mordu dans son double.

— Ce n'est pas un type pour toi. Il détonne.

— Pourrions-nous changer de sujet?

— Laisse tomber, Linda. Tu vois bien qu'elle ne veut pas en parler.

— Parce qu'elle sait que j'ai raison!

J'ai haussé les épaules.

— Il détonne, a répété Linda.

— Il détonne dans quoi ? Par rapport à quoi ?

— Par rapport à toi, à nous, à notre milieu ! Allons, Jenny, tu sais très bien ce que je veux dire !

— Tu trouves qu'il détonne ? a demandé Sherry.

— Arrête de faire la pie, Jenny.

J'ai souri.

— Je ne fais pas la pie, Linda. « Faire la pie » signifie être bavard.

— Ah oui ? a fait Sherry. Moi aussi, je confonds toujours « faire la pie » et « faire la bête ».

— Sherry, arrête ! hurla Linda d'un ton excédé.

— Ben, quoi ?

Pour le compte, j'ai ri.

— « Faire la bête » signifie faire semblant de ne pas comprendre, Sherry.

Sherry a regardé Linda.

— Je n'y comprends rien. Elle ne fait pas la bête, et encore moins la pie !

— Peu importe ! trancha Linda en s'emparant d'une frite. Tu ne veux pas nous parler de lui, tu ne veux rien nous dire. Tu es évasive. Voilà le terme que je cherchais : tu es évasive.

— Je ne suis pas évasive.

— Oh, si, Jenny ! Tu es très évasive. Pourquoi passes-tu tant de temps avec lui ? Je ne dis pas qu'il n'est pas beau ou quoi que ce soit, pas du tout ! Mais enfin, pourquoi ne vois-tu personne d'autre que lui ? Il me semble quand même…

— Parce que je l'aime, ai-je lancé d'une voix claire.

— Oh, mon Dieu ! a bramé Sherry. Tu dis ça pour rire, n'est-ce pas, Jennifer ?

— Tu es en train de commettre une grosse erreur, a précisé Linda.

— Oh, mon Dieu ! a dit encore Sherry. C'est épouvantable.

J'ai mâchonné mon hamburger d'un air paisible. En effet, j'avais commis une grosse erreur. Je n'aurais jamais dû leur dire que je l'aimais. Je n'aurais rien dû leur dire du tout. Pourquoi étais-je allée manger avec elles ? Par faiblesse. Malgré tout ce qui m'arrivait de merveilleux depuis quelques mois, je me sentais seule, quelque part. Je ne voulais pas parler de Will à mes amies ni leur raconter ce que je vivais avec lui et pourtant, mon ancienne vie me manquait à certains égards. Seulement, j'avais oublié que Linda était pire qu'une gale. Quand elle s'accrochait aux basques de quelqu'un, elle ne lâchait jamais prise. Elle le tourmentait jusqu'à ce qu'il craque, jusqu'à ce qu'il cède, jusqu'à ce qu'il crache le morceau. J'avais commis l'erreur de mettre le doigt dans l'engrenage et jamais elle ne me laisserait en paix. Je me suis essuyé la bouche avec une serviette en papier, j'ai versé deux fois trop de sel sur mes frites et j'ai fait couler un petit tas de ketchup sur le bord de mon assiette. J'avais une envie folle de claquer la bouteille sur la table pour la faire exploser. J'avais une envie folle d'appeler Will à l'aide, de rentrer chez moi et de pleurer.

— Et lui, demanda Sherry calmement, est-ce qu'il t'aime ?

Elle me regardait avec de grands yeux de biche, un peu de moutarde sur le bout du nez.

— Pourrions-nous changer de sujet, s'il vous plaît ?

— Excuse-moi.

J'ai regretté de lui avoir parlé durement. Ce n'était pas contre elle que j'étais fâchée.

— Je ne sais pas, Sherry, ai-je repris d'une voix plus douce. Je crois que oui.

Linda a secoué la tête d'un air catégorique.

— Tu délires, Jenny. En tout cas, tu ne te marieras certainement pas avec lui. Tu ne voudrais pas finir avec quelqu'un comme ça, tout de même ?

— Tu ne sais rien de lui.

— Je vois le genre ! Ça saute aux yeux.

— Qu'est-ce qui saute aux yeux ?

Linda n'a pas répondu, alors Sherry a jugé bon d'enfoncer le clou.

— Ouais ! Qu'est-ce qui saute aux yeux ?

Linda l'a paralysée d'un regard assassin.

— Que ce n'est pas un type pour elle, tiens ! Que ce n'est pas quelqu'un de... Est-ce que je sais, moi ? Que ce n'est pas quelqu'un comme il faut !

J'ai ri. Elle bafouillait. J'avais le dessus.

— On croirait entendre ta mère...

— Il paraît qu'il s'est battu vendredi soir à Leawood. On raconte aussi qu'il a presque tué un type à force de lui taper dessus.

J'ai repris une gorgée de limonade. « Espèce de garce. » Comment l'avait-elle su ?

— Ce n'est pas vrai, peut-être ?

— Le type l'avait cherché.

— Est-ce que tu te rends compte de ce que tu dis, Jenny ? C'est ça que tu veux ? Finir tes jours avec un type qui se bat avec tout le monde ?

— Premièrement, il ne se bat pas avec tout le monde. Deuxièmement, l'autre n'a presque rien eu.

— Tu parles d'une consolation !

— Hé ! le type lui a coupé la route alors qu'on tournait sur la gauche et il a failli emboutir la Mercury.

— Quelle Mercury ? a fait Sherry.

— Alan m'a dit que Will s'est mis à taper sur le type comme un forcené et que, heureusement, d'autres gens sont arrivés, parce que l'autre était presque inconscient.

Je n'ai pas répondu.

— Ce n'est pas vrai, peut-être ?

— L'autre n'est pas mort, loin de là. Je le sais : j'y étais.

— C'est ça, ta nouvelle vie ? Ce type-là est un dingue, Jenny, et tu ferais mieux de t'en rendre compte avant qu'il ne soit trop tard.

— Il n'est pas dingue.

— Ouvre les yeux ! Tu sais très bien que j'ai raison ! Will n'est pas à ton niveau, Jenny. Tu crois vraiment que tu peux aimer un type pareil ? Tu crois vraiment que vous allez vous marier et vivre heureux avec beaucoup d'enfants ? Allons, Jenny ! C'est un minable et tu le sais aussi bien que moi. Si tu continues comme ça, tu finiras dans un parc de caravanes. C'est ça que tu veux ?

Pour la première fois de ma vie, je suis sortie de chez Winstead sans finir mon hamburger. J'ai pris le bus et je suis rentrée chez moi. Sherry a eu beau me supplier, il n'était pas question que je monte dans la voiture de Linda. Je suis restée farouchement plantée à l'arrêt de bus dans la neige fondante et le vent glacial, et je n'ai jamais reparlé à Linda Lubin. Ce qui, tout compte fait, valait amplement la moitié de hamburger que j'ai laissée dans mon assiette chez Winstead.

Minable ! Minable, le garçon qui me murmurait de regarder la lune de ma chambre et me jurait de la regarder de la sienne pour que nous soyons ensemble malgré la distance ? Minable, l'homme qui embrassait mes paupières, qui observait chacun de mes gestes, dont le visage s'éclairait dès qu'il m'apercevait, qui s'inquiétait quand je prenais le volant sans lui, qui me faisait promettre de lui téléphoner dès que je serais arrivée à destination, qui me demandait de le rappeler dès que je serais rentrée à la maison ? Minable, l'homme qui s'était fâché quand je lui avais raconté que j'étais rentrée en bus la veille ? « Je ne veux pas que tu prennes le bus par un temps pareil. Si tu as un problème, tu m'appelles et je vais te chercher, où que tu sois. » Minable, l'homme qui disait m'aimer si fort que parfois, quand il me regardait, il était tellement heureux que son cœur se serrait à lui faire mal ? Minable ?

Si Will était un minable, alors qu'est-ce que nous étions, nous ? La petite bourgeoisie comme il faut de Kansas City, l'élite juive, la crème de la crème ?

Que disait Will à propos des amis, déjà ? Ah, oui ! Qu'ils étaient toujours prêts à vous poignarder dans le dos. Ou parlait-il de la famille ? Les amis… La famille… De toute façon, quelle importance ? Je n'en avais pas, je n'en avais jamais eu et je n'en avais pas besoin. Qu'ils aillent tous au diable, ce ne serait pas une grosse perte. Je n'avais besoin de personne, puisque j'avais

Will. Il était à la fois mes amis et ma famille. Il était tout pour moi. Tant que j'avais Will, je n'avais besoin de personne d'autre.

Mars.

J'ai raccroché, puis j'ai rouvert la porte de la cabine télé-phonique. Le vent l'a reclaquée derrière moi.

— Qu'est-ce qui se passe ? a demandé Will.

Il était adossé à la Mercury, le col relevé, les mains dans les poches.

— Elle a appelé deux fois chez Sherry. La pauvre Sherry est hystérique. Elle dit que c'est la dernière fois qu'elle me couvre. Elle a raconté à ma mère une histoire à dormir debout, comme quoi j'étais allée chez Mary Lou et qu'elle n'avait pas pu venir avec moi parce qu'elle ne se sentait pas bien. Le problème, c'est que sa mère était juste à côté. Elle en a conclu que Sherry cou-vait une grippe et elle lui a interdit de sortir.

Nous avons ri tous les deux.

— Pauvre Sherry ! a dit Will. Bon. Je te ramène chez toi.

Je me suis collée contre lui et j'ai enfoui mon visage dans sa chemise. Il a sorti les mains de ses poches et a baissé les yeux sur moi.

— Tu sais que tu es très mignonne comme ça ?

— Je n'ai pas envie de rentrer chez moi.

— Ah, non ?

— Non.

Il me regardait en souriant. Il a repoussé une mèche de cheveux qui voletait contre mon nez.

— Je t'aime, a-t-il dit.

C'était la toute première fois. Nous étions au coin de Wornall Road et de la Soixante-quinzième Rue. Il était dix-sept heures quinze, le jour de la Saint-Patrick, devant la cabine télé-phonique en face du restaurant Jasper. Tout Kansas City buvait de la bière verte en l'honneur du saint patron des Irlandais et Will, le dos appuyé contre sa Mercury, me tenait serrée très fort contre lui. Pour la toute première fois, il m'a dit qu'il m'aimait.

Je suis censée rentrer à vingt-trois heures au plus tard. Il est déjà vingt-deux heures passées.

— Tu crois que tu me fais peur ?

Penché à la fenêtre de la Mercury, Will insulte le type dans la voiture d'à côté. Alors que nous attendions au feu rouge, il a surgi tout près de nous en faisant rugir son moteur, puis il a lancé à Will deux ou trois mots que je n'ai pas compris dans tout ce vacarme.

— Will…

Il ne me regarde pas.

— Tu te prends pour qui, avec ta Plymouth de merde ?

Nous revenions d'une magnifique promenade dans la nuit. Nous étions loin de Kansas City, encore plus à l'ouest que Quivera, un endroit que je ne connaissais pas, tout noir, sans maisons ni lampadaires. Seules une petite lune et une poignée d'étoiles luisaient dans le ciel.

— C'est la lune rousse, Giroflette.

— Comment tu le sais ?

— Je sais beaucoup de choses que tu ignores, ma chère.

— Ah, ouais ?

— Parfaitement ! Par exemple, je sais que tu es très belle et toi, tu ne le sais pas.

J'étais assise près de lui, ma tête sur son épaule. Il tenait ma main dans la sienne en frottant son pouce contre mes doigts comme il aimait le faire. Je l'ai regardé, puis je me suis blottie encore plus fort contre lui et j'ai glissé ma tête sous son menton. Il m'a embrassée sur le front.

— Je ne suis pas belle, Will.

— Tu vois ? Je sais plein de trucs que tu ne sais pas.

Et puis, le type est arrivé en faisant hurler son moteur. Ils se sont mis à s'injurier tous les deux et Will a lâché ma main.

— Va te faire foutre ! beuglait l'autre en souriant. Je te plante n'importe quand, toi et ton tas de ferraille.

56

— Ah, ouais ? Et moi, je te parie vingt dollars que je t'arrange le portrait !

Les doigts crispés sur mon siège, je tremblais comme une feuille.

— Will…

— T'occupe pas de ça, Jenny.

Glacial. Dur et froid comme la pierre, comme s'il ne m'avait pas connue.

Les deux voitures ont traversé en trombe la Cent-vingtième pour aller tourner dans un chemin de terre. Will est sorti de la voiture d'un bond en laissant sa portière ouverte. Il a pris un billet de vingt dollars dans sa poche et l'a fait claquer sur le capot de la Mercury. Le type souriait toujours d'un air narquois. Il est sorti de sa Plymouth. Gros, avec des bras énormes, à peu près de la même taille que Will.

— Will…

— La ferme, Jenny !

— Ouais, ferme ta gueule, Jenny, a dit le type.

Et Will s'est effondré. Je n'ai même pas vu le gars le frapper. J'ai seulement entendu le bruit de son poing qui cognait et Will s'est écroulé contre la calandre de la Mercury. Le type l'a encore frappé deux fois, très fort. J'avais les mains collées contre ma bouche pour ne pas hurler et je pensais : « Mon Dieu, faites qu'il arrête, je Vous en supplie, faites qu'il le laisse tranquille. » J'ai ouvert ma portière et je suis sortie de la voiture.

D'un coup, Will s'est relevé et il a envoyé son poing dans la figure du type, rapide comme l'éclair. Le type a poussé un grognement, puis il a chancelé et il est tombé par terre. Et puis, plus rien. Les deux restaient là, immobiles, et on n'entendait plus que la stridulation des grillons et la respiration oppressée des deux hommes.

— Tu en as assez ? a demandé Will.

Le gars s'est relevé. Il a remonté ses pantalons, l'air de dire : « D'accord, la bagarre est finie. » Puis, il a fait quelques pas en secouant la tête comme pour reprendre ses esprits, et brusquement, il a foncé sur Will et l'a projeté au sol. Will est tombé à quatre pattes. Il saignait. Le type l'a frappé dans le ventre. Trois coups de pied dans le ventre à toute volée. Will n'arrivait plus à respirer. Ses genoux se sont affaissés sous lui, ses bras se sont écartés et il est tombé à plat ventre comme s'il avait dormi ou qu'il avait été soûl, et moi, je hurlais à m'en arracher la gorge.

Le type a ramené ses cheveux en arrière de ses deux mains. Il a essuyé son nez en reniflant dans ses doigts. Il a remonté ses pantalons encore une fois, puis il a pris le billet de vingt dollars sur le capot de la Mercury et l'a enfoui dans sa poche. Il a reniflé encore, puis il m'a regardée.

J'étais pétrifiée contre la portière ouverte de la Mercury, incapable de faire un geste.

— Tu viens avec moi, chérie ?

Je le fixais sans rien dire. Le type a ri et il a fait un pas vers moi. J'ai entendu une sorte de bruit étouffé et je me suis dit que ce devait être Will qui se relevait.

— Hein, chérie ? disait le type. Comment tu t'appelles, d'abord ? Jenny, c'est ça ? Tu viens avec moi, Jenny ?

J'ai reculé un peu et j'ai saisi la poignée de la portière.

— N'aie pas peur, Jenny. Je ne te ferai pas de mal.

Je ne voyais que son sourire qui s'approchait lentement.

— Si tu la touches, je te tue, a dit Will.

Il était debout derrière le type. Je ne sais pas comment il avait fait pour se relever mais il était debout derrière le type et, soudain, j'ai pensé au revolver caché sous la voiture. L'autre a fait encore un pas vers moi. J'ai reculé et je me suis glissée dans la Mercury. Le type a tendu la main pour m'attraper. Will l'a frappé en même temps que je claquais la portière sur ses doigts.

Je pleurais. Will était agrippé à moi. J'essuyais son sang.

— Je ne voulais pas qu'il te voie, disait-il. Je ne voulais pas qu'il voie que tu étais là.

Il toussait, il suffoquait. Sa chemise était ensanglantée.

— C'est mon foutu caractère de chien, dit-il encore. Je suis comme ça, Jenny. Je ne veux pas qu'on te fasse du mal. Tu sais ça, hein ? Je ne veux surtout pas qu'on te fasse du mal.

Il parlait d'une voix rauque. Il avait mal aux côtes. Une fracture peut-être. Il pressait sa main contre son flanc.

— Je t'aime tellement, Jenny. Excuse-moi…

Je lui ai retiré sa chemise. Il m'a embrassée. Ma poitrine était toute rouge de son sang. Je le voulais plus près de moi, encore plus près. Je le voulais au fond de moi, tellement fort que j'en avais mal au ventre. Je voulais qu'il me baise jusqu'à ce que je crie. Alors, je l'ai enfourché. Je sentais le volant qui râpait mon dos et mes genoux qui s'enfonçaient dans le siège et j'ai joui les yeux grands ouverts. Will aussi. Il me regardait jusqu'au plus profond de mon âme.

Et puis, j'ai ri. Je pleurais et je riais en même temps et rien n'avait d'importance. Je ne savais plus ce qui s'était passé ni qui j'étais, et ça n'avait rigoureusement aucune importance. Je rompais avec mon ancienne vie, avec ce que j'avais été jusque-là, ce que j'avais fait, ce qui avait compté pour moi. J'étais la nouvelle Jenny, la Jenny de Will, et nous étions loin, tellement loin déjà qu'il n'y avait plus de retour possible. L'ancien monde était mort. Il n'y avait plus que nous et l'instant présent.

Avril.

— Est-ce qu'il neigeait dans les endroits où tu as vécu ?

Je murmure, la bouche collée contre le col de laine de son blouson. Cela fait au moins vingt minutes que nous n'avons pas dit un mot.

C'est trop beau pour parler à voix forte. Le silence recouvre tout comme un tapis, comme les trente centimètres de neige récemment tombés. Avril, c'est le printemps, le soleil, les bourgeons. Et pourtant, ils sont là, des milliers de flocons empilés sur le sol comme de la ouate. La ville flotte dans le blanc, comme à la dérive.

Il est un peu plus de six heures du matin. Ma mère me croit sagement endormie chez Sherry après la fête. Elle a appelé deux fois avant d'aller se coucher. Will est venu me chercher à minuit, après son travail au bowling, et nous avons passé toute la nuit ensemble. Je ne me suis pas assoupie un instant. C'est la première fois que je réussis à rester avec lui jusqu'au matin, alors je ne veux pas en perdre une seconde. Mes anciennes copines ne m'invitent plus guère aux fêtes, mais Sherry a toujours eu bon cœur. Will et moi dans son lit, mon corps contre le sien toute la nuit durant. Un sentiment incroyable. Et puis, Will a dit qu'il fallait absolument que je voie l'aube. J'ai cru qu'il plaisantait. Il a insisté. Les seules fois où je me suis levée à cinq heures du matin, c'est pour aller en excursion avec les Guides ou parce que j'avais la grippe. Will pouvait aller regarder l'aube à la fenêtre si ça lui chantait, mais il faudrait qu'il revienne très vite me rejoindre dans le lit pour me réchauffer. Jamais je ne sortirais des couvertures par un temps pareil, non merci. Il a ri, puis il s'est levé.

— Jenny… Il neige.

— Impossible, c'est le printemps.

— Printemps ou pas printemps, il neige. Viens voir !

Je le regarde à contre-jour sur le soleil naissant, tout habillé, immobile et silencieux. Nous sommes les seuls vivants du monde entier.

Des filets rouges qui s'allument dans le noir, des étoiles blanches, des lueurs jaune pâle puis or qui font étinceler les cristaux de glace accrochés aux murs, aux arbres, aux toits. Le monde reprend vie sous nos yeux. Il ouvre devant nous une plaine infinie de glace irisée blanche, rose, dorée. Nous restons sans faire un geste, sans respirer, hypnotisés par le spectacle du soleil levant.

— J'ai déjà vu neiger, murmure Will, mais je n'avais jamais vu une neige aussi belle.

Il passe doucement son bras autour de mes épaules.

— C'est peut-être parce que tu n'étais pas là, Giroflette.

— Maintenant, je suis là.

— Pour toujours. Jamais je ne te laisserai tomber, Jenny.

— Pourquoi tu dis ça ?

Mon cœur s'affole un peu, mes yeux cherchent les siens.

— Je ne sais pas. Je voulais juste te dire que je ne te laisserai jamais tomber.

Nous ne sommes pas allés en traîneau jusqu'à la voie ferrée. Will disait que c'était trop beau, qu'il ne fallait pas abîmer le paysage. Il a pris le traîneau sous le bras et nous avons marché jusqu'à la colline Suicide. Derrière nous, deux chemins dans la neige, l'empreinte de deux paires de bottes qui avancent, très proches l'une de l'autre, qui s'enfoncent dans l'épais tapis de neige et de glace vierge.

— Pourquoi dansez-vous avec tant d'ardeur ces temps-ci, Jennifer ?

Je me suis retournée si vite que j'ai failli tomber du banc. Elle est là, dans l'embrasure de la porte. Je suis dans le vestiaire des filles à retirer mes chaussons et elle se tient sur le seuil, les pieds en première position, parfaitement symétriques, sa canne plantée fermement devant elle, ses deux mains repliées sur le pommeau. Elle porte un justaucorps couleur chair un peu passé, une jupe de mousseline effilochée, des collants assortis, des chaussons tout craquelés. Une grande serviette blanche est drapée sur ses épaules et son cou. La peau blanche, la poudre blanche, le rouge à lèvres carmin, le mascara charbon, deux traits noirs soulignant le regard gris, pas de fard à joues : mademoiselle Lala Palevsky représente l'archétype du professeur de danse classique. Rien n'y manque, ni le chignon, ni le regard dur, ni même l'accent russe. Elle a les mains plus rapides que l'éclair et nous décoche dans les mollets des coups de canne impitoyables quand nous avons le mauvais goût d'exécuter un mouvement d'une manière approximative. Nous y pensons à deux fois avant de lancer nos grandes jambes au petit bonheur. Lala Palevsky a foi en deux choses : la danse et la discipline, les deux *D* majuscules de sa vie. Hormis cela, je ne sais rien d'elle. Je n'arrive même pas à m'imaginer sa vie en dehors de la danse. Elle doit passer tous ses jours et toutes ses nuits dans le studio. Contrairement au commun des mortels, elle n'a sans doute pas besoin de s'alimenter. Quand je me force à me la représenter dans une activité quotidienne, je réussis parfois à l'imaginer en train de dormir, couchée dans la poussière sur le sol de bois jaune, sans oreiller ni couverture. Elle gît dans son justaucorps, immobile et pâle comme la mort, sa jupe de mousseline également sans vie, son image reflétée quatre fois dans les miroirs qui couvrent les murs de cette vaste pièce.

Le corps de mademoiselle Lala Palevsky est menu et sec. Seuls s'en détachent les épaules osseuses, les omoplates, les muscles et les genoux. Elle a les seins petits. Ses doigts courts sont couverts de bagues qui jettent des éclats de lumière quand elle agite sa canne.

— Jennifer ?

J'essaie de retrouver ma voix. Elle m'a désertée dès que j'ai vu qui me parlait depuis le seuil. Jamais je n'ai conversé avec elle, pas une seule fois en douze ans. Elle me répète sans cesse comment exécuter les arabesques et les pliés, les sauts, les pas, elle me morigène régulièrement parce que l'angle de mon pied ou de mon bras n'est pas le bon, mais on ne peut pas appeler ça converser.

— Vous est-il arrivé quelque chose, Jennifer ?

Je me lève en toute hâte.

— Non, mademoiselle Palevsky.

— Je crois que oui, au contraire.

Je la regarde sans rien dire.

— De quoi s'agit-il ?

— Rien, mademoiselle.

— Vous avez changé, pourtant.

— Je… Euh…

— Je vous regarde et je le vois : vous êtes différente. Ne mordez pas vos lèvres comme cela, Jennifer. Elles ne sont pas faites en steak, que je sache.

— Oui, mademoiselle.

— Alors ? Allez-vous me dire ?

— Je ne… Je ne sais pas, mademoiselle.

— Vous ne savez pas.

Elle a une moue.

— Pourtant, si. Vous avez changé.

Elle reste là, plantée dans l'embrasure de la porte, et moi, je ne sais pas quoi faire. Qu'est-ce que je peux lui répondre ? Que j'ai changé parce que je me sens aimée, parce que quelqu'un croit en moi pour la première fois de ma vie ? Parce que je me suis mise à croire que je pouvais devenir une vraie danseuse ? Mademoiselle Palevsky ne me quitte pas des yeux. On dirait deux charbons enfoncés dans le visage d'un bonhomme de neige. Peut-être qu'elle lit dans les pensées.

— Vous prenez la danse plus au sérieux qu'avant.

— En effet, mademoiselle.

— En effet, mademoiselle… Je vois. Il était temps, Jennifer.

Nous restons quelques instants silencieuses, son regard de charbon toujours posé sur moi.

— Vous pourriez devenir une bonne danseuse, dit-elle soudain. Si vous ne vous laissez pas arrêter en chemin, vous pourriez devenir une bonne danseuse.

Je déployais des efforts surhumains pour soutenir son regard, pour continuer de respirer sans m'affaler sur le banc.

— Alors ? Vous n'avez rien de plus à me dire ?

— Euh… Je ne crois pas, mademoiselle.

Mademoiselle Lala Palevsky fait alors la chose la plus incroyable du monde : elle remue légèrement les lèvres et l'ombre d'un sourire se dessine sur sa bouche, puis elle tourne les talons et disparaît.

Tous mes muscles se sont relâchés d'un coup et j'ai failli m'écrouler sur le sol. De toute évidence, elle lisait dans les pensées. Elle avait vu que je prenais la danse plus au sérieux depuis quelque temps. Avant, j'en parlais. Je disais que je voulais devenir danseuse, je me le répétais à moi-même. Maintenant, j'étais déterminée à le faire. Mon rêve avait pris corps et rien de tout cela ne serait arrivé si je n'avais pas rencontré Will. Il croyait tellement en moi que sa confiance m'avait gagnée par contagion. Pourquoi mademoiselle Palevsky disait-elle que je pourrais devenir une bonne danseuse si je ne me laissais pas arrêter en chemin ? Était-ce de Will qu'elle parlait ? Pour autant que je sache, elle n'avait pas de vie personnelle. Elle ne vivait que pour la danse. Moi, je voulais vivre pour la danse et pour Will. Les deux. Avec Will à mon côté, je pouvais tout entreprendre et tout réussir. Sans lui, j'étais sans force. Au fond, je le savais : toute ma détermination, tout mon courage, toute ma ténacité me venaient de lui. Et mademoiselle Palevsky, qu'avait-elle voulu dire ? Qu'on ne peut pas à la fois se donner à la danse et se donner à son homme ? En tout cas, j'avais bien fait de ne pas lui parler. Elle aurait beau me sourire jusqu'à la fin des temps, je ne lui dirais rien. Pour quoi faire ? Pour avoir une fois encore à me battre, à justifier mon amour pour Will ? Non. Je l'aimais, point. Et ça ne regardait personne d'autre que moi.

Mai.

— Pourquoi tu te promènes avec un revolver ?

— Chuuuuut.

— Voyons, il n'y a personne ! Tu peux parler.

Nous sommes Chez Joe. Moi, je déguste au comptoir un sundae avec un coulis de chocolat chaud. Will fait défiler des bouteilles de ketchup devant moi comme des soldats à la parade. Le samedi après-midi, pendant les heures désertes qui précèdent l'affluence du soir, Will doit couper la laitue, remplir les sucriers, salières, poivrières et bouteilles de ketchup, inscrire le plat du jour en lettres majuscules sur les tableaux noirs de l'avant et du fond.

— Joe est à l'arrière avec Becker.

— Ils ne peuvent pas nous entendre avec la radio. En plus, ils sont en train de se disputer pour savoir qui fait la meilleure soupe.

Will écrit : « STEK DE BŒUF ET PURÉE » sur le tableau.

— S-T-E-A-K, Will. Steak.

— Ah oui ?

Il est devenu très rouge.

— Qu'est-ce qui t'arrive ?

— Rien.

Il efface le mot *STEK* et écrit : « STEAK » à la place. Puis, il contemple longuement le tableau noir, le sourcil froncé.

— Purée, ça s'écrit comme ça ?

— Oui.

— Tu es sûre ?

— Oui.

— Il n'y a pas deux *r* ?

— Non.

J'engloutis une grosse cuillerée de chocolat fondu. Will sourit.

— Je ne suis pas très bon en orthographe.

— Moi non plus.

— Mon œil !

— C'est vrai !

— Ben voyons ! Tu reveux du chocolat, Girafe ?

Je lui tends mon verre à sundae.

— Oui. Avec une cerise, s'il te plaît. Dis-moi, Will…

— Oui ?

— Pourquoi tu te promènes avec un revolver ?

Il remplit mon verre de chocolat fondant, dépose une cerise sur le sommet et le replace devant moi.

— Parce qu'on ne sait jamais.

— On ne sait jamais quoi ?

— Ce qui peut arriver. Je peux avoir un petit creux tout d'un coup et tuer un ours pour me faire un sandwich.

— C'est malin !

— Ou alors, imagine que je tombe sur un espion russe du KGB qui veut voler nos secrets atomiques ! On ne sait jamais, avec les Russes. Il faudrait que je le descende.

— Réponds-moi sérieusement, Will.

— Bon, d'accord… C'est pour te protéger.

— Pfft !

— C'est vrai.

— N'importe quoi !

— Je te dis que c'est vrai !

Il se penche vers moi et plonge ses yeux dans les miens.

— Je me promène avec un revolver au cas où, Jenny. Je n'ai pas l'intention de m'en servir, mais je préfère en avoir un à portée de main au cas où.

Il me regarde d'un air dur.

— Tout peut arriver, dans la vie. Il faut se tenir sur ses gardes. Tu comprends ?

Il se redresse, retire son chapeau rouge et blanc marqué « Chez Joe » et se passe les doigts dans les cheveux.

— Je me sens plus en sécurité avec une arme.

Il remet son chapeau.

— Un peu de glace à la vanille pour faire passer le chocolat ?

Je continue de le fixer sans rien dire.

— Jenny ?

— Non, merci. Je n'ai plus faim.

Mai.

— Ta mère s'inquiète pour toi.

— Elle ne s'inquiète pas pour moi, papa. Elle est furieuse contre moi. Nuance…

— Tu me passes l'essence ?

— Pourquoi tu n'utilises pas un produit spécial pour nettoyer les pneus ?

— Depuis quand tu t'intéresses aux voitures, toi ?

Je lui tends le bidon d'essence. Il en verse un peu sur un chiffon et s'attaque aux traces de graisse qui maculent le flanc blanc du pneu arrière gauche de l'Oldsmobile de ma mère.

— Ta mère prend toujours ses virages trop serré. Elle n'est pas furieuse contre toi, Jenny. Elle s'inquiète, c'est tout.

— Elle est furieuse, tu le sais, papa. Fais attention de ne pas respirer trop d'essence. Il paraît que c'est pire que la drogue.

Il sourit.

— Je ferai attention, promis. Bon, d'accord, ta mère est fâchée. C'est moi qui suis inquiet.

— Pourquoi ?

— Parce que tu es ma petite fille et que tu t'éloignes.

— Je suis juste là, papa. Tu ne me vois pas ?

— Ce n'est pas ce que je veux dire.

Il se relève.

— C'est ce garçon, Jenny. Ça ne peut pas durer comme ça.

Je ne réponds pas.

— Ça te passera. C'est ce que j'ai dit à ta mère : « Laisse-la donc tranquille. Ça finira par lui passer. » En juin, tu auras ton diplôme. Après, tu partiras pour le collège…

— Je ne veux pas aller au collège, papa. Je veux devenir danseuse.

— Oh ! Ça aussi, ça te passera. C'est comme quand tu voulais être écuyère, tu te rappelles ? Tu te promenais toute la journée dans ton costume à franges et tes petites bottes blanches.

Il a ri.

— Et puis, ça t'a passé.

— Ce n'est pas la même chose.

— Mais si, c'est la même chose. Tu as oublié ta carrière d'écuyère et tu ne t'en portes pas plus mal. Je me demande d'ailleurs où sont passées tes petites bottes blanches. Il y avait un pompon sur le côté, tu te rappelles ?

— Papa…

Il contourne la voiture.

— Non, mais tu te rends compte ? Elle a éraflé son pare-chocs et elle ne m'en a même pas parlé ! Ça, alors !

Il se baisse pour examiner les dégâts et disparaît derrière la voiture en grommelant. Je ne pense pas qu'il m'ait entendue m'éloigner. Plus tard, il a dû me demander de lui repasser l'essence. J'étais déjà partie. Mon père m'adore, mais il n'a pas compris que j'ai changé. Mon père ne sait plus qui je suis.

Et puis, juin…

De toutes les filles qui ont obtenu leur diplôme de Southwest cette année-là, je suppose que je n'étais pas la seule à porter un bébé sous sa toge. Ce n'est qu'un soupçon, pas une certitude. Cependant, j'aime m'imaginer que nous étions plusieurs étudiantes enceintes le jour de la cérémonie. Si le souci des convenances n'avait pas été aussi fort à l'époque, si nous avions pu parler, nous aurions peut-être formé une jolie farandole dans le grand hall, puis nous serions allées vomir en chœur dans les toilettes.

— Ça va aller, Jenny. Ne t'inquiète pas. Je t'aime. Je vois que tu as peur mais tu sais que je t'aime, n'est-ce pas ? Je vais m'occuper de toi. Tu vas voir, tout va bien se passer. On va aller à Bakersfield, peut-être même encore plus au nord. On va se marier et, après, on ira en Californie pour l'accouchement. C'est très beau là-bas. Tu vas adorer la Californie ! Ça fait combien de temps que je rêvais de ça : toi et un enfant de toi ! Jenny, je t'aime, tu ne peux pas savoir combien !

Il était ivre, il était joyeux. Ma grossesse ne lui posait aucun problème. Au contraire, elle cadrait parfaitement dans ses projets, dans sa vie.

— Ça va être formidable, tu vas voir ! Je vais me trouver un bon travail dans la construction… Non, camionneur, plutôt. Oui, c'est ça. Camionneur. Dans la région viticole ! Hein ? Qu'est-ce que tu dirais de vivre dans un vignoble, Giroflette ?

Quel vignoble ? Je ne savais même pas qu'il y avait une région viticole en Californie. Enfin, si Will le disait, ce devait être vrai.

Alors, ce serait ça, ma vie ? J'allais me marier avec Will, avoir un enfant et vivre dans une région viticole. Mon enfant aurait les yeux bleus de son père et Will conduirait un camion. Moi, je resterais à la maison pour faire le ménage et la cuisine et m'occuper du bébé en attendant que mon mari rentre. Pas mal. Assez tentant même, en y pensant bien.

Oui, mais quelle maison ?

— Non, non, ne t'inquiète pas pour ça, Jenny. Une maison, n'importe laquelle, ça n'a pas d'importance !

— Et moi, Jenny, est-ce que je pourrais vivre dans une tente en bordure de route ? Est-ce qu'on peut faire la cuisine dans une tente ? Est-ce qu'il y a des toilettes, une salle de bains ? Est-ce qu'il y a de la place pour un berceau ?

— Hé ! Arrête de t'en faire, d'accord ?

Il a dit qu'il s'occuperait de nous.

— Je le savais ! glapit-elle.

Elle jeta un regard furieux à mon père, puis se tourna vers moi.

— Je savais que ça finirait par arriver ! Comment peux-tu me faire une chose pareille ?

J'aurais dû me douter que mon père le lui dirait, mais j'étais tellement terrifiée et il me regardait avec tant d'amour que ça m'avait échappé. Aujourd'hui, je sais que rien ne nous échappe jamais vraiment, qu'on ne dit jamais que ce qu'on veut que les autres sachent et que j'avais besoin de me livrer parce que j'étais morte de trouille. Alors, je le lui ai dit, et lui le lui a répété, et elle s'est mise à me crier dessus dans la cuisine pendant que les restes du repas achevaient de se figer dans nos assiettes. On aurait pu s'attendre à un peu plus d'originalité de sa part. Elle possédait un diplôme universitaire en littérature anglaise. Elle avait même enseigné dans son jeune temps. Eh bien, non. Toute sa réflexion, tout son discours culminaient en ces quelques mots stupides : « Comment peux-tu me faire une chose pareille ? » Mon père, comme toujours, était évincé du débat. Même pas un : « Comment peux-tu nous faire une chose pareille ? » Non.

— Je ne te fais rien du tout, maman.

Sans me prêter la moindre attention, elle reporta ses yeux furieux sur mon père.

— Mose ! Il faut appeler le docteur Bart. Il connaît peut-être quelqu'un... Mon Dieu, qu'est-ce que nous allons faire ?

— Quelqu'un pour quoi, maman ?

— Pour réparer le gâchis, parbleu !

— Comment ça, réparer le gâchis ?

Elle arrêta de tourner son café et envoya voler sa cuillère sur la table de la cuisine.

— De quoi tu parles, maman ?

Elle se leva et alla jusqu'à l'évier sans répondre. Elle me tournait le dos. Mon cœur battait comme un animal fou pris en cage.

— Tu parles d'avortement, c'est ça ? Il n'est pas question que j'avorte !

Elle resta obstinément silencieuse, le dos tourné.

— Papa…

Le visage de mon père avait tourné au jaune cireux depuis le début de l'entretien. Il regardait fixement sa tasse.

— Je vais l'épouser, dis-je d'une voix claire.

— Certainement pas ! cracha ma mère.

Ma mère ne parlait pas, elle crachait les mots comme une volée de petits plombs.

— Je vais épouser Will et mener ma grossesse à terme.

C'était la première fois que je m'entendais prononcer ces mots et, pour la première fois, j'y croyais vraiment.

— Je ne vais certainement pas te laisser gâcher ta vie comme ça !

Je regardai mon père. Il gardait la tête baissée, les yeux rivés sur sa tasse. Je posai ma main sur la sienne.

— Je ne gâche pas ma vie, dis-je à son crâne dégarni. Je veux cet enfant, papa. Will et moi allons nous marier.

— Tu ne sais pas ce que tu dis ! cracha ma mère.

— Je ne veux pas qu'elle avorte, Esther, dit soudain mon père d'une voix posée.

— Ah, tiens ! Le voilà qui réagit, à présent ! Il était temps ! Et qu'est-ce que tu veux, alors, si ce n'est pas trop te demander ?

Il passa son doigt sur une goutte de café tombée sur le bois de la table, puis il posa sa main sur la mienne.

— Je ne veux pas qu'elle avorte, répéta-t-il.

Son regard croisa rapidement le mien, presque fugitif.

— Elle pourrait peut-être mener sa grossesse à terme.

— Mener sa grossesse à terme ? Tu plaisantes ou quoi ? Qu'est-ce qu'elle ferait d'un enfant à son âge ? Elle l'emmènerait au collège, peut-être ? Ou alors, c'est moi qui m'en occuperais, c'est ça ? Et qu'est-ce qu'on va dire aux gens ? Qu'on l'a trouvé dans un chou, dans une rose, sur le parvis d'une église ?

La panique montait en moi comme une nausée. Il fallait que je parle, sinon j'allais exploser.

— Je ne veux pas avorter, papa. Je veux épouser Will et avoir l'enfant. Je t'en supplie, papa...

— Et gâcher ta vie ? martela ma mère. Et gâcher notre vie à tous ? Qu'est-ce qui t'a pris à la fin des fins ? Qu'est-ce qui t'a pris ?

Et du fond de sa gorge monta un sanglot. Je l'ai distinctement entendu. Ma mère a sangloté.

Mon père s'est levé, mais sans aller vers elle. Il est resté là, immobile, planté au milieu de la cuisine grande comme un désert entre elle et moi. Et voilà que je me suis mise à pleurer. Dieu m'est témoin que je ne voulais pas pleurer, mais voilà que les larmes ruisselaient sur mes joues et que je hoquetais comme une enfant. J'aurais voulu quitter la pièce, sortir en courant et m'enfuir de cette maison, mais ma mère s'interposa. Elle se dressa devant moi comme un navire de guerre, ses pavillons battant au vent furieux. Elle darda ses yeux noirs sur moi et elle hurla :

— Tu feras ce que je te dis, Jenny, tu m'entends ? Tu ne sais pas ce qui est bien pour toi, tu es trop jeune !

Ah, oui. Bien sûr. Pas trop jeune pour être enceinte, pas trop jeune pour aimer, mais trop jeune pour savoir ce qui est bon pour moi.

Ne nous égarons pas. Reprenons dans l'ordre. D'abord, ma mère voulait que je me fasse avorter. En 1960, c'était illégal et passible de lourdes peines. Il fallait s'en remettre à des bouchers crapuleux qui opéraient dans des bâtiments désaffectés dans le coin de la rue Main et de la Trente et unième, ou du côté de la Dix-septième et de la rue Paso, ou sur les rives de la Kansas, très

71

loin vers le sud, ou en bordure du Missouri, du côté des ranchs, ou même à Tijuana, pourquoi pas ? Ayons une pensée pour tous ces avortements qui étaient pratiqués chez nos voisins du sud de la frontière, sans compter qu'il devait y faire un temps superbe en cette saison.

— Ils ne peuvent pas t'obliger, Jenny. Écoute-moi, Jenny : ils ne peuvent pas te forcer, tu m'entends ?
— Oui, je t'entends, Will.
Assise sur son lit, je le regarde qui fait les cent pas dans sa chambre. Cela fait trois heures que ça dure.
— Ils ne peuvent pas t'obliger, répète-t-il. Je ne les laisserai pas faire.
— Moi non plus.
— Très bien, alors.
— Très bien.
La chambre est silencieuse. Une fournaise. Les deux ventilateurs font voleter mes cheveux en tous sens. Je porte des shorts effrangés et un chemisier sans manches. Les franges de jean frottent doucement contre l'intérieur de mes cuisses. J'ai du vernis à ongles orange tout écaillé sur les orteils. Je le regarde et je me dis : « Il faudra que je remette du vernis quand je rentrerai à la maison. » Je ne pense pas que j'ai dix-sept ans et que je suis enceinte. Je me dis seulement qu'il faudra que je remette du vernis. Le store bat contre l'appui de la fenêtre et Will fait les cent pas. Il porte ses éternels jeans et ses bottes, mais il est torse nu. Une mèche de cheveux blonds lui retombe constamment sur l'œil. Il l'écarte du bout des doigts et je sens quelque chose qui bouge en moi. Je dois avoir soif ou alors, c'est la nausée. Je vais me lever et aller me chercher un Coca-Cola. On entend un klaxon dans la rue, une voiture qui freine et redémarre aussitôt.
— Ils ne peuvent pas te forcer à quoi que ce soit, reprend Will. Je ne les laisserai pas faire !
En trois enjambées, il est devant moi. Il prend mes mains dans les siennes et les serre contre sa poitrine.

— On va partir.

Il est là, debout devant moi, ses deux jambes écartées. Sa peau est douce et chaude sous mes doigts. Il me fixe de ses yeux bleus sans ciller.

— On va partir, redit-il.

— Will...

— On va aller se marier dans l'Oklahoma.

Il me prend dans ses bras et me soulève. Je me retrouve à genoux sur son lit, ma poitrine pressée contre la sienne. Son cœur bat si fort que j'ai l'impression que c'est mon propre cœur qui bat sous sa peau. Will est très proche. Je ne vois de lui qu'une brume bleue et blonde, puis ses lèvres se posent sur les miennes, légères comme des papillons.

— Je ne te laisserai pas tomber, Jenny. Je t'aime.

— Will...

— Ils n'arriveront pas à nous séparer.

— Non.

— Si! lance-t-il en rejetant sa tête en arrière. S'ils le peuvent, ils le feront. Mais pas si nous sommes mariés.

Le ventilateur remue l'air suffocant au-dessus de nos têtes, glace la sueur qui a coulé dans mon cou. Je frissonne et la mèche blonde retombe sur les yeux de Will. Je lève la main pour la repousser. Le visage tout près du mien, il parle sans me quitter des yeux.

— Veux-tu m'épouser, Jenny?

Un autre coup d'avertisseur dehors, puis le store cogne furieusement contre l'appui de la fenêtre. Une goutte d'eau tombe du robinet de la cuisine et s'écrase dans la poêle qui a été mise à tremper dans l'évier. Moi non plus, je ne le quitte pas des yeux. Je ne sais même pas si je suis triste ou joyeuse. Je me serre contre lui et je dis : « Oui, Will, je veux t'épouser. »

T'es ma chérie, je suis ton homme,
On est comme les deux doigts de la main.
Puis, on se déchire, gare à ta pomme.
Ça tourne toujours en eau de boudin.

73

Sacrés chanteurs country, va ! Toujours le mot pour rire.

Will passera me prendre après son travail. Il ira chercher ses chèques de paie et il me rejoindra chez Lala Palevsky. Moi, je ferai comme d'habitude, comme si j'allais à mon cours, mais je n'irai pas. Je l'attendrai dans le stationnement. À dix-huit heures, il arrivera dans sa grosse Mercury bleue et nous partirons ensemble. Ma robe de mariée est pliée dans mon sac de danse. C'est un fourreau blanc tout simple que j'ai acheté chez Harzfeld. Pieds nus dans la cabine d'essayage aux murs pêche, je me suis regardée de profil et de dos dans les trois miroirs. J'ai souri à mon nouveau dos, à mes nouveaux flancs. J'ai choisi la robe deux tailles au-dessus, à cause du bébé qui grandit en moi. Dans mon sac, sous ma robe, il y a aussi une paire de chaussures en satin bon marché, blanches aussi, avec un petit talon. Je les ai achetées chez Chandler. J'ai des bas neufs et un nouveau soutien-gorge, une combinaison et un petit voile avec un ruban et des faux boutons de rose pour mettre sur ma tête. Et surtout, j'ai une chemise de nuit, blanche aussi, très élégante. Pas vraiment transparente, non, mais coupée d'une telle façon qu'elle ne laisse aucun doute quant à ce que je porte dessous : rien que ma peau sous le satin. Pour faire bonne mesure, j'ai porté le tout au compte de ma mère. Normal, non ? Si elle avait été moins méprisante, moins coincée, si elle avait accepté que j'épouse Will au grand jour, elle aurait obligé mon père à me payer des noces à tout casser qui lui auraient coûté une fortune. Je lui fais économiser un bon paquet d'argent avec mon mariage à la sauvette. J'ai tout acheté seule. J'avais pensé y aller avec Sherry, puis je me suis dit que ça en ferait beaucoup pour elle. La fuite, la cérémonie secrète, les chaussures en satin blanc, la grossesse. Elle aurait craqué et serait allée tout raconter au premier venu. Or, il fallait à tout prix éviter les indiscrétions. Si je ne voulais pas que mes parents sachent, le plus sûr était encore de n'en parler à personne. Mose et Esther m'auraient poursuivie à cheval, s'il le faut, menant d'une main ferme les troupes du shérif à travers les déserts et les plaines. Mose aurait mis le pied à terre et aurait examiné le sol poussiéreux d'un œil sombre. « Ils sont passés par là, shérif ! » Les traces des pneus de la Mercury nous auraient trahis. Difficile de s'imaginer mon père écumer les champs de blé sur un cheval, lui qui croupissait depuis toujours dans un bureau de comptables chauves. Encore plus ardu de s'imaginer ma mère à cheval mais, quand même, je la voyais enfourcher un coursier pie de fière allure, un coquet bibi vissé sur le crâne ; elle portait un petit tailleur tout simple de chez Dior, des escarpins vernis à talons hauts et des gants, ainsi qu'un bandana rouge et blanc noué à son cou avec désinvolture. Quel chien elle aurait eu !

J'étais très énervée. À vrai dire, j'étais plus qu'énervée, je ne tenais pas en place. Je l'aimais tellement ! Il n'y avait rien à dire de plus, rien à faire, pas de questions à se poser, pas de doutes : « Nous allons nous marier, puis nous leur annoncerons la grande nouvelle. S'ils nous claquent la porte au nez, eh bien ! tant pis ! nous nous débrouillerons sans eux. J'ai mon diplôme du secondaire en poche. Je pourrai trouver du travail facilement. »

C'est là que ça tourne en eau de boudin. Aussi difficile me soit-il d'assembler les mots, de les dire, de les entendre ou même de les penser, la vérité toute crue, c'est que Will n'est pas venu. Il n'est pas venu. Je répète : Will n'est pas venu.

Une gamine de dix-sept ans attend devant son école de danse par une chaude soirée d'été. Elle serre contre elle un sac de toile qui contient sa robe de mariée soigneusement pliée, ses escarpins de satin et son voile. Elle est contente, pleine d'espoir. Elle se balance d'un pied sur l'autre, change son sac d'épaule. Son cœur lui remonte parfois dans la gorge mais ça ne dure guère. Elle s'appuie contre un lampadaire. Elle regarde à gauche, puis à droite. Elle fouille l'horizon du regard en attendant de voir apparaître la calandre rutilante d'une Mercury bleue. Elle s'observe dans son miroir de poche, se remet du rouge à lèvres, replace ses cheveux. Elle fait les cent pas devant l'école de danse, va jusqu'au bout du mur, chantonne un peu pour passer le temps. Elle pense à la vie qu'ils auront, à son visage, à ses yeux, à ses mains sur elle, à tout ce qu'elle aime. Elle essaie de ne pas voir que le soir tombe. Elle essaie de ne pas s'affoler, de ne pas prendre peur. Elle se parle à voix basse, se redit comme il l'aime, comme il est fou d'elle : « Il m'aime, il m'aime, il m'adore. » Et puis, elle tombe dans le marchandage avec Dieu, qui est l'ignoble prière des désespérés : « Je Vous en supplie, mon Dieu, faites qu'il vienne et je ferai tout ce que Vous voudrez. Je Vous en prie, mon Dieu, faites qu'il vienne et je ne Vous demanderai plus jamais rien de toute ma vie. Je Vous en supplie, mon Dieu, faites qu'il vienne. » La lune se lève. Elle étincelle dans le ciel d'ébène. Les cloches de Saint Anthony sonnent douze fois. Leur carillon s'entend très distinctement. Douze fois. Il est minuit et cela fait six heures qu'elle attend là. Un peu plus, même, parce qu'elle est arrivée en avance. Quand le carillon de Saint Anthony éclate dans la nuit, elle sent ses genoux céder sous elle. Elle s'effondre sur le trottoir en pleurant. Elle serre tellement fort le sac de toile contre son visage que la fermeture éclair lui laisse une petite voie ferrée sur la joue. Elle ne verra jamais la Mercury bleue tourner le coin de la rue. Les yeux bleus ne viendront pas, ni l'aigle tatoué, et elle sait déjà qu'en elle un ressort s'est cassé pour toujours…

C'était très clair. J'ai tout de suite su qu'une partie de moi était morte et qu'elle ne ressusciterait pas.

— Je te prendrai devant chez Lala Palevsky à six heures, comme d'habitude. Je serai là à six heures, ma petite chérie, mon amour.

Comment aurais-je pu m'imaginer qu'il me laisserait tomber ?

Il m'embrassait, me serrait très fort contre lui. Il me regardait au fond des yeux et me souriait avec une tendresse extrême, avec un amour sans limites.

Pourquoi se serait-il enfui ?

— À six heures ?

Il me serre encore plus fort, m'embrasse et m'embrasse encore. Je me recule un peu pour le regarder dans les yeux.

— À six heures ?

— Hé, Giroflette ! qu'est-ce que je viens de te dire ?

À six heures. C'est ce qu'il a dit, je l'ai bien entendu. Plusieurs fois, même.

Et puis, c'était son idée, après tout. C'est lui qui avait proposé d'aller nous marier dans l'Oklahoma pour que rien ne puisse plus nous séparer. « Alors, où est-il ? » J'étais son rêve devenu réalité. Il m'avait attendue toute sa vie. C'est ce qu'il disait et je le croyais. Je savais qu'il disait vrai. « Alors, où est-il ? » Il m'aimait. « Pourquoi s'est-il évaporé comme ça ? »

Quatre jours plus tard. Quatre jours de brouillard, quatre jours à dormir et à m'éveiller sans rien percevoir de ce qui se passe autour de moi. Quel jour sommes-nous, de quel mois, de quelle année ? Je n'en sais rien et je m'en fiche. Papa n'est pas à la maison aujourd'hui. Il n'y a qu'elle et moi. Je reste enfermée dans ma chambre, pelotonnée dans mon lit. Je ne comprends rien à ce qui s'est passé. Soudain, j'en ai la certitude : il lui est arrivé quelque chose. Il n'a pas pu me laisser tomber comme ça. Sans un mot, sans une explication ? Impossible. Ça ne lui ressemble pas.

Joe n'en savait pas plus que moi.

— Il a fini son travail comme d'habitude, il a accroché son tablier au mur, il a dit au revoir et il est parti. J'étais en train de faire un sandwich pour l'abrutie qui travaille à la boulangerie MacLain, tu sais, celle qui sort à quatre heures et qui a une tête à s'être coiffée avec un pétard ? Enfin, bref, elle parlait à toute vitesse, comme toujours, une vraie crécelle. Je n'écoutais que d'une oreille mais quand même, ça me distrayait, son bavardage. En plus, le frigo ne marche plus bien, il fait un bruit d'enfer. Tout ça pour te dire que j'ai entendu la Mercury qui démarrait mais je n'ai même pas levé la tête, ni rien. Je ne lui ai même pas dit au revoir.

Monsieur Boyer, qui travaille au Texaco, ne m'en a pas appris plus.

— Attends voir... Ouais, il a pris son chèque, je me rappelle, mais il n'a rien dit. Non, je ne crois pas. Enfin, je ne me souviens pas en tout cas.

Monsieur Boyer debout devant ses pompes à essence, sa chemise amidonnée repassée comme s'il allait au bal. Le chiffon rouge soigneusement plié dans sa poche. Il fronce les sourcils et secoue la tête en mâchonnant un cure-dents. Si je m'écoutais, je le lui arracherais de la bouche et je le lui enfoncerais entre les deux yeux d'un coup sec.

Qui d'autre ? Personne. Pas d'amis, pas de famille. Dans le meublé, ne resteraient de lui que ses vêtements. C'était tout ce qu'il possédait. Et encore. Il devait les avoir mis dans son sac, puisque nous allions nous marier dans l'Oklahoma. Tout ce que je connaissais de lui, c'étaient des souvenirs dans ma tête, des anecdotes qu'il m'avait racontées, des photos qu'il m'avait montrées, des noms qui ne figuraient dans aucun annuaire. Pas d'indices, pas de pistes.

Il faut appeler la police. On ne disparaît pas comme ça sans laisser de traces, surtout pas quand on aime quelqu'un à la folie et qu'on allait se marier. Il a dû lui arriver quelque chose. Je vais appeler la police et tirer ça au clair. Ils vont me le retrouver.

— Raccroche, Jennifer, dit la sorcière. Tu vas te couvrir de ridicule.

— Maman, sors de ma chambre, s'il te plaît.

Remarquons au passage l'emploi du « s'il te plaît ». Jenny Jaffe oublie rarement les bonnes manières.

— Il est inutile d'appeler la police.

— Il lui est arrivé quelque chose.

— Il ne lui est strictement rien arrivé.

— Laisse-moi tranquille.

Je compose le numéro sur mon téléphone rose pâle à cadran. C'était très en vogue, à l'époque. Le cadran craquetait en tournant. C'était joli.

— Il ne lui est strictement rien arrivé, répète la sorcière.

— Qu'est-ce que tu en sais ?

Silence. Elle se tient devant la fenêtre, silhouette noire découpée sur un carré de lumière. Le vent fait voleter les rideaux de voile beige de chaque côté d'elle comme les ailes d'un ange, mais ce n'est pas un ange. C'est ma mère, ma mère si belle et qui doit tant m'aimer puisque je suis sa fille unique.

— Raccroche, Jennifer. Il ne lui est rien arrivé.

— Poste de police de la Soixante-quinzième, bonjour! lance une voix masculine. Agent Stanfill à l'appareil. Qu'est-ce que je peux faire pour vous?

— Je peux t'assurer qu'il ne lui est rien arrivé, Jennifer.

Suffisante, arrogante, hautaine. Et moi, rien qu'à l'entendre parler, rien qu'à la regarder, je suis sûre qu'il est arrivé quelque chose à Will et qu'elle le sait.

— Allô? demande l'agent Stanfill. Allô?

— Qu'est-ce que tu en sais?

— Raccroche.

— Qu'est-ce que tu en sais?

— Allô? Il y a quelqu'un à l'appareil?

— Ce n'était pas un garçon pour toi, voilà ce que j'en sais.

— Qu'est-ce que tu lui as fait?

— Moi? Rien du tout. Il a pris sa décision librement, en toute connaissance de cause.

Le récepteur de mon téléphone rose pâle à cadran glisse le long de mon menton. L'agent Stanfill s'impatiente, ou s'inquiète.

— Allô? Êtes-vous en difficulté? Avez-vous un problème?

« Un problème? Oui, agent Stanfill, je crois que j'ai un problème mais je ne peux pas vous en parler. » Les mots m'abandonnent. J'ai la tête vide et la gorge sèche. Je raccroche.

— Qu'est-ce que tu lui as fait?

— L'important n'est pas ce que nous lui avons fait mais ce qu'il t'a fait à toi.

Nous. Elle incorpore mon père à ses manigances. Le sang bat si fort à mes tempes que je l'entends hurler dans mon crâne.

— Qu'est-ce qui s'est passé?

Je me lève d'un bond et je vais vers elle. Elle a peur, je le vois. Elle est morte de peur parce qu'elle lit dans mes yeux. Elle a peur que je la frappe.

— Qu'est-ce qui s'est passé?

Elle a si peur qu'elle ouvre la bouche et qu'elle crache des mots à mon visage :

— Tu croyais que je le laisserais te convaincre de partir avec lui ? Tu me prends pour une idiote ou quoi ? Tu croyais que je te laisserais gâcher ta vie comme ça ?

Avec morgue, avec mépris :

— Nous lui avons proposé de l'argent, crache ma mère qui m'aime tant, de l'argent pour qu'il te laisse. Il l'a pris, Jennifer. Il a filé sans demander son reste.

Après, on peut toujours dire ce qu'on veut. On peut essayer de tourner ça dans un sens, dans l'autre, jouer sur les mots, se draper dans la nuance en se disant qu'à force ça finira par faire moins mal. Au bout du compte, ça revient au même. Alors, autant dire les choses comme elles sont : Will m'a quittée pour de l'argent. Ces mots-là restaient coincés dans ma gorge. L'argent ! Mon père et ma mère, les très distingués Esther et Mose Jaffe, mes parents chéris, ont payé William Cole McDonald pour qu'il m'abandonne et, vous savez quoi ? Il l'a fait. Pas un au revoir, pas un « Salut, Giroflette ! » Pas un mot, pas une explication, rien.

C'est très dur. Amertume, douleur, haine.

Sur le coup, je n'ai même pas pensé à demander combien. Au fait, combien lui avaient-ils donné pour qu'il prenne la clé des champs ? Des dizaines, des centaines, des milliers de dollars ? Une Mercury flambant neuve et un cheval ? Deux chevaux ? Trois ?

Je ne leur ai jamais demandé combien. Je n'aurais pas pu. Alors, j'ai fait ce qui me paraissait le mieux dans les circonstances : j'ai pris des aspirines. Pas deux, trois aspirines, dans le genre : « Prenez deux comprimés au coucher et appelez-moi demain si ça ne va pas mieux ». Non. Tout le flacon. Combien, au juste ? Je ne sais pas, une poignée peut-être. Pas assez.

Ce n'est pas si facile de se tuer. Pas si facile non plus de supprimer un bébé qui flotte dans son ventre, maintenant je le sais. À l'époque, je l'ignorais. Premièrement, je ne savais rien des bébés. Deuxièmement, je n'y pensais pas. C'était de moi que je voulais me débarrasser, pas de lui. Dans mon esprit embrumé, le bébé avait cessé d'exister depuis que son père était parti. Will m'avait laissée seule, absolument. Au cinéma, Scarlett se casse la figure en bas de l'escalier et l'enfant passe l'arme à gauche. Dans la vraie vie, c'est un peu différent. S'il le veut, le bébé s'accroche. Je me suis tout infligé, mais il est resté. C'est tenace, un enfant à naître, on dirait que ça tient par de la colle forte. Après l'opération aspirines et le lavage d'estomac, le docteur Bart m'a envoyée chez un psychiatre dont j'ai oublié le nom. Je n'ai pas desserré les dents. Il a perdu sa peine. À mon retour à la maison, j'ai essayé de me faire mourir de faim. Avant ça, j'avais voulu me taillader les veines. Il faut plus de courage qu'on pense pour enfoncer une lame de rasoir dans la peau tendre de ses poignets. La poser, ça va encore, appuyer un peu… Quand j'ai voulu presser dessus pour la faire entrer dans ma chair, une petite ligne de sang s'est formée sur ma peau et j'ai craqué. Je n'ai pas pu. On dit que les femmes qui pensent au suicide se demandent de quoi elles auront l'air quand on retrouvera leur cadavre. Elles préfèrent les méthodes plus propres, celles qui défigurent moins. Elles évitent les fusils, les lames de rasoir. Oh! ce n'est pas que le sang me faisait peur. Au contraire, je me plaisais beaucoup à imaginer la tête que ferait Esther quand elle verrait ses serviettes de toilette hors de prix éclaboussées du sang de sa fille. Les hommes, paraît-il, se moquent complètement de la tête qu'ils auront quand on les retrouvera. Ils prennent un fusil, s'enfoncent le canon dans la bouche et se font exploser la cervelle. Ils font ça dans la cuisine, dans la salle de bains, dans la chambre, rien à foutre. Au fond, fille ou garçon, ça n'a sans doute rien à voir. Will s'était trompé, voilà tout. Je n'avais pas une grande force en moi. J'avais toujours été une lavette et je le serais toute ma vie. Il ne me restait plus qu'à me laisser mourir de faim. Pas très flamboyant, pas très héroïque, mais certai- nement plus facile que toute autre méthode. D'autant plus qu'ils me surveillaient tout le temps. Depuis mon festin d'aspirines, ils étaient prudents. Le docteur Bart leur ayant dit de me tenir à l'œil, mes deux parents qui m'aimaient tant m'épiaient à tour de rôle. Pas vraiment les conditions idéales pour mettre la main sur un fusil de chasse. L'inanition était donc ma seule issue.

C'est incroyable, la quantité de nourriture qu'on peut faire semblant de manger en la laissant dans son assiette. On prend sagement la fourchette, on la porte à la bouche de temps à autre, on réorganise soigneusement les pommes de terre et les carottes et le tour est joué. Au bout de vingt minutes de ce petit manège, tout le monde est convaincu que vous avez mangé avec appétit. Je sais comment font les adolescentes qui s'affament en donnant le change à leurs parents. C'est un petit truc de magie un peu dans le genre Houdini, sauf qu'au lieu d'utiliser des menottes et des chaînes il faut ruser à coup de fruits et légumes. On peut survivre très longtemps sans manger. Ça aussi, ça m'a étonnée. Oh, bien sûr, on finit par dépérir, par s'évanouir, mais de là à mourir on est encore loin du compte. Ce qui fait que je ne suis pas morte. Par contre, Esther et Mose ont compris que la situation les dépassait et qu'ils feraient bien de s'adresser à des spécialistes avant que ça tourne vraiment mal. Le plan d'Esther était à l'eau : il était trop tard pour avorter. Cependant, ma mère était une femme pleine de ressources et possédait un plan de rechange déjà tout prêt dans sa poche.

Irremplaçable Esther ! Toujours une petite stratégie qui mijote sur le gaz.

En l'occurrence, elle était fort simple. Elle consistait à m'effacer purement et simplement du paysage. Je serais bannie, expulsée. Ainsi Esther en avait-elle décidé. Je serais exilée à la maison Stella Maris de Los Angeles, le temps que mon tour de taille revienne à la normale. Du point de vue logistique, il aurait été beaucoup plus facile de me faire admettre aux Saules, en plein Kansas City, pas trop loin de Wornall Road, mais on ne garde pas une tache sur sa réputation si près de chez soi. Esther et Mose Jaffe n'étaient pas du genre. Pourquoi conserver son linge sale dans le quartier quand on peut si commodément l'envoyer nettoyer à distance hygiénique ? Quand nous étions gamines et que nous passions devant Les Saules, mes copines et moi nous mettions à chuchoter en baissant les yeux. Plus tard, nous nous poussions du coude en étouffant de petits rires. Je ne sais pas comment ça se passe maintenant. Peut-être que Les Saules ont fermé, peut-être qu'il existe encore des établissements de ce genre pour accueillir les effrontées. C'est comme ça qu'on disait à l'époque : les « effrontées », les « filles perdues », celles qui étaient « sorties du droit chemin ». Ma mère, qui a toujours plus d'un tour dans son sac à main, avait entendu parler de Stella Maris par le père McCaffrey, de l'église maronite Notre-Dame-du-Liban, qui jouait régulièrement au golf avec le rabbin Bierman, de la synagogue Beth-Am, lequel jouait régulièrement au golf avec notre bon docteur Bart. C'est comme ça, entre adultes. Deux parties de golf, quelques poignées de main, des conciliabules discrets, et une gamine enceinte se retrouve expédiée en Californie. En Californie, parfaitement ! Précisément le coin de pays où Will voulait m'emmener. Oh ! ironie du sort ! Évidemment, ma mère n'en savait rien.

— Tu vas rester là jusqu'à la naissance, Jennifer, puis tu reviendras à la maison.

« Ouais, ouais, pas de problème. Est-ce qu'on pourrait faire un petit crochet par la région viticole ? Hein ? Juste pour voir… » Naturellement, je n'ai rien dit.

— C'est très joli, là-bas, à ce que nous dit le père.

Quel père ? Le mien ? Ce vieil homme ratatiné dans sa chaise ? Que lui est-il arrivé, à ce malheureux ? Pourquoi fait-il cette tête ? Je ne comprenais pas que je venais de projeter mon père dans l'extrême vieillesse.

— C'est comme un hôtel.

Je ne lui ai pas demandé s'il y aurait du service aux chambres et un piano-bar. Je regardais seulement ses lèvres qui bougeaient. Elle avait une très jolie bouche, Esther, pleine et ronde. Elle aurait fait fureur dans les années 1990. Le tout, sans une seule injection de collagène. Je suppose qu'elle a encore une très jolie bouche. Cela fait plusieurs années que j'ai décidé de ne plus les voir, elle et ses lèvres rondes et pleines.

— Ce ne sera pas très long, quatre ou cinq mois, puis tu reviendras à la maison.

Pensait-elle sérieusement que je rentrerais au bercail comme si de rien n'était ? « Et toi, Jenny, qu'est-ce que tu as fait de bon cet été ? » « Oh ! Pas grand-chose… Je suis allée en Californie, j'ai accouché, je suis rentrée. » « Ah, oui ? Et il est où, ton bébé ? » « Attends voir… Je l'avais là sous la main il y a deux minutes. Il a dû glisser de mon sac sans que je m'en aperçoive. »

— Jennifer, tu m'écoutes ?

Ils me regardaient, elle et mon vieillard de père. J'ai hoché la tête sans dire un mot, conformément au nouveau plan que je m'étais fixé. Désormais, je ne parlerais plus à personne.

Ma voisine de chambre s'appelait Rose. Elle était quatre mois plus jeune que moi, mais enceinte de deux mois de plus. Sa grande fierté, c'était que le père de l'enfant était un astronaute. Un astronaute ! Je n'ai jamais compris ce qu'un astronaute pouvait faire à Fond du Lac, dans le Wisconsin, mais passons. Le papa, donc, était un astronaute dont aucune de nous n'avait jamais entendu parler ; une sorte de doublure, j'imagine. On devait le sortir des boules à mites quand tous les autres étaient en vol. Une photo d'elle et de l'astronaute trônait sur la table de chevet entre nos deux lits. Il avait les cheveux coupés en brosse et passait son bras autour des épaules de Rose. Le drapeau des États-Unis s'étalait fièrement sur la poche de sa combinaison, preuve indubitable qu'il était ce qu'elle disait. La doublure avait également une femme et trois enfants, ainsi que toute la fanfare de la NASA prête à sonner son arrêt de mort si le bébé de Rose se montrait la frimousse du côté de Fond du Lac.

Nous étions deux par chambre, regroupées selon l'âge. Comme au collège, en fait. Enfin, non, pas tout à fait. Nous n'avions pas le droit de révéler notre nom de famille ni de téléphoner, sauf avec l'autorisation expresse de l'infirmière, mademoiselle Rae Lee, ou de sœur Angelica. Nous n'avions pas le droit non plus de sortir, sauf pour faire le tour du pâté de maisons le soir. Pas question de s'arrêter à l'épicerie de monsieur Bernstein pour téléphoner. En ce qui me concerne, de toute façon, je ne vois pas qui j'aurais pu appeler. Une horde d'effrontées qui marchent d'un pas paisible, le ventre rond. Nous étions des parias que l'on cache pour éviter de contaminer le voisinage. Tout le quartier n'en connaissait pas moins notre «état» et savait ce qui se passait derrière les grilles de Stella Maris. Nous étions vingt-huit, toujours vingt-huit. Dès qu'une fille accouchait et quittait l'établissement, une autre la remplaçait. Stella Maris fonctionnait en permanence à pleine capacité. C'était une maison de bonne réputation à laquelle les parents des effrontées pouvaient s'adresser en toute confiance. Le bâtiment était vaste. Murs blancs surmontés d'un toit de tuiles rouges avec une belle petite bordure verte. Très californien, très espagnol. On ne se serait pas étonné de voir surgir le père Noël et ses lutins au détour d'un couloir. L'étage supérieur était réservé à la salle d'accouchement et à la clinique où nous nous rendions chaque semaine pour nos examens de routine. La chapelle était à part. Oui, j'avais été transplantée en terre catholique pour la circonstance. Je m'y sentais aussi étrangère que si on m'avait larguée dans un hameau du fin fond du Japon.

Je suis arrivée un jeudi. Mon assistante sociale, madame Havermeyer, avait le visage triste et les chevilles enflées. Les hôtesses de l'air m'ont remise entre ses mains à l'atterrissage. Je suppose que mon père les avait payées grassement pour qu'elles me surveillent pendant tout le vol, de peur que je me jette par le hublot ou que je me fasse hara-kiri avec le couteau en plastique du plateau-repas. Madame Havermeyer a pris livraison de moi comme d'un colis postal, puis elle m'a confiée à sœur Berl. Je ne leur ai rien dit ni à l'une ni à l'autre, si ce n'est « oui », « non », « merci ». Oui, j'avais fait bon voyage ; non, je n'avais pas faim ; et la chambre est très bien, merci.

Deux lits recouverts d'un tissu à fleurs jaunes, roses et bleues, une petite table de chevet entre les deux, une lampe, un bureau, une chaise, une fenêtre donnant sur un jardin intérieur que sœur Berl appelait « le patio de saint Robert Bellarmin ».

Nous, les jeunes filles de Stella Maris, pouvions y organiser des pique-niques si nous le souhaitions. Il y avait aussi une Rose.

Elle était assise sur son lit, le dos appuyé contre les oreillers.

— Rose, je te présente Jennifer, a dit sœur Berl. Jennifer, je te présente Rose.

Rose n'a pas fait un geste. Moi non plus. Nous nous sommes saluées d'un signe de tête.

Rose avait les yeux bruns, les cheveux noirs frisés, la peau mate. Elle portait une chemise d'homme couleur saumon, beaucoup trop grande pour elle et dont les manches lui tombaient sur les doigts. Elle semblait ne rien faire. Elle était simplement assise là, immobile, à regarder dans le vague. J'ai posé ma valise sur l'autre lit.

Sœur Berl avait un sourire extraordinaire.

— Es-tu sûre que tu ne veux rien manger, mon enfant?

— Non, merci.

— Tu as mangé dans l'avion, peut-être?

— Oui, madame.

Mon premier mensonge à une religieuse catholique. Je m'attendais à des coups de tonnerre, des éclairs. Rien du tout. Ça doit être comme de mentir à un Juif, alors.

Sœur Berl a reculé légèrement mais on aurait dit qu'elle n'avait pas de pieds, qu'elle flottait à quelques centimètres du sol.

— La première nuit est parfois difficile, dit-elle. C'est toujours un peu pénible d'être loin de chez soi.

Je n'ai pas répondu. Pénible? En ce qui me concerne, j'étais ravie d'être libérée de la sorcière et de son vieillard d'acolyte, enchantée d'être enfin loin de chez moi.

Sœur Berl est restée quelques instants la main sur la poignée de porte. Son sourire lui mangeait presque tout le visage, du moins ce qu'on en voyait sous l'espèce de bande de papier blanc qui lui couvrait le front et les oreilles. Deux yeux, un nez, un grand sourire très beau posé sur un tissu blanc qui sortait de la bande en papier pour aller s'engouffrer presque aussitôt sous la longue robe noire. Elle a bougé un peu et deux morceaux de chaussures de cuir brillant ont émergé de dessous la robe. J'ai constaté avec soulagement que sœur Berl avait des pieds, comme tout le monde.

Jamais je n'avais vu une religieuse d'aussi près. Jamais je n'avais parlé à l'une de ces femmes étranges en noir et blanc.

La main sur la poignée de porte, l'autre perdue dans les perles noires qui s'enroulaient à sa taille avec une grande croix.

— Si tu veux me parler, dit-elle, je suis au bout du couloir.

Je n'ai rien dit. Soudain, je me suis rendu compte qu'elle avait les yeux bleus très clairs. J'ai cru voir ceux de Will et je me suis sentie légèrement étourdie. J'ai baissé la tête et j'ai fixé le sol.

— Rose te montrera où c'est.

Sœur Berl avait l'air d'attendre quelque chose.

— Merci, dis-je, au bout d'une éternité, les yeux toujours rivés au pied du lit.

— Jennifer... commença-t-elle.

Puis elle se tut. Nous sommes restées immobiles et silencieuses jusqu'à ce que, enfin, je lève les yeux.

— Dieu t'aime, a-t-elle ajouté.

Puis elle a glissé encore un peu vers l'arrière en nous embrassant, Rose et moi, de son regard lumineux et de son si beau sourire.

— Dieu vous bénisse, les enfants.

La robe noire a tourné et sœur Berl a disparu. Je ne l'ai pas vue fermer la porte.

Je me suis assise sur mon lit, près de ma valise. Rose me regardait. Il était évident que j'aurais beaucoup de mal à mener mon plan à terme. Avec ce sourire qu'avait sœur Berl, jamais je n'arriverais à me tuer. Il lui suffirait de poser les yeux sur moi pour que ma détermination fonde comme neige au soleil. Rose et moi sommes restées sans rien dire pendant au moins cinq minutes. J'avais les joues inondées de larmes. Pas de sanglots, pas de hoquets, pas de bruit, mais une rivière de larmes qui couvrait mes joues. Et puis, j'ai inspiré très fort et Rose a dit :

— Bienvenue au pays des bébés fantômes, Jenny.

Nous étions donc vingt-huit, qui venions de partout. Certaines de très loin, comme Mia, qui avait fait le voyage depuis Parme, en Italie, quelque part au sud de Milan. « Nous sommes très connus pour notre jambon », disait-elle avec son accent à couper au couteau. Suzy venait d'Ojai, qui n'était connue pour rien du tout mais qui présentait l'avantage d'être à une heure et demie de route seulement.

J'ai résisté. J'ai tenté vaillamment de ne pas les laisser s'approcher trop de moi, mais elles savaient plein de choses que j'ignorais et elles étaient tenaces, alors que, moi, j'étais seule. Elles m'entouraient comme une nuée de petits oiseaux.

— Jennifer, disait Suzy, si sœur Theresa te demande, tu diras que tu ne veux pas travailler à la buanderie. D'accord ?

Rose a posé sa fourchette pour mastiquer son pain plus à son aise.

— Laisse tomber, Suzy. Elle ne te dira pas un mot. Elle ne parle à personne et elle n'a rien à faire de ce qu'on lui raconte.

J'ai poussé mes œufs brouillés contre mes pommes de terre et j'ai entrepris de sculpter une jolie petite montagne jaune et blanche du bout de ma fourchette.

— Il faut qu'elle sache ! plaidait Suzy. La buanderie, c'est ce qu'il y a de plus dur.

— Tu crois que c'est mieux en cuisine ?

— Ben, oui. Au moins, on peut s'empiffrer toute la journée.

— Quelle horreur ! Moi, il n'y a que le pain qui passe. Tout le reste, je le vomis.

— Tu parles d'une conversation pour le petit-déjeuner ! Jennifer, il va falloir que tu te choisisses un travail, sinon elles vont t'en attribuer un d'office. Tout le monde doit travailler, ici.

Sans regarder Suzy, j'ai pris mon verre de jus d'orange. Je l'ai reposé presque aussitôt.

— J'ai un meilleur sujet de conversation ! a lancé Rose. Mon nombril me sort du ventre comme un nez au milieu de la figure. Vous croyez que c'est normal ?

— *Dio !* a soupiré Mia en hochant la tête.

— En tout cas, il fera bien de revenir à la normale après la naissance de Buster, sinon ça va mal finir.

Elle avait une immense force en elle, Rose. Pas comme moi. Moi, j'étais un pissenlit silencieux.

Nous commencions à travailler après le petit-déjeuner, lequel suivait la messe de six heures pour celles qui voulaient y assister. Celles qui avaient fini le secondaire devaient faire du travail ménager. Les autres avaient des cours. Je n'ai rien dit à sœur Theresa et j'ai échoué à la buanderie. Durant les quelques mois que j'ai passés là, j'ai dû plier plus de draps blancs qu'il n'en aurait fallu pour couvrir l'aller-retour Kansas City. Une odeur opiniâtre d'eau de Javel restait accrochée à moi en permanence. J'avais toujours le bout des doigts fripé et le sifflement des fers à vapeur me résonnait en permanence dans l'oreille. Mia travaillait elle aussi à la buanderie, ce qui m'aidait grandement à maintenir mon vœu de silence. Elle comprenait relativement bien l'anglais mais le parlait très peu, de sorte que nos entretiens sur les subtilités du lavage et du repassage se résumaient le plus souvent à une pantomime lingère vaguement ridicule.

Les « grandes » qui avaient fini leur secondaire, comme Suzy, Mia, Rose et moi, n'avaient pas de cours. Pas de cours d'algèbre, ni d'anglais, ni d'histoire. Pas de cours de grossesse, non plus. Nous ne savions rien de ce qui se passait dans notre corps, de ce qui arriverait le jour de l'accouchement, de ce à quoi nous pouvions nous attendre d'ici là. Pas de réunions, pas de séances de préparation en vue du grand jour, rien. Une fois la semaine, nous montions à la clinique et devions nous mettre en rangs comme des petits canards pour aller faire pipi dans un gobelet, puis on nous mesurait la tension artérielle et le poids. Mes rencontres hebdomadaires avec madame Havermeyer tenaient du disque rayé. Elle me répétait chaque semaine que l'enfant serait confié en adoption, pour le cas où j'aurais cru que je pouvais le ramener chez moi, puis elle me demandait si j'avais une préférence quant à l'affiliation religieuse de l'agence d'adoption. Je regardais par la fenêtre et j'examinais le ciel et les orangers.

C'était tout. À part la tension artérielle, le poids et les soliloques un peu tendus de madame Havermeyer, c'était toute l'information dont nous disposions. Pas de conseils sur la respiration, pas de données sur l'accouchement. Nous ne serions mères que quelques heures, qu'avions-nous besoin d'en savoir plus ? La direction de l'établissement devait se dire que ça ne valait pas la peine. « Mieux vaut les maintenir dans l'ignorance, mieux vaut même ne pas leur parler du tout de leur grossesse. Ne faisons pas de vagues. » Pas de conseils psychologiques pour nous aider à aborder nos corps qui changeaient, pour nous outiller contre la peur, le deuil, la douleur, le chagrin. Pas l'ombre d'une ébauche de réponse à la question qui nous hanterait toute notre vie : dites-moi, mademoiselle l'effrontée, cesse-t-on d'être mère parce qu'on a confié son enfant en adoption ?

La seule information que nous avions, c'étaient les cris qui venaient d'en haut. Pas du paradis, non. Les hurlements qui s'échappaient de la salle d'accouchement quand l'une de nous arrivait à son terme. C'est comme ça que j'ai recommencé à parler, après avoir passé huit heures à écouter dans le noir Suzy qui donnait naissance à son enfant.

— Jésus, Marie, Joseph, murmurait Rose en se retournant dans son lit, la tête enfouie sous l'oreiller.

Par la fenêtre ouverte, je regardais la lune briller à travers les feuilles et je me rongeais les ongles. J'avais commencé dès les premiers cris, bien avant minuit, et le ciel pâlissait. J'en étais à rogner des cuticules sanglantes et des morceaux de peau que j'avais déchiquetés de mes dents. Jamais je n'avais entendu quelqu'un hurler comme ça. On aurait dit qu'on la torturait, qu'on lui enfonçait des couteaux dans les chairs et Dieu sait quoi encore. Jusque-là, je ne m'étais pas demandé comment on s'y prend pour qu'un bébé dont la tête doit mesurer dix centimètres de diamètre passe par un orifice infiniment plus étroit.

C'était trop pour moi. J'ai rompu mon vœu de silence.

— Ils ne pourraient pas faire quelque chose pour elle ?

Rose s'est retournée pour s'asseoir dans son lit. Dans la clarté lunaire, ses cheveux frisés projetaient des ombres dansantes sur le mur.

— Ils pourraient lui faire une piqûre pour l'assommer, mais ils attendent en général à la toute fin.

Un autre hurlement a éclaté dans le jardin, a rebondi sur les feuilles des palmiers et sur les grilles de fer, s'est jeté sur nous. J'imaginais le visage de Suzy quand elle criait. J'ai arraché le dernier morceau d'ongle que mes dents pouvaient encore agripper.

— C'est quoi, la toute fin ?

— Ça dépend du médecin, je crois.

Justement, j'avais vu mon médecin le jour même. Il m'avait auscultée, puis m'avait fait asseoir en face de lui. Pourquoi est-ce que je ne grossissais pas assez ? Pourquoi est-ce que je ne mangeais pas ? Je ne lui ai pas répondu. Il m'a dit qu'il fallait que je mange, que je me force un peu. C'était important pour l'enfant. Il fallait que je me nourrisse bien pour qu'il soit en bonne santé, qu'il profite, qu'il grandisse. Soudainement, la masse dans mon ventre n'était plus une abstraction. C'était un enfant, une personne, quelqu'un dont on pouvait dire : « Il est en bonne santé », ou : « Elle a grandi ». Mon Dieu ! Depuis le début, je pensais d'une certaine façon, très inconsciemment, que j'étais à Stella Maris pour une sorte de repos, pas vraiment des vacances mais une parenthèse dans ma vie. Le vrai motif en restait abstrait. À mes yeux, il n'avait pas grand-chose à voir avec une grossesse. Encore moins avec un fœtus, et encore moins avec un enfant. Je faisais de mon mieux pour ne pas penser à ce qui poussait dans mon ventre. J'essayais de me convaincre que ce n'était qu'une sensation, une lourdeur ou un vertige, un malaise qui finirait par disparaître comme il était venu. Ça n'avait rien à voir avec un petit garçon ou une petite fille qui sortirait de moi avec deux bras, deux jambes, une tête. Le médecin m'avait obligée à prendre conscience que la sensation au creux de mon ventre était un enfant à naître. Je l'ai haï de toute mon âme d'avoir fait ça.

— Comment est-ce qu'elle peut supporter ça ? ai-je murmuré.

— Je ne sais pas.

Rose s'est levée. Elle a marché jusqu'à la fenêtre, puis elle a baissé la tête et s'est agenouillée. Ses doigts ont commencé de courir sur les petites perles de verre de son chapelet tandis qu'elle marmonnait avec fièvre. Je me suis levée à mon tour, je suis allée me planter debout près d'elle et j'ai posé mes deux mains sur l'appui de la fenêtre. Notre vigile a duré jusque bien après l'aube. Ce doit être à ce moment-là qu'ils ont assommé Suzy avec l'anesthésique.

À Stella Maris, la mère était toujours inconsciente au moment de la naissance. Quand elle se réveillait, on lui annonçait qu'elle avait accouché et qu'elle pouvait ou non voir l'enfant, à sa guise. Suzy a préféré ne pas le voir. On ne disait pas aux autres si c'était un garçon ou une fille. J'ignore si Suzy en a été informée pour le sien. Quoi qu'il en soit, elle ne nous a rien dit. Elle a quitté Stella Maris presque tout de suite après. Mes premiers adieux. Je suis restée sur le seuil de ma chambre à observer les larmes, les embrassades, les morceaux de papier échangés en toute hâte, comme si on n'avait pas eu plusieurs mois pour se dire un nom, une adresse. Nous vivions sans penser au terme de notre séjour, sans penser que nous devrions toutes partir un jour, à une date relativement prévisible. Ces amitiés que nous tissions à Stella Maris ressemblaient à celles des enfants dans les pensionnats, celles des prisonniers dans leurs cellules. Ce sont des liens très particuliers, très puissants, mais qui ne mènent nulle part. Que savions-nous les unes des autres ? En définitive, presque rien. Qu'avions-nous en commun au terme de notre « détention » ? Rien, sinon de mauvais souvenirs. Car malgré nos moments de tendresse, malgré les fous rires, nous partions toutes avec un goût amer dans la bouche. À la fin de notre parenthèse, nous laissions toutes derrière nous l'enfant, petit garçon ou petite fille, qui était sorti de notre ventre dans les hurlements et les larmes.

En septembre, nous avons organisé un grand pique-nique pour nous consoler du départ de Suzy. Toutes les recluses étaient présentes. Nous avions tout préparé nous-mêmes. Mary, une fille d'Eagle Creek, dans l'Indiana, était en charge du barbecue. Elle ne devait pas en avoir vu souvent dans sa vie, car le poulet était encore tout saignant dans le milieu. Pour moi, ça ne changeait pas grand-chose, puisque je persistais à vivre de Pepsi-Cola, de chips et de craquelins. Je m'autorisais une sucrerie de temps à autre. Rose, par contre, avait pris d'imposantes proportions. De toute évidence, Buster serait bien plus gros et grand qu'elle. Il y avait trois nouveautés dans ma vie. Premièrement, je m'étais remise à parler. Pas énormément, mais quand même. J'allais un peu au-delà de « oui », « non », « merci ». L'accouchement de Suzy m'avait sortie brutalement de mon mutisme obstiné. Deuxièmement, il me devenait de plus en plus difficile de continuer à croire que ce qui bougeait dans mon ventre n'était rien d'autre qu'une sensation. C'était animé de mouvements propres. J'allais d'un côté, ça allait de l'autre. Je faisais de mon mieux pour ne pas y penser. Je faisais de mon mieux, en fait, pour ne pas penser du tout. Je vivais en funambule affublée d'œillères. Si je m'étais risquée à considérer mon passé et, surtout, le départ de Will, je me serais jetée une fois de plus dans les aspirines, dans les aspirines ou j'aurais déniché une corde bien solide, voire quelque chose de plus salissant. Quant à mon avenir... il me terrifiait parce que je n'avais aucune idée de ce qui allait advenir de moi. Troisièmement, je commençais à me demander sérieusement s'il ne valait pas mieux être catholique que juif.

Je crois aujourd'hui que la beauté de la chapelle y était pour beaucoup. J'aimais tout de ces lieux, la sérénité, le silence, l'odeur des roses coupées, des bougies, de l'encens, et, surtout, les vitraux. J'observais le rouge du sang de Jésus, l'or de la couronne et le bleu du ciel se déplacer sur mes bras immobiles à mesure que le soleil poursuivait sa course. Je me réfugiais dans la chapelle des heures durant, mes mains docilement posées sur le bois sombre et frais du banc. Il n'y avait que là que je pouvais respirer. Je n'ai dit à personne la tendresse que j'éprouvais pour cette chapelle, mais je crois que Rose l'a devinée très vite. Elle a décidé alors d'entreprendre mon éducation religieuse. Assistée de Mary, Cookie et Mia, elle m'a inculqué mes premiers rudiments de catéchisme.

— Les gens qui ne sont pas baptisés ne vont pas au paradis. Ils n'entrent pas dans le royaume des cieux.

— Où vont-ils, alors ? En enfer ?

— Dans les limbes, répondent-elles en chœur.

Sauf Mia. Elle a murmuré quelque chose comme « *limbo* », parce que c'est comme ça que ça doit se dire en italien, je présume.

— Les limbes ?

— Oui. Si tu n'es pas baptisée, tu vas dans les limbes.

— Il doit y avoir du monde à la messe…

— Jenny ! glapit Rose. Tu veux apprendre, oui ou non ?

— Mais oui, je veux apprendre ! C'est juste que j'ai du mal à me représenter les limbes.

Mary s'avance un peu sur sa chaise.

— Vous n'avez pas de paradis, chez les Juifs ?

— Non. Ni paradis ni enfer. On meurt, on nous enterre et voilà.

Elles me fixent toutes les quatre, interloquées.

— Peut-être qu'on plante un arbre en Israël, aussi. Je ne sais pas. En tout cas, on dit des prières. Mais il n'y a pas un endroit spécial pour les morts, non. Enfin, je ne pense pas.

— Et l'âme ?

— L'âme ?

— Mon père dit que quand un Juif meurt son âme va prendre sa retraite à Miami ! lance Cookie en riant.

Silence.

— Évidemment, c'est un rustre qui ne connaît rien de rien, reprend-elle. Les gens sont comme ça, en Géorgie.

Encore silence.

— Pas moi, bien entendu, ajoute-t-elle. Moi, je ne suis pas comme ça.

Rose pousse un profond soupir, qui met un terme au calvaire de Cookie.

— Tu n'as pas l'air d'en savoir très long sur la religion juive, Jenny.

— Non, hein ?

Mary reprend un craquelin dans le paquet qui est ouvert sur mon lit, l'enfourne prestement et se renfonce dans sa chaise.

— Tu n'es jamais allée au catéchisme ? demande-t-elle.

— Non.

— Qu'est-ce que tu sais de la religion juive ?

— Eh bien… Je me rappelle certains passages. Le buisson ardent, Moïse qui descend de la montagne avec les Tables de la Loi, qui sépare la mer Rouge en deux et, euh… Ah oui ! Pourim, aussi. C'est une fête juive. Le rabbin raconte toujours l'histoire de la reine Esther…

Brusquement, je m'arrête.

— Qu'est-ce qui se passe ? demande Rose.

— Mon Dieu…

— Quoi ?

— Rien… C'est juste que ma mère s'appelle Esther.

— Et alors ?

— Et alors, ça ne lui va pas du tout ! Enfin, bref… Le rabbin raconte l'histoire de la reine Esther et du roi Assuérus, et d'un sale type qui s'appelle Haman. Chaque fois qu'il prononce le nom de Haman, tous les gamins de la synagogue se mettent à faire du bruit avec des crécelles.

— Ils font du bruit dans l'église ? demande Cookie, visiblement impressionnée.

— Dans la synagogue, oui.

— Oh, ben, ça alors ! C'est drôlement bien !

Rose secoue la tête, me regarde, attend.

— Je trouve qu'ils devraient plutôt faire du bruit quand il prononce le nom d'Esther, dis-je.

Mia ne comprend rien. Elle a complètement perdu le fil de la conversation depuis longtemps et nous fixe à tour de rôle avec des yeux exorbités.

— Qu'est-ce qu'elle a fait, ta mère ? demande Rose.

Je viens de poser le pied sur un terrain glissant, sur des sables mouvants dans lesquels je ne veux absolument pas m'aventurer. Cookie me tire d'embarras.

— Et après, qu'est-ce que vous faites ?

— On fête Hanoukka aussi. On allume des bougies huit soirs de suite parce qu'ils avaient de l'huile pour une soirée seulement, mais finalement elle a duré huit soirs. Alors, on fête ça. Et puis, il y a la Pâque juive. Ils mettaient du sang d'agneau sur les portes pour que l'ange de la mort sache qu'ils étaient juifs et qu'il n'emporte pas le premier-né. Après…

— Vous avez des anges ? demande Cookie dans un sourire extasié. Nous aussi, nous avons des anges.

— Ce sont les messagers de Dieu, précise Mary.

Cookie poursuit ses explications comme une mélopée.

— L'archange Gabriel est venu annoncer à Marie qu'elle portait un enfant.

— J'aurais préféré que ce soit lui qui me l'annonce aussi, grommelle Mary.

Rose est debout devant moi.

— Vous avez la confirmation ?

— Oui.

— Moi, j'adore la confirmation ! dit Cookie en sautant sur ses pieds. Quel nom tu avais pris ?

— Comment ça, quel nom ?

— Vous ne prenez pas un autre nom, vous ? demande Mary, en grignotant un craquelin.

— Non.

— Moi, j'avais pris Élisabeth, lance Cookie.

— Moi aussi, ajoute Mary en riant. Marie, ça aurait fait double emploi. En général, on prend soit Marie, soit Élisabeth.

— Ou Anne.

— Qui est Anne ?

— La mère de Marie.

— Et Élisabeth ? Une cousine perdue de vue du côté de son père ?

— Exactement! glapit Cookie. C'était sa cousine! Incroyable! Comment tu le savais?

Mary rit aussi, mais Rose hoche la tête de droite à gauche d'un air grave.

— Je pensais que tu voulais vraiment t'informer, Jenny.

— Oui, mais ça fait beaucoup en même temps!

— Il faudrait qu'elle fasse pénitence pour rattraper le temps perdu, déclare Cookie. Je ne sais pas, moi : un million de neuvaines et quinze messes par jour.

— *Dio !* murmure Mia.

Au moins, elle comprend « messe » et « quinze par jour ».

Nous avions ainsi des entretiens théologiques assez régulièrement. Un jour, nous avons discuté longuement des diverses catégories d'anges. Les séraphins et les chérubins. J'ai appris à ma grande stupéfaction qu'ils sont un peu des anges de seconde zone. En tout cas, ils sont moins bien placés que les archanges dans la hiérarchie. Mary et moi, nous nous sommes demandé très sérieusement qui étaient les anges chanteurs dans « Les an-ges dan-ans nos campa-gnes ont entonné l'hy-ymne des cieux ». Moi, il me semblait que les anges de seconde zone devaient faire les chœurs et que les archanges chantaient solo, comme dans les comédies musicales. Mary et Cookie ont tellement ri qu'elles ont failli s'étouffer. Rose en est venue à la conclusion que nous n'avions pas le temps de me convertir correctement et que je ferais par conséquent mieux de rester juive pour le moment. Qu'importe que je ne sois pas devenue catholique! Au moins, j'avais ri. Cela faisait tellement longtemps que je n'avais pas ri. Une éternité. C'est long, l'éternité, quand on n'a même pas dix-huit ans.

En octobre, Jane est retournée chez elle, à New Haven, dans le Connecticut. Nous attendions que les feuilles des arbres virent au jaune. Comme nous venions d'ailleurs, il nous a fallu plusieurs semaines pour comprendre que l'automne est inconnu à Los Angeles. La ville reste figée dans une sorte de printemps perpétuel. Pas de feuilles rouges pour nous remonter le moral, pas de taches dorées dans les arbres. Pour compenser, Rose a décidé qu'il fallait passer l'Halloween. Nous irions de porte en porte avec un petit sac pour demander des bonbons. Les sœurs ne voulaient pas. Elles trouvaient qu'il serait de mauvais goût d'envoyer vingt-huit filles enceintes jusqu'aux yeux faire le guignol dans le quartier déguisées en princesses. Moi, j'étais assez d'accord avec elles, mais Rose était convaincue que c'était une idée super.

— En quoi tu vas te déguiser ? me demandait-elle, les yeux étincelants.

— Je ne pense pas que ce soit vraiment faisable, Rose…

— Pourquoi ?

— Parce qu'on n'a pas le droit.

— C'est justement pour ça qu'il faut le faire !

Quand Rose avait une idée en tête… même pas la peine d'essayer, elle n'en démordait pas. Rose la douce, Rose aux épines, Rose la rebelle… Et pendant que je lui inventais silencieusement des surnoms, je me disais que c'était certainement comme cela que Will l'aurait rebaptisée. Il l'aurait même peut-être appelée Roseau-Zépinette, pour rire. Je pensais à lui tout le temps. L'envie de mourir m'avait quittée, mais je n'avais toujours pas retrouvé celle de vivre. J'étais entre les deux. Je flottais dans un désert. Rose essayait de me faire parler. Je ne le pouvais pas. Elle voulait me faire dire ce qui s'était passé, mais les mots restaient coincés dans ma gorge. Pareil avec la nourriture. Les aliments n'arrivaient pas à descendre. Les mots ne réussissaient pas à monter. Tout stagnait là, bloqué. Puisque je ne parlais pas de moi, j'écoutais les autres me raconter inlassablement leur histoire : Rose et son astronaute, Mia et son Salvio, le prof d'anglais, Mary et le dentiste de sa mère, Cookie et le voisin d'à côté. Des milliers d'histoires, des milliers d'amours hantent les rues des villes et courent la campagne. Nous étions vingt-huit petites histoires égarées dans cette foule. Le problème, c'est que nous avions toutes un fantôme dans le ventre pour le prouver.

Notre tournée d'Halloween a fait long feu. Nous nous sommes fait prendre au collet avant même d'arriver à l'épicerie de monsieur Bernstein. Constatant qu'il nous serait difficile de nous confectionner des costumes à l'insu des religieuses, Rose nous avait convaincues de faire avec les moyens du bord. Vingt-huit petites sorcières enceintes affublées de robes de bonnes sœurs tournent le coin de la rue et se dirigent vers l'épicerie de monsieur Bernstein : elles se feront vertement réprimander et seront renvoyées dans leurs chambres.

Cookie a accouché début novembre. Elle n'a pas voulu nous dire au revoir avant de partir. Sœur Berl nous a expliqué qu'elle était trop triste.

— Est-ce que tu penses que tu le reverras ? me demande Rose.

— Je ne sais pas.

— Mais si, tu le sais.

Elle est appuyée contre ses oreillers. Je lui ai tout raconté. Tout.

Elle a fini par m'avoir, Rose la douce. Toutes les semaines, je rencontre mon assistante sociale, mais jamais je ne lui ai rien dit. Pas l'ombre du début de ce qui s'est passé. Je ne peux pas. Madame Havermeyer a les yeux trop tristes. Je craindrais de la voir tomber en cendres si je lui racontais. À sœur Berl non plus, je n'ai rien dit. Comment le pourrais-je ? Elle a le sourire trop rayonnant. J'aurais peur de l'éteindre avec mon histoire. Rose a fini par m'avoir. Elle ne m'a pas forcée, ni rien du tout. Elle a seulement posé les bonnes questions. Elle n'avait pas oublié ce que j'avais dit de ma mère à propos des crécelles de Pourim. L'air de ne pas y toucher, elle m'a demandé comment je m'entendais avec mes parents. Le verrou a sauté d'un coup. Je n'en avais jamais parlé à personne, mais les mots sortaient de ma bouche comme un torrent.

— Je ne pense pas que Will t'ait laissée pour ça, a-t-elle déclaré à la fin de mon exposé.

Je l'ai regardée sans rien dire.

— Je ne crois pas, a-t-elle répété.

Du bout des doigts, je trace le contour des fleurs roses, bleues, jaunes qui parsèment mon dessus-de-lit.

— C'est pourtant bien ce qui s'est passé.

Les religieuses sont dans la chapelle. Elles chantent. La voix claire de sœur Mary Julia s'élève au-dessus du murmure anonyme comme un voile céleste et s'enroule aux branches des orangers.

— Tu le reverras, décrète Rose.

Elle se lève de son lit, attrape sa serviette pour aller à la douche. Arrivée à la porte, elle s'immobilise et se retourne vers moi.

— Il ne faut pas que tu meures, Jenny, dit-elle brusquement.

Je ne réponds pas.

— Il ne faut plus que tu te fasses du mal. Je t'en prie, Jenny. Fais-le pour moi.

Elle ouvre la porte mais reste plantée sur le seuil.

— Je trouverais ça trop dur que tu partes. Et puis, ce serait vraiment stupide, crois-moi.

Je souris d'un air un peu supérieur, un peu triste.

— Sans compter que c'est un péché mortel, reprend-elle, et tu sais que je ne plaisante pas avec ces choses-là.

Elle me fait une drôle de grimace et sort. Je reste là, immobile. Qui l'aurait cru ? Il aura fallu que je sois cloîtrée dans une maison comme Stella Maris pour rencontrer ma première véritable amie.

« Je t'aime, princesse. Tu me manques. »

Elle replie la lettre, me lance un grand sourire et embrasse le papier.

Elle a tout un tiroir empli de lettres de son astronaute. On dirait que c'est tout ce qui l'occupe : faire semblant de voler dans des simulateurs de vol et envoyer des mots d'amour à Rose.

— C'est gentil de t'appeler comme ça.

— Je suis sa princesse, confirme-t-elle, l'air radieux.

Puis elle regarde ses jambes, ses bras, son ventre.

— Une grosse princesse boursouflée de partout, précise-t-elle en souriant.

— Est-ce qu'il sera là quand tu vas rentrer ?

— À Noël seulement. À Noël, il sera à Fond du Lac. Et moi aussi.

Pas un mot de plus. Nous évitons soigneusement de parler du départ. En fait, nous évitons comme la peste toute conversation qui pourrait nous rappeler la raison de notre présence à Stella Maris. Et surtout, nous prenons garde de ne pas penser à ce qui nous attend d'ici notre envol.

Les contractions de Rose ont commencé la veille de Thanksgiving. Je l'avais empêchée de fermer l'œil presque toute la nuit, à parler comme une pie.

— Je n'ai personne qui soit vraiment proche de moi, lui disais-je. Toi, tu as la Vierge Marie.

— Oui.

— Je crois en Dieu, Rose, ce n'est pas la question…

— Je sais.

— Mais toi, tu as quelqu'un de proche à qui tu peux toujours parler. Moi, quand je prie, c'est… je m'adresse à quelqu'un de très imposant, tu comprends ?

Nous écoutons le vent jouer dans les feuilles des palmiers devant la moustiquaire.

— Jenny, murmure soudain Rose, tu peux prier la Vierge Marie si tu veux.

— Oh, non !

— Bien sûr que si. Elle ne te demande pas si tu es catholique ou juif ou quoi que ce soit, tu sais. Elle écoute tous ceux qui ont besoin d'elle, tous ceux qui lui parlent et qui la prient.

J'ai souri dans le noir.

— Je vais y penser.

— Bon.

Nous sommes restées éveillées jusqu'à l'aube. Quelques heures après le petit-déjeuner, Rose est apparue dans la buanderie, comme une vision. Il n'y avait personne et soudain, une silhouette de femme s'est dessinée en contre-jour dans l'embrasure de la porte, cernée par la vapeur des fers à repasser. J'ai pensé que c'était la Vierge Marie qui se révélait à moi, qui m'apparaissait entre les draps mouillés. J'étais convaincue qu'elle allait me parler, me dire que je pouvais la prier et me promettre qu'elle m'aiderait à m'en sortir.

— Jenny, dit l'apparition, je crois que je viens de perdre les eaux. Si ce n'est pas ça, ça va mal, Jenny. Je ne sais pas ce qui se passe, mais ça va mal.

Ils n'ont pas voulu que je reste avec elle. Ils m'ont même interdit d'entrer la voir ne serait-ce qu'une minute pour la réconforter un peu, pour lui tenir la main. L'infirmière, mademoiselle Rae Lee, m'a expliqué qu'à Stella Maris les jeunes filles n'assistaient jamais aux accouchements. Sauf le leur, bien entendu. «Tu verras ce que c'est en temps utile, Jennifer.» Je me suis cachée dans l'escalier le plus proche, le pied coincé dans la porte pour qu'elle ne reclaque pas, pour que je voie quand même un peu. Quand le médecin est arrivé, j'ai su que c'était la fin.

Elle a refusé de signer. Elle a regardé Buster une fois, juste une fois, et ça a suffi. Ils pouvaient tous aller au diable, elle ne signerait pas.

— Tu n'as pas le choix, Rose.

— Si, j'ai le choix. Pas question!

Nous chuchotons dans le noir. Elle dans son lit, moi assise par terre. Je me suis débrouillée. J'ai attendu que sœur Angelica soit endormie pour me glisser le long des couloirs jusqu'à la chambre de repos de Rose. Je suis fière : pas facile de se faufiler discrètement quand on est enceinte de sept mois.

— Ils ne peuvent pas m'obliger, reprend Rose.

— Tes parents vont venir. Mary m'a dit qu'elle avait entendu sœur Angelica le dire à sœur Berl. Le père Vincent les a appelés. Ils arrivent par le prochain avion.

— Je m'en fiche. Le bon Dieu lui-même pourrait arriver par le prochain avion, je m'en fiche ! Ils ne prendront pas mon enfant.

— Tes parents ne te laisseront pas le garder.

— Je me sauverai.

Des larmes coulent sur nos joues. Je serre les doigts de Rose dans les miens. Je me lève et j'essaie tant bien que mal de m'asseoir sur le lit.

— Comment vas-tu l'élever ? Comment vas-tu faire pour l'argent ?

Elle essuie son nez sur son drap.

— Je trouverai du travail. La Vierge Marie m'aidera.

— Rose...

— Je m'en sortirai, Jenny. Je sais taper à la machine, je connais la sténo. Toutes ces conneries qu'on apprend à l'école, ça doit servir à quelque chose.

— Où vivras-tu ?

— À Fond du Lac. C'est chez moi. Il faut que j'y retourne.

— Et que diront les gens ?

— Ce qu'ils voudront, je m'en fiche.

— Mais ils vont savoir !

Je sanglote de nouveau. Je ne peux pas m'en empêcher.

— Ils vont le savoir. Tout le monde verra l'enfant. Ils sauront que tu es tombée enceinte sans être mariée et alors... ils diront des horreurs sur toi. Ils te rejetteront.

— Je m'en fiche. Personne ne me prendra Buster. Je me fous de ce que disent les gens. Je le garde.

Elle l'a gardé. Ses parents sont arrivés. Il y a eu beaucoup de discussions, de cris, de larmes et de conciliabules. Thanksgiving a passé. Rose n'en démordait pas. Ses parents ont essayé d'être aussi têtus qu'elle, mais ils ont fini par craquer. Ils ne voulaient pas perdre leur fille. Ils ont accepté de la ramener chez eux avec l'enfant. Elle vivrait avec eux jusqu'à ce qu'elle se soit trouvé un travail et qu'elle ait économisé trois mois de loyer.

Puis, comme disait Rose, « ils me flanqueront dehors et je me retrouverai les deux pieds nus dans la neige. Fond du Lac, c'est très neigeux, Jenny, tu savais ça ? »

Les sœurs nous ont autorisées à lui dire au revoir, mais pas à voir l'enfant. Je l'ai vu quand même. Quand ils sont sortis de Stella Maris, je me suis faufilée derrière un arbre pour les embrasser tous les deux à travers les grilles. Les cheveux de Buster étaient noirs et bouclés comme ceux de sa mère, mais il avait les doigts longs et de grands pieds tout maigres qui un jour, peut-être, marcheraient sur la Lune. Il portait un petit bonnet bleu et des chaussons assortis. À cinq jours seulement, il était presque aussi gros que Rose.

— Dommage que je ne puisse pas le passer à travers les barreaux. Tu aurais pu le prendre dans tes bras.

— Ça ne fait rien.

J'ai glissé doucement mes doigts sur ses joues.

— Tu viendras me voir à Fond du Lac ?

— Oui.

— Promis ?

— Promis.

— Ne t'inquiète pas pour l'accouchement. Une fois que c'est fini, on oublie tout.

— Oui.

— Ça va bien se passer.

— Oui.

— Il faut avoir la foi, Jenny.

— Oui.

Elle s'est penchée vers la grille et son visage touchait les barreaux. L'odeur de talc qui se dégageait de Buster me montait à la tête.

— La Vierge Marie veillera toujours sur toi. Je te le promets.

— Rose ! lança sa mère en ouvrant la porte du taxi.

— J'arrive ! Je t'aime très fort, Jenny.

— Moi aussi, Rose.

Nous avons noué nos doigts à travers la grille de Stella Maris. J'ai cru que j'allais mourir. Le taxi a démarré. Beaucoup plus tard, longtemps après leur départ, les lumières du jardin se sont allumées. Elles projetaient une lumière jaune blafarde sur les plantes. Il commençait à faire trop frais pour rester dehors. Je me suis levée, les jambes raides. J'ai voulu m'agripper à la statue de saint Robert Bellarmin, mais quelque chose entravait mes mains. Rose avait enroulé son chapelet de perles de verre à mes doigts. Je l'ai serré très fort jusqu'à ce que l'empreinte des perles soit incrustée dans ma peau. J'étais convaincue de revoir Rose un jour. Je ne savais pas quand, mais j'étais sûre que je la reverrais. Elle avait appelé son fils Buster Jaffe Hufstedler. C'était le nom qu'elle avait fait inscrire sur l'acte de naissance. Hufstedler, c'était elle. Jaffe, c'était pour moi.

Je suis allée dire à madame Havermeyer que je voulais que mon enfant soit adopté par des catholiques.

— Tu es juive, Jennifer ! Tu ne préférerais pas que l'enfant soit élevé par un couple juif comme il faut ?

— Non. Je veux qu'il soit catholique.

Au moins, il aurait du monde autour de lui : la Vierge Marie, Jésus, les saints, les anges et tous les autres dont il pourrait avoir besoin et que je n'avais pas eus.

— Eh bien, si c'est ce que tu souhaites... J'avais déjà téléphoné à Vista del Mar, mais cela ne fait rien. Je vais leur dire d'annuler et j'appellerai les Enfants de Dieu.

Je ne comprenais pas un traître mot de ce qu'elle racontait et je m'en fichais. Elle pouvait appeler qui elle voulait. Tout ce qui comptait, c'était que l'enfant soit catholique.

Le 4 décembre, jour de mon anniversaire, nous étions loin des flonflons, des banderoles et du country club de l'année précédente. Cette fois, les festivités se résumaient à un gâteau jaune surmonté d'un glaçage blanc et cerné de vingt-sept filles enceintes qui me chantaient : « Joyeux anniversaire, Jenny ». En guise de cadeau, une nouvelle voisine de chambre, Sugar Dawes. Elle sortait, comme elle disait, de Gun Barrel City, au Texas. Sugar portait un chapeau de cow-boy vissé sur le crâne. Elle était gentille, mais peu m'importait. Je n'avais aucune envie de savoir ce qui lui était arrivé, par quel coup du sort elle avait échoué là. J'en avais assez entendu avec les autres, je ne voulais plus écouter. Nous ne nous parlions pas beaucoup. C'était peut-être dur pour elle, mais je m'en fichais.

Je passais le plus clair de mes journées cachée dans la cha-pelle, à tenter d'être brave et de ne plus avoir peur. Je regardais pendant des heures la statue de la Vierge Marie. Elle ne m'a jamais rien dit. J'avais cru qu'elle me ferait un signe, qu'elle me donnerait un indice, quelque chose. Rien. J'avais beau ne pas la quitter des yeux des après-midi entiers, elle restait immobile, la tête baissée, les mains jointes, les orteils dépassant de sa robe blanche et bleue. Mon problème, en fait, c'était Buster. Je le voyais partout. Quand je fermais les yeux, il était là. Quand je les rouvrais, il était encore là avec ses yeux bleus, ses chaussons bleus, son petit poing qu'il secouait furieusement devant son visage. Je m'étais acharnée durant huit mois à faire semblant que ce qui me poussait au creux du ventre n'était qu'une sensation, une sorte de malaise qui disparaîtrait bientôt. Depuis Buster, c'était devenu impossible.

Noël. Je n'en ai pas gardé grand souvenir, si ce n'est que je suis devenue l'idole de sœur Mary Julia parce que je connaissais les paroles de tous les chants. C'était facile : j'avais fait partie de la chorale de l'école pendant quatre ans. Derrière l'autel, huit anges peints voletaient au-dessus de Marie, de Jésus, de tout. Huit anges avec des auréoles d'or et des ailes d'argent qui flot-taient dans leurs petites robes pastel chatoyantes. Le père Vincent disait que c'étaient des anges anonymes, qu'ils n'avaient pas de noms particuliers. « Ce n'est qu'un chœur, un chœur d'anges, précisait-il. Après Noël, après les chants, sœur Mary Julia m'a dit que je faisais partie de son chœur d'anges à elle. Le père Vincent m'a regardée d'un air très doux en murmurant : « C'est notre petit ange juif. » Il a souri gentiment. L'émotion m'est montée à la gorge et je me suis effondrée. Ils ont dû me porter jusque dans ma chambre. Je leur ai dit que c'était la grippe. Je me sentais patraque, comme aurait dit Rose. J'avais mal partout. Je me suis couchée avec la grippe et je me suis réveillée avec un enfant qui voulait sortir de mon ventre.

La douleur, la terreur, la panique.

Encore plus mal, encore plus peur.

Encore plus mal, plus mal, encore plus peur. Jusqu'où peut-on souffrir ? J'étais seule. De temps à autre, l'infirmière venait me voir, m'examinait trente secondes et repartait. Sœur Angelica est passée une fois ou deux et je pense que c'est tout. J'ai cru que j'allais me déchirer en deux tellement j'avais mal. Je mordais le chapelet de Rose à pleines dents, puis le médecin est arrivé et ils m'ont assommée avec l'anesthésie. Puis, je me suis réveillée. Ou plutôt non, ce sont eux qui m'ont réveillée en murmurant mon nom.

Ils ont dit quelque chose comme deux kilos six cents, quarante-six centimètres. Ce n'étaient que des mots sans suite qui ne signifiaient rien pour moi. Je voyais l'enfant, je sentais sa peau contre la mienne. Il n'y avait rien d'autre. Un bébé incroyablement minuscule, une fille.

Sœur Angelica l'avait déposée dans mes bras.

Je ne pouvais plus ni parler ni respirer. Marie m'avait envoyé son signe.

Dix doigts, dix orteils, deux genoux minuscules et pourtant si semblables à ceux des grands. Des petits talons, des petits coudes, des épaules de poupée, des oreilles miniatures. Un grain de beauté sur le bord du lobe droit et un autre sous le pied gauche. Un nez adorable, une bouche toute rose et une petite fossette en haut de la joue gauche, là où les anges l'avaient embrassée avant qu'elle ne parte. Une brume de petits cheveux blonds si clairs, si fins qu'ils en étaient presque invisibles. Des cils bruns recourbés qui encadraient des yeux bleu clair. Un bracelet de plastique attaché à son poignet qui disait : « Fille. Jaffe. 30 décembre 1960, 14 h 40. »

J'étais hypnotisée. Je ne pouvais détacher mon regard d'elle. Je n'arrivais pas y croire. Et elle, elle était incroyablement calme et posait sur moi les mêmes yeux bleus que Will. Une petite fille toute calme. Pas un gamin remuant comme Buster, non. Une petite fille toute tranquille et silencieuse dans mes bras. Je touchais sa paume et elle enroulait ses petits doigts autour des miens. Elle s'agrippait à moi.

Je n'arrivais pas à y croire.

Jamais on ne me laissait seule avec elle. Il y avait toujours quelqu'un dans la pièce avec nous, debout près du lit ou assis sur la chaise. Je ne la voyais qu'à l'heure des repas. Autrement, elle était dans la pouponnière sous bonne garde. Elle était nourrie au biberon. Pas question que je lui donne le sein : qu'est-ce que j'aurais fait de mes montées de lait à Kansas City, sans bébé pour téter ? On m'avait enveloppé la poitrine de grandes serviettes de bain blanches fermées par des épingles de nourrice. J'avais du mal à respirer mais ce n'était pas à cause des serviettes. Je devais rester cinq jours à la clinique, le délai ordinaire pour un accouchement normal. Ce qui n'était pas normal, ce qui me suffoquait, c'est qu'il faudrait que je rentre chez moi sans elle.

Jamais je ne pourrais la laisser.

— Je ne veux pas !

— Allons, Jennifer, sois réaliste ! disait la sorcière. Pas question que tu la gardes !

J'ai essayé de la convaincre au téléphone. Sœur Berl était assise près de moi et me tenait la main.

J'ai essayé encore quand elle est arrivée de Kansas City. Le père Vincent était debout au pied de mon lit. Il fixait les couvertures et parlait très bas. Madame Havermeyer se tenait près de la porte, la bouche entrouverte. Ma mère arpentait la chambre en criant :

— Il n'en est pas question, vous m'entendez ? Pas question !

Je revois son sac à main de cuir noir à anse double avec un fermoir doré, son élégante robe chemisier en crêpe de laine gris qui battait contre ses jambes, son collier de perles qui tressautait sur sa poitrine à chacun de ses pas, ses escarpins de daim gris qui martelaient le sol.

— Il est hors de question que Jennifer revienne à la maison avec un bébé ! L'enfant sera confiée en adoption, ainsi que nous en avions convenu quand je vous l'ai envoyée. Je ne comprends même pas que vous puissiez envisager autre chose!

— Madame Jaffe... disait le père Vincent.

— Il n'y a rien de plus à dire, mon père! Je suis furieuse, absolument furieuse que vous ayez laissé Jennifer s'imaginer qu'elle pouvait changer d'avis comme ça, et je suis convaincue que l'Église serait d'accord avec moi pour considérer que l'adoption constitue la meilleure solution pour l'enfant dans les circonstances!

— Moi, je n'ai convenu de rien, sanglotais-je. Je ne pensais même pas que j'allais avoir un vrai bébé...

Je m'embrouillais, je m'étouffais dans mes larmes. Sœur Berl posa sa main sur mon genou pour m'apaiser.

Le père Vincent tendit les bras vers ma mère.

— Ne peut-on pas envisager une façon de lui venir en aide? plaidait-il. Il apparaît clairement que Jennifer souhaite garder l'enfant.

— Je trouverai du travail, maman... Je t'en prie...

— Du travail comme quoi, Jennifer? Tu n'as jamais travaillé de ta vie!

— Mais je pourrais faire quelque chose...

— Comme quoi? Avec un diplôme du secondaire? Tu feras quoi? Vendeuse dans un magasin de bric-à-brac, peut-être? Tu sais combien ça gagne, une vendeuse de bric-à-brac?

— Je pourrais... oui, je pourrais travailler dans un magasin.

— Non, mais tu te rends compte de ce que tu dis? Tu sais ce que ça coûte, élever un enfant? Non, évidemment, tu n'en as aucune idée! Tu ne sais rien de rien, ma pauvre Jennifer! Et je te le dis tout de suite : pas question que tu reviennes vivre sous mon toit avec un enfant! Pas question, tu m'entends? Pour que tout le monde parle dans notre dos? Pour que tu gâches ta vie? Il n'en est pas question!

Ses cris rebondissaient contre les murs et tombaient sur nous comme une volée de grêle brutale.

Et puis, silence.

Je me suis glissée sur le côté pour me blottir contre sœur Berl.

— Papa m'aidera.

— Voilà que tu penses à ton père, maintenant! Il est bien temps après ce que tu as fait! Ton père peut à peine sortir de son lit, Jennifer, et le médecin lui prédit une autre attaque pour bientôt.

Le père Vincent s'éclaircit discrètement la gorge.

— Madame Jaffe, divers organismes pourront venir en aide à Jennifer. Si vous et votre mari préférez ne pas intervenir, nous connaissons des gens qui sauront l'aider. Je pourrais appeler le diocèse de Kansas City et...

— Elle ne s'en sortira pas sans moi, mon père.

— Regardez en votre cœur, madame Jaffe...

— Elle ne s'en sortira pas sans moi, mon père! Jennifer ne sait rien faire et c'est une nature faible.

Le père Vincent s'est levé pour planter ses yeux dans ceux du dragon.

— Si Jennifer le veut, elle s'en sortira... avec l'aide de Dieu.

— Croyez-vous que Dieu sera dans le garde-manger quand il faudra nourrir l'enfant? demanda ma mère d'une voix hautaine. Croyez-vous que Dieu déliera les cordons de sa bourse pour lui acheter des chaussures, des jouets, des petites robes de dentelle, pour payer les visites chez le pédiatre et chez l'orthodontiste? Dieu ne répondra pas à l'appel, mon père, et moi non plus, je vous le garantis! Je me contrefiche de savoir ce que Jennifer s'est mis dans la tête. L'enfant sera confiée en adoption, un point c'est tout. Je serai inflexible sur ce point. Jennifer est ma fille, je vous le rappelle, et avec tout le respect que je vous dois, mon père, je n'ai pas besoin qu'on me dise quoi faire.

Le père Vincent fit un pas vers elle.

— Madame Jaffe, je...

— Il n'y a rien à ajouter, mon père. Jennifer va rentrer à la maison, s'inscrire au collège, et tout rentrera dans l'ordre. Elle s'en remettra, vous savez. Avec le temps, elle oubliera. Je sais ce qu'il y a de mieux pour elle et il n'est pas question que je la laisse s'encombrer d'une enfant illégitime et se fermer les portes alors qu'elle a toute la vie devant elle. Je ne laisserai pas ma fille gâcher sa vie et je ne la laisserai pas non plus devenir la risée de toute la ville.

Horrible nouvel an. Pas de champagne, pas de chansons, pas de joie. Seulement la peur et les larmes.

Elle s'en remettra.
Avec le temps, elle oubliera.
C'était ma fille, mon enfant. Comment pourrais-je l'oublier ?
Je n'ai pas été assez forte. J'aurais pu me tenir debout et dire à la sorcière d'aller se faire voir, lui coller ma main sur la figure, l'envoyer paître. Je n'ai pas été assez forte. Que Dieu me pardonne, je n'ai rien fait. Madame Havermeyer a essayé de me parler. Elle a dit que je n'étais pas obligée de retourner à Kansas City, que personne ne pouvait me forcer, qu'il y avait « ici même », à Los Angeles, des gens qui seraient disposés à m'aider, qui me trouveraient un emploi et un endroit convenable pour vivre. Je me rappelle que le mot *convenable* m'a frappée. Qu'est-ce que c'est, un endroit convenable pour vivre ? La salle de bains au bout du couloir, un réchaud pour la cuisine, l'eau courante sur le palier ? J'essayais de m'imaginer vivre avec mon enfant dans un logement convenable de Los Angeles, mais les vociférations de ma mère peignaient tout en gris. Je ne connaissais personne à Los Angeles. J'étais restée cloîtrée à Stella Maris et n'avais même jamais mis les pieds en ville. Qu'est-ce que je ferais du bébé pendant que je travaillerais comme vendeuse dans un magasin de bric-à-brac ? Je la confierais à une bonne fée que les anges m'auraient envoyée pour s'occuper d'elle ?
Sœur Berl a essayé de me convaincre. Le père Vincent aussi. L'Église pourrait m'aider, disaient-ils. J'aurais tellement voulu les croire ! En moi, pourtant, une petite voix insistante me répétait : « Ta mère a raison. Tu ne t'en sortiras pas sans elle. »

Contrairement à Rose, je serais seule dès le début. Il faudrait que j'apprenne à voler sans filet. J'essayais de m'imaginer en train de réchauffer un biberon dans une petite casserole et je ne voyais rien, rien qu'un mur noir qui se dressait devant moi. Je n'étais pas Rose. Je ne savais pas me battre et, finalement, je pense que je ne le voulais pas non plus. Parce que, quand on veut vraiment quelque chose, on s'arrange pour l'obtenir, non ?

Je me suis révélée telle que j'avais toujours été : une lâche, une faible. Je ne me suis pas battue pour garder mon enfant. Je l'ai laissée me glisser dans les doigts et sortir de ma vie. Que Dieu me pardonne, j'ai prouvé à tous que ma mère avait raison.

Nous n'avions pas le droit de signer les papiers à Stella Maris. C'était contraire aux règlements. L'établissement agissant à titre d'intermédiaire pour l'adoption, on aurait pu le soupçonner de contraindre les jeunes mères, de les retenir prisonnières, de les menacer du fusil ou du balai de sorcière pour les faire signer. Je ne sais pas s'il fallait aller dans un endroit précis, je ne me rappelle plus. Je sais seulement qu'il fallait sortir de Stella Maris. Je ne sais pas non plus ce qu'ils ont fait de ma mère pendant ce temps-là. Peut-être que le père Vincent l'a ligotée dans un coin pour qu'elle ne vienne pas avec moi. Si seulement il avait pu l'assommer à coups d'encensoir, la faire griller aux bougies, la clouer sur la croix. La crucifixion est tombée en désuétude, c'est dommage. Pour ma mère, ç'aurait été idéal. Je suis partie en voiture avec madame Havermeyer. Je ne sais plus qui conduisait. Je n'ai aucun souvenir de son bureau non plus. Je me rappelle seulement que j'ai vomi dans la corbeille à papier qui était près de la porte. Madame Havermeyer me tenait le front, la gentille madame Havermeyer avec son visage triste et ses chevilles enflées. Elle m'a présenté monsieur Stanley, de l'agence d'adoption Les Enfants de Dieu. Il se chargerait de placer mon enfant. C'est comme ça qu'il a dit : « Je me chargerai de placer votre enfant. » Il trouverait un couple catholique qui l'élèverait mais, avant cela, elle devrait rester quelque temps dans un foyer d'accueil.

— Oh ! pas très longtemps, probablement une semaine, pas beaucoup plus, disait-il d'un ton rassurant. Nous avons beaucoup de demandeurs, vous savez, des couples charmants qui attendent d'adopter depuis longtemps.

Néanmoins, monsieur Stanley voulait faire le bon choix. Il ne voulait pas confier l'enfant à n'importe qui, précisait-il avec un sourire encourageant. Enfin, il avait quelques questions à me poser. Il fallait que j'y réponde avant de signer les papiers.

— Agissez-vous sous la contrainte ?

C'est comme ça qu'il a dit :

— Agissez-vous sous la contrainte, mademoiselle Jaffe ?

J'étais assise d'un côté du bureau et monsieur Stanley était debout de l'autre côté. J'avais les dix doigts crispés sur le bois. Monsieur Stanley était grand, très grand, et horriblement maigre. Il perdait ses cheveux et on voyait les os de son crâne saillir sous la peau. Il a dit :

— Vous m'entendez, Jennifer ?

Madame Havermeyer m'a demandé si je me sentais bien et elle a posé sa main sur mon épaule. Monsieur Stanley ressemblait à un personnage de bande dessinée mais je n'arrivais pas à me rappeler lequel et, surtout, je ne savais plus si c'était un bon ou un méchant. Madame Havermeyer me tapotait l'épaule et je sentais son parfum, du gardénia. Monsieur Stanley a passé sa langue sur ses lèvres et il a répété sa question.

— Agissez-vous sous la contrainte, mademoiselle Jaffe ?

Il s'est penché vers l'avant, par-dessus le bureau de bois. On aurait dit une marionnette. Madame Havermeyer a serré mon épaule. Ce n'était peut-être pas du gardénia, son parfum ; je n'étais plus sûre. Plutôt du freesia. Ou peut-être pas. Je ne savais même plus si je connaissais l'odeur du freesia, si j'en avais seulement déjà vu en vrai. Madame Havermeyer a dit :

— Jenny ?

J'ai levé les yeux vers monsieur Stanley et j'ai dit :

— Non, monsieur, je n'agis pas sous la contrainte.

Comment aurais-je pu prétendre que j'agissais sous la contrainte ? J'étais assise tranquille sur ma chaise. Personne ne pointait une arme sur moi, personne ne tenait un couteau sous ma gorge. J'étais entrée librement dans cette pièce, n'est-ce pas ?

Je n'étais pas attachée sur ma chaise. Comment aurais-je pu prétendre que j'agissais sous la contrainte ?

Les autres questions, je les ai oubliées. Je revois seulement ma main qui tenait le stylo avec lequel j'ai signé, avec lequel j'ai écrit mon nom au bas du document. Je me rappelle avoir vu le mot *renonce*. J'ai cligné des yeux et le mot *renonce* a flotté devant moi quelques instants. Je, soussignée Une Telle, renonce par la présente… « Je, soussignée Jennifer Jaffe, renonce par la présente… » J'ai renoncé à mes droits et devoirs de mère. J'ai renoncé à mon enfant. Je l'ai abandonnée. Que Dieu me pardonne, je vois encore ma main qui tenait le stylo. Je tenais le stylo, alors c'est bien moi qui ai signé. J'ai confié mon bébé en adoption. Non, pardon. Il ne faut pas avoir peur d'appeler un chat un chat : j'ai renoncé à ma fille. J'ai abandonné mon enfant.

Sœur Berl attendait derrière la porte fermée. C'était la première fois qu'ils me laissaient en tête-à-tête avec la petite et ce serait la seule. Nous étions dans une pièce exiguë de l'étage réservé aux accouchements, dans une petite salle que je n'avais jamais vue, tout au bout du couloir. Aucune d'entre nous ne la voyait avant son accouchement parce qu'elle ne servait qu'à cela, aux adieux entre la mère et l'enfant. Un fauteuil rembourré, une fenêtre et le parfum des orangers. On aurait pu s'attendre à ce qu'il pleuve des cordes, à ce que le vent hurle un jour pareil, mais non, il faisait un soleil radieux agréablement rafraîchi par une petite brise. Je la sentais jouer sur ma peau tandis que je déboutonnais ma robe. La sorcière ne pouvait quand même pas tout m'arracher, me dépouiller de tout. Je voulais emporter avec moi le souvenir de ma fille à mon sein.

Ma belle petite, mon enfant.

Ses petits doigts agrippés aux miens, ses yeux grands ouverts et sa bouche à mon sein. Évidemment, je n'avais pas de lait et cela faisait cinq jours qu'elle était nourrie au biberon. Alors, elle s'est mise à pleurer. Il ne faudrait pas croire qu'Esther aurait négligé le moindre détail. Même de cela, elle m'avait dépossédée.

J'ai reboutonné ma robe et j'ai bercé la petite. J'ai essayé de tout lui dire, ce qui était arrivé, ce qui allait se passer. Des parents très gentils allaient s'occuper d'elle mieux que je ne pourrais le faire moi-même. Moi, j'étais faible mais elle, je savais déjà qu'elle avait beaucoup de force en elle, une force immense, parce qu'une moitié de ce qu'elle était lui venait de son père. Je lui ai parlé de Will, de la première fois que je l'avais vu au Texaco, de toutes les fois suivantes. Je lui ai dit à quel point je l'aimais, à quel point il m'avait aimée. Je lui ai dit qu'au fond ça n'avait pas d'importance, la façon dont nous nous étions séparés. Elle était une enfant de l'amour et c'était tout ce qui comptait.

Et puis, je lui ai dit que j'avais fait inscrire le nom de son père et le mien sur son acte de naissance, même si nous n'étions pas mariés. Je l'avais appelée Cole Jaffe parce que je voulais qu'elle porte nos deux noms. Même s'il m'avait quittée, j'aurais trouvé injuste qu'elle ne porte pas le sien aussi, au moins pour quelques jours, parce qu'elle serait toujours ce que notre amour avait donné de plus beau. Son autre père et son autre mère changeraient certainement son nom, mais ce n'était pas si grave parce qu'elle saurait qui elle est et que c'est tout ce qui compte. Je l'ai embrassée partout. Tous les replis de son corps, je les ai embrassés, puis je l'ai tenue à bout de bras devant moi et je l'ai regardée dans les yeux. Je lui ai promis qu'un jour nous nous reverrions. Même si ça devait prendre longtemps, même si ça devait être difficile, nous nous reverrions. Puis, je l'ai serrée contre moi et j'ai enroulé le chapelet de perles de verre que Rose m'avait donné autour de son poignet. C'était ce que j'avais de plus précieux à part elle. C'était tout ce que je pouvais lui donner comme souvenir de moi. Je l'ai regardée encore, ma petite. En un regard, j'ai essayé de la prendre en moi pour toujours, de tout lui dire. Puis, j'ai ouvert la porte.

Claudia

— Lis encore, maman ! S'il te plaît ! Encore !

Lily glisse des genoux de sa mère et court vers la corbeille de livres qui est de l'autre côté du petit sofa bleu. Claudia reste dans la chaise berçante. Sa peau nue grince sur le plancher de bois quand elle se repousse du bout des orteils pour se balancer. Elle contemple la nuit par la fenêtre ouverte.

— Regarde, Lily ! dit-elle. Regarde comme c'est beau…

Des étoiles scintillantes éclairent le ciel de Los Angeles, spectacle rarissime. Pour la première fois depuis deux mois, le Santa Ana, le vent du désert, a réussi à chasser la brume de pollution qui plane presque en permanence sur la ville. Une bouffée d'air torride s'engouffre dans la pièce. Les rideaux de dentelle blanche volettent au-dessus de Claudia.

— On appelle ça la lune rousse, murmure-t-elle. Enfin, je crois…

La fillette de trois ans est accroupie près de la corbeille et s'affaire à fouiller dans les livres, ses petites jambes dodues repliées sous elle. Sa couche de nuit forme un renflement dans son pyjama rose. Une brume de cheveux blond clair frisotte à sa nuque et s'enroule à ses lobes d'oreille. Claudia la regarde en souriant. Elle se passe la main dans les cheveux. Elle tire sur les pans de sa vieille robe de chambre pêche qui colle à ses cuisses.

— Il fait chaud, n'est-ce pas, Lily ?

— C'est celui-là, maman !

La petite accourt vers sa mère et grimpe sur ses genoux.

— Lis encore, maman ! Fais le bébé oiseau !

— Le bébé oiseau ? Voyons voir…

Elle referme ses bras autour de sa fille, prend le livre qu'elle lui tend et frotte son menton contre ses boucles blondes. Elle inspire profondément pour mieux s'imprégner de son odeur d'enfant. Lily se cale confortablement contre sa mère et pose sa main sur la sienne. De l'autre, elle tient contre son nez le morceau de satin bleu qui bordait autrefois sa couverture et dont elle ne se sépare jamais. Claudia recommence à se bercer. Tout son corps s'apaise.

— Regarde la lune, Lily. Tu vois comme elle est belle ? On peut faire un vœu quand on la voit si belle, et le vœu se réalise.

— Maman…

— Oui ?

— Lis-moi l'histoire !

— D'accord, d'accord. C'est un nouveau livre ?

— Grand-maman Margaret me l'a donné quand tu étais à New York avec papa.

— C'est grand-maman Margaret qui te l'a offert ? C'est gentil, ça. Est-ce qu'il te plaît ?

— Oh, oui !

— Tant mieux. Alors… « Une maman oiseau couvait son œuf. » C'est un joli début.

— L'œuf a bougé ! s'écrie Lily d'une voix impatiente.

— Tu connais déjà toute l'histoire, alors !

— Oui, mais ça fait rien ! Lis quand même !

— Mais oui, n'aie pas peur. « L'œuf a bougé. « Ha ! Ha ! » dit maman oiseau. »

— Ha ! Ha ! répète Lily.

Claudia sourit encore et presse sa bouche contre les cheveux de l'enfant.

— Mon bébé va naître bientôt ! s'exclame Lily d'un ton exalté.

— « Mon bébé va naître bientôt, lit Claudia. Il faudra que je lui donne à manger. Je vais aller lui chercher quelque chose et je reviens tout de suite. » Alors, la maman oiseau quitte le nid. »

Lily s'agite.

— L'œuf a bougé !

— « L'œuf a bougé ! confirme Claudia dans un rire. Il sautille, bondit et craque ! Bonjour, bébé oiseau ! » Regarde, chérie, le bébé oiseau est sorti de sa coquille.

Lily tapote la main de sa mère pour la faire continuer.

— Bon. « Où est ma maman ? » demande bébé oiseau. Il regarde à gauche, il regarde à droite, il regarde en haut, il regarde en bas, mais il ne la voit pas ! « Il faut que j'aille la chercher ! » dit-il. Bébé oiseau ouvre ses ailes et vroum ! il sort du nid et tombe de l'arbre ! »

— Tombe de l'arbre !

Lily se blottit contre sa mère, la tête pelotonnée sous son menton.

— Bébé oiseau ne sait pas voler, explique-t-elle, mais il peut marcher. Continue, maman, tu vas voir !

Claudia ne lit plus. Elle regarde par la fenêtre le ciel noir de Los Angeles. Ses yeux fixent un point vague tout près de la lune.

Lily poursuit le récit avec enthousiasme, comme si elle lisait le texte qui se déploie sous ses yeux.

— Maintenant, je vais aller chercher ma maman !

Du plat de la main, elle donne de petits coups sur la jambe de sa mère.

— Continue ! l'exhorte-t-elle. Maintenant, je vais aller chercher ma maman !

— Maintenant, je vais aller chercher ma maman, répète Claudia d'une voix douce.

Les larmes roulent sur ses joues et coulent dans les cheveux de sa fille.

— « Je vais aller chercher ma maman », reprend-elle.

Elle doit interrompre sa lecture. Les mots sont restés coincés dans sa gorge.

Elle regarde son visage dans le miroir, essuie des traces de dentifrice à la commissure de ses lèvres. Elle a couché Lily tout de suite après la lecture et l'a bercée un peu. L'enfant marmottait un air de comédie musicale, le visage enfoui contre sa poitrine. Elle lui a appris les chansons les plus connues du genre, au grand dam de son père.

— Tu ne pourrais pas lui chanter des comptines, à la place ? demandait-il d'une voix inquiète. Il me semble que ce serait plus de son âge.

— Allons, Oliver ! Il faut être de son temps !

Claudia fronce les sourcils devant son miroir. D'abord, les rêves et, maintenant, ça : « Je vais aller chercher ma maman », articule-t-elle en silence. Elle se penche vers le lavabo, s'asperge le visage d'eau fraîche et s'éponge avec une serviette. Elle va descendre à la cuisine et se verser un grand verre de vin rouge. Non. D'abord, elle ira lui parler. Non. D'abord le vin et après, elle ira lui parler. Non.

— Oliver ?

Pas de réponse. De la chambre à coucher, seule lui parvient la voix hystérique d'un commentateur sportif qui décrit à grands hurlements le déroulement de la partie. Claudia se tient dans l'embrasure de la porte et regarde son mari regarder la télévision. Il a entassé tous les coussins fleuris à la tête du lit, mais il ne s'y appuie pas. L'heure est trop grave. Perché à l'extrême bord du matelas, le torse penché vers l'avant, il suffirait que l'entraîneur des Knicks lui fasse un signe pour qu'il bondisse dans l'écran. Qu'on lui donne des baskets, un t-shirt et le voilà fin prêt ! Son caleçon rayé fera office de short. Oliver James Morgan, ci-devant professeur de sociologie du lundi au vendredi et entraîneur de foot amateur le samedi matin, est agrippé au bord de son lit en caleçon rayé et chaussettes blanches, tout le corps et l'esprit aspirés par un écran qui clignote et une voix qui piaille.

— Oliver, je pensais à quelque chose. Je lisais une histoire à Lily et vraiment... C'est très bizarre, ce qui se passe en ce moment. Aussi, cela fait plusieurs nuits que je rêve de l'autre mère...

— Cours, Ewing ! crie Oliver au téléviseur.

— Oliver, tu m'écoutes ?

Pas de réponse.

Elle l'observe attentivement. Il ne l'écoute absolument pas. Il n'a même rien entendu de ce qu'elle a dit.

— Et je pense que je vais partir pour la Chine, ajoute-t-elle.

Rien. C'est remarquable.

— Tu n'as pas d'objection à ce que je parte pour la Chine, n'est-ce pas, chéri ?

— Hein ? grommelle-t-il sans la regarder.

Oliver pratique l'écoute sélective avec une aisance hors du commun. Est-ce seulement à elle qu'il n'est pas attentif, ou à tout le reste aussi ? Si c'était quelqu'un d'autre qui lui parlait depuis le seuil de la chambre, resterait-il rivé au téléviseur ?

— Je vais étudier la tradition des pieds bandés ainsi que l'histoire de la porcelaine sous la dynastie Ming. J'apprendrai à faire des rouleaux de printemps comme ceux du Vieux-Chine.

— Défense, abruti ! hurle Oliver.

— Ah, oui ! J'oubliais de te dire… je vais également essayer de retrouver mes vrais parents. Enfin, je veux dire : mes autres parents. Pas Margaret et John, les autres.

Elle appuie sa tête contre le montant de la porte.

— Je crois que ma décision est prise…

— Quoi, chérie ? Tu veux manger chinois ?

C'est stupéfiant. Elle qui se tue à expliquer l'écoute sélective à ses clients, elle ferait mieux de les amener voir Oliver quand il regarde une partie de basket-ball à la télé. Seuls les mots *rouleaux de printemps* et *Vieux-Chine* sont parvenus à ses neurones.

— Cours, Ewing, espèce de crétin !

Oliver décolle finalement ses yeux du téléviseur et regarde sa tendre épouse toujours appuyée contre le chambranle de la porte. Ses cheveux ondulés châtain clair, rebelles, ses yeux bleus lumineux, son grand corps svelte qui se dessine sous la chemise de nuit, ses épaules bien découpées, ses taches de rousseur, ses jambes minces et bronzées, ses bras hâlés. Satisfait de son inspection, il lui décoche un grand sourire.

— Qu'est-ce que tu dis ? demande-t-il d'un air ravi.

Claudia secoue la tête. Elle ne pourra pas le répéter. Toute son énergie l'a quittée pour se répandre quelque part sur le sol.

— Rien, dit-elle. Je descends à la cuisine.

— Alors, quoi ? répond Oliver en retournant à sa partie. On commande du chinois ?

Ce ne serait pas très difficile, paraît-il. En tout cas, c'est ce qu'on lui avait dit : « Il n'est pas très difficile de retrouver ses parents naturels — à condition, bien sûr, qu'eux-mêmes vous cherchent aussi. »

C'était là le hic. Pourquoi prendraient-ils la peine de la chercher, eux qui l'avaient abandonnée à la naissance ? Cela n'avait aucun sens. Ce qui avait moins de sens encore, c'était qu'elle-même envisage de partir à leur recherche. À quoi ça servirait ? Qu'avait-elle à faire de ces gens qu'elle n'avait jamais vus et qui n'avaient pas spécialement tenu à la fréquenter ?

Le lendemain, penchée sur l'évier, elle tend l'oreille pour savoir si Lily s'est éveillée de sa sieste. Pas de bruit. Elle ouvre les robinets en grand, puis les referme d'un coup sec. Puis, elle se prend une grosse cuillerée de beurre d'arachide. La petite va se réveiller bientôt. Il le faut. Claudia pourrait monter à l'étage et faire du bruit dans le couloir, comme ça Lily se réveillerait. L'enfant pourrait jouer avec elle et elle arrêterait de penser à toutes ces sottises. Elle se passe la main sur le visage. Ce sont ces rêves qui la fatiguent autant, mais ça passera. Elle et Lily vont manger les biscuits qu'elle vient de cuire. La fillette voudra de la confiture dessus. Elle la laissera même se faire ces trucs bizarres qu'elle aime tant, des tiges de céleri remplies de beurre d'arachide avec un chapelet de raisins secs dessus qui font comme des fourmis sur une branche. Elles verseront du chocolat fondant dans un verre de lait pour le voir changer de couleur. « Regarde, Lily ! Maman fait de la magie ! Elle est forte, hein ? »

Un colibri plonge son bec dans un géranium rose.

Elle ferait mieux d'oublier tout ça. Quelle idée ridicule ! Ça ne vaut même pas la peine d'y penser. Pourquoi chercher la petite bête quand tout va bien ? Ça aussi, elle se tue à le dire à ses clients. Et elle a raison ! À quoi ça sert, de se compliquer la vie pour rien ? À quoi ça sert, de s'encombrer de parents superflus quand on est parfaitement heureux ? Le colibri reprend sa course folle et va s'arrêter devant un pavot d'Islande, puis il repart et se précipite d'une fleur à l'autre en battant des ailes comme un perdu.

— Doucement, bonhomme ! murmure Claudia.

Elle prend un verre sur l'égouttoir à vaisselle et se dirige vers le réfrigérateur. Elle en sort une bouteille de vin blanc déjà entamée, en retire le bouchon de liège et la penche au-dessus du verre. Elle suspend son geste, remet le bouchon, replace la bouteille dans le réfrigérateur, repose le verre sur l'égouttoir.

Des parents superflus. De vrais parents. Comment dit-on, déjà ? Ah, oui ! Des parents naturels. C'est le terme que la femme avait employé. Le mot était sorti sans crier gare des lèvres souriantes de la grosse femme assise en face d'elle, la grosse femme en rouge de chez Edna. L'épisode remonte à dix ans, mais Claudia se rappelle distinctement que l'expression l'avait choquée. Naturels ? Et John et Margaret alors, qui étaient-ils ? Des parents artificiels ? Grotesque et cruel ! Des parents de rechange ? Des parents suppléants ? Pas beaucoup mieux et même, franchement pire. Claudia n'avait rien dit à la grosse femme qui souriait dans sa robe rouge. Elle était restée assise au bord de sa petite chaise de plastique jaune, ses deux pieds fermement posés au sol, ses deux mains moites agrippées à son sac. « Pourquoi je fais ça ? pensait-elle. Qu'est-ce qui me prend ? Jamais je n'ai eu envie de savoir et, d'un coup… »

Et voilà que ça recommence.

Il y a dix ans, elle était sur le point d'épouser Oliver. Ses recherches étaient parties d'une broutille, d'un détail insignifiant en apparence, de trois fois rien.

Elle se trouvait dans la salle de séjour de ses parents, dans la maison de Hancock Park où elle avait grandi. Elle se trouvait avec sa mère dans la jolie salle de séjour aux murs paille, aux plafonds hauts parés de moulures, aux lourdes tentures fleuries. Les deux femmes se souriaient de part et d'autre de la table d'acajou. Margaret écrivait les adresses des invités sur les enveloppes des faire-part de mariage. Sa main courait avec élégance sur le papier crème. Elle écrivait au stylo plume et avait posé près d'elle sa bouteille de remplissage dont l'étiquette indiquait : « Encre noire permanente ». C'était cela qui avait causé le déclic. Plus tard, Claudia s'était longuement interrogée sur l'événement qui avait bien pu déclencher cette rage de savoir. Elle se devait de le déterminer non seulement pour elle, mais aussi pour ses études et sa thérapie. « Il y a vous en tant que personnes et vous en tant que thérapeutes, répétait le docteur Turner. Si vous voulez devenir de bons psychologues, vous devez aller jusqu'au bout de vos investigations en tant que personnes et en tant que thérapeutes. Il faut que vous sachiez. » Bon. Très bien. Alors, en tant que personne, quel avait été le catalyseur de ces recherches ? C'était l'idée de permanence, le mot *permanente* qui était inscrit sur la bouteille d'encre noire dont sa mère se servait pour remplir son stylo plume. « Un mariage, c'est permanent, avait-elle soudainement pensé. Quand on se marie, c'est pour toujours. » Ce serait la seule fois qu'elle remonterait l'allée en robe blanche, qu'elle entrerait dans une église pour y prononcer des vœux d'amour permanents, qu'elle s'attacherait de manière permanente à un époux — en l'occurrence Oliver. Le mot *permanente* sur la bouteille d'encre avait ouvert les vannes de cette curiosité soudaine. Et aussi le fait que ce n'était pas elle qui écrivait les adresses des invités sur les enveloppes. Elle avait toujours eu une écriture de psychopathe, terriblement brouillonne et presque illisible. Sa mère, par contre, enchaînait avec élégance les pleins et les déliés comme si elle avait fait ça toute sa vie, comme si elle enseignait la calligraphie dans une école de maintien pour jeunes filles. Une autre des nombreuses différences qu'elle constatait entre elle et Margaret. En fait, elle ne lui ressemblait en rien, ou presque. Margaret était patiente et s'exprimait d'une voix douce. Claudia ne l'avait jamais entendue hausser le ton, même pas contre son père, même pas quand, visiblement, la moutarde lui montait au nez. Margaret savait se contenir, prenait sur elle et continuait de s'exprimer d'une voix douce. Claudia n'avait jamais vu ses parents se disputer. Peut-être le faisaient-ils en cachette ou quand elle dormait, ou peut-être se chamaillaient-ils dans le langage des signes. Elle les imaginait, s'envoyant de furieuses et silencieuses injures à la tête en agitant les doigts. Ou alors, c'était simplement que Margaret ne se disputait avec personne. Elle n'était pas du genre. Claudia s'efforçait souvent d'imiter sa bienveillance et son calme, mais elle avait l'impression de mal jouer un rôle qui ne lui convenait pas, de serrer les dents pour ne pas hurler, au risque presque certain que ses yeux finissent par jaillir de sa tête. Elle n'était ni infiniment miséricordieuse comme la Vierge Marie, ni ambitieuse comme Messaline, ni passionnée comme Antigone. Qui était-elle, alors ? Tous ces personnages qu'elle n'était pas paradaient en farandole dans des rêves interminables qui la laissaient exténuée au réveil. Comme dans les reprises des parties de basket-ball chères à Oliver, Claudia se voyait chaque nuit remonter l'allée centrale de l'église dans sa robe de mariée. Mais la mère qui la couvait du regard n'était pas Margaret. Elle n'était pas toute potelée, toute petite, toute rose comme Margaret. Elle n'était pas non plus du genre à porter une robe de dentelle vert sombre. Souriant derrière les chandelles et les roses blanches, l'autre mère était vêtue de noir et ressemblait trait pour trait à Claudia. Elle avait les cheveux ondulés châtain clair, des taches de rousseur et une écriture manuscrite exécrable. Difficile à savoir, et pourtant, c'était comme ça. Claudia passait toute la nuit à frapper son oreiller de ses poings et elle savait que l'autre mère lui ressemblait, qu'elle marchait comme elle, qu'elle parlait comme elle et qu'elle écrivait aussi mal qu'elle. Elle savait aussi que cette femme n'était pas qu'un rêve. Elle existait quelque part, elle respirait.

Ne serait-il pas normal qu'elle voie sa fille entrer dans la permanence au bras de celui qui serait son époux ? Ne serait-il pas normal qu'elle l'invite à ses noces ?

— Ben oui, pourquoi pas ? demanda Gena. Est-ce que je pourrais avoir un couteau, s'il vous plaît ?

— Pas de problème ! répondit la serveuse.

Sur la poche de poitrine de son tablier, une plaquette annonçait « Judy » en écriture manuscrite.

Gena poussa du doigt le gigantesque sandwich qui trônait dans son assiette.

— La retrouver, ce n'est rien du tout. Après, c'est une autre paire de manches. Penses-y bien : ça pourrait changer ta vie ! Pour la retrouver, c'est très simple. Tu vas à l'agence, ils inscrivent ton nom sur la liste, ils regardent si tu es sur l'autre liste et, si oui, ils te mettent en rapport avec ta vraie mère. Et voilà !

— Et voilà ! répéta Claudia en reprenant une gorgée d'eau gazeuse. J'ai envie de crier et je ne sais même pas pourquoi.

— Parce que tu as faim, peut-être ?

— Passe-moi les cornichons, Maury ! lança une femme à la table d'à côté. Et arrête de taper ton frère, Tiffany ! Tu t'imagines que je ne te voie pas, peut-être ?

Le restaurant Chez Nate & Al était toujours bondé le dimanche. Pas l'endroit idéal pour une conversation intime. Les gens commençaient à faire la queue dès l'aube. Le matin, c'était le défilé des bagels au saumon fumé, fromage à la crème. Le soir, on venait pour le poulet.

Claudia se pencha vers Gena par-dessus la table.

— Tu te rends compte ? Ça faisait des années que je n'avais pas repensé à ça. Quand j'étais petite, oui, je rêvais à mon autre mère, comme je disais à l'époque, mais depuis, plus rien ! Et d'un coup, voilà que ça recommence.

— Ah ! je ne savais pas que tu rêvais d'elle quand tu étais petite.

— Et pas seulement d'elle, de lui aussi. Dans son cas à lui, c'était moins clair. Je ne sais pas exactement si c'était lui ou Buffalo Bill. En tout cas, un type avec un chapeau de cow-boy noir et des cheveux longs.

— Buffalo Bill ? Voilà autre chose ! Ah ! Merci, Judy.

— Pas de problème ! répliqua la serveuse en posant le couteau près d'elle. Autre chose ?

— Non merci, répondit Claudia. Un chapeau de cow-boy noir, des cheveux longs et une moustache.

— Buffalo Bill ne portait pas la moustache ! Qu'est-ce que tu racontes ?

— Bien sûr que si !

— Jamais de la vie ! lança Judy en empochant son pourboire à la table voisine. Remarquez que, personnellement, je suis plutôt du genre Frank Sinatra, mais c'est une question de goût. Les types qui chantent, moi, ça me fait craquer.

Claudia et Gena la dévisagèrent, interloquées.

— Bon, ben… conclut Judy en lissant son tablier.

Elle tourna les talons et disparut.

— Bon, ben… répéta Gena en souriant.

Elle coupa son sandwich en deux pour en remettre une moitié à Claudia.

— Prends des frites, ajouta-t-elle, sinon je vais tout manger.

— Quand j'étais petite, avant d'emménager ici, j'étais très portée sur Buffalo Bill, les revolvers, les chapeaux, tout ça. Aucune idée pourquoi ! Je me promenais en costume de cow-boy et je tirais sur les bandits cachés sous la table. Je m'imaginais que j'étais la fiancée de Buffalo Bill. Je ne sais même pas s'il avait une fiancée…

— On pourrait demander à Judy. Elle a l'air d'en connaître un rayon sur le sujet !

— Quoi qu'il en soit, quand je rêvais de mon autre père — je l'appelais comme ça : mon autre père —, il avait toujours un chapeau de cow-boy noir et des cheveux longs. Tu vois ? Quant à mon autre mère… c'était mon portrait tout craché.

— Il est bon, le sandwich, hein ? Gras et dégoulinant à souhait.

— Qu'est-ce qui m'arrive, Gena ? Je me sens tellement ridicule !

— Mais non, tu n'es pas ridicule! Allez, mange un peu : tu as le moral à zéro parce que tu nous fais une petite fringale, je le vois bien.

— Tu as raison, convint Claudia en se redressant. Ce doit être l'approche du mariage qui me perturbe comme ça.

— Je ne crois pas, moi. Je trouve ça normal, que tu veuilles savoir qui sont tes parents.

— Je les connais, mes parents! Ce sont Margaret et John, des gens merveilleux qui m'ont élevée avec amour. Qu'est-ce que tu veux de plus?

— Et le docteur Turner, qu'est-ce qu'elle en dit?

— Elle dit que c'est à moi de décider.

— Tu parles d'une réponse!

— N'empêche qu'elle a raison.

— Bon, alors, qu'est-ce que tu décides?

— Je ne sais pas. C'est ça, le problème. Je veux savoir mais, en même temps, je ne veux pas savoir. Je veux les connaître mais, en même temps, je ne veux pas les connaître.

— Tu as peur de faire des vagues?

— Oui… Oui, je crois que c'est ça. Je me sens comme dans un film. On voit une rue, on croit que ce sont de vraies maisons mais ce ne sont que des morceaux de carton peints. Quand on ouvre la porte, il n'y a rien derrière. Tu vois ce que je veux dire? Comment on appelle ça, déjà?

— Un décor, des façades.

— Exactement. Je suis une façade sans rien derrière.

— Enfin, ne dis pas n'importe quoi, s'il te plaît! Et Oliver, qu'est-ce qu'il pense de tout ça, lui?

— Oh, lui! s'exclama Claudia dans un rire amer. Il me conseille de suivre mon instinct. Il me dit la même chose quand je lui demande si je ferais mieux de mettre mes jeans ou ma robe à petits pois.

C'était juste et, même, un peu en dessous de la vérité. Chaque fois qu'on parlait des parents, Oliver quittait la pièce ou se mettait à blaguer bêtement. Son père était mort l'été de ses treize ans. Son papa si joyeux qui jouait toujours avec lui, qui faisait du sport avec lui, son papa qu'il vénérait était sorti de chez eux un beau matin d'août, le sourire aux lèvres, le pas vif. Quelques heures plus tard, il s'effondrait sur son thermos de café, terrassé par une crise cardiaque massive. Son cœur avait littéralement explosé, à ce qu'on avait dit. Oliver était resté seul avec sa mère, que le chagrin ravageait tout autant que lui. Secrètement, chacun d'eux reprochait à l'autre la mort du père. Depuis, Oliver parlait à peine à sa mère et la voyait encore moins, et surtout il refusait catégoriquement d'aborder le sujet avec Claudia.

— Ne me psychanalyse pas, chérie! tonnait-il. Tout va très bien comme ça et je n'ai aucune envie d'aller fouiller là-dedans. D'accord?

Le regard noir, la voix forte, le ton tranchant. Un mur.

— Laisse-le tranquille avec ça, disait Gena. Qu'est-ce que ça peut faire, qu'il n'aime pas sa mère? Je ne m'entends pas particulièrement bien avec la mienne, tu le sais mieux que personne. Et alors? Je ne m'en porte pas plus mal. À part ça, il est parfait, ton homme. Tu peux bien lui passer un petit point faible, non?

Comme Claudia ne voulait pas demander à Oliver de l'aider à retrouver son autre mère, c'était Gena qui avait été mise à contribution. Elle avait découvert un organisme qui s'appelait Edna et qui se spécialisait dans ce genre de démarches. Elle l'avait choisi essentiellement à cause du nom.

— Edna, ça fait sérieux, disait-elle. C'est un prénom rustique, très ciné noir et blanc. La femme qui joue la mère d'Henry Fonda dans *Les Raisins de la colère*, elle pourrait s'appeler Edna. Tu vois ce que je veux dire? Quand elle est assise dans le camion avec son chapeau sur la tête, elle a les larmes aux yeux mais elle reste stoïque et, en même temps, elle est très maternelle. Edna, c'est parfait quand on veut retrouver ses parents!

Pour Gena, la vie a toujours été du cinéma. Elle ramène tout aux films qu'elle a vus, des plus mythiques aux plus obscurs, car Gena voit tout ce qui passe sur les écrans. Elle vit sa vie en gros plans et contre-plongées, flash-back et fondus enchaînés. Oliver, pour elle, faisait très Jean-Paul Belmondo:

— Mais celui des débuts, précisait-elle, avec un petit rien de Gary Cooper dans l'ondulation des cheveux et peut-être un soupçon de John Garfield, surtout dans le film de boxe.

Claudia n'avait jamais vu le film de boxe et n'avait pas une idée très claire de qui était John Garfield. Claudia trouvait simplement qu'Oliver faisait très Oliver.

— Et ce n'est pas seulement à cause du nom ! avait ajouté Gena. Il y a des tas d'organismes qui aident les gens à retrouver leurs parents, mais celui-ci est celui qu'il te faut. Écoute un peu ce qu'ils disent dans leur brochure : « L'organisme Edna porte le nom de sa fondatrice, Edna Jean Malone, qui, au terme de trente-trois ans de recherches laborieuses et acharnées, a fini par trouver la tombe de ses parents. » Trente-trois ans, tu te rends compte ? Et le temps qu'elle les retrouve, ils étaient morts !

— Magnifique, dit Claudia d'une voix sombre.

— Allons ! répondit Gena en laissant retomber la petite brochure rose. Ça ne veut pas dire que c'est ce qui va t'arriver ! Tes parents ne sont pas morts, voyons, ne sois pas ridicule. Mais j'aime bien la façon dont c'est tourné. Très théâtre réaliste, tu ne trouves pas ?

— Gena, je ne sais pas si c'est une bonne idée…

— Allons donc ! Il faut voir ça comme une aventure ! Et puis, tu arrêtes quand tu veux.

Claudia fit une moue dubitative.

— Bon, d'accord… reprit Gena. J'irai avec toi si tu veux.

— C'est vrai ?

— Oui, mais à une condition : il faut que tu arrêtes d'avoir tout le temps peur comme ça. On n'est plus à Saint Mary Magdalene, Claudia ! Sœur Anne ne va pas te taper sur les doigts avec sa règle en bois. Bon Dieu, que je détestais ça ! Je me demande si elle a fini par crever, la vieille chipie.

— On ne blasphème pas, Gena !

Claudia souleva son pied pour le poser sur la table basse, puis elle y renonça. Une longue mèche ondulée tomba sur ses yeux. Elle poussa un profond soupir et ses cheveux voletèrent sur son front.

— Tu sais ce qui serait bien ? demanda-t-elle. Ce serait que tu te fasses passer pour moi.

— Oh ! C'est une super idée ! Tu me laisserais y aller à ta place ?

— Tu sais bien que non... Tu sais bien que c'est à moi de le faire.

Elles y allèrent toutes les deux. Une porte de bois brut très ordinaire au bout d'un long couloir. Un panneau de faux bronze vissé sur la porte : « Edna ». Une pièce blanche toute simple dans un long bâtiment d'une rue débouchant sur l'autoroute. Et en face de Claudia, de l'autre côté du bureau, une grosse femme en robe rouge.

— Que se passera-t-il si elle ne me cherche pas ?

— Dans ce cas, son nom ne figurera pas sur nos listes. Ni celui de votre père, j'imagine.

— Mon père ?

— Eh bien, oui, votre père.

— Ah.

Claudia pensait à John, son cher papa si grand, si bourru dans ses manières et pourtant si tendre. John, un homme solide, un homme de traditions, « l'avocat bûcheron », comme disait Gena, tout droit sorti du bois dans son costume à fines rayures et sa cravate en soie bleu marine. Claudia sourit et la dame en rouge lui rendit son sourire, croyant qu'il s'adressait à elle. Elle avait les lèvres assorties à sa robe. Claudia se tourna vers Gena, qui semblait absorbée dans un magazine, son grand corps fili-forme jeté sur une chaise de plastique orange, le visage à demi couvert par une vague de cheveux blonds. Ses longues jambes étaient croisées devant elle, ses pieds chaussés de ses éternelles ballerines.

Qu'est-ce qu'elle en avait à faire, Gena ? Elle connaissait son père et sa mère depuis toujours. Elle n'avait pas de problème d'identité. Les cheveux blonds qui lui tombaient sur un œil étaient en tous points semblables à ceux de sa mère, de sa vraie mère. Gena n'en avait qu'une. « La petite Claudia attend sa maman mystère à la caisse centrale, je répète… » Et ces ballerines dont Gena ne se séparait jamais ! Claudia aurait eu l'air d'une mendiante attifée comme ça, mais Gena portait des ballerines en toutes circonstances et rayonnait d'élégance. Probablement parce qu'elle avait fait art dramatique. Claudia avait choisi psycho. Encore une erreur. C'est elle qui aurait dû aller en théâtre. Elle avait déjà la façade, le décor. Vide et creuse comme elle l'était, elle aurait su jouer tous les personnages en s'emplissant de leur vie de papier.

— Comment vous appelez-vous ?

La main dodue de la femme en rouge était suspendue au-dessus de son formulaire, son stylo prêt à griffonner.

— Je m'appelle Claudia.

« Claudia, mon petit ange », disait sa mère en la couvant d'un regard aimant. Margaret assise près d'elle à Saint Mary Magdalene, tapotant son genou du bout des doigts pour qu'elle arrête de balancer ses jambes à la volée. Sa mère penchée vers elle, le visage rose et rebondi, son parfum, son souffle sur sa peau. « Arrête de frapper le banc comme ça, mon petit ange. Tu vois bien que ça dérange madame Vallely. »

Et puis, le petit ange avait grandi et s'était mis en tête de se trouver une autre maman. « Pourquoi la trahis-tu, Claudia ? Margaret n'est pas une assez bonne mère pour toi ? Qu'est-ce que tu lui reproches, au juste ? De ne pas te ressembler ? D'être trop petite, trop ronde ? Trop gentille, peut-être ? Elle t'a élevée avec amour, toi qui n'es pas de son sang. Elle t'a choyée, conseillée, guidée en sachant que tu étais la fille d'une autre, d'une femme qui n'a pas voulu de toi, qui t'a rejetée… »

— Claudia. Très bien. Et votre nom de famille ?

Le rouge à lèvres de la femme en rouge avait débordé. Elle avait dû faire une moue laborieuse pour écrire le prénom sur le formulaire et, maintenant, elle avait du rouge à lèvres sous le nez. Claudia s'imagina Margaret assise à sa coiffeuse, la main suspendue au-dessus de ses flacons de parfum, de ses pots de crème. Ses narines s'empliraient de la douce odeur de Margaret.

Debout derrière elle, elle lui parlerait dans le miroir. « Je veux seulement voir de quoi elle a l'air, maman. Rien de plus. » Et le visage de Margaret prendrait une couleur légèrement grisâtre, mais elle continuerait de sourire en hochant la tête. « C'est tout naturel, ma chérie. Je te comprends tout à fait. Tu sais comme je t'aime. C'est très bien. »

Non, ce n'était pas très bien ! Elle ne pouvait pas lui faire ça. Jamais elle ne pourrait lui dire qu'elle voulait retrouver son autre mère. Et surtout, elle ne voulait pas que Margaret aille s'imaginer qu'elle avait failli à sa tâche, qu'elle avait manqué d'instinct maternel et n'avait pas su rassurer sa fille.

— Mon Dieu ! souffla Claudia comme le faisait souvent Margaret.

Elle s'aperçut qu'elle serrait très fort son sac entre ses doigts.

— Pardon ?

Claudia cligna des yeux et regarda la femme en rouge.

— Je vous ai dérangée pour rien. Excusez-moi, mais je ne peux pas.

Elle se leva si précipitamment qu'elle renversa sa chaise.

— Excusez-moi. Viens, Gena, on s'en va.

C'est ainsi que l'autre mère ne vit pas Claudia entrer dans la permanence des liens sacrés du mariage. Pas plus que Buffalo Bill, d'ailleurs. En fait de parents, seuls Margaret et John assistèrent à la cérémonie.

— Margaret et John sont mes parents, murmure Claudia.

Elle reprend une autre cuillerée de beurre d'arachide. Le colibri rase la fenêtre à folle allure et manque s'y écraser.

— Attention, bonhomme.

L'oiseau se dirige déjà vers l'oranger.

Dix ans depuis cette excursion pitoyable chez Edna. Claudia et Gena avaient quitté les locaux précipitamment, comme des voleuses, s'étaient engouffrées dans la voiture et avaient pris la fuite. Ensuite, Claudia s'était efforcée d'oublier l'incident en se jetant à corps perdu dans un tourbillon d'activités : liste de mariage, menu, lune de miel, Oliver. Dix ans déjà qu'elle a remonté l'allée de l'église et s'est agenouillée devant le père O'Malley pour prononcer ses vœux d'amour, de tendresse et de fidélité. Le genou d'Oliver touchait le sien à travers la toile noire du smoking et le satin crème de la robe. Pendant six ans, Dieu merci, les rêves de l'autre mère et de l'autre père ne sont pas revenus la hanter. Et puis, elle est tombée enceinte et tout a recommencé. Oliver pensait qu'elle avait du mal à dormir à cause de sa grossesse, ce qui était le cas. Cependant, l'origine de ses insomnies n'était pas tant physique que mentale. Claudia rêvait de bébés qui flottent, d'enfants désirés, de femmes floues tenant de vagues nourrissons dans des couvertures imprécises. Et puis, des images horribles l'éveillaient en sursaut, d'enfants dont on n'avait pas voulu, de bébés qu'on avait jetés aux ordures, de nourrissons montgolfières qui montaient dans le ciel, d'enfants qui ressemblaient à des Picasso, pendus la tête en bas comme des décorations aux arbres de Noël.

Claudia cogne violemment la cuillère contre un pot de confiture et ferme les yeux.

Ce n'est pas qu'elle y pense tout le temps. Ce n'est pas non plus qu'elle n'y pense pas. On ne se dit pas tous les jours : « J'ai été adopté », mais l'incertitude reste quand même. C'est une sensation qui la traverse parfois, ce sont des questions qui s'imposent à son esprit sans qu'elle les ait voulues.

Elle fait tourner la cuillère dans le pot de confiture.

Il faudrait dire à Oliver que les orangers sont mal en point. Ils éclatent en deux avant d'avoir atteint la maturité, comme si on les avait tranchés d'un coup de hache en plein cœur. Elle lance la cuillère, qui glisse le long du comptoir et va tomber dans l'évier avec fracas.

— Tu es adoptée, lui avait-on dit.

Qui ? Elle n'arrivait pas à se le rappeler. Qui en avait parlé le premier ? Margaret ? John ? Un affreux jojo de son cours de catéchisme ? Billy Shelton, peut-être ? Ou Brucie Baum, qui était une vraie teigne ? Ou sa sœur, Becky, avec ses gros yeux globuleux et ses dents de cheval ? Claudia ne sait plus.

Refoulement. Elle est bien placée pour le savoir, après tout. Elle est psychologue. « Le refoulement, aspects théoriques », salle dix-sept, le mardi à quatorze heures. Refoulement : occultation inconsciente des souvenirs douloureux ; censure qui provoque l'oubli.

— Je ne refoule rien du tout ! C'est simplement que je n'arrive pas à me souvenir.

— C'est précisément ce qu'on appelle le refoulement, avait tranché le docteur Turner.

Elle avait interrogé ses parents à maintes reprises. Chaque fois, ils lui répétaient l'épisode dans ses moindres détails. Comment ils l'avaient assise pour lui en parler, où ils l'avaient assise.

— Nous avions pensé nous installer dans la salle de séjour, mais ton père a trouvé finalement que nous serions plus à l'aise dans ta chambre, disait Margaret en regardant son mari avec tendresse.

Sa chambre de petite fille tout en froufrous jaunes à petits pois, y compris l'abat-jour de la lampe de chevet. Elle revoyait sa chambre d'enfant dans ses moindres détails, mais impossible de se rappeler où ils l'avaient assise.

— Dans le fauteuil près de la fenêtre ?

— Non, chérie. Nous étions tous trois installés par terre.

Elle dévisageait ses parents d'un air égaré. John éclatait de rire.

— Elle ne se rappelle plus que nous avons été jeunes, Margaret ! Oui, Claudia, figure-toi qu'il fut un temps où ta mère et moi pouvions nous asseoir par terre !

— Ce n'est pas ça, papa. C'est simplement que... je n'arrive pas à me rappeler.

Ils ont été patients. Ils ont sincèrement essayé de l'aider à retrouver la mémoire.

— C'était un après-midi, disait Margaret.

— Un samedi, précisait John.

— On entendait Billy Shelton et les autres gamins du quartier qui faisaient du vélo dans la rue. Les pêchers étaient en bourgeons, n'est-ce pas, John ?

Elle revoyait les pêchers et même les rosiers que sa mère avait plantés dans leur immense jardin. Elle revoyait les rues bordées d'arbres et les élégantes résidences de Hancock Park. Elle se représentait fort bien Billy Shelton, Brucie Baum et son laideron de sœur Becky qui l'attendaient, juchés sur leurs vélos, un pied à terre, la roue avant bloquée en travers du cadre. Claudia se mettait à l'affût des souvenirs, mais rien. Elle n'entendait ni les cris des enfants ni le bruit des bicyclettes. Elle ne voyait ni les bourgeons des pêchers ni le soleil dans la rue. Le noir complet, comme si elle n'avait pas assisté à la scène. « Êtes-vous sûre que c'était bien moi ? » était-elle tentée de leur demander, mais elle restait silencieuse, à fouiller vainement dans sa mémoire.

Comment lui avaient-ils annoncé la nouvelle ? Quels mots avaient-ils employés ?

— Eh bien… disait Margaret en se tournant vers John. Je ne me rappelle pas qui a commencé. Était-ce toi, John, ou moi ?

Comment avait-elle réagi ?

— Est-ce que j'ai pleuré ?

— Bien sûr que non, ma chérie ! Nous t'avions dit que nous t'avions choisie parmi les nombreux bébés qu'on nous proposait. Pourquoi aurais-tu pleuré ?

Claudia imaginait alors Margaret et John déambulant dans un long couloir bordé de voitures d'enfants.

« Est-ce que celui-ci te plaît, chérie ?

— Attends voir… Pourrait-on lui enlever ses chaussons pour que je voie ses pieds ? »

Et puis le défilé des questions qui surgissaient d'elle à tout propos, jour après jour, semaine après semaine.

— Je ne fais pas partie de votre famille, alors ?

— Bien sûr que si, mon ange ! Tu n'es pas sortie de mon ventre, voilà tout. Sinon, c'est exactement la même chose.

— Ah, oui ?

Elle savait de source sûre que les enfants sortent du ventre des mamans. Billy Shelton le lui avait dit parce que sa grande sœur Valerie avait eu un bébé et qu'il était à l'envers. Billy avait rapporté à Claudia les détails les plus horrifiants qu'il avait entendu sa mère raconter à sa tante Soochie — comme quoi le bébé n'arrivait pas à sortir parce qu'il était à l'envers, qu'il avait fallu le tourner et que le médecin avait dû mettre ses mains dans le ventre de la grande sœur pour replacer le bébé dans la bonne direction et qu'il puisse venir au monde. « C'est dégoûtant. »

Claudia regardait Margaret.

— Sinon, c'est exactement la même chose ?

— Oui, ma chérie, exactement la même chose.

Margaret lui souriait depuis l'autre côté de la table de cuisine, par-delà les biscuits et le verre de lait.

— Même si je ne t'ai pas portée dans mon ventre, je suis ta maman quand même.

« Elle est ma maman quand même. » C'était le mantra de Claudia, la phrase magique qu'elle se répétait inlassablement sur le chemin de l'école, les yeux rivés sur ses sandales, l'ourlet de sa jupe d'uniforme frôlant ses genoux écorchés. « Elle est ma maman quand même. Si tu marches sur une ligne, tu vas en enfer. Elle est ma maman quand même. Encore un coin de rue et j'arrive à Saint Mary Magdalene. »

— Oui, mais… qu'est-ce qui est arrivé à la maman qui m'a portée dans son ventre ?

— Pardon ?

John leva les yeux de son journal. Le fauteuil de cuir dans lequel il s'était installé pour boire son gin craquait un peu.

— La maman qui m'avait dans son ventre quand je suis sortie. Pas maman, mon autre maman. Qu'est-ce qui lui est arrivé ?

Le journal s'abaissa lentement. On aurait dit un oiseau qui n'aurait plus su où se poser.

— Eh bien…

Il la regarda. Du morceau de satin que sa mère lui avait donné, elle couvrait sa poupée couchée dans son petit lit.

— Eh bien… je ne sais pas exactement ce qui lui est arrivé, chérie. Tout ce que je sais, c'est qu'elle ne pouvait pas te garder et, comme nous voulions très fort t'avoir avec nous, nous t'avons choisie et ramenée à la maison.

— Ah.

Silence. Silence dans la pièce, mais rugissement dans sa tête. Les questions se bousculaient. Elle borda sa poupée pour qu'elle n'ait pas froid aux pieds et, surtout, pour que l'ogre ne vienne pas lui grignoter les orteils ou l'emporter dans sa maison toute noire en dessous du lit.

— C'est ça, dit John en tapotant son journal.

Il ne quittait pas sa fillette des yeux.

— Elle ne voulait pas de moi ?

— Oh, non, ce n'est pas cela ! Je suis sûr qu'elle voulait de toi, au contraire, mais elle ne pouvait pas te garder. Elle avait certainement une bonne raison, tu sais. On ne fait pas toujours ce qu'on veut dans la vie. Tu verras ça quand tu seras grande. Il arrive qu'on veuille très fort aller dans une direction, mais que les circonstances fassent qu'on ne puisse pas…

— Peut-être qu'elle aurait préféré un petit garçon ?

John ne put s'empêcher de sourire un peu. Il replia son journal.

— Tu sais quoi ? On va aller faire un tour dans le quartier. Toi, tu prends ton nouveau vélo sans les petites roues et moi, je te suis à pied. Qu'est-ce que tu penses de ça ?

— C'est presque l'heure de manger. Maman ne sera pas contente.

— Va lui dire que nous serons en retard de quelques minutes. Explique-lui que c'est impératif, qu'il faut absolument que nous allions faire un tour tous les deux.

C'est comme cela qu'elle avait appris le mot *impératif* et qu'elle avait cessé de se demander qui avait voulu de qui et pourquoi. Elle pédalait à toute vitesse dans les courbes sur sa bicyclette neuve. Elle faisait voler les feuilles autour d'elle.

— C'est ça, Claudia! criait son père. Vas-y, n'aie pas peur!

L'enthousiasme de John la gagnait. Elle devenait plus audacieuse. Le vent jouait dans ses cheveux, elle allait de plus en plus vite. Enfin, elle se mit à rire de ses anciennes peurs. Son père l'encourageait à grands cris. Elle ne craignait plus de tomber.

— Oui, mais pourquoi vous m'avez choisie?

Margaret se retourna.

— Prends une autre serviette pour tes cheveux, ma chérie.

Elle épongea les épaules osseuses de la fillette.

— Hein, maman?

— Quoi?

— Pourquoi papa et toi, vous m'avez choisie, moi, au lieu d'en prendre un autre?

Margaret l'enveloppa dans la serviette et enroula ses bras autour d'elle.

— Parce que tu étais la plus belle, mon ange. Tu étais très différente des autres, beaucoup plus sage et plus gentille. C'est pour cela que nous t'avons choisie. Nous n'avons même pas eu besoin d'en discuter, ton père et moi. Nous nous sommes regardés et cela nous a suffi. Nous avons tout de suite su que c'était toi que nous voulions.

Beaucoup plus sage et plus gentille que tous les autres. Ces mots-là étaient restés gravés dans sa mémoire. Elle galopait dans la cour de l'école Saint Mary Magdalene, les cheveux au vent, rubans dénoués. Elle courait dans son chemisier bleu et sa jupe plissée d'uniforme en annonçant à tous la grande nouvelle:

— Je suis beaucoup plus sage et plus gentille que vous. J'ai été adoptée, moi! Je suis mieux que vous!

« Tu parles! Tellement mieux que ta mère n'a pas voulu de toi. »

— Au moins, ils ne m'ont pas pendue à une branche la tête en bas, dit-elle à voix haute.

Elle va jusqu'au téléphone, compose le numéro. Elle s'imagine la sonnerie retentir dans l'appartement de Gena. En fait, le téléphone de Gena ne sonne pas vraiment : il glougloute, il roucoule comme un pigeon. « Un pigeon enfermé dans une tomate », pense Claudia en riant toute seule. Ils ont eu le plaisir, l'honneur et l'avantage d'admirer le nouvel intérieur de Gena quand ils sont allés à New York. C'était la troisième fois qu'elle redécorait son appartement depuis qu'elle avait divorcé de Joe. Tout était rouge, absolument tout : les murs, les meubles, les rideaux, le moindre accessoire était rembourré, recouvert ou peint de rouge, dans toutes les nuances possibles et imaginables.

— Très vidéo d'art, disait Gena.

— Très perdus dans le ketchup, avait soufflé Oliver à l'oreille de Claudia.

Au bout de trois sonneries, le répondeur de Gena prend l'appel : « Bonjour. Vous êtes bien chez Gena. Je suis soit sortie, soit trop occupée pour parler au téléphone. Laissez-moi un message et essayez d'être drôle : qui sait si je ne suis pas d'une humeur massacrante aujourd'hui ? »

Claudia prend une inspiration profonde.

— Bonjour, Gena. C'est moi. Je n'ai rien de spécialement drôle à te dire. En fait, c'est moi qui suis d'une humeur massacrante... Ça me casse les pieds, cette histoire de décalage horaire entre Los Angeles et New York ! On envoie des gens sur la Lune et nous ne sommes toujours pas capables de nous joindre au téléphone. Bref. Je suppose que tu es en train de manger au Cirque ou ailleurs. Moi, je prépare le goûter de Lily mais j'ai englouti presque tout le beurre d'arachide et la confiture, et ça sent le jus de pomme à plein nez dans ma cuisine.

Elle s'interrompt, entortille le fil du téléphone autour de son doigt.

— Gena, j'ai un problème. Il faut que je te parle, mais ne me rappelle pas aujourd'hui. Je vais donner à manger à Lily. Après, il faut que je prépare le repas, et puis Oliver va rentrer. Je vais donner le bain à Lily, rester un peu avec Oliver, coucher

Lily, rester un peu avec Oliver. Comme ça jusqu'à la fin de mes jours, j'imagine.

Claudia s'arrête encore et regarde par la fenêtre. C'est donc ça, sa vie ? C'est ce qu'elle est devenue ? Le colibri a disparu.

— Tu sais, Gena, je me demande pourquoi je n'ai pas recommencé à travailler. Lily a déjà trois ans. Qu'est-ce que j'attends, à ton avis ?

Elle s'adosse au réfrigérateur.

— Aucune idée de ce que j'attends ! Bon, j'aimerais que tu me rappelles demain. Je vais aller conduire Lily à la garderie et je devrais être de retour vers dix heures. Tu m'appelles ? Heure de Los Angeles, hein ! N'oublie pas, sinon je t'étrangle. Tu auras même les menaces de mort sur ton répondeur, ça facilitera l'enquête.

Elle inspire profondément.

— Je suis en train de remplir ta cassette. Excuse-moi, Gena.

Elle s'arrête et plaque sa main contre sa bouche.

— Non, ne m'excuse pas. Je remplis ta cassette de répondeur et j'assume.

Elle est tellement étourdie qu'elle doit s'accrocher au réfrigérateur pour ne pas tomber.

— J'espère que tu t'ennuies de moi, dit-elle.

Elle raccroche.

Puis, elle prend un verre, sort des glaçons et se verse du vin blanc. Elle s'assied à la table de la cuisine.

— Merde, grommelle-t-elle. Gena va croire que je suis folle.

— Qu'est-ce que fous dites, madame ?

Claudia se retourne d'un bond. Santos se tient près de l'évier, les bras chargés de linge, des grandes serviettes bien pliées, des chaussettes blanches qui appartiennent à Oliver.

— Rien, Santos. Je parlais toute seule. Ça m'arrive, des fois.

Santos la dévisage d'un air soupçonneux.

— Je vais porter ça en haut et je ferai les *colores* après, et les salles de bains et après, je vais.

— Parfait.

— Le bébé dort.

— Oui.

— Elle est belle, non ?

— Si, très belle.

— Elle ressemble à vous, mais pas le cheveu.

— Non, en effet.

— Elle a le cheveu chaune.

— Oui.

— Monsieur Oliver, lui aussi n'a pas le cheveu chaune.

— Non. Personne dans la famille n'a le cheveu chaune.

Santos sourit. Claudia aussi.

— Je vais, dit Santos.

Elle sort.

Claudia prend l'une des tartines qu'elle a commencé de préparer pour Lily, en arrache un morceau qu'elle écrase entre ses doigts, le fourre dans sa bouche.

« Le cheveu chaune. » Bravo. Santos ne parlera jamais correctement l'anglais si elle s'obstine à ne pas corriger ses fautes. Elle avale une grande gorgée de vin puis elle se lève, se dirige vers le comptoir et sort deux tranches de pain dont elle entreprend d'arracher la croûte.

Le lendemain matin, alors qu'elle en est à son quatorzième café, Gena téléphone. C'était peut-être seulement sa douzième tasse, à bien y penser, mais peu importe. Le fait est qu'elle en avait beaucoup bu. Avant cela, elle s'était acquittée avec sérieux, comme toujours, de ses tâches domestiques matinales.

— Réveille-toi, Oliver. Allons, lève-toi ! Tu vas être en retard.

Quelques minutes plus tard :

— Bonjour, ma petite Lily ! Oh ! Tu as déjà mis tes chaussures ! C'est bien, ça ! Tiens, on va essayer de les changer de pied, pour voir. Oui ?

Et puis encore :

— Oliver ! Le café est servi ! Tu veux des céréales ? Qu'est-ce que tu dis ? Je ne t'entends pas.

— Mange, papa !

Lily tendit à Oliver une cuillerée de céréales qu'elle avait fait tremper dans son jus d'orange.

— C'est une espérience.

— Une espérance ? C'est bien ça. Il faut de l'espérance, dans la vie ! Au fait, chérie, tu voulais me dire quelque chose, hier soir ?

— Une es-pé-rience, papa ! C'est quand on essaie quelque chose de nouveau.

— Ah ! Une ex-pé-rience, Lily. Voyons voir… Hum ! Formidable ! Si tu continues comme ça, tu vas devenir un vrai cordon-bleu.

— Non, cordon-rose, papa. Pas cordon-bleu.

— Cordon-rose, si tu veux ! Claudia, tu voulais me parler ? Fais vite, il faut que j'y aille.

— Non, ce n'était rien.

— Moi, je veux être un garçon quand je serai grande ! Ou peut-être juste une personne.

— Tu entends ça, chérie ? Juste une personne !

Lily se mit à battre des mains.

— Est-ce que ça va, chérie ?

Il l'embrassa. Déjà, il ramassait ses livres et ses notes de cours.

— Oui, oui, ça va.

Il disparut.

Mais oui, ça va. Pourquoi ça n'irait pas ? Elle avait tout pour être heureuse. Elle déposa Lily dans son siège d'enfant, boucla sa ceinture de sécurité. Arrivée à la garderie, elle regarda sa future « juste une personne » se diriger d'un pas décidé vers le bac à sable, vers les autres enfants, son morceau de satin bleu à la main. Claudia sentit son cœur battre plus vite. « Quelle trempe elle a ! pensa-t-elle. Toute petite, et peur de rien. Tout le contraire de moi. »

Elle suivit la caravane des autres voitures qui sortaient de la garderie, le flot des mères qui venaient de laisser leur petit. La plupart semblaient joyeuses, comme impatientes de retrouver leur autre vie. Était-elle la seule qui eût envie de rester garée quelques minutes devant les grilles, de regarder sa fille jouer avec ses amis, de la retenir encore un peu ? Elle se rappela le premier jour de garderie. Lily l'avait quittée sans faire d'histoires pour suivre une parfaite inconnue, cette mademoiselle Ruby qui était responsable de son groupe. Où puisait-elle ce courage ? D'où lui venait son caractère si fort et si franc ?

Claudia écarta les cheveux qui lui retombaient sur le visage, alluma la radio. Oui ! De qui tenait-elle cette détermination ? De son père ? Pas de sa mère, en tout cas. De qui ? « Arrête ! Arrête de te poser des questions idiotes ! Admire le paysage. Contemple le béton hideux des centres commerciaux, ces voitures poussiéreuses, ces automobilistes enragés. Surveille tes gestes, madame, n'insulte pas les gens. Baisse la tête, ne crie pas, ferme ta gueule et rentre chez toi. »

Elle laissa la voiture dans l'entrée, alla chercher le tuyau d'arrosage qui était enroulé au mur du garage. D'un coup de pied, elle se débarrassa de ses baskets, puis elle arrosa les rosiers qui bordaient l'allée menant à la maison. Le Santa Ana soufflait encore, desséchant tout sur son passage. « Y compris moi », pensa-t-elle. Elle dirigea le tuyau vers elle et but un peu d'eau, puis elle ferma le robinet. Elle essuya ses mains à son jean, ramassa ses chaussures et s'adossa contre le capot de sa voiture. Elle observa son chez-soi. Pas très grand, mais sympathique, propre. Brique rouge, crépi beige, volets ocre, bordures blanches. « Très coquet, avait décrété Gena à sa première visite. Très maison de pain d'épice. » Claudia rit, puis grimpa l'escalier pour rentrer chez elle.

Elle fit les lits, plaça les grands oreillers fleuris de gauche à droite, puis de droite à gauche, puis de gauche à droite comme elle le faisait toujours. Elle passa dans la chambre de la petite, replia une couverture et la posa sur l'accoudoir du petit sofa, remit les livres éparpillés dans la corbeille, sauf le dernier. Elle le tint devant elle et regarda longuement la couverture.

— « Es-tu ma maman ? » lut-elle à voix haute.

Ses yeux s'emplirent de larmes. C'était sa mère qui avait offert ce livre à Lily. Enfin… Margaret. Oui, sa mère. Margaret était bien sa mère.

— Mon Dieu, qu'est-ce qui m'arrive ? soupira-t-elle en se passant la main sur le visage.

Elle jeta le livre dans la corbeille. Il rebondit contre le bord et retomba sur le tapis. Elle marcha vers la porte, puis s'arrêta net. Elle revint sur ses pas, ramassa le livre et le déposa doucement dans la corbeille. Puis, elle sortit. Dans le couloir, elle prit les photographies sur la petite table en haut des escaliers. Un cliché en noir et blanc la représentait assise sur les genoux de Margaret. Elle devait avoir trois ans. Ses tresses étaient retenues par des rubans de tissu écossais. La deuxième, en couleurs, la montrait avec Lily. La fillette était assise sur ses genoux et devait avoir deux ans. Elle souriait de toutes ses trois dents : une en haut et deux en bas. Claudia regarda longuement les deux photos. Puis elle les replaça sur la petite table et passa son doigt sur le bois. Il n'y avait pas un grain de poussière.

Elle descendit, lava la vaisselle du petit-déjeuner, nettoya trois fois le comptoir de cuisine et lança un regard mauvais au téléphone. Puisqu'il persistait à se taire, elle se mit à marcher en rond autour de la table, comptant pour se distraire les carreaux couleur brique qui recouvraient le sol. Trente-quatre, trente-cinq… Elle marchait sur les lignes, pointe à talon, talon à pointe, « sainte Marie, mère de Dieu », trente-six, trente-sept.

Elle voulait en parler à Oliver la veille au soir. Elle le lui avait dit et, lui, l'avait parfaitement entendue. Elle avait prévu aborder le sujet entre le bœuf aux poivrons et le gâteau marbré sans matières grasses, de préférence autour d'un verre de vin. Elle avait mis au point une stratégie, un plan d'attaque qui éviterait qu'Oliver se braque, qu'il se referme comme une huître. Oliver est ouvert à tous les sujets de conversation, sauf deux. Pour lui faire parler politique, elle doit lui jurer qu'ils vont discuter sérieusement, qu'ils s'exprimeront en toute franchise et défendront leur point de vue jusqu'au bout, quitte à se quereller copieusement et à faire chambre à part pour cette nuit. Le deuxième tabou, c'est l'adoption.

— Je ne comprends pas pourquoi tu te mines la santé avec ça, chérie. Cherche-les ou laisse tomber, mais arrête de t'en faire avec ça ! Va les chercher si ça te démange tant que ça, et point ! Et puis, s'ils sont bêtes, ou vulgaires, ou Dieu sait quoi, il sera toujours temps de leur dire d'aller se faire voir !

« Va te faire voir, mon autre mère. Va au diable et emmène donc mon crétin d'autre père avec toi. » Elle s'y voit, tiens, les deux mains sur les hanches, le menton relevé, faisant preuve, pour une fois, d'une trempe qu'elle n'observe que chez sa fille. Si seulement elle pouvait être aussi courageuse que Lily ! De toute façon, sa stratégie longuement réfléchie avait tourné court. L'une des élèves d'Oliver avait avalé des comprimés pris au hasard dans l'armoire à pharmacie de ses parents et s'était effondrée au pied de son bureau. Il avait dû appeler une ambulance et rester avec l'adolescente pendant qu'on lui faisait un lavage d'estomac. Puis, il avait passé la journée près d'elle à lui tenir la main. Il tremblait de fureur quand il était revenu à la maison. Il faisait les cent pas dans la cuisine en répétant sur tous les tons qu'il n'en revenait pas, que certains parents, vraiment ! Comment pouvait-on être irresponsable à ce point ? Qu'est-ce qu'ils attendaient pour s'occuper de leur fille ? Qu'elle se retrouve à la morgue ?

— Oliver, je voulais te parler de quelque chose…

Elle commencerait par se demander avec lui pourquoi elle n'avait pas repris son travail. C'était la phase un de son plan d'attaque, le cheval de Troie. Elle avait encore ses clients, après tout. Certes, elle avait dû les confier à un confrère pendant son congé de maternité. « Dès que l'enfant sera un peu plus autonome, je reviendrai », leur avait-elle assuré. Il était temps, et même plus que temps qu'elle reprenne ses activités professionnelles. Lily se débrouillait fort bien. Il suffisait de la voir se pavaner au milieu des autres enfants avec son morceau de satin pour comprendre que ce changement ne lui poserait aucune difficulté. De toute façon, puisqu'elle allait déjà à la garderie, le choc ne serait pas trop grand. En fait, ce n'était pas Lily qui avait du mal à couper le cordon. C'était plutôt sa mère.

Claudia passa ses doigts sur le téléphone blanc. À quoi bon ? Ses clients étaient sans doute très satisfaits de leur nouveau thérapeute et l'avaient complètement oubliée. Pourquoi ne reprenait-elle pas le travail ? On aurait dit qu'elle se refusait à sortir de chez elle, à quitter le cocon. Elle pourrait peut-être ouvrir un cabinet à domicile, comme les généralistes de l'ancien temps. Elle placerait une plaque à sa porte, elle recevrait les gens. Où ça ? Au salon ? Dans la cuisine ? Pourquoi pas ? Elle n'avait besoin que de chaises, pas d'une table d'auscultation ! Ce serait très familial, très accueillant. Elle pourrait même offrir du thé et des biscuits. Elle s'assiérait avec ses clients à la table de la cuisine et elle les écouterait. Oui, mais ils ne voudraient peut-être pas que Lily reste sur ses genoux tandis qu'ils lui parleraient ? Ou alors, ils trouveraient inacceptable que la petite fasse du coloriage ou qu'elle joue au petit cheval pendant qu'ils raconteraient leur vie. Certains exigeraient qu'elle la laisse dans la pièce voisine. De toute façon, là n'était pas le problème. Ce n'était pas tant qu'elle veuille absolument rester à la maison. Elle avait toujours aimé aller travailler. Alors, quoi ? C'était peut-être le travail en soi. La psychologie ne l'intéressait plus vraiment, sans doute. Elle aspirait à autre chose. Et puis, quelle psychologue déplorable elle devait faire, elle qui n'arrivait même pas à voir clair dans sa propre vie !

— Oliver, je t'en prie, aide-moi. Je ne vois plus clair. Je me traîne comme une âme en peine. Je tourne en rond et je n'arrive pas à me décider à reprendre le travail. Est-ce que tu comprends ça, toi ?

C'est ce qu'elle lui aurait dit si elle avait pu parler. Il l'aurait écoutée, puis conseillée. Oliver était très doué pour ce genre de choses. De fil en aiguille, ils en seraient venus à parler de son état d'esprit. Ils auraient constaté qu'au lieu d'aller travailler elle se contentait de regarder les autres faire. Elle observait Santos qui pliait les draps ou nettoyait le carrelage de la salle de bains. Oui, brusquement, elle se rendait compte qu'elle devenait spectatrice, comme si elle avait été prisonnière d'une brume. Certains matins, quand Oliver se préparait pour partir, elle devait déployer des efforts considérables pour sortir du lit. C'était sans doute à cause de ses insomnies. Elle faisait des cauchemars, ces temps-ci... Et ainsi, discrètement, elle en serait arrivée au vif du sujet : « Tu te rappelles, cette autre mère que je voyais en rêve autrefois ? Eh bien, elle a repris du service ! » Elle lui aurait tout expliqué : les cauchemars, le livre de Lily, l'envie de savoir. C'était plus qu'une envie, du reste, une véritable obsession. Elle y pensait toujours, la nuit, le jour, quoi qu'elle fasse, où qu'elle soit. Elle y pensait tout le temps. « Oliver, aurait-elle dit, je n'en peux plus. J'ai envie de me cogner la tête contre le mur, bon Dieu ! » « Claudia Ellen Magers Morgan, on ne blasphème pas ! »

Elle avait tant mijoté sa stratégie, tant concocté son plan d'attaque, et tout cela pour rien. Oliver avait mangé, le nez dans son assiette, et quand elle lui avait glissé qu'elle avait quelque chose à lui dire il l'avait entendue d'une oreille distraite et n'avait pas relevé. Il était obnubilé par son élève et les comprimés avalés au hasard. Claudia avait demandé : « Oliver ? » Au bout de la deuxième fois, il avait levé brusquement la tête en disant : « Quoi ? » et il avait l'air tellement farouche qu'elle avait répondu : « Rien, chéri. » Alors, il avait déclaré qu'il avait mal à la tête et il était sorti pour aller prendre une aspirine. Elle était restée dans la cuisine à l'attendre, puis elle avait entendu la télévision s'allumer dans le salon. Elle avait fini le vin seule en faisant des petites boulettes de pain qu'elle empilait devant elle.

Si ça continue comme ça, elle n'arrivera jamais à parler de cette histoire à personne. Si ça se trouve, Gena n'appellera même pas.

Elle tourne autour de la table en marchant sur les lignes, talon à pointe, pointe à talon. Trente-sept, trente-huit... À moins que ce ne soit trente-huit, trente-neuf ? « Bon sang de bois ! J'ai trente-cinq ans et je me comporte comme une gamine. »

À dix heures tapantes, la grande aiguille vient à peine de franchir le douze, le téléphone sonne. Claudia se jette dessus et décroche avant même la fin de la première sonnerie.

— T'es dingue ou quoi ? hurle Gena. Tu me dis que tu as un problème et tu m'interdis de te rappeler tout de suite ? Tu veux me faire mourir ou quoi ? Bon Dieu de bon Dieu, Claudia !

— Gena Allen Thornton, on ne blasphème pas ! Vous réciterez cinq *Je vous salue Marie*, cinq *Notre Père* et un *Symbole des apôtres* pour votre peine.

— Je vais t'en coller, des *Symboles des apôtres* ! Claudia ! Tu es enceinte, c'est ça ?

— Pardon ?

— Tu es enceinte, c'est ça ton problème ?

— Mais enfin, pas du tout !

— Ah, non ? Tu avais l'air complètement folle sur mon répondeur. J'ai cru que c'était ça. Alors, qu'est-ce qui se passe ? Je te préviens, j'espère que c'est important. J'ai rendez-vous avec l'auteur le plus doué de sa génération, paraît-il. Pas encore très connu mais enfin, il écrit bien. Un type de l'Iowa, comme quoi ça ne veut rien dire. Et tout ce beau monde m'attend aux Palmes, alors fais vite.

— Comment ça, les Palmes ? Je pensais que tu étais végétarienne.

— Oui, eh bien, je mangerai des légumes, voilà tout. Alors ?

Claudia s'assied par terre, le dos appuyé contre le réfrigérateur.

— Gena ?

— Oui ?

Claudia lève les yeux vers l'horloge. Dix heures trois.

— Claudia !

— Quoi ?

— Tu accouches ou quoi ? Qu'est-ce qui se passe ?

— Tu te rappelles, quand on est allées chez Edna ?

— Qui ça ?

— Edna, l'organisme qui retrouve les parents naturels et les enfants adoptés. Tu sais, on y était allées ensemble juste avant mon mariage. C'était une rue qui débouche sur l'autoroute de San Diego, dans la vallée.

— L'autoroute Ventura. Je me rappelle très bien, c'est moi qui conduisais. Et alors ?

— Alors, je… Je me demandais…

— Bon, Claudia, si tu ne me dis pas tout de suite ce qui se passe, je saute dans le fil du téléphone et je vais te coller deux claques dans la figure !

— Ça va, ça va… j'arrive.

Gena attend. Silence.

— Claudia ! Tu accouches, oui ?

Claudia prend une inspiration profonde.

— Je voulais te demander quelque chose. Est-ce que tu penses que tu pourrais venir à Los Angeles pour y retourner avec moi ?

Elles eurent beau parler longuement, examiner le problème sous tous les angles, il apparut clairement que Gena ne pourrait pas aller à Los Angeles pour accompagner Claudia. Premièrement, elle était en pleines répétitions.

— C'est la première dans deux mois, tu te rends compte ? Et, au fait, tu m'avais dit que tu viendrais avec Oliver. Tu n'as pas oublié, j'espère ? Tu m'avais promis, Claudia !

En plus des répétitions, elle devait travailler avec l'auteur le plus doué de sa génération.

— Le type de l'Iowa, il veut écrire une pièce pour moi. Il prend la plume pour moi, ma chère !

— On dit plutôt le clavier, de nos jours.

— Peu importe.

Gena aurait tant voulu, mais impossible, vraiment impossible. Elle ne pouvait absolument pas quitter New York en ce moment.

— Et pourquoi est-ce que tu veux les retrouver, tout d'un coup ?

Claudia joue avec le fil du téléphone quelques instants.

— Je ne sais pas.

— Allons donc ! Tu es psy ! Ne me dis pas que tu n'as pas analysé ta décision sous toutes les coutures.

— Eh bien, si, mais… je n'ai pas trouvé la réponse.

— Ça doit avoir rapport avec la naissance de Lily.

— Pour ton information, madame la marraine, sache que Lily a trois ans.

— Je sais très bien quel âge elle a ! Tu as peut-être la prise de conscience un peu lente.

Claudia éclate de rire.

— Tu donnes dans la psycho, maintenant ?

— Non, ma chère. Comédienne je suis, comédienne je reste. Mais je me dis que si je devais jouer ton rôle dans cette conjoncture difficile, si je devais déterminer tes motivations, disons, il faudrait que je sache quelle mouche te pique de te lancer soudainement à la recherche de tes parents alors que tu as répété mille fois depuis des années que cela ne t'intéressait pas. Et tu étais sincère, je crois. Alors, quelle mouche te pique ? Il faut que je sache, au cas où je devrais jouer ton rôle un jour.

— Jouer mon rôle ? soupire Claudia.

— Quoi ?

— Rien. Je crois que je ne sais pas qui je suis, au fond.

— Quoi ?

— Pour jouer mon rôle, il faudrait savoir qui je suis.

— Qu'est-ce que tu dis ? Tu marmonnes, Claudia ! Tu sais très bien que j'ai horreur de ça. Je ne comprends pas un traître mot de ce que tu racontes !

— Je sais, hurle Claudia. Projection ! Projection !

Gena éclate de rire à son tour.

— Tu me manques. J'aurais tellement aimé y aller avec toi.

— Je sais.

— Alors, tu vas venir pour ma première ? Tu vas venir, hein ?

Elle est assise dans sa voiture garée devant chez ses parents, le moteur en marche, une main sur le volant, l'autre posée sur sa bouche. Il est quatorze heures. Elle a laissé Santos avec Lily. Elle était en train de jouer avec la fillette quand soudain elle a été saisie d'une envie irrépressible d'appeler Margaret et de tout lui dire. « Tu sais quoi, maman ? J'aimerais retrouver mon autre mère, tu sais, l'autre, celle que je ne connais pas. Je ne sais pas pourquoi. Ça m'a pris d'un coup. C'est peut-être le Santa Ana qui m'est monté à la tête. Qu'est-ce que tu en penses ?

Non, non et non ! Elle ne peut pas le lui annoncer comme ça. Alors, comment ?

Elle a longuement tournicoté le fil du téléphone autour de ses doigts en regardant Lily faire ses coloriages avec Santos. L'enfant traçait de grands zigzags violets en travers de la feuille. Santos emplissait soigneusement de rose les espaces qui lui étaient impartis. Claudia aussi emplit toujours soigneusement les espaces qui lui sont impartis. Jamais de débordements, jamais de délinquances. Jamais de fantaisie, pour ainsi dire.

— Oh, rien, maman ! J'avais juste envie d'aller te dire un petit bonjour. Est-ce que tu es occupée ?

Elle a passé sa main sur sa gorge. Sa peau brûlait.

— Enfin, je veux dire, ça ne te dérange pas ?

— Pas du tout, ma chérie, tu sais bien ! J'avais pensé faire du ménage dans ma garde-robe mais ce n'est rien d'urgent. En plus, je te dirais que je n'ai pas très envie de constater une fois de plus à quel point j'ai grossi… Viens ! je vais nous préparer un petit quelque chose à manger.

« Ma chérie. » Est-ce que je serai encore sa chérie quand je lui aurai dit ce que j'envisage de faire ?

Claudia éteint le moteur et sort de sa voiture. Le grand pin dans la pelouse vient d'être taillé. Elle contemple les cercles concentriques des branches qui ont été coupées. L'arbre essaie de cicatriser ses blessures avec sa sève, avec son propre sang.

Elle le regardait tous les jours quand elle était jeune, tous les matins dès qu'elle ouvrait les yeux et tous les soirs quand elle s'agenouillait à côté de son lit pour prier. « C'est mon arbre, disait-elle à ses parents. C'est mon arbre parce qu'il est juste devant la fenêtre de ma chambre, alors c'est mon arbre. » C'est dans ce pin qu'elle grimpait pour rêvasser, pour lire, pour se cacher, pour laisser libre cours à son exubérance de petite fille, à sa joie, à sa peine. Elle s'y balançait, aussi. Elle en était même tombée quand elle avait six ans, triple fracture au bras.

Elle passe la main sur l'écorce rugueuse. Margaret aura-t-elle assez de sève pour cicatriser ses blessures quand elle lui aura annoncé la nouvelle ? Claudia fronce les sourcils et regarde le ciel bleu à travers les branches. Bon Dieu de bon Dieu ! Elle ne va quand même pas se mettre à voir des symboles partout ! « On ne blasphème pas ! » murmure-t-elle en introduisant sa clé dans la serrure.

— Maman ?

— Je suis dans la cuisine !

Les vastes pièces silencieuses sentent l'encaustique, les épines de pin, les épices. Elle éprouvait cette même sérénité quand elle était jeune et qu'elle rentrait de l'école, d'un tour à vélo dans le quartier, d'un rendez-vous amoureux, de l'université. Même si elle a grandi et habite ailleurs, même si elle a épousé Oliver et donné naissance à Lily, une paix immense l'envahit chaque fois qu'elle vient rendre visite à ses parents.

— Je nous ai préparé du thon des bonnes amies ! lance gaiement Margaret quand elle entre dans la cuisine.

Elle arbore un grand sourire et tient le pot de mayonnaise à la hauteur de son visage, comme dans les publicités. Elle tend l'autre bras vers sa fille.

— Ça fait tellement longtemps que nous n'en avons pas mangé, ajoute-t-elle.

Le thon des bonnes amies ! Une recette que Margaret a apprise dans ses cours d'éducation ménagère il y a plus de quarante ans ! De son écriture manuscrite si parfaite, elle a noté les ingrédients l'un en dessous de l'autre sur une fiche cartonnée qui a jauni avec le temps. Une demi-boîte de thon de qualité ; deux branches de céleri tranché fin ; une cuillerée à table de mayonnaise ; une cuillerée à café de moutarde (facultatif).

— Du thon des bonnes amies ! s'exclame Claudia à son tour.

Elle penche son mètre soixante-quinze tout en os vers le mètre cinquante-cinq tout en rondeurs de sa mère et les larmes lui montent aux yeux.

———— · ————

— C'est très bien, dit Margaret en posant la main sur la sienne. Je m'y attendais.

Elles sont assises de part et d'autre de la table de cuisine. Entre elles, le thon des bonnes amies repose sur un lit de laitue entouré de crudités. Des tranches de tomate aussi fines que de la dentelle, des carottes en bouclettes et des radis en forme de roses que Margaret a sculptés comme on le faisait en 1957. Du thé glacé dans de grands verres de cristal, des tranches de citron sur une soucoupe de porcelaine ivoire ourlée d'or, des fleurs du jardin dans un vase d'Italie peint à la main, des serviettes brodées. Une table fidèle à la philosophie de Margaret : « Il ne faut rien garder pour les grandes occasions. Si nous avons la chance de posséder de beaux objets, utilisons-les pour embellir la vie de tous les jours parce qu'on ne sait jamais. »

« Cette année, nous allons en Europe, disait John à ses compagnons de golf. Ma femme dit qu'on ne sait jamais. »

« Ma mère a invité toute la famille à un grand pique-nique, racontait Claudia à Gena dans les couloirs de l'école. Elle dit qu'il faut en profiter pendant que les grands-parents sont encore là, parce qu'on ne sait jamais. »

Et la voilà assise à la table de la cuisine, face à sa mère, à se demander si ce n'est pas précisément pour cela qu'elle veut soudainement retrouver ses deux inconnus de parents. Parce qu'on ne sait jamais. Parce que Margaret lui a inculqué qu'il ne faut jamais remettre à plus tard ce qui nous tient à cœur parce que… Qui sait de quoi demain sera fait ? Est-ce parce qu'elle a peur de mourir qu'elle part à leur recherche ? Claudia voit ses deux paires de parents debout dans un cimetière et son cercueil qu'on descend lentement au creux de la terre. L'autre mère porte une voilette noire et des lunettes noires, très Jackie Kennedy. Margaret pleure sans retenue, effondrée sur le costume à rayures de John. John se dresse, impérial comme le pin dans la pelouse, le visage bleu. Bleu ? Oui, le visage tuméfié, dirait-on. Et qui est ce type, là-bas, derrière une pierre tombale inconnue ? Il monte un cheval blanc et porte un chapeau de cow-boy noir. Est-ce l'autre père et, surtout, porte-t-il la moustache ?

Margaret pose sa main sur celle de Claudia.

— Cela fait longtemps que je me prépare à ce moment, tu sais.

— Ah oui?

— Oui. J'ai toujours su que tu souhaiterais les rencontrer un jour. Ton père aussi se doutait bien. Ça l'inquiétait un peu, du reste. Tu sais comme il est. Depuis le jour où nous t'avons dit que tu étais adoptée, nous avons su que tu voudrais les retrouver. Tu posais tellement de questions! Je me suis préparée tout ce temps-là. J'attendais simplement que tu sois prête, que tu veuilles savoir.

Margaret amorce un sourire fragile.

— Je n'ai pas peur, Claudia. Je sais que j'ai été une bonne mère pour toi.

Claudia se penche vers elle. Oh, si! Margaret a peur, malgré tout ce qu'elle peut en dire.

— Tu as été une mère parfaite, maman. Je ne sais même pas pourquoi je fais ça... Ça n'a rien à voir avec toi, ni avec papa, c'est juste que... Je ne sais pas.

— J'espère seulement qu'ils seront tels que tu les espères.

Claudia frissonne.

— Non, maman, c'est ridicule. Je ne sais pas ce qui m'a pris. Je ne veux pas les chercher. C'est grotesque!

— Tu as décidé, il faut le faire! Il est parfaitement naturel que tu veuilles savoir qui ils sont, surtout maintenant que tu as toi-même un enfant. Tu veux savoir d'où tu viens, c'est normal, et ce n'est pas en me regardant que tu le verras.

Encore ce sourire fragile. Claudia crispe ses doigts sur le bord de la table. Qu'est-ce qui lui a pris de faire ça? Elle est ignoble.

Margaret éclate d'un rire clair.

— Pourtant, on ne peut pas dire que je passe inaperçue! Tu te rends compte comme je grossis? Mon derrière devient aussi imposant que celui de grand-maman Mae.

— Maman, je t'en prie.

Margaret repousse sa chaise et se lève.

— Viens dans ma chambre ! Je vais te montrer quelque chose.

Claudia suit sa mère dans l'escalier couvert de tapis, entre dans sa chambre. Elle ressent la même excitation, la même appréhension et le même vertige que lorsque, enfant, elle allait au lit la veille d'un grand départ, d'un voyage ou d'une excursion. Le matin, elle se levait en tremblant et touchait à peine son petit-déjeuner. Elle n'a plus sept ans, tout de même ! Qu'est-ce que c'est que ce cirque ?

La chambre de Margaret et John est en bleu-vert depuis de longues années. Couvre-lit de soie délavée bleu-vert, doubles rideaux bleu-vert, tapis, petit sofa de brocart, deux chaises droites de style anglais. Tout l'ameublement est bleu-vert, toutes les nuances de bleu-vert. Derrière les tentures, les rideaux de voile sont du même crème que les murs. Margaret a beau redécorer régulièrement la pièce, elle finit toujours en bleu-vert et crème. Cette constance est rassurante pour Claudia. Elle adore venir dans la chambre de ses parents. Au-dessus du lit, un crucifix incrusté de nacre et d'argent derrière lequel Margaret a glissé une petite branche de buis bénit. Elle la remplace chaque année au dimanche des Rameaux. Le crucifix est légèrement ébréché sur le côté gauche, souvenir du jour où Brucie Baum a réussi à convaincre Claudia que le lit de sa mère ferait un excellent trampoline.

Margaret sort de son tiroir à lingerie un coffret en laque de Chine que Claudia n'a jamais vu, une petite boîte marron rehaussée de fleurs noires, blanches et rouge foncé qui fait bruire le papier de soie au fond de la commode.

— Ce coffret appartenait à ton arrière-grand-maman Nellie, explique-t-elle. Ses parents le lui avaient offert quand ils étaient allés à l'exposition Panama-Pacific International de San Francisco, en 1915, la dernière Exposition universelle avant la guerre. Ton arrière-grand-mère n'était encore qu'une petite fille à l'époque. Plus tard, elle a remis le coffret à ma mère et, quand grand-maman Mae est partie…

Sa voix se brise d'un coup. Claudia n'arrive plus à respirer. Mae, la mère de Margaret, est morte l'année précédente. Claudia n'a jamais entendu parler de cette boîte en laque de Chine qu'on se transmet d'une génération à l'autre. Lui reviendra-t-elle un jour ? C'est absurde ! Elle n'est même pas la vraie fille de Margaret. Inversement, si la boîte ne lui est pas léguée, comment pourra-t-elle la remettre à Lily quand elle sera grande ?

Margaret va jusqu'au petit sofa de brocart et s'y assoit, le coffret sur les genoux. Claudia s'installe près d'elle. Elles restent silencieuses quelques instants.

« Il faudrait de la musique », pense Claudia soudain. De la musique mystérieuse comme dans les films, quand le méchant est derrière la porte et qu'il va sauter sur le héros.

Margaret enlève le couvercle et le pose sur la table basse devant elle. En dessous se trouve un petit panneau de laque assez épais, de la même grandeur que la boîte. Elle l'ôte à son tour et le dépose près du couvercle.

« La musique devrait gagner en intensité », pense Claudia. Et dans le coffret, qu'y a-t-il ? Sa mère ? Sainte mère de Dieu ! Ils ont lyophilisé sa mère ! Il suffira d'ajouter un peu d'eau et...

Le coffret contient des papiers pliés, un petit carnet, puis Margaret sort quelque chose d'une enveloppe froissée. Ce n'est pas un document. C'est un petit objet qui jette des éclats de lumière. Elle le dépose dans la main de sa fille.

— Ta mère t'avait laissé cela, murmure-t-elle.

Dans la main de Claudia repose le chapelet de perles de verre que Jenny Jaffe avait enroulé à son poignet de nouveau-née.

Claudia voudrait dire quelque chose de drôle, quelque chose de spirituel qui l'empêcherait de hurler, mais elle ne trouve pas. Un objet concret, un chapelet en perles de verre qu'elle peut voir, toucher, sentir entre ses doigts. Une preuve tangible que son autre mère a existé, qu'elle n'est pas un mirage. Elle a tenu ces mêmes perles entre ses doigts, ces mêmes perles que Claudia regarde maintenant, et elle les lui a laissées en partant. Claudia lève les yeux vers Margaret, mais Margaret est occupée à trier des papiers dans le coffret en laque de Chine.

— Maman…

— Ton père et moi t'avons baptisée Claudia mais tu vois… sur ce document, tu vois que ce n'est pas le nom que tu portais à la naissance. Ils t'avaient appelée Cole. Ou du moins, ta mère t'avait appelée Cole parce que, pour autant que je sache, il n'était pas avec elle au moment de l'accouchement. Évidemment, nous l'avons appris par le plus grand des hasards, par erreur, devrais-je dire. Il y avait certains renseignements que nous pouvions obtenir et d'autres auxquels nous n'avions absolument pas accès. Par exemple, nous ne pouvions rien savoir des parents, si ce n'est deux ou trois détails mineurs, si elle avait terminé ses études secondaires, si elle était bonne élève, son allure générale, des choses comme ça. J'ai tout noté, tu sais. Absolument tout. J'ai tout noté dans un carnet.

Cole ? Claudia se penche vers le document que lui montre sa mère et sent les perles du chapelet s'enfoncer dans sa paume.

« *Acte de naissance modifié*
Claudia Ellen Magers
Date et heure de naissance : le 30 décembre 1960, 14 h 40
Nom à la naissance : Cole Jaffe »

« Nom à la naissance : Cole Jaffe. Je m'appelle Cole Jaffe », se répète intérieurement Claudia.

— Évidemment, il était absolument exclu que nous sachions ton nom à la naissance ou celui de tes parents. Ils étaient très stricts sur ce point, surtout monsieur Stanley, qui nous avait appelés des Enfants de Dieu. Il était très prudent. Il prenait garde de ne pas laisser échapper la moindre information confidentielle, surtout depuis qu'il avait eu l'étourderie de nous révéler qu'ils n'étaient pas ensemble… qu'ils n'étaient pas mariés, je veux dire.

Margaret a le visage très rose. Elle est visiblement très excitée.

— Maman… murmure Claudia en posant la main sur son bras.

— Nous l'avons souvent revu par la suite, ce monsieur Stanley. Tu sais, il venait régulièrement nous voir, ton père et moi, pour vérifier que nous prenions bien soin de toi, que nous n'étions pas des drogués ou des psychopathes, ou Dieu sait quoi. Ah! mon Dieu! à chacune de ses visites, je le bombardais de questions! Oh! discrètement, bien sûr. J'essayais de lui tirer les vers du nez, comme on dit. J'essayais de voir si je ne pourrais pas lui soutirer un renseignement ou deux. Dieu sait qu'il devait connaître toutes sortes d'autres choses sur ton compte, mais il était devenu extrêmement circonspect. Et puis, figure-toi que nous avons reçu ceci par la poste en même temps que le certificat d'adoption! C'est comme cela que nous avons pris connaissance de ton premier nom. J'imagine qu'un employé s'est trompé et qu'il nous a fait parvenir ce document, que, bien sûr, nous n'aurions jamais dû avoir en notre possession. J'étais très inquiète. Je ne savais pas quoi faire, mais ton père a dit : « Allons, Margaret, range ce papier quelque part et n'en parlons plus. Maintenant, c'est officiel, Claudia est notre fille. Ils ne peuvent plus nous l'enlever. Tu n'as pas à avoir peur. » Et, oui...

Margaret lève doucement la tête et regarde Claudia.

— Et, oui... tu étais notre fille, exactement comme si je t'avais mise au monde.

— Et je le suis encore, maman.

— Je l'espère, Claudia. Je l'espère de tout cœur.

— Oui, maman! Ça ne change rien du tout, je te le promets. C'est exactement comme avant.

Elle passe son bras autour des épaules de sa mère. Dans l'autre main, elle tient fermement le chapelet de perles de verre.

« Cole Jaffe. » Claudia l'écrit une fois de plus en travers de la feuille posée devant elle. Cole Jaffe. D'où ça vient, Cole? C'est plutôt un nom d'homme, on dirait. Elle regarde le papier plus attentivement. Cela fait plusieurs heures qu'elle est rentrée chez elle, qu'elle a laissé Margaret assise dans sa chambre crème et bleu-vert. Elle a conduit dans une sorte de brouillard. Elle ne se rappelle même pas avoir pris le volant. Cole… Cole…

Elle l'écrit encore pour observer l'effet produit. Cole Jaffe. Elle n'a jamais connu qui que ce soit qui se prénommait Cole. Ce doit être un nom de famille, plutôt. Untel Cole. C'était peut-être son nom à lui et alors, elle se serait appelée Jaffe. Cole Jaffe.

Claudia lève les yeux. Jaffe, c'est un nom juif, non ?

Elle a connu une fille, à l'université, qui s'appelait Jaffe. Comment c'était, déjà ? Marsha Jaffe ! C'est ça. Marsha Jaffe. Elle habitait dans la même résidence, mais au premier étage. Elle partageait sa chambre avec… comment s'appelait-elle ? Une fille qui venait de Buffalo et qui avait de drôles de dents. Marsha Jaffe était très belle. Elle avait un rire splendide. Ses cheveux étaient longs et fournis. Elle ne les attachait jamais. Elle sortait avec un garçon qui étudiait en journalisme, quelque chose comme ça. Ils projetaient de se marier. Oui, il voulait devenir journaliste. « Je vais écrire dans le *New York Times*, vous allez voir ! » disait-il. Il était d'un drôle ! Il parlait à toute vitesse et avait toujours douze mille projets en tête. Un jour, il les avait emmenées chez sa tante… pour la Pâque juive, justement. Oui, c'est ça. Pour la Pâque juive. Ils étaient allés chez sa tante et son oncle à Scarsdale. Elle, Sharon Stefanoni, Marsha Jaffe et lui. Il disait qu'il devait absolument inviter deux chrétiennes bien sages pour faire contrepoids à sa Juive magnifique, sinon sa mère allait mourir d'une crise cardiaque. Marsha était assise à côté de lui dans la voiture brinquebalante et elle riait, elle riait de son rire en cascade si pur, si joyeux. Henry Weisman. C'est ça ! Il s'appelait Henry Weisman. Elle et Sharon étaient à l'arrière. Henry conduisait et Marsha était assise à côté de lui. Quel voyage fabuleux ! Et quel repas rocambolesque ! À la fin, tout le monde était debout et criait en faisant de grands gestes. On parlait de Moïse. L'oncle de Henry hurlait à son père quelque chose à propos de la mer Rouge et d'un bâton ou d'une baguette, ou Dieu sait quoi. Il y avait de la soupe et du pain azyme, et ça criait, ça riait, ça recriait de plus belle. L'oncle passait le bras autour des épaules du père et ses boutons de manchette en or jetaient de grands éclats de lumière. Il levait son verre et tout le monde était très content.

— Voulez-vous goûter, mademoiselle Magers ?

— Appelez-moi Claudia, je vous en prie.

— Voulez-vous goûter, Claudia ? demandait l'oncle, les yeux brillants.

Il lui a tendu un verre. Du schnaps. Il appelait ça du schnaps. Une sorte d'eau-de-vie transparente, très forte, servie dans de tout petits verres. Ça sentait la menthe. Ça brûlait la gorge. Ils ont mangé du poisson qui avait un drôle de nom, tranché en parts ovales. Ça ressemblait aux quenelles de grand-maman Mae, sauf que ce n'était pas servi dans une sauce beurre et vin blanc. « Beurre et vin blanc, ma petite chérie », comme aurait dit grand-maman Mae. Le poisson était servi avec du raifort violacé à l'odeur piquante.

Claudia sourit. Elle imagine grand-maman Mae chez l'oncle de Henry Weisman, prenant fait et cause pour son cher Jésus, discutant ferme, buvant du schnaps et croquant du raifort, ses cheveux châtain clair virevoltant autour de sa tête, une main agrippée à son collier de perles. Claudia hoche la tête en souriant. Grand-maman Mae n'avait peur de rien. Elle adorait choquer. Un jour que Claudia avait invité Gena à prendre le thé, elle s'était mise à raconter comment elle courtisait les jeunes hommes, comme elle disait, dans son jeune temps :

— On s'y mettait à quatre ou cinq filles, expliquait-elle, et, dès qu'on en voyait passer un qui nous plaisait et qui était seul…

Elle a gracieusement déposé sa tasse et sa soucoupe sur la table basse, s'est levée de son fauteuil à oreillettes et a placé sa main délicate sur sa hanche généreuse. Et là, elle s'est mise à pousser des hurlements à réveiller les morts dans la salle à manger si distinguée de Margaret.

— Youhouhouhouhou ! Chériiiiiii ! Alors, on se promèèèèèèène ?

Et tout en hurlant, elle sautillait frénétiquement sur place dans son tailleur de soie lavande, ses escarpins de daim, ses boucles d'oreilles en diamant et son inséparable collier de perles.

Les deux adolescentes avaient failli s'étouffer avec leur thé.

Claudia se met à rire. Grand-maman Rae en avait, de la trempe ! Elle se serait amusée comme une folle dans la famille de Henry Weisman. Claudia aimait beaucoup Henry, et aussi ses parents, son oncle, sa tante. Quant à Marsha Jaffe, elle adorait son fiancé. Elle l'avait épousé, d'ailleurs. Oui, ils s'étaient mariés peu après. Elle devait maintenant s'appeler Marsha Jaffe Weisman.

Claudia baisse les yeux vers la feuille de papier sur laquelle elle a écrit son premier nom. Oui, Jaffe est un nom juif.

— Maman ?

Que faisait-elle avec un chapelet, alors ?

— Maman ! répète Lily en lui donnant un petit coup sur le bras.

Si son autre mère s'appelait Jaffe, c'est qu'elle était juive et, alors, elle n'aurait certainement pas offert un chapelet à sa fille. Elle lui aurait donné une étoile de David ou une petite réplique en or du truc qu'ils posent sur les portes...

— Maman !

— Comment ça s'appelle, déjà ? se demande Claudia à voix haute.

Ou alors, c'était lui qui était juif. Elle s'appelait Cole et lui, Jaffe.

— Maman ! Tu peux m'aider ?

— Que se passe-t-il, ma chérie ?

Lily sautille autour d'elle, vêtue seulement de socquettes fuchsia et de petites chaussures de tennis avec un diable de Tasmanie brodé sur le dessus. Elle tient à la main un tutu rose et s'efforce de passer son pied, tennis et diable de Tasmanie compris, dans la jambe du justaucorps.

— Alors ? demanda Oliver. Qu'est-ce qui se passe maintenant ?

— Je ne sais pas.

— On pourrait engager un détective.

— Oliver, je t'en prie !

— Ben, quoi ? On connaît son nom. Si tu ne veux pas retourner chez Edna, on peut toujours demander à un détective de la retrouver.

— Enfin, Oliver, tu délires ou quoi ?

— Pas du tout ! Il y a des tas de gens qui font ça, je suis sûr.

Il lui lança un regard encourageant depuis l'autre côté de la table et lui sourit. Puis il reposa ses couverts près de son assiette et prit sa main.

— Alors ? demanda-t-il. Comment te sens-tu ?

— Je ne sais pas… De voir ce papier avec mon nom dessus, c'était tellement… tellement stupéfiant ! Pendant toutes ces années, elle savait et elle n'a rien dit.

— Bizarre, hein ?

— Plutôt, oui.

— Est-ce que tu es fâchée contre elle ?

— Non, je ne pense pas… Je n'en sais rien, en fait.

— Cole Jaffe.

— Ouais.

Oliver tendit la main par-dessus leurs assiettes et lui effleura le nez du bout des doigts.

— Tu veux que je t'appelle Cole, maintenant ?

— Allons, Oliver !

— Quoi ?

— Je ne sais pas…

Il lui prit le menton.

— Je vais aller donner le bain à Lily, déclara-t-il. Qu'est-ce que tu penses de ça ?

— Oui, ce serait bien.

— Après, je la mettrai au lit et je lui raconterai une histoire, et puis je redescendrai pour laver la vaisselle.

— Mon Dieu !

— Parfaitement, ma chère ! Pendant ce temps-là, tu pourras rester au salon à contempler ton nouveau nom.

— Ah !

— D'accord ?

— Euh… D'accord.

Oliver se leva et se dirigea vers elle. Il se pencha et l'embrassa sur l'oreille gauche. Elle aimait le contact de ses lèvres contre sa peau. Elle aurait voulu se serrer contre lui.

— Bon ! dit-il en se redressant. Est-ce que tu vas être capable de laisser la table comme ça, ou préfères-tu que je débarrasse tout de suite ?

— Non, non, je vais la laisser comme ça. En fait non, je vais mettre les assiettes dans l'évier.

— D'accord, mais tu ne les laves pas ! C'est moi qui fais la vaisselle, aujourd'hui, et tu restes sagement assise au salon.

Il se dirigea vers la porte, s'arrêta net et se retourna vers Claudia.

— Je t'aime, dit-il, quel que ce soit le nom que tu portes.

— Je sais, répondit-elle en souriant.

Quel que soit le nom qu'elle porte… Le nom, finalement, c'est assez secondaire. Mais qui est-elle ? C'est ça, la vraie question.

Cole Jaffe. Si c'est un nom juif, cela fait-il d'elle une catholique juive ? « Quand je pense à toutes ces heures passées au catéchisme, se dit-elle, à toutes ces prières ! » Quand elle plaçait des petits anges en haut du sapin, aurait-il fallu qu'elle allume un chandelier à sept branches ? Et dans les crèches vivantes, quand elle incarnait un Roi mage, n'aurait-elle pas été mieux à sa place dans la peau d'un Maccabée ? Claudia se met à rire toute seule. Et sœur Anne, quelle tête ferait-elle si elle apprenait ça ? Elle en avalerait sa règle en bois pour le compte ! À condition qu'elle soit encore vivante, évidemment. Et Gena, que dira-t-elle de tout cela ?

Et Margaret, au fait ? N'a-t-elle jamais soupçonné que le nom pût être juif ? Et pourquoi avait-on confié une enfant juive à une famille catholique ? Les pensées tourbillonnent dans sa tête. Enfant, elle répétait aux quatre vents qu'elle n'était pas vraiment catholique, mais plutôt épiscopalienne. Pourquoi ? Parce qu'elle aimait la consonance du mot.

— Moi, au fond, je suis é-pis-co-pa-lienne.

— Voyons, ma chérie, disait Margaret en secouant la tête, tu sais bien que nous sommes catholiques.

— Ouais… Je sais.

Ça, ce serait vraiment le comble ! Claudia Ellen Magers Cole Jaffe Morgan, la catholique juive. Non, non, pas si vite. La catholique juive non pratiquante, autrement dit déchue. Elle fait passer le chapelet d'une main à l'autre en laissant couler les perles de verre entre ses doigts, puis elle l'élève devant ses yeux. Toutes ces devinettes auxquelles elle s'adonne ne la mènent nulle part. Il faut qu'elle obtienne tous les renseignements que Margaret possède sur elle. Qu'y a-t-il d'autre dans son coffret en laque de Chine ? Et qu'a-t-elle écrit dans son carnet ? Elle a dit qu'elle avait tout noté. Que sait-elle de plus ? Claudia examine la petite croix qu'elle tient entre les doigts de sa main droite. Elle la porte à ses lèvres et l'embrasse doucement, en touche son front, son cœur, son épaule gauche, puis la droite.

— Au nom du Père, du Fils et du Saint-Esprit, murmure-t-elle. Je crois en Dieu, le Père tout-puissant, créateur du ciel et de la terre, et en Jésus-Christ, Son Fils unique, notre Seigneur, qui a été conçu du Saint-Esprit…

Dans le silence de sa cuisine, son chapelet à la main, Claudia récite le *Symbole des apôtres* pour la première fois depuis très longtemps.

Elle décida d'aller à l'état civil demander une copie de son acte de naissance — une copie de l'original, pas la version revue et corrigée. On ne sait jamais, peut-être qu'ils la lui remettraient comme ça sans faire d'histoires, aussi simplement que Margaret avait sorti son nom du coffret en laque de Chine. On soulève un petit couvercle et paf ! « Maintenant, je m'appelle Cole Jaffe ». Simple comme bonjour.

L'autoroute Hollywood, puis la San Bernardino, puis la 710 vers le sud. Elle sort au boulevard Caesar Chavez et tourne à gauche après la bretelle. Facile. Elle s'était imaginé un haut édifice gris au centre-ville, des téléphones qui sonnent sans cesse, des ordinateurs qui crépitent, des hommes en complet cravate et des femmes en tailleur qui font la queue, silencieux, entre des cordelettes de velours. Le Service de l'état civil nichait en fait dans un petit bâtiment ocre qui ressemblait à une villa oubliée, avec des bougainvillées rouges grimpant à l'assaut des murs et des surplombs du toit. Des enfants galopaient en tous sens et tout le monde portait des jeans et parlait espagnol à une vitesse effarante, sauf elle. Elle avait mis des escarpins à talons hauts, des collants et le tailleur beige de luxe dont Margaret lui avait fait la surprise pour son trentième anniversaire. Elle dut enlever sa veste et la tenir pliée sur son bras. Qu'est-ce qui lui avait pris de se déguiser de la sorte par cette chaleur éreintante ? Elle avança d'un pas dans la file, passa la main sous les mèches bouclées qui lui tombaient sur le front et abaissa son regard vers ses chaussures.

Ainsi que l'annonçait son badge d'identification, madame Veliz était « responsable ». Claudia dut lui parler à travers une sorte d'hygiaphone, en fait un simple trou pratiqué dans le mur de plexiglas qui séparait la plèbe du Saint des Saints, ceux qui attendaient de ceux qui savaient.

— Non, passe que fous êtes née avant mil noffe cent soixante-quatre.

— En effet.

— Alors, c'est pas ici.

— Je vois.

Claudia s'avança un peu du plexiglas pour approcher sa bouche de l'hygiaphone. Madame Veliz ne l'avait probablement pas bien comprise et ne mesurait pas la gravité de la situation. Si elle l'entendait mieux, sans doute percevrait-elle plus exactement l'importance de ses recherches.

— Que faut-il que je fasse ? demanda Claudia en souriant.

— Fous deffez écrire à Sacramento.

Madame Veliz n'entendait pas à rire, ni même à sourire. Tout son visage claironnait qu'elle aurait de loin préféré aller manger son sandwich plutôt que de rester à son guichet.

— Sacramento ?

— Sur le formoular chaune.

Le formoular chaune ? Comment ça, le formoular chaune ? Claudia sentait un fou rire irrépressible lui monter dans la gorge.

— Excusez-moi, je n'ai pas bien compris.

— Le formular chaune, répéta madame Veliz en désignant des boîtes ouvertes sur une longue table derrière Claudia.

Dans l'une d'elles, en effet, s'empilaient des questionnaires couleur paille que l'on pouvait aisément qualifier de « formoulars chaunes ».

Claudia se mordilla la lèvre pensivement.

— En d'autres termes, vous ne pouvez rien faire pour moi ici ?

— Non, passe que fous êtes née avant mil noffe cent soixante-quatre.

— Je vois.

Claudia sentit une grosse goutte de sueur s'évader de son soutien-gorge de dentelle beige, dévaler le long de son flanc et s'arrêter net à l'élastique de la culotte. Elle fut prise soudain d'une envie furieuse d'enlever l'un de ses escarpins et d'en frapper violemment le plexiglas jusqu'à ce qu'il éclate. Puis, elle rirait jusqu'à ce qu'elle-même se brise en mille morceaux et des hommes habillés de blanc l'emmèneraient dans une camionnette. Elle s'éclaircit la gorge.

— Est-ce que je pourrais parler à quelqu'un d'autre ? Un superviseur, peut-être ?

— Fous deffez écrire à Sacramento.

— Très bien. Pouvez-vous me donner le nom de la personne responsable à Sacramento ?

— Fous écriffez à l'adresse qui est sur le formoular chaune.

— Pas de destinataire ? Personne en particulier ?

— Non.

Claudia se balança d'un pied sur l'autre. Elle s'approcha encore un peu de l'hygiaphone, les deux avant-bras repliés sur le guichet.

— Voyez-vous, madame Veliz, dit-elle d'une voix douce, j'ai été adoptée et je... je voudrais me procurer une copie de mon acte de naissance original.

Une boule se formait dans sa gorge, éteignant presque sa voix.

— ... Mon acte de naissance original, de sorte que je puisse... que je sache qui je suis, en somme.

Puis, elle sourit d'un air vaillant.

— Fous deffez écrire à Sacramento, répéta madame Veliz d'un ton ferme.

Assise à sa table de cuisine, Claudia étudiait le formulaire jaune qui venait de lui revenir par la poste.

« Comté de Los Angeles
Service de l'état civil

Le Service de l'état civil ne peut vous fournir copie du document cité en référence ou ne peut apporter les modifications demandées au document cité en référence. Le Service de l'état civil de l'État de Californie pourra peut-être vous aider dans vos démarches. Veuillez vous adresser à :

Service de l'état civil de l'État de Californie
304, rue S
Boîte postale 730241
Sacramento (Californie) 94244-0241 »

Elle reprit une gorgée de vin, puis retourna le formulaire et lut à voix haute :

« Comté de Los Angeles
Service de l'état civil

La Oficina de Actas no puede proporcionarle la copia del acta solicitada, o como se ha indicado no puede enmendar el documento registrado anteriormente. La Oficina del Registrador Estatal tal vez pueda ayudarle en este respecto. »

Claudia déposa le formulaire sur la table.
— Fous deffez écrire à Sacramento, ânonna-t-elle.
Elle se passa rapidement la main sur le visage en soupirant.
— J'aurais dû y aller avec Santos. Elle aurait mieux expliqué à madame Veliz.
Elle finit son verre de vin d'un trait.

— Alors ? Tu les as retrouvés ?
— Très drôle.
Claudia va s'asseoir à sa coiffeuse en emportant le téléphone. Elle s'assied sur le banc recouvert de tissu rayé et ouvre son tube de mascara, l'oreille collée au récepteur.
— Ben, alors ? répète Gena. Quelles nouvelles ?
— Aucune.
Claudia se regarde dans le miroir et commence de couvrir de mascara les cils de son œil droit.
— Rien, reprend-elle. Retour à la case départ.
— Tu as eu des nouvelles de Sacramento ?
— Ils ont refusé.
— Comment ça, ils ont refusé ? Ils t'ont donné une explication, tout de même ?
— Oh, bien sûr ! L'information est confidentielle. C'est commode, hein ? « Confidentiel, chère madame ! Allez vous faire pendre ailleurs. »
— Ah, ben, dis donc.
— Comme tu dis.

Elle tamponne du bout de l'auriculaire une petite boule de mascara qui lui est tombée sous les cils et entreprend de maquiller l'autre œil.

— On dirait que tu es fâchée, demande Gena.

— Mais non, pas du tout. Et les répétitions, ça avance ?

— Tu ne veux pas parler de l'adoption ?

— Mais si. Qu'est-ce que tu veux savoir ?

— Est-ce que tu vas retourner chez Edna ?

— Je ne sais pas.

— Pourquoi est-ce que tu n'engages pas un… comment on appelle ça, déjà ? Tu m'en avais parlé l'autre jour.

— Un conseiller en recherches.

— Ouais, c'est ça.

— Un conseiller privé en recherches.

— Ouais.

Claudia ne répond pas.

— Hein ? Pourquoi tu n'engages pas un conseiller privé en recherches ?

— Je ne sais pas. J'y pense.

Elles restent silencieuses quelques instants, puis Gena demande d'une voix timide :

— Tu ne veux pas me parler, Claudia ?

— Ce qui me dépasse, c'est qu'elle n'ait jamais rien dit ! Pourquoi ma mère a-t-elle gardé l'information pour elle tout ce temps-là ? Tu comprends ça, toi ?

— Tu sais comme elle est… Elle a cru bien faire en attendant que tu lui demandes, je suppose.

Silence.

— Qu'est-ce que tu fais ?

— Je mets du mascara. Je dois partir avec Oliver. Nous avons un rendez-vous dans dix minutes et je ne suis même pas habillée.

— Où est-il ?

— Dans la voiture, à donner de grands coups sur le volant pour passer le temps, comme d'habitude.

— Et Lily ?

— Chez ma mère, enfin, je veux dire… Oui, c'est ça, chez ma mère. Merde à la fin !

— Ressaisis-toi, Claudia !

— Quoi, « Ressaisis-toi » ? C'est un monde, tout de même ! J'essaie de retrouver mes parents sans même savoir si c'est une bonne chose ou non, et tout ce que vous trouvez à dire, c'est : « Ressaisis-toi », ou bien : « Suis ton instinct, ma chérie » !

— Claudia…

— Bon, écoute, il faut que j'y aille. Oliver va s'impatienter.

— Oh… Pauvre Oliver chéri…

Le rire que Gena attendait ne vient pas. Seul un silence de plomb accueille sa plaisanterie.

— Je te rappellerai demain, promet-elle.

Claudia dépose son tube de mascara sur sa coiffeuse et souffle vers le haut. Ses boucles volettent pour retomber tout de suite sur son front humide. Elle soupire et se lève, essayant de dénouer du bout des doigts le point douloureux qu'elle a dans la nuque.

— Il fait une chaleur à crever, bon Dieu de bon Dieu.

— Qu'est-ce que tu dis ? Je n'ai pas entendu.

— Je parie qu'il neige à New York, hein ? A-t-on idée de vivre dans une chaleur pareille ! Je déteste le Santa Ana. J'ai toujours cru que j'aimais ça, mais non : je déteste le Santa Ana.

— Dieu du ciel, Claudia !

— Quoi ?

— Essaie de te détendre un peu, d'accord ?

Claudia éloigne légèrement le récepteur de sa bouche et prend une inspiration profonde. Elle marche en rond en effleurant à chaque tour le fil du téléphone de ses orteils nus. D'un coup de pied rageur, elle envoie voler plus loin ses chaussures qui gisaient près du lit.

— Est-ce que ça va, Claudia ?

— Ouais, ça va.

— Tu es sûre ?

— Je suis en colère, Gena. Ça va passer.

— Bon. Tant mieux.

Elle coucha Lily pour sa sieste puis alla s'allonger dans son propre lit. Cela faisait deux jours qu'elle avait parlé à Gena et quatre jours qu'elle avait reçu la lettre de Sacramento, ou plutôt les deux phrases lui annonçant que sa naissance était classée confidentielle. C'était la première fois qu'elle allait se recoucher en plein jour sans être malade depuis qu'elle avait quitté l'enfance. Elle se glissa tout habillée sous le couvre-lit. Avant cela, elle avait méticuleusement déchiré en lanières les pages 403 et 404 de l'annuaire, puis elle l'avait jeté violemment contre le mur de la salle de bains. Ça lui apprendra, aussi, d'aller chercher sa vie confidentielle dans les pages jaunes.

« Détectives (Agence de -)… Armstrong, Carl… Baker et associés… Les enquêtes Connor…. Entreprise…. Stop ! Ne vous laissez pas duper par des annonces plus grandes et plus coûteuses ! Nous vous offrons un service en tous points similaire. Notre équipe d'enquêteurs chevronnés mène à bien toutes vos recherches. N'hésitez pas ! Obtenez sans tarder l'information dont vous avez besoin à bien meilleur prix !… Arthur Mandell, criminaliste, agence privée, opérations secrètes en tous genres »

Comment ça, opérations secrètes ? Qu'est-ce que cela veut dire ? De l'espionnage ? Non, mais vraiment, on n'arrête pas le progrès. Les États peuvent désormais recruter leurs espions dans les pages jaunes.
— Dans les paches chaunes, pardon, dit Claudia à voix haute.

« RRR Biorecherches. Personnes disparues. Recherche d'antécédents.
Discrétion assurée. Seulement 89,95 $ pour la plupart des enquêtes. »

Moins cher qu'une paire de chaussures un peu chic.

L'idéal, ce serait Columbo, mais ça fait longtemps qu'il ne passe plus à la télé ou alors, seulement en reprise. De toute façon, Columbo lui demanderait certainement beaucoup plus que quatre-vingt-neuf dollars et quatre-vingt-quinze cents. Et puis, pourquoi elle devrait les chercher, d'abord? Hein? C'est vrai, ça! C'était elle qui avait disparu, pas eux, et à leur initiative en plus! Pourquoi n'avaient-ils pas engagé Columbo pour la retrouver?

Claudia s'enfonça plus profond sous le couvre-lit.

Oh, non! De toute évidence, ils n'avaient engagé ni Columbo ni qui que ce soit d'autre. S'ils avaient mis Columbo sur le coup, cela ferait longtemps que l'affaire serait réglée.

La veille, après avoir déposé Lily à la garderie, elle était allée rendre visite à sa mère.

— Dis-moi tout ce que tu sais, maman, je t'en prie, absolument tout.

— Eh bien… je serais portée à croire que tu ressembles à… à elle. Évidemment, monsieur Stanley ne nous a pas dit si elle avait des taches de rousseur et une fossette comme toi, mais tu sais comment sont les hommes. Ils ne remarquent pas ce genre de choses. Il nous a confié en revanche qu'elle était grande et qu'elle avait, comme toi, les cheveux châtains. Je lui ai posé des tas de questions, tu sais, mais il me fixait sans rien dire. Muet comme une carpe! De temps à autre, il hochait la tête en disant: «Nous ne possédons pas cette information, madame Magers.» Très gentil, tu vois, mais extrêmement vieux jeu et complètement exaspérant! Par exemple, il savait son poids et sa taille avec exactitude. Naturellement, il ne l'avait pas pesée et mesurée lui-même, ce qui veut dire que ces renseignements devaient être consignés quelque part. Il en savait de toute évidence beaucoup plus qu'il ne voulait en dire. Quoi qu'il en soit, j'ai tout noté dans mon carnet pour être sûre de ne rien oublier. Tu sais… Même sans noter, je n'aurais rien oublié.

Margaret avait laissé son regard errer quelques instants dans le vague, puis avait regardé de nouveau sa fille.

— Je me rappelle tout très distinctement, reprit-elle. Tiens, j'y pense ! c'était peut-être lui qui avait une fossette. Je ne veux pas dire monsieur Stanley, non ! Je veux dire le… ton… le jeune homme, enfin !

Claudia fixait sa mère. « Le jeune homme ! » Elle avait envie de hurler.

— Ce sont les anges qui m'ont fait la fossette quand ils m'ont embrassée, maman, tu sais bien, dit-elle en souriant faiblement.

Un souvenir commun, une anecdote de famille qui remontait à son enfance. Margaret sourit à son tour.

— Ah, oui ! C'est ce que disait grand-maman Mae, n'est-ce pas ? Mon Dieu !

Le téléphone sonne, mais Claudia ne fait pas un geste. Elle ne veut pas sortir de son couvre-lit.

Résumons. Un nouveau-né de sexe féminin, une certaine Cole Jaffe née en Californie un jour de décembre à quatorze heures quarante, deux kilos six cents, quarante-six centimètres, une fossette.

Elle donne un coup de poing dans l'oreiller pour mieux y enfoncer sa tête. Un bébé né d'un garçon et d'une fille. Qui étaient-ils ? Le téléphone sonne encore. Elle ferme les yeux très fort et croise ses mains sur sa poitrine. Non ! Elle n'a pas besoin de Columbo pour résoudre l'énigme. Elle va récapituler toute l'information qu'elle possède. Elle finira par trouver des indices.

— Tu dois tenir d'elle pour la taille, avait dit Margaret. Elle était grande. Remarque que lui aussi était grand, un mètre quatre-vingt-huit.

Claudia avait sagement posé ses deux mains sur le bord de la table pour mieux écouter Margaret qui lisait les renseignements consignés dans son carnet. Elle, sa mère naturelle, avait les yeux bruns, pas bleus comme ceux de Claudia. Peut-être était-ce lui qui avait les yeux bleus ? Margaret lui avait-elle dit la couleur de ses yeux à lui ? Non.

Quoi d'autre ? Claudia contracte tous les muscles de son corps, puis les relâche.

Margaret avait ajouté qu'elle avait fini le secondaire et qu'elle était âgée de dix-huit ans. Dix-huit ans ! À dix-huit ans, Claudia venait d'entrer au collège Columbia et s'enivrait de New York, de ses rues, de ses bruits, de ses gens. Elle se revoit, debout au coin de la Soixante-douzième et de la rue Lexington avec son manteau en poil de chameau flambant neuf, embrassant à pleine bouche Matt Fanucci. Une bourrasque glaciale de neige fondante et de vent avait failli l'emporter, mais Matt Fanucci la serrait contre lui. Elle sentait son bassin contre le sien et ses mains à sa taille, et ses cheveux à elle, trempés de pluie, qui collaient à son visage. Claudia sourit. Matt Fanucci avait les yeux bruns bordés de cils très longs et parlait comme Marcello Mastroianni. Il portait des jeans deux tailles plus petits que ceux de Claudia et lui arrivait aux sourcils, chevelure bouclée noire comprise.

Le téléphone arrête de sonner, puis reprend de plus belle.

C'était donc peut-être lui qui avait les yeux bleus et elle qui les avait bruns comme ceux de Matt Fanucci. Dix-huit ans ! Sa mère ne les avait pas vécus dans l'insouciance, à sauter ses cours, à s'enivrer de New York, à embrasser des garçons au coin des rues. Elle était à Los Angeles et elle accouchait, seule, d'une enfant qu'elle avait conçue avec un « jeune homme », comme disait Margaret, lequel avait les cheveux blonds et, peut-être, les yeux bleus.

Un enfant, Seigneur Dieu ! Qu'aurait-elle fait, elle, d'un enfant à cet âge ? Qu'aurait-elle fait si elle était tombée enceinte de Matt Fanucci, par exemple ? Si ses pilules contraceptives de catholique déchue n'avaient pas fonctionné ? Elle avait passé des heures horribles à tenter de concilier les pilules diaboliques et l'éducation qu'elle avait reçue de ses parents.

Elle se tourne sur le côté.

Aurait-elle eu l'enfant ? Aurait-elle abandonné ses études pour l'élever ? Aurait-elle renoncé à Columbia, à sa carrière, à ses aspirations ? Nom d'un chien !

177

De toute façon, il n'y a jamais que deux voies possibles : mener la grossesse à terme ou avorter. Sainte mère de Dieu !

Et puis, le coup de génie. Surprise, Claudia s'assied dans son lit. Margaret le lui a pourtant dit clairement. Pourquoi l'avait-elle oublié ? Elle était distraite ou quoi ? C'était bien le moment ! Margaret, assise à la table de sa cuisine, ses lunettes de lecture à montures roses sur le bout du nez, lisant dans un flot de lumière jaillissant de la fenêtre les mots qu'elle avait tracés de son écriture si belle dans son petit carnet.

— Jeune fille d'un mètre soixante-quinze, dix-huit ans, peau blanche, cheveux bruns, yeux bruns, juive. Voilà, ma chérie. C'est tout ce que monsieur Stanley nous a dit.

Juive. Son autre mère était juive. C'était donc elle qui devait s'appeler Jaffe. Elle le tient, son indice ! Columbo peut continuer à dormir tranquille.

Ils se rencontrèrent au Marie Callender. C'était Dorothy Floye qui avait choisi l'endroit. « Appelez-moi Dorothy ! » Elle voulait travailler seulement par téléphone, mais Claudia avait insisté pour la rencontrer. « Vous pourriez m'envoyer les renseignements non identificatoires par télécopieur ! Ce serait tellement plus simple ! » C'est comme ça qu'elle avait dit : les renseignements non identificatoires. « Vous pouvez toujours les appeler si vous voulez, mais ils vous demanderont de faire votre demande par écrit. Et puis, un petit conseil, mon chou : ne leur dites pas que vous savez le nom que vous portiez à la naissance, d'accord ? Jouez les imbéciles, c'est toujours ce qu'il y a de mieux dans ces cas-là. » Claudia devait donc écrire au foyer Les Enfants de Dieu, dire qu'elle avait été adoptée par leur intermédiaire, indiquer sa date de naissance et demander qu'on lui procure les renseignements non identificatoires, c'est-à-dire ceux qui ne permettent pas de déterminer l'identité des parents naturels. Elle devait rappeler Dorothy dès qu'elle aurait reçu l'information. Ce qu'elle fit. Elle lui téléphona tout de suite et la supplia d'accepter une rencontre. « Le Marie Callender est juste à la sortie de l'autoroute », avait expliqué Dorothy.

— Il paraît qu'ils ont de bons desserts, lança Oliver pendant le trajet qui les menait au rendez-vous.

— Ah oui ?

— Tu crois qu'elle sera en imper mastic ?

— Pardon ?

— Tu crois qu'elle aura un imper mastic et des lunettes noires ?

— Oliver, enfin…

— Quoi ?

— Elle est conseillère en recherches, pas détective privé.

— Je sais, chérie. C'était une blague.

— Excuse-moi. J'ai le trac.

Elle avait plus que le trac, elle était paniquée et envisageait le plus sérieusement du monde d'ouvrir la portière et de se jeter sur l'asphalte en pleine autoroute pour en finir au plus vite.

— Pourquoi ?

— Pardon ?

— Pourquoi as-tu le trac ?

— Je ne sais pas.

— Elle ne va rien t'annoncer de fracassant, chérie. Elle ne sait rien de toi encore. Elle n'a même pas commencé ses recherches.

— Je sais.

— Dorothy Floye, mesdames, messieurs ! lança Oliver en tournant le bouton de la radio. La célèbre Dorothy Floye de Tarzana, grande conseillère en recherches devant l'Éternel !

Claudia tourna la tête pour regarder par la fenêtre. Dorothy Floye n'avait pas surgi des lanières anonymes d'un annuaire déchiqueté. Un collègue d'Oliver connaissait quelqu'un qui connaissait quelqu'un qui avait recouru aux services de madame Floye moins d'un an auparavant pour retrouver un être cher perdu de vue. Dorothy ne portait ni imper mastic ni verres fumés et ne présentait aucune ressemblance avec Columbo. Elle ressemblait à madame Tout-le-Monde de Saint-Machin-les-flotsbleus ou, pour être plus exact, à madame Floye de Tarzana. Elle devait vivre dans un intérieur coquet qui fleurait bon le gâteau maison. Petite, assez ronde, un grand sac à main noir sous le bras, un sweat-shirt bleu vif de marque avec un cheval au galop en faux diamants qui traversait sa poitrine généreuse, des jeans au moins une taille trop petits, des tennis blanches. Ses cheveux cuivre abondamment laqués formaient une sorte de casque. Des grands yeux verts pleins de hardiesse, des lèvres peintes en orange vif et un joli fond de teint donnant bonne mine.

— Je ne fais pas que les recherches en adoption, mon chou, précisa-t-elle à l'intention d'Oliver. Je fais aussi les amours de jeunesse perdues de vue, les amis perdus de vue, les cousins perdus de vue... tout ce qui peut se perdre de vue, en somme.

Oliver éclata de rire, reprit une gorgée de thé glacé et fit un sort à son deuxième morceau de tarte aux cerises. Claudia vida un sachet d'édulcorant dans son café. Ses mains tremblaient. Sans les regarder, elle le savait : ses mains tremblaient affreusement.

Dorothy leva les yeux de ses papiers.

— Missouri et Californie, fit-elle. Recherche interétatique.

— C'est plus compliqué ?

— Un peu, mais pas vraiment.

La conseillère tapota la main de Claudia comme si elles s'étaient connues de toute éternité.

— On va y arriver, n'ayez pas peur. On a déjà un excellent point de départ.

Claudia avait lu et relu les renseignements non identificatoires dans sa cuisine, dans son lit, même dans la salle de bains. Elle les savait par cœur.

« L'assistante sociale décrit votre mère naturelle comme étant jolie, manifestement intelligente, mais un esprit fort qui refusait le plus souvent de lui parler. Elle avait décidé après l'accouchement de garder son enfant, puis elle a changé d'avis pour consentir à la confier en adoption. Elle a demandé expressément à ce que l'enfant soit placée dans une famille catholique, alors qu'elle-même était de confession juive. Votre père naturel n'a pas participé aux démarches. Votre mère naturelle se refusait à parler de lui et de leur relation. Elle n'a voulu fournir aucun renseignement concernant la famille de votre père naturel, ses études, ses centres d'intérêt. Nous savons cependant qu'il était en bonne santé. Le médecin traitant a noté dans le dossier que votre mère naturelle était également en bonne santé et qu'aucune difficulté n'est survenue ni pendant la grossesse ni lors de l'accouchement. (Voir rapport ci-joint.) Le dossier indique également que vous étiez un nourrisson en bonne santé et que vous ne présentiez ni traumatisme de la naissance ni malformation congénitale. (Voir rapport ci-joint.) Les parents de votre mère naturelle étaient eux aussi en bonne santé. Votre mère naturelle n'avait ni frères ni sœurs et elle était originaire du Missouri. »

Et ça continuait comme ça : « l'âge des parents de votre mère naturelle, la profession de son père, les caractéristiques physiques de votre mère naturelle », que Claudia connaissait en partie grâce aux bons offices de Margaret.

— Jaffe était certainement son nom à elle, dit Claudia en souriant à Dorothy. Vous ne croyez pas ?

Ses joues lui faisaient mal à force de sourire. Et pourquoi souriait-elle comme une demeurée ? Elle tenta désespérément de se composer un visage moins niais.

— Peut-être, peut-être pas.

— Vous ne pensez pas que lui s'appelait Cole ?

— C'est difficile à dire. En général, j'évite de jouer aux devinettes dans ce genre de choses. On ne peut pas savoir ce qui leur passe par la tête. Il faut se replacer dans le contexte, aussi. Ces pauvres filles étaient montrées du doigt, rejetées, souvent seules. Ce n'était pas comme maintenant, vous savez. De nos jours, n'importe quelle femme peut faire un enfant et l'élever seule. On devient une mère monoparentale et tout le monde est très content. À l'époque, les « filles-mères » étaient considérées soit comme des folles, soit comme des putains.

Dorothy posa un doigt sur sa joue. L'ongle en était du même orange vif que ses lèvres.

— C'était une disgrâce, poursuivit-elle, et pour la jeune fille et pour sa famille. En général, elles ne voulaient pas vivre dans la disgrâce, et ça se comprend. Elles n'en avaient pas le courage, pas l'inconscience ou pas les moyens. Bon, il faut que j'arrête, sinon nous allons y passer la journée.

— C'est ce qui vous est arrivé ? demanda Oliver.

Claudia le regarda, interloquée. Non mais, comment avait-il le culot de poser une question pareille ?

— Oui, répondit Dorothy dans un rire. Je n'ai pas été très circonspecte, comme dirait mon mari. « Dorothy, il faut que tu sois plus circonspecte dans ces choses-là. » Tu parles d'un mot ! Enfin, pour répondre à votre question, oui, c'est ce qui m'est arrivé. C'est ce qui fait aussi que j'ai choisi ce métier-là, je pense. Non, je ne pense pas : j'en suis sûre. La plupart de mes collègues sont dans la même situation, d'ailleurs. Soit elles ont confié leur enfant en adoption et elles ont continué à vivre tant bien que mal, soit elles ont elles-mêmes été adoptées. Dans la plupart des cas, c'est ça.

Dorothy ramassa de sa fourchette les dernières miettes de sa tarte au chocolat et les mangea.

— C'est aussi pour ça que je travaille généralement par téléphone, ajouta-t-elle. En personne, je me laisse aller plus facilement. Je suis moins circonspecte… Après toutes ces années, je démarre encore au quart de tour. Incroyable, hein, quand on y pense ?

Elle tamponna ses lèvres magnifiques du bout de sa serviette en papier.

— Sauf que je n'ai pas donné mon fils en adoption, ajouta-t-elle. J'étais plutôt dans la catégorie folle ou putain. J'ai gardé mon « bâtard », comme disait mon père. Mais si je voulais garder mon bâtard, pas question que je remette les pieds à la maison. Je suis allée vivre avec ma tante Henrietta.

Claudia la dévisageait, médusée.

— Il faut faire ce qu'on a à faire dans la vie, ajouta Dorothy. Je ne vous dis pas que ça a toujours été facile. Quand mon fils a eu treize ans, j'ai amèrement regretté de l'avoir gardé ! Je lui aurais même volontiers écrasé la tête à coups de batte de base-ball.

Elle regarda Oliver de ses grands yeux verts magnifiques.

— Ça s'est calmé quand il a eu dix-huit ans, ajouta-t-elle en souriant. Quel âge a la vôtre ?

— Elle vient d'avoir trois ans.

— J'ai un petit-fils du même âge. Ils sont encore très mignons, à trois ans. Attendez qu'elle entre dans l'adolescence et vous m'en direz des nouvelles ! Vous avez une photo ?

— Oui, dit Oliver en sortant son portefeuille.

— Vous savez, reprit Dorothy en se tournant vers Claudia, il arrive souvent que la mère fasse inscrire un nom inventé de toutes pièces sur l'acte de naissance, ou un truc qu'elle a lu dans un livre, qu'elle a entendu dans une chanson. C'est un peu plus difficile, dans ces cas-là, parce qu'on ne sait pas par où commencer. L'idéal serait que votre mère naturelle soit venue accoucher à Los Angeles, qu'elle vous ait donné son nom et qu'elle soit retournée vivre dans le Missouri. Mais ce n'est pas toujours aussi simple.

— Ah, non ? articula Claudia. Et puis, c'est quand même grand, le Missouri. Comment allez-vous déterminer la ville ?

Oliver tendit à Dorothy une photo de la petite.

— Ah ! Une blondinette ! Lily, c'est ça ?

— Oui.

— Comme elle est mignonne !

Dorothy remit la photo à Oliver et rassembla les papiers que Claudia lui avait apportés.

— Vous pouvez faire ces recherches vous-même, vous savez. Vous n'avez pas besoin de moi pour ça.

— Oh, si ! s'écria Claudia.

Oh, si, elle avait besoin d'elle ! Toute seule, elle n'y arriverait jamais. Elle la ligoterait à sa chaise si nécessaire, mais il fallait qu'elle accepte.

— Écoutez, ce n'est pas que je ne veuille pas m'occuper de votre cas. Je tiens simplement à ce que vous sachiez que c'est le genre de recherches que vous pouvez très bien faire vous-même.

— Non.

Claudia était terrifiée. Elle se voyait déjà arpentant le Missouri. Elle n'y avait jamais mis les pieds. Elle n'avait aucune idée du paysage par là-bas. Ce devait être tout plat, très grand et plein de fermes. Il faudrait qu'elle marche de grange en grange et qu'elle demande à toutes les femmes un peu grandes aux cheveux châtains : « Es-tu ma maman ? » comme le petit oiseau du livre. Et si elle n'avait plus les cheveux châtains ? S'ils avaient grisonné ? Si elle les avait teints ? Et si elle avait les cheveux cuivre flamboyant, comme Dorothy ? Claudia baissa la tête et se mit à frotter la banquette du plat de ses deux mains. Ses paumes moites dessinaient des traînées humides sur le plastique rouge. Elle se tourna vers Oliver.

— Nous aimerions que ce soit vous qui vous en occupiez, Dorothy, dit-il, très chevaleresque.

— Eh bien, c'est d'accord, alors !

— Elle dit qu'elle ne peut rien garantir, papa. Certains cas prennent deux semaines ; d'autres, deux ans. Ça dépend. Tu es sûr que tu ne veux pas de vin ?

— Non, merci, je reste au gin.

John examine la carte de visite de Dorothy Floye. Claudia se verse du vin blanc et emplit de gin un verre à martini. Elle en garde toujours au frais pour son père. Elle dépose les deux verres sur la table de la cuisine et s'assied en face de John.

— Et si ce ne sont pas des gens bien ?

— Qu'est-ce que tu veux dire ?

— Il y a des gens moins respectables que d'autres, Claudia, il faut être réaliste. Ce n'est pas parce que ton papier des Enfants de Dieu dit que c'était une fille bien en 1960 que c'est encore une fille bien aujourd'hui. Sans compter qu'à l'époque les filles bien qui n'étaient pas mariées ne tombaient pas enceintes, en général, mais mettons que je lui laisse le bénéfice du doute.

Il prend une gorgée de gin et repose le verre.

— Et lui ? reprend-il soudain. On ne sait rien de lui ! Et l'éducation que nous t'avons donnée, tout ce que toi et Oliver avez bâti... Tout ça... La maison, les voitures, la carrière... Qui te dit qu'ils ne sont pas dans la misère ? Qui te dit qu'ils ne vont pas vouloir profiter de ta situation ?

— Mais papa, enfin... Tu te rends compte de ce que tu dis ?

— Je crois que je me rends très bien compte, Claudia ! Contrairement à ta mère et à toi, je ne suis pas très chaud à l'idée de ces retrouvailles, je ne te le cache pas. Je crois que c'est une erreur et que tu devrais laisser tomber. Où sont les olives ? Dans le frigo ?

— Je pensais que tu n'aimais que les petits oignons blancs. Depuis quand prends-tu des olives avec le gin ?

— Depuis qu'on me le sert dans un verre à martini. De toute façon, tu n'as pas de petits oignons blancs, je suppose ?

— Non.

— Ah ! Tu vois ?

Il va au réfrigérateur. Claudia passe son doigt sur le cercle humide que son verre de vin a laissé sur la table. Pas des gens bien, ses parents naturels ? Elle ne l'a même pas envisagé. Comment pourraient-ils ne pas être des gens bien ?

— Ça te fait réfléchir ? demande John. Il me semblait pourtant que je t'avais appris à considérer tous les aspects d'un problème avant d'agir.

Elle le regarde ouvrir le pot d'olives de ses grandes mains puissantes.

— Et puis, cette histoire perturbe énormément ta mère. Elle ne dit rien, bien sûr, tu sais comme elle est, mais je le vois. Elle s'enferme des heures dans la salle de bains, les robinets grands ouverts pour que je ne l'entende pas pleurer. Elle a les yeux tout rouges quand elle ressort et elle s'imagine que je ne le vois pas !

Claudia le regarde en silence. Que pourrait-elle dire ?

— C'est comme ça, ma fille, déclare-t-il en laissant tomber deux olives dans son verre. Je ne comprends pas, Claudia ! Est-ce qu'il t'a manqué quelque chose avec nous ? Est-ce que nous n'avons pas assez fait pour toi ?

— Mais si, papa. Ça n'a rien à voir ! Oui, je ressens un manque, mais ce n'est pas à cause de vous. C'est autre chose... C'est un vide intérieur.

— On ne t'a pas assez aimée ? On ne t'a pas assez donné ? Explique-toi, bon sang !

— Je ne peux pas expliquer, papa ! Je n'en sais rien ! Je ne sais pas.

— Ah, tu ne sais pas ! Eh bien, je vais te dire une chose, moi : si tu ne sais pas pourquoi tu le fais, ne le fais pas, point final ! Nous ne savons rien de ces gens-là, Claudia, à supposer même que tu les retrouves. Comment vas-tu faire pour te protéger ? Est-ce que tu y as pensé ?

— Non.

— Tu vois ? Toi et ta mère, vous êtes pareilles ! Vous vous jetez tête première dans la mêlée, la bouche en cœur, la fleur au fusil ! C'est comme à la télé, tout le monde pleure, tout le monde s'embrasse, tout le monde est joyeux ! Tu veux faire tes retrouvailles en direct ou quoi ?

— Papa, je t'en prie !

— Qu'est-ce que j'en sais, moi ? Au point où nous en sommes...

— Grand-papa ! crie Lily à pleins poumons.

Elle fait irruption dans la cuisine, bientôt suivie de Santos.

— Grand-papa ! Grand-papa !

— Bonjour, ma petite Lily, dit John en la soulevant dans ses grands bras. Alors, comment on va aujourd'hui ?

Il regarde sa fille par-delà les boucles blondes de l'enfant.

— Tu vas ouvrir la boîte de Pandore, Claudia. Crois-moi, tu ferais mieux de laisser tomber.

———— · ————

— Canyon-Ardsley, quatre à zéro! hurle Oliver en claquant la porte derrière lui. Claudia! on les a lessivés! Ratatinés, battus à plates coutures! On leur a flanqué une de ces raclées! Claudia, où es-tu?

— Dans la chambre!

Elle l'entend traverser la salle de séjour et grimper l'escalier quatre à quatre.

— Vous les avez lessivés?

— Ah! tu aurais dû voir ça! Mes gars sont de vrais champions!

Il la serre contre lui. Son t-shirt sent la sueur, l'après-rasage et la pizza qu'il a dû manger avec ses « gars » après la partie.

— Vous êtes ravissante, ma chère, dit-il en déposant une pluie de baisers sur son oreille. Et que faites-vous dans ce minuscule morceau de tissu éponge? J'en ai de la chance, d'arriver au bon moment... Qu'est-ce qui se passe, chérie? Tu as l'air bizarre.

— Mon père est passé. Il dit que je ferais mieux de laisser tomber.

— Laisser tomber quoi? demande Oliver en enlevant son t-shirt. Bon sang de bois! je pue la peste. Je suis tellement content qu'on ait gagné! Cubby, je ne peux pas le sentir! Rien que de le voir, ça me donne des boutons. Cette espèce de gros plein de soupe bourré aux as avec son club de golf... Je te le lui ferais bouffer, moi, son foutu club de golf!

— Quel club de golf?

— Dès qu'il marque un point, il lève son club à bout de bras comme s'il venait de remporter le championnat du monde. Je te jure qu'il était moins fier quand on lui a mis le quatrième but.

Claudia sourit. Elle adore l'entendre raconter ses exploits sportifs, le voir faire de grands moulinets des bras pour imiter l'autre avec son club de golf. Il a l'air d'avoir dix-huit ans.

— Alors, comme ça, les gars sont de vrais champions?

— Ouais, ma chère! Des champions magnifiques, voilà ce qu'ils sont!

Il s'approche d'elle pour prendre entre deux doigts un coin de la serviette de toilette dont elle est vêtue.

— Et dis-moi, qu'est-ce qui se passe si je tire sur ce petit morceau qui dépasse ici ?

— Oliver, je t'en prie.

— Ben quoi ? On a perdu le goût du risque, ma petite femme chérie ?

— J'allais prendre un bain avec Lily.

— Ah ! Je te le disais ! J'arrive toujours au bon moment !

Il embrasse le petit creux qu'elle a au milieu de la clavicule et l'attire fortement contre lui, une main autour de sa taille, l'autre qui remonte vers sa cuisse par-dessous la serviette.

— Oliver, je t'en prie.

— J'adore quand tu me dis : « Oliver, je t'en prie » avec cette voix-là.

— Il dit que je ferais mieux de laisser tomber, tu sais ? Il trouve…

— En fait, j'adore tout ce que tu me dis avec cette voix-là. Tu pourrais me réciter l'annuaire que ça me ferait des frissons partout.

Il empoigne ses fesses nues sous la serviette et, de l'autre main, lui soulève le menton pour lui fermer la bouche de ses lèvres.

— Papa ! Tu veux prendre un bain avec maman et moi ?

Lily a surgi derrière eux, nue comme un ver, les bras chargés de jouets. Oliver libère Claudia de son étreinte et se tourne vers sa fille.

— Mademoiselle Lily ! Quel plaisir !

— Je ne m'appelle pas mademoiselle Lily ! Je m'appelle Lily tout court. Tu veux prendre un bain avec maman et moi ? On va mettre du produit qui fait des bulles.

— Non, Lily tout court. Je ne pense pas que vous seriez très contentes que j'entre dans la baignoire avec vous. Je vais plutôt prendre une douche, ma belle.

— Pourquoi on ne serait pas très contentes ?

— Parce que ton papa pue, ma Lily tout court !

— Mais non, mon papa pue pas! rétorque la petite en gloussant.

— Oh, si, ma chère! Demande un peu à ta mère, pour voir.

— Je te laisserai jouer avec mes petits chevaux, si tu veux. Tu pourrais même faire Étincelle. C'est celui qui est rose avec une crinière à brillants et une étoile filante dessus.

— Un petit cheval avec une étoile filante dessus?

— Oh, mais pas tout le temps! Tu peux faire Étincelle seulement pendant qu'on fait couler l'eau. Après, il faudra que tu changes.

— Ah, bon! dit-il en s'accroupissant pour embrasser Lily sur le front. Je vais plutôt prendre une douche, ma belle. Et pourtant, Dieu sait que ce n'est pas l'envie qui me manque de prendre un bain avec Étincelle et toi.

— Et maman!

— Et maman, bien sûr! dit-il en jetant un coup d'œil vers Claudia. J'aimerais beaucoup, beaucoup prendre un bain avec maman, mais... une autre fois, peut-être.

— Allez, viens, maman! ordonne Lily en se dirigeant d'un pas enthousiaste vers la salle de bains.

— J'arrive, chérie. Appelle-moi quand la baignoire sera pleine et n'entre pas dans l'eau tant que je ne suis pas là.

Elle regarde Lily s'éloigner puis se tourne vers Oliver.

— Alors? Tu as entendu ce que je t'ai dit?

— Ton père trouve que tu devrais laisser tomber.

— Ouais.

— Pourquoi?

— Au cas où ils voudraient abuser de moi, au cas où ce ne seraient pas des gens bien.

— Allons, donc! dit Oliver dans un rire.

— C'est ce qu'il a dit, en tout cas!

— Ton père a peur de la concurrence, voilà tout.

— Qu'est-ce que tu racontes?

— Mais oui! L'autre type est peut-être un superinformaticien, une vedette rock, un grand footballeur... ou l'entraîneur des Galaxies ou des Knicks, tiens! Ça me plairait bien, ça!

— L'autre type ?

— Ben oui, quoi ! Comment tu veux qu'on l'appelle ?

— Maman ! C'est plein de bulles ! hurle Lily depuis la salle de bains.

Olivier tapote les fesses de Claudia à travers la serviette éponge.

— Ton père a peur de la concurrence, chérie. Comme dirait ta mère : « Ce ne serait pas si étonnant, tu peux me croire. »

Elle reste immobile dans la baignoire tandis que l'eau refroidit autour d'elle. Oliver joue avec Lily dans la pièce voisine. Elle se rappelle les soirées de son enfance, quand John la mettait au lit. C'était toujours lui, jamais sa mère, qui venait lui souhaiter de beaux rêves. John passait ses journées dans un bureau encombré de livres ou dans des tribunaux bondés, mais le soir c'était lui qui venait l'embrasser avant d'éteindre sa lumière. Il casait son grand corps dans la petite chaise recouverte de tissu jaune à petits pois placée près de son lit. Son père gigantesque cerné par les froufrous du rideau, de l'abat-jour, du fauteuil. Ils jouaient aux dames ou aux cartes. Il lui racontait une histoire. Très souvent, ils chantaient. John portait encore sa chemise blanche impeccable et ses boutons de manchette, ses pantalons soigneusement pressés, ses bretelles et ses chaussures d'un beau noir brillant, mais il avait desserré sa cravate.

— Le chat dans la cuisi-neu, le chat dans la cuisi-neu…

— Aaaaaaah ! Aaaaaaah ! répondait Claudia à pleins poumons.

— Le chat dans la cuisi-neu, va attraper le rat !

— Aaaaaaah ! Aaaaaaah !

— Pauvre rat ! bramait John de sa voix puissante de baryton.

— Pauvre rat ! répétait Claudia.

Ils entonnaient ensemble le refrain.

— Méchant chat ! Petit rat, fais attention à toihoihoihoi-hoihoi !

— Claudia, il est l'heure de dormir, disait Margaret depuis le seuil de la chambre. John, je t'en prie…

— J'arrive, Margaret, disait-il sans se retourner.

Elle hésitait quelques secondes. Claudia retenait son souffle, les yeux rivés dans ceux de son père. Margaret finissait par s'éloigner. Ils entendaient le frottement de ses pantoufles dans le couloir, puis John murmurait :

— Le chat dans la cuisi-neu, le chat dans la cuisi-neu. À toi !

— Va attraper le rat, chuchotait Claudia.

Puis elle poussait un grand cri faussement effrayé et tous deux se mettaient à rire, parfois jusqu'aux larmes. Claudia et John, John et Claudia.

— Il y a toujours deux façons de faire les choses, dit-il.

Elle a treize ans. Son père la domine de sa haute stature. Il tient à la main son cahier d'exercices. Elle a treize ans et ne pense qu'à sortir au plus vite pour aller rejoindre Gena, qu'elle doit retrouver chez Hudson pour aller faire des courses. Elles ont projeté de s'acheter des sandales puis d'aller manger une pizza et de passer le reste de l'après-midi à traîner dans les boutiques. C'est samedi. Jour de congé, en principe, pas jour de devoirs.

— Est-ce que tu m'écoutes, Claudia ?

— Oui.

— Deux façons de faire les choses : la bonne et la mauvaise. Le raccourci et le droit chemin. C'est à toi de choisir.

Elle se penche vers l'avant pour se gratter la jambe. Déjà presque midi. Il n'en finira donc jamais, avec ses leçons de morale ?

— Toute ta vie, quoi que tu fasses, tu auras le choix : le raccourci ou le droit chemin.

— Oui, papa.

— Cela te paraît peut-être très abstrait pour le moment mais, un jour, tu comprendras.

— Papa… j'ai rendez-vous avec Gena.

— Elle va t'attendre, ne t'inquiète pas.

— Je referai mon travail.

— La question n'est pas là. Ce que je veux que tu comprennes, c'est pourquoi tu dois le refaire. Est-ce que tu comprends pourquoi ?

— Parce qu'il n'est pas bon ?

— Les peintres retravaillent leurs tableaux durant des années, Claudia. Ils ajoutent une teinte ici, une autre là. Les écrivains remanient leurs manuscrits. Tu sais pourquoi ?

— Quoi ?

Elle le fixe des yeux sans le voir. Elle les veut tellement, ces sandales avec deux lanières sur le dessus ! Pas celles avec les semelles compensées, les autres. Elle n'arrive pas à se décider entre les blanches et les beiges. Gena prendra sûrement les blanches.

— Sais-tu pourquoi les peintres retouchent leurs toiles, pourquoi les écrivains remanient leurs manuscrits ?

— Je vais le refaire, papa.

— Pourquoi le referais-tu ? C'est ça que je veux savoir.

Le vent fait bouger les rideaux de sa chambre. Une odeur nouvelle monte du jardin. Les fleurs de l'oranger, peut-être ? Non, c'est un parfum plus fort. La giroflée rouge, plutôt. Elle lève les yeux vers son père. Pourquoi referait-elle son devoir ? Était-ce cela qu'il lui avait demandé ?

— Tu n'es pas obligée de le refaire, Claudia. Ce n'est pas mal. C'est passable. Avec un peu de chance, tu pourrais même avoir B.

— Mais je peux faire mieux.

— Exactement.

— C'est pour ça qu'il faut que je le refasse.

— Exactement.

— Est-ce qu'il faut que je le refasse maintenant ?

— Quand tu veux, Claudia. C'est ton travail. À toi de choisir.

— J'aimerais bien passer l'après-midi avec Gena, mais je le referai demain après la messe.

— Cela me paraît très raisonnable. Le samedi, après tout, c'est fait pour se reposer.

— C'est ce que je pense aussi.

Il repose le cahier sur son bureau. Elle respire mieux.

— Passe un bel après-midi, ma fille. Ah! ta mère a prévu des côtelettes d'agneau pour ce soir. Tu peux inviter Gena, si tu veux. Elle aime les côtelettes d'agneau, si ma mémoire est bonne. À moins que vous ne préfériez manger dehors, bien entendu.

— J'en parlerai à Gena. Merci, papa.

Il lui sourit en allant vers la porte.

— Avec plaisir, ma fille.

Claudia retire le bouchon de la baignoire. Elle prend les trois petits chevaux qui flottaient autour d'elle et les dépose avec les autres sur le bord. L'eau dégoutte de leurs queues sur l'émail. Claudia regarde fixement le bleu ciel à crinière d'argent. Il est un peu plus grand que les autres. Lily affirme que c'est le garçon.

Claudia prend le petit cheval et le promène sur son corps à travers les bulles et la mousse de savon. Se pourrait-il qu'il ne soit pas quelqu'un de bien? L'autre père, se pourrait-il qu'il ne soit pas « respectable »? L'autre type, comme dit Oliver. Le jeune homme, comme dit Margaret. Elle les imagine tous deux s'affrontant en duel, John et l'autre. Deux coups de feu, de la fumée qui se dissipe et John, gigantesque et lumineux, costume blanc, chapeau de cow-boy blanc, cheval blanc, qui entraîne l'autre au bout de son lasso. L'autre, son Buffalo Bill du dimanche, vaincu, poussiéreux, blessé, qui suit en trébuchant le cheval immaculé de John. John se tourne, très droit sur sa selle, et darde vers lui un regard altier :

— Tu seras gentil avec ma fille, compris? Tu m'entends, l'inconnu? Tu seras gentil avec ma fille!

— Oui, monsieur.

Le petit cheval glisse des doigts de Claudia et se dirige vers le trou de la baignoire en suivant le courant de l'eau qui s'enfuit.

— Je t'aime très fort, papa, lui avait-elle murmuré quand il avait soulevé son voile de mariée. Il avait hoché la tête en souriant, avec ce regard d'amour inconditionnel, d'approbation sans réserve dont elle avait tant besoin aujourd'hui encore. Il avait hoché la tête en souriant puis l'avait fait tourner sur elle-même pour qu'elle se retrouve face à son futur mari.

— Tu seras gentil avec elle, mon garçon.

Et Oliver, le regardant droit dans les yeux :

— Oui, monsieur.

Des rires et des cris fusent de la chambre. Oliver et Lily font un chahut de tous les diables.

— Je vais t'attraper ! hurle la gamine en riant.

Claudia se rappelle le jour où elle a tendu la fillette à John. Lily semblait perdue dans ses vastes bras. Pour la première fois, les mots lui avaient manqué. Lui qui avait toujours un avis sur tout, lui, l'immense orateur, la parole l'avait déserté. Ses mains tremblaient quand il avait pris le nourrisson tout rose que sa fille lui tendait. Il avait hoché la tête en silence et tout était dit.

Claudia sent l'air caresser sa peau humide. Elle ferme les yeux et appuie sa nuque contre le bord de la baignoire en écoutant l'eau s'évader à grands glouglous.

— Ça s'appelle un formulaire de consentement aux retrouvailles, mon chou. Ils ne vous l'ont pas envoyé ?

Une semaine après leur rencontre au Marie Callender, Dorothy rappelait Claudia.

— Non. De quoi s'agit-il ?

— Vous êtes sûre ? Ils ne vous ont pas dit qu'ils l'avaient ?

— Non.

— Mais ils ne vous ont pas dit non plus qu'ils ne l'avaient pas ?

— Non. De quoi s'agit-il ?

— Bizarre. Bon, écoutez. Vous allez leur écrire et leur demander s'ils l'ont. Ces foutus ronds-de-cuir, vous savez, il faut parfois leur mettre les points sur les *i* et les barres sur les *t*.

— Qu'est-ce que je leur dis ?

— Demandez-leur si l'un de vos deux parents naturels, ou les deux, a signé un formulaire de consentement aux retrouvailles. D'accord ?

Elle leur écrivit et leur demanda si l'un de ses deux parents naturels, ou les deux, avait signé un formulaire de consentement aux retrouvailles. Elle fit la vaisselle, conduisit Lily à la garderie, prépara du poulet au beurre.

S'il leur fallait deux jours pour recevoir sa lettre, deux jours pour voir s'ils avaient le formulaire... Elle fit et refit les lits, changea les draps, alla seule à la plage et déambula dans les vagues en regardant ses pas s'effacer derrière elle. S'il leur fallait encore deux jours pour lui répondre... Elle entra dans des magasins sans regarder les rayons, essaya des talons aiguilles ridiculement chers et des robes de couturier qu'elle abandonna dans des cabines d'essayage aux murs pêche, sortit sans dire au revoir aux vendeuses. Elle peignit un arc-en-ciel sur la joue gauche de Lily, erra dans des supermarchés en touchant à tous les fruits et légumes du bout des doigts, tomates et bananes, prit seulement deux oignons assez petits. « Les petits sont les meilleurs », disait toujours Margaret. Elle parlait à Lily, lui enseignait la vie parce que c'est ce que font les mères avec leurs enfants. Elles leur transmettent mille et une informations utiles ou superflues sur l'existence. Elle fixait tout sans rien regarder. Qu'est-ce que son autre mère lui aurait enseigné de la vie ? Pourquoi les oignons plus petits étaient-ils meilleurs et, surtout, savait-elle choisir les meilleurs oignons ? Elle alla au cinéma avec Oliver, se demanda si elle ne devrait pas se faire couper les cheveux très court, prépara des escalopes de veau avec du riz. Elle écrivit aux Enfants de Dieu pour savoir s'ils avaient par hasard un formulaire de consentement aux retrouvailles à son nom, puis elle continua de vivre en attendant la réponse, parce que comment faire autrement ?

— Et si on faisait un autre enfant ?

— Pardon ?

Claudia ouvre les yeux. L'aube allume des reflets d'or dans leur chambre. Elle roule sur le côté en bâillant.

— Je crois que ce serait bien pour toi.

Oliver l'embrasse sur l'épaule. Sa barbe naissante lui pique la peau.

— Cela te changerait les idées.

Claudia le dévisage sans rien dire.

— Lily a déjà trois ans, poursuit-il. N'est-ce pas ce que nous avions prévu ? Un petit frère ou une petite sœur quand elle aurait trois ans ?

— Un petit frère ou une petite sœur ?

— Oui !

— Tu plaisantes ou quoi ?

— Quoi ?

— Tu veux qu'on fasse un autre enfant maintenant ?

Elle sort ses jambes des draps froissés et se lève, nue. Elle attrape une couverture et s'en enveloppe.

Oliver sort de l'autre côté du lit et se tient nu devant elle.

— Ces recherches sont devenues une véritable obsession ! lance-t-il. Tu ne parles que de ça, ma parole ! Est-ce qu'on ne pourrait pas penser à autre chose ?

— Certainement pas à faire un autre enfant, en tout cas !

— Tu devrais peut-être aller consulter, Claudia.

Elle resserre la couverture autour de sa poitrine. Oliver continue de la fixer, immobile et nu.

— Je suis sérieux, Claudia. Tu te traînes d'une pièce à l'autre comme une âme en peine. On dirait que tu ne sais pas quoi faire de ta peau. C'est ça, ta vie ? Attendre ?

Elle le dévisage toujours sans rien dire.

— Claudia ?

Elle a des mains de glace.

— Claudia, réponds-moi, bon sang !

— Je ne veux pas.

— Tu ne veux pas quoi ?

— Rien. Ni l'enfant, ni aller consulter, ni te répondre.

— C'est le bouquet ! soupire-t-il.

Il se retourne et s'engouffre dans la salle de bains. Claudia regarde la porte se refermer sur son dos nu. Elle sent ses épaules se détendre un peu. Elle inspire péniblement.

Un autre enfant. Et d'où il sort ça, lui ? Elle a l'impression de s'être réveillée et d'avoir reçu une tarte à la crème dans la figure sans sommation. Ce n'est pas tant l'idée de faire un autre enfant, d'ailleurs, mais plutôt le fait qu'Oliver aborde le sujet précisément maintenant. Ne comprend-il donc rien de rien aux démarches qu'elle a entreprises, à son cheminement ? Toute sa vie, ou presque, elle a pensé partir à leur recherche. Maintenant qu'elle s'est engagée sur cette voie, elle ne pourra penser à rien d'autre tant qu'elle ne sera pas arrivée à destination, quelle qu'elle soit. Oliver est-il donc incapable de le comprendre ?

Claudia tire d'un coup sec sur un chariot métallique et deux sortent ensemble de la file, encastrés l'un dans l'autre par le rabat du siège pour bébé. Ils le font exprès, c'est sûr. Tout conspire à lui empoisonner l'existence, ces temps-ci. D'abord, Oliver et son histoire d'enfant et maintenant, les chariots de supermarché. Sans parler de Gena. Elle n'aurait jamais dû l'appeler. Elle avait pensé à sa dispute avec Oliver toute la matinée et soudain, sous le coup de l'impulsion, elle avait appelé Gena. Celle-ci, comme toujours, avait retourné la situation comme un gant à grands coups de rhétorique.

— Tu ne vas quand même pas faire un autre enfant, Claudia ?

— Non, pas maintenant, mais ce n'est pas de ça que je te parle. Je te parle du fait qu'Oliver choisit précisément ce moment-ci pour en parler.

— Tu vas avoir un autre enfant ?

— Non, Gena. Un jour, oui, mais pas tout de suite.

— Mais pourquoi ?

— Pourquoi ?

— Eh bien, oui ! Pourquoi ?

Claudia envoie une bourrade dans les deux chariots et se dirige vers une autre file. Elle va en prendre un qui a une roue bloquée, c'est sûr, et elle tournera en rond toute la sainte journée dans le supermarché en passant deux cents fois devant les surgelés. Bon sang de bon sang de bois ! Elle n'aurait jamais dû appeler Gena.

— Tu sais déjà ce que c'est que d'avoir un enfant. Pourquoi en ferais-tu un autre ?

— Gena, ce n'est pas un exercice de théâtre, figure-toi ! Ce n'est pas une chose qu'on fait pour savoir ce que c'est et après, c'est réglé une fois pour toutes !

Claudia secoue la tête avec impatience. Gena n'a jamais compris qu'elle veuille des enfants. Elle-même n'en a pas, n'en veut pas, n'en a jamais voulu et moins elle les fréquente, mieux elle se porte. Elles avaient d'ailleurs accepté leur divergence de vues sur le sujet dès leur jeune âge.

— Tu seras la maman et moi, je serai la vedette de cinéma, disait Gena.

— Super !

Cependant, Gena adôôôôôre Lily. C'est comme ça qu'elle dit : « Je l'adôôôôôre, cette petite », mais de loin. Claudia se rappelle son visage atterré quand elle lui a tendu Lily la première fois, emmaillotée dans une couverture.

— Mon Dieu ! Elle est extrêmement petite. Tu crois que c'est normal ?

Les yeux horrifiés de Gena le jour où Lily a sorti un morceau de pomme de terre à demi mâchouillé de sa bouche et l'a déposé en souriant avec amour dans la main de sa marraine.

— Tu sais, Claudia, je crois que Lily et moi aurons plus d'affinités quand elle sera en mesure de manger avec un couteau et une fourchette, de préférence vers l'âge de dix-sept ou dix-huit ans.

Claudia pousse son chariot dans le rayon des fruits et légumes, prend deux petits paniers de fraises, vérifie si celles du dessous sont belles, repose l'un des paniers, place l'autre dans son chariot près de son sac à main. Le chariot fonctionne parfaitement. Pas de roue bloquée, pas de roue qui grince. C'est bien la seule chose qui fonctionne dans sa vie en ce moment. Bon Dieu de bon Dieu ! Tout ce qu'elle veut, c'est un formulaire de consentement aux retrouvailles signé par l'un de ses deux parents naturels. Ce n'est quand même pas trop demander, non ?

« J'autorise par la présente le ministère des Services sociaux ou l'agence d'adoption agréée à fournir mes coordonnées à mon enfant biologique, devenu adulte, qui a été placé en adoption. »

Aussi simple que ça. Incroyable. Simple comme bonjour, simple comme sortir son nom d'un coffret en laque de Chine rapporté par une arrière-grand-mère d'une Exposition universelle et transmis à une grand-mère, puis à une mère qui l'aura caché dans son tiroir à lingerie.

Claudia parcourut les feuilles de papier qu'elle avait sorties de l'enveloppe en rentrant du supermarché. Elle les lut rapidement, puis elle dit : « Bon » le plus calmement du monde et s'assit. Le sac d'épicerie qu'elle avait posé par terre se renversa en envoyant une ribambelle d'oranges à travers la cuisine.

« Jennifer Jaffe Glass, lut Claudia. 28, Quatre-vingt-deuxième Rue Est, New York (New York) 10028, (212) 388-0681. »

Rien d'autre. Pas un mot de l'autre père. Juste un formulaire avec une signature. Bon, c'est d'accord, vous pouvez dire à ma fille biologique qu'elle m'appelle, merci, bonsoir, mes hommages à madame, signé Jennifer Jaffe Glass. Claudia suivit du doigt les méandres de la signature à l'encre noire. Un paraphe brouillon comme celui des médecins, plein de boucles et presque illisible. Claudia posa ses doigts sur sa bouche, passa sa main sur sa joue mouillée. Personne ne comprendrait jamais ce qu'elle ressentait à cet instant, cette euphorie, ce grand bonheur au creux de la poitrine. La signature brouillonne qu'elle avait sous les yeux, pleine de boucles et presque illisible, elle la connaissait presque. C'était presque la sienne.

Finalement, elle écrirait. Le téléphone, c'était trop dur et trop risqué.

— Comme vous voulez, mon chou, avait dit Dorothy Floye. Je vais vous envoyer une brochure qui donne des conseils pour appeler et pour écrire. Vous lirez la section qui vous intéresse. Il y a des exemples, aussi. Si vous téléphonez, on peut vous raccrocher au nez. Si vous écrivez, votre lettre risque de se retrouver à la corbeille. On ne sait jamais comment ils vont réagir. J'aime autant que vous le sachiez.

— Merci.

— Hé ! arrêtez d'angoisser comme ça ! Tout marche comme sur des roulettes jusqu'à présent et, une fois qu'on aura retrouvé votre mère, on trouvera votre père aussi. Croyez-moi, c'est exceptionnel. Je ne m'attendais pas à ce que ce soit si rapide.

Claudia entendit son rire clair à l'autre bout du fil.

— Quelle histoire, hein ? poursuivit Dorothy. Vous avez retrouvé votre mère naturelle ! C'est ce que vous vouliez, non ? Vous devriez être contente.

— Je suis très contente, répondit Claudia d'une voix blanche.

Elle dut se retenir au mur pour ne pas tomber.

« J'aimerais vous parler de quelque chose d'important, mais il s'agit d'un sujet très confidentiel. Êtes-vous seule ? » lit Claudia à voix haute.

Elle soupire et tourne vers Oliver un regard suppliant.

— C'est ridicule ! J'ai l'air d'une mauvaise comédienne dans un film policier de second ordre.

— Mais non, c'est très bien. Tiens! Prends ça! Ça va te donner des forces.

Il lui tend un quartier de la pomme qu'il est en train de manger.

— Non, merci, marmonne-t-elle en retournant à sa brochure. «J'aurais quelques questions à vous poser pour vérifier que vous êtes bien la personne que je cherche.» Oliver...

— C'est bon, chérie, continue!

— Mon Dieu! «Je m'appelle (prénom, nom) et je suis née... le 30 décembre 1960 et je...» Je quoi? Je me demandais si vous n'auriez pas eu un enfant ce jour-là, par hasard? Environ deux kilos six cents, quarante-six centimètres, une fossette, les cheveux châtains? Oliver! Ça n'a aucun sens.

— Tu as raison, chérie, dit-il en riant. Ce n'est pas une bonne idée, le téléphone. Écris-lui, plutôt.

L'épaule de sa mère heurte la sienne. Margaret revient de la communion. Claudia se tourne vers elle et Margaret lui sourit. Elles s'assoient ensemble. Cela faisait longtemps que Claudia n'avait pas éprouvé la dureté des bancs de l'église Saint Brandon. Le père Maynard se lève.

— Baissez la tête, je vous prie. Nous allons dire une prière spéciale.

Margaret baisse la tête. Claudia laisse son regard errer dans l'église. Qu'est-ce qu'elle fait là? Oh, bien sûr, Margaret lui glisse régulièrement que «...peut-être, dimanche prochain, si tu le souhaites, nous pourrions aller à la messe ensemble...» Claudia se défile systématiquement. Jusqu'à aujourd'hui. Pourquoi? Pourquoi, après tout ce temps, a-t-elle soudain ressenti la nécessité de venir ici? Ce n'est pas seulement pour Margaret. Alors, pourquoi? Pour obtenir de l'aide pour sa lettre? Pour que Jésus la guide? Claudia croise ses mains sur ses genoux et s'oblige à rester immobile. Elle aurait peut-être mieux fait de s'adresser à un écrivain professionnel. Arthur Miller, tiens, Sam Shepard, David Mamet. Allen Ginsberg, pourquoi pas? Claudia sourit en imaginant le type de lettre que chacun d'eux écrirait. « Chère maman, chère madame, chère inconnue. » Elle se mordille les lèvres pour ne pas pouffer de rire en pleine église. Il ne manquerait plus que ça ! Elle se rencogne sur son banc. Et pourquoi se contenterait-elle des écrivains hommes ? Pourquoi pas May Sarton ou Lillian Hellman ? Elle lève les yeux vers la statue de la Vierge Marie. Elle pourrait peut-être entrer en contact avec l'esprit de Sylvia Plath. « Chère maman, je vous en prie, écrivez-moi avant que je ne me mette la tête dans le four. » Claudia pose sa main sur sa bouche pour dissimuler son sourire et tente de se calmer en observant la statue de la Vierge, les plis d'albâtre de sa robe, son visage serein, sa tête baissée, sa couronne. Elle se rappelle soudain que ce sont ses bras qui l'ont toujours le plus émue, les bras si beaux de la Vierge, figés pour l'éternité de statue en statue, de Los Angeles à Rome, ses bras toujours ouverts, toujours prêts à vous accueillir, à vous étreindre. Claudia sent ses yeux s'emplir de larmes et les ferme bien vite.

« Vierge Marie, dit-elle en silence, Vierge Marie, c'est à vous que je m'adresse, vers vous que je me tourne. Je vous en supplie, posez sur moi vos yeux pleins de miséricorde et de bonté, écoutez ma prière. » Claudia entend la respiration de sa mère à côté d'elle, elle sent son parfum et l'odeur de la laque dans ses cheveux. « Vierge Marie, vous qui avez rejoint votre fils divin dans la glorieuse assomption, je vous en prie, aidez-moi à retrouver ma mère à moi... ma mère naturelle. Vierge Marie... » Margaret pose sa main sur le bras de Claudia.

— Est-ce que ça va, chérie ?

« Je vous en prie, Vierge Marie, aidez-moi à faire ce qu'il faut. *Amen.* »

— Est-ce que tu as terminé ? demanda Gena.

— Pas encore.

Claudia coinça le récepteur contre son épaule, sortit le vin du réfrigérateur, s'en versa un verre.

— Je n'en reviens pas que tu fasses ça. Qu'est-ce que tu lui dis dans ta lettre ?

— Je ne sais pas. Je change d'avis toutes les cinq minutes.

— Moi, ça me rendrait dingue. Je crois que je tomberais dans l'alcool.

— C'est ce que je fais, aussi, répondit Claudia en souriant légèrement.

— Je n'en reviens pas qu'elle vive à New York ! Tu te rends compte, je pourrais aller chez elle en un rien de temps. Bon ! Pas à pied, bien sûr, mais en taxi, mettons. Hé ! tu veux que j'aille attendre devant chez elle et voir si elle sort ?

— Non, Gena, surtout pas ! Si jamais tu fais ça…

— Allons, calme-toi, je plaisantais.

— Jure-le !

— Puisque je te dis que je plaisantais !

— Jure-le !

— Sainte mère de Dieu. Je le jure.

— Que quoi ?

— Que je ne m'approcherai pas de la Quatre-vingt-deuxième, que je n'irai même pas au-delà de la Cinquante-septième et que je resterai dans le West Side. Ça va ?

— Ça va.

Claudia but une gorgée de vin. Elles restèrent silencieuses quelques instants.

— Incroyable ! reprit Gena.

— Tu te rends compte ? J'ai vécu quatre ans à New York. Sans compter toutes les fois où j'y suis retournée par la suite. C'est dingue, non ?

— Oh, oui! Si ça se trouve, tu l'as croisée dans la rue ou tu t'es assise à côté d'elle dans le métro. Vous vous êtes même peut-être regardées ou parlé… Seigneur, tu te rends compte, Claudia ? Si ça se trouve, tu lui as parlé !

— Oui…

— Incroyable, hein ?

— Oui.

Claudia alla s'asseoir pesamment à la table de la cuisine.

— Et lui ?

— Rien. Il n'a pas signé le formulaire, je suppose.

— Peut-être qu'il ne sait pas.

— Quoi ?

— Ben… que tu es née.

— Ah… je n'avais pas pensé à ça.

— Ah, non ?

— Non.

— Ben, oui, c'est possible. On n'a aucune idée de ce qu'il sait ou ne sait pas, après tout. Peut-être qu'elle ne lui a rien dit. Peut-être qu'il n'a jamais su qu'elle était enceinte. Peut-être qu'ils se sont vus une seule fois.

Claudia resta interdite.

— Hein ? reprit Gena. Peut-être qu'ils étaient très amoureux, mais peut-être pas non plus. Comment savoir ?

— Je n'aimerais pas beaucoup ça, qu'il n'y ait pas eu d'amour entre eux.

— Quelle différence ça fait ? L'important, c'est que tu sois née.

— Je ne sais pas. Je crois que je ne serais pas très ravie d'apprendre que je suis née d'un rien.

— Comme moi, par exemple ! rétorqua Gena dans un grand rire.

— Oh ! ne dis pas ça !

— C'est pourtant vrai. Mes parents ont beau être restés mariés pendant des années et des années, ça n'empêche pas qu'il n'y a jamais eu une once d'amour entre eux. Ce qui fait de moi l'unique rejeton d'un rien. C'est pas beau, ça ?

Claudia se leva et se mit à marcher en rond dans la cuisine.

— Bon, enfin… dit-elle.

— Ouais… Alors, tu m'appelles quand tu auras fini ?

— Oui.

— Tu n'oublies pas, hein ?

———— · ————

Un rien. C'est vrai. C'est une possibilité à ne pas écarter. Peut-être qu'il n'y a rien eu entre Jennifer Jaffe Glass et l'inconnu. Elle a toujours pensé qu'il y avait eu quelque chose entre eux, et pas n'importe quoi : un grand amour, un vrai grand amour.

— Tu ne dors pas ? marmonne Oliver.

— Non.

Cela fait des heures qu'elle veille dans le noir, qu'elle dresse des listes de ce qu'elle sait d'elle-même, des listes d'ingrédients comme celles que Margaret note de son écriture si belle sur ses petites fiches cartonnées. Qui est-elle ? La mère de Lily, la fille de Margaret et John, et... ah oui ! et aussi la fille de Jennifer et l'Inconnu, l'épouse d'Oliver, psychologue maigrichonne d'un mètre soixante-quinze... Non. Psychologue non pratiquante, autrement dit déchue. Catholique non pratiquante, aussi, autrement dit déchue. Sauf dimanche dernier. Une seule prière, est-ce que ça compte ? Elle est allongée dans le noir. Un oiseau chante. À demi éveillée, à demi endormie, elle s'imagine en leur compagnie, Jennifer Jaffe et l'inconnu, grands, jeunes, beaux, souriants. Se peut-il qu'il n'y ait rien eu entre eux, entre ces deux silhouettes floues que sont ses parents naturels ? Alors, elle n'aurait été que l'effet secondaire indésirable d'une coucherie d'une nuit ?

Oliver roule sur le côté et glisse son bras sous ses épaules. Elle se tourne vers lui, passe une jambe sur son bassin, blottit sa tête sur sa poitrine. Il repousse quelques mèches de ses cheveux qui lui frôlent la bouche et lui caresse distraitement le dos.

— Que se passe-t-il ? demande-t-il d'une voix ensommeillée.

— Je n'arrive pas à dormir.

— À cause de la lettre ?

— Oui...

— Et peut-être tout le reste aussi, hein ? Pas seulement la lettre ?

— Oui, répète Claudia en souriant. Je crois que tout le reste aussi.

— Quelle heure est-il ?

— Je ne sais pas. Cinq heures et demie, six heures.

— Un peu tôt pour le café, hein ?

— Oui.

Elle sent son pénis se durcir sous ses doigts. Oliver la presse plus fort contre lui. Elle lève la tête pour qu'il l'embrasse. Il descend ses mains jusqu'à ses fesses, les glisse entre ses cuisses, fait passer sa jambe par-dessus sa hanche. Il pose ses doigts près des siens, sur son pénis, en frotte l'extrémité sur elle. Elle se met à onduler contre lui. Elle est tout humide entre les jambes. Elle se soulève un peu et il entre en elle, très peu, comme elle aime pour le début. Elle aime qu'il se retienne pour qu'elle le désire encore plus, pour qu'elle ait besoin de lui, pour qu'elle sente son ventre crier qu'il la pénètre plus profond. Elle se presse contre lui et il entre un peu plus, pas beaucoup. Elle se soulève sur ses coudes et murmure : « Oliver. » Alors, d'un coup de reins, il enfonce son pénis plus profond en elle et elle gémit encore : « Oliver, Oliver. » « Ça va, chérie », et elle encore : « Oliver, Oliver, Oliver. » Elle se tourne mais il reste en elle. Elle est de dos et pousse ses fesses contre son ventre en cadence. Il la pénètre tout entière. Elle entend sa respiration qui devient plus rauque et le sang qui rugit dans sa tête. Oliver fait glisser ses mains autour d'elle. Elle sent son souffle dans ses cheveux, sa bouche contre sa nuque, les doigts d'une main qui lui caressent doucement le bout des seins tandis que l'autre frotte son clitoris. Elle gémit encore. « Oliver, Oliver. » Il la pénètre très fort. Son bassin cogne contre ses fesses, son pénis entre en elle très loin, très dur, parce qu'il sait ce qu'elle aime. Elle aime qu'il enfonce son pénis très fort en elle, très loin, avec de grands coups profonds. Elle agrippe le rebord de la table de chevet et la nuit fait place au bleu-gris de l'aube. Les stores de bambou dessinent des rayures de charbon contre le jour naissant. Elle sent Oliver si fort en elle et si profond. Elle ruisselle. Il continue de la pénétrer à grands coups, sur toute la longueur, en murmurant : « Laisse-toi aller, chérie », et elle ne sait pas si elle a murmuré encore : « Oliver », mais elle a joui.

« Chère maman, »

Claudia s'arrête net et regarde sa feuille de papier bleu. Elle
rit, pousse la feuille de côté, en prend une autre.
Elle pose le stylo dessus et elle écrit très vite :

« Chère inconnue,
Je ne sais pas qui vous êtes, mais vous vous souvenez
peut-être de moi.
À qui de droit, »

N'importe quoi.
Claudia fait glisser la feuille de la table, en prend une autre.

« Madame, »

Elle s'arrête, la main suspendue.
« Bon, allez ! Un peu de courage, que diable ! Respire un
bon coup et vas-y ! »

Chère madame,
Vous devez vous demander pourquoi je vous écris
après toutes ces années. Quoi de neuf ? me direz-vous.
Pas grand-chose.
Je me demandais juste un truc : pourquoi vous m'avez
abandonnée ?

Non, non, non et non !
Elle déchire la feuille en moitiés, puis en quarts, jette les
morceaux par terre, en prend une autre.

« Madame,
Allez donc vous faire foutre et qu'on en finisse. »

« Bravo. Très spirituel. » Claudia secoue la tête et inspire lentement. Cette fois, c'est la bonne.

« Chère madame,
J'ai les cheveux châtains pas vraiment frisés mais plutôt ondulés, sauf sur le dessus de la tête, vers l'arrière. C'est une catastrophe. Je frise comme un mouton et je ne sais pas quoi faire. J'ai l'air d'une vraie folle. Avez-vous le même problème, par hasard ? »

Claudia pousse un gros soupir et se lève. De toute façon, Jennifer Jaffe Glass n'arrivera probablement pas à déchiffrer son écriture, alors à quoi bon ? Elle pourrait tout aussi bien lui envoyer sa recette de tarte aux pommes ou lui recopier deux pages de l'annuaire que ce serait du pareil au même. Elle va à la fenêtre et contemple l'oranger, se penche jusqu'à toucher la vitre de son nez.

— Chère madame Glass, murmure-t-elle, tu te souviens de moi ?

Sans compter qu'elle peut tout bonnement jeter sa lettre à la poubelle. À quoi bon ? Elle a peut-être changé d'avis, après tout. Elle s'est finalement rendu compte qu'elle n'avait aucune envie de se coller un enfant sur le dos et elle jettera sa lettre. Claudia ferme les yeux et tente de se l'imaginer. Jennifer Jaffe Glass en robe de soie noire à l'opéra. Jennifer Jaffe Glass qui remonte Park Avenue vêtue d'un cache-poussière dont le vent fait voleter les pans. La voici sortant d'un taxi en riant, deux jambes très blanches, une tête qui se tourne et puis, Jennifer Jaffe Glass qui ouvre la lettre de Claudia et s'effondre sur le sol au ralenti, évanouie.

Claudia fait un petit rond de buée sur la vitre. Sans compter qu'elle a peut-être déménagé en oubliant d'en aviser Les Enfants de Dieu. Sa lettre lui reviendra avec la mention « N'habite pas à l'adresse indiquée » ou « Destinataire inconnu ». Ou « Destinataire trépassé », peut-être. Les employés des postes ont-ils des tampons qui disent : « Destinataire trépassé » ? Et si elle est morte et que lui a disparu dans la nature ? Ou non, encore mieux ! Et si elle reçoit sa lettre, qu'elle répond, qu'elles prennent rendez-vous et qu'en arrivant, Jennifer Jaffe Glass la dévisage d'un air ébahi et dit : « Mon Dieu, quel malheur ! Toi qui étais si mignonne petite ! » Et là, elle partirait en faisant de grands gestes des bras pour oublier ce cauchemar.

« Je suis pitoyable, se dit Claudia. Écris ta lettre et qu'on en finisse. Accouche, comme dirait Gena, elle qui ne connaît rien à ces choses-là. »

Elle retourne à la table, reverse un peu de Coca-Cola sans sucre dans son verre à vin et reprend son stylo. Elle écrit lentement, le plus lisiblement qu'elle le peut :

« Madame Jennifer Jaffe Glass,
Je m'appelle Claudia Morgan et je suis votre fille. J'aimerais avoir de vos nouvelles. Vous pouvez m'appeler au (213) 322-8217 ou m'écrire à l'adresse suivante : 76228, Woodrow Wilson Drive, Los Angeles (Californie), 91684. Merci. »

Merci ? Est-ce bien indispensable ? Oui... Merci. Qu'elle voie au moins que Margaret et John l'ont bien élevée.

Claudia examine sa feuille de papier bleu, se lève, fait deux fois le tour de la table en touchant au passage le dossier de toutes les chaises, prend une poignée de chips dans le sac et les engouffre d'un coup, s'essuie les mains sur les poches arrière de son jean. Puis, elle signe la lettre, la plie en trois en marquant bien les plis, la glisse dans l'enveloppe qu'elle a déjà adressée et timbrée, lèche le rabat, ferme l'enveloppe, sort très vite de la cuisine, traverse la salle à manger en trombe et ouvre la porte avant.

Elle glisse à demi l'enveloppe bleue dans la fente de la boîte aux lettres, court vers la maison, reclaque la porte derrière elle, tourne le verrou et s'adosse au bois.

Elle resta là quatorze minutes, les deux mains pressées très fort contre sa bouche. Enfin, elle entendit le facteur qui apportait le courrier du jour et s'éloignait en emportant sa lettre.

Claudia
et Jenny

Jennifer Jaffe Glass jette ses clés en même temps que le courrier du jour dans un plat de faïence bleue et blanche qui trône sur la table de la salle à manger. Elle passe ses doigts dans ses cheveux ondulés et se débarrasse d'un coup de pied sec de ses escarpins de lézard à talons hauts.

— Ron ? Tu es rentré, chéri ?

Elle penche la tête de côté pour mieux entendre. Non, « chéri » n'est pas rentré. Rien d'étonnant, d'ailleurs. « Chéri » ne rentrera pas avant… Avant quelle heure, déjà ? Jennifer enlève la veste de son tailleur et la place soigneusement sur le dossier d'une chaise. Que lui a-t-il dit, encore ? Elle n'a pas bien écouté. Elle pourrait appeler le bloc opératoire et leur demander. Dix-neuf heures ? Vingt heures, peut-être ? Flûte, alors ! Il faut qu'elle prépare à manger ! À moins qu'elle ne commande quelque chose… Ah, non ! Pas après la scène d'hier soir…

— Je sors de six heures en salle d'op', et qu'est-ce que je trouve en rentrant ? Une pizza froide qui colle au fond de la boîte !

Fâché. Écœuré, fâché, déçu.

— Je suis désolée, avait-elle répondu, les yeux plantés dans les siens. Ton patient est mort, peut-être ?

— Jenny !

— Excuse-moi. Je ne commanderai plus de pizza, promis, juré, craché. Ça va ?

Flûte de zut ! Il va falloir qu'elle improvise.

— Flûte de zut de flûte de zut de flûte !

Elle entre dans la cuisine, ouvre le réfrigérateur et regarde dedans d'un air dubitatif. Elle remue deux ou trois boîtes en plastique, prend trois courgettes et deux courges jaunes qu'elle dépose près de l'évier. Quelle misère, ce frigo ! Elle aurait mieux fait d'aller au supermarché au lieu d'arpenter l'avenue Madison plusieurs heures durant... Tout cela pour s'acheter des gants trop chers et parfaitement inutiles ! Elle sort un faitout qu'elle place sur la cuisinière, le remplit d'eau, y jette quelques gouttes d'huile d'olive, une pincée de sel, allume le gaz.

— Des pâtes, c'est toujours bon, murmure-t-elle en sortant de la pièce.

Elle contourne la table de la salle à manger, retire ses boucles d'oreilles et commence à déboutonner son chemisier de soie noire. Elle attrape au passage le courrier dans le plat de faïence et grimpe l'escalier étroit de son appartement luxueux. En entrant dans la chambre à coucher du deuxième étage, elle lance les enveloppes sur le lit avec son chemisier et ses boucles d'oreilles, ôte sa jupe et ses collants. Elle accroche sa jupe sur un cintre qu'elle replace aussitôt dans la penderie. Elle dégrafe son soutien-gorge et le laisse tomber sur le sol près de ses collants. Nue, elle traverse ensuite la pièce pour aller appuyer sur un interrupteur près de la commode. De la musique fuse de haut-parleurs invisibles. De la musique country. Elle n'en écoute que lorsqu'elle est seule, jamais quand Ron est à la maison. « Depuis ce jour, il ne l'aime plus », brame tristement une voix masculine par-dessus la rumeur étouffée de la circulation new-yorkaise.

Elle repart vers le lit et prend le courrier. Il faudrait qu'elle l'appelle pour lui dire quelque chose de gentil, quelque chose de tendre ou d'amusant qui ensoleillerait sa journée. Elle met rapidement de côté les dépliants publicitaires et les factures sans même les ouvrir, puis un magazine féminin. Que pourrait-elle lui dire ? Qu'elle est en train de préparer des pâtes ? Ce n'est pas cela qu'il veut entendre, elle le sait bien. Il voudrait qu'elle lui dise : « Je t'aime, je m'ennuie de toi. Quand rentres-tu ? » Elle ne pourra pas. Jenny retourne une carte postale et lit à voix haute :

— Chers Ron et Jenny, Positano n'est pas la même sans vous. La prochaine fois, on vous assomme et on vous emmène dans nos valises ! Vos toujours prolétaires et affectionnés, Susan et Bernie.

Elle sourit. Tiens ! Elle va l'appeler pour lui lire la carte postale. Cela devrait faire l'affaire… Elle s'allonge sur le dessus-de-lit et s'adosse aux gros oreillers. Elle plie ses jambes et pose le magazine féminin sur ses cuisses. L'enveloppe bleue tombe sur son ventre. Elle la saisit, examine l'adresse écrite à la main et fronce les sourcils.

— Qu'est-ce que c'est que ça, mon cher Watson ? murmure-t-elle en ouvrant l'enveloppe.

Quand Ron revint, l'appartement était plongé dans le noir et deux centimètres d'eau bouillaient à pleine vapeur dans un gigantesque faitout.

— Qu'est-ce qui se passe encore ? Jenny ?

Il la trouva effondrée en demi-cercle sur le tapis de la chambre à coucher, immobile et nue. Il crut d'abord à une crise cardiaque. Tremblant, il lui prit rapidement le pouls, écouta son cœur, examina ses pupilles. Agenouillé près d'elle, le grand chirurgien de New York était plus pâle que la mort.

— Jenny, tu m'entends ? Parle-moi, Jenny ! As-tu mal ?

Elle sanglotait de tout son corps. Un déluge de larmes jaillissait d'elle, elle qui aurait juré qu'elles étaient taries depuis longtemps. « Je suis plus aride que le Sahara », disait-elle parfois. Pourtant, les pleurs étaient là, nombreux, impossibles à contenir, violents. Ils lui secouaient tout le corps et la faisaient trembler comme au plus fort de la jouissance. Des gémissements lui surgissaient du fond du ventre et lui déchiraient la gorge, des rivières déferlaient sur ses joues comme si un barrage venait brusquement de se rompre en elle. Et le pauvre Ron, gris de panique, qui se penchait sur son visage. Elle essaya de parler mais n'y parvint pas. Il lui souleva le haut du corps pour la tenir contre lui. Elle agrippa plus fort le morceau de papier bleu qu'elle serrait entre ses doigts crispés, la bouée de sauvetage, le cordon ombilical, la déflagration qui avait pulvérisé les vannes de son chagrin.

— Ma fille… Ron! ma fille me demande de mes nouvelles.

Claudia s'affaire à débarbouiller le visage et les mains de Lily à l'évier de la cuisine. Armées de petites pelles, elles ont fait des trous dans la terre et repiqué des plantes.

— Je veux faire du jardin! hurlait Lily. Je veux planter des fleurs!

— D'accord, d'accord.

Claudia sortait les pensées de leurs pots de plastique et montrait à Lily comment les repiquer.

— Fais attention, chérie, c'est fragile.

— Je veux le faire! C'est moi! C'est moi!

— Enlève la terre des racines. Doucement…

Ensuite, elles les ont arrosées.

— Pas trop, Lily, fais attention.

— Je sais, maman, c'est fragile!

Maintenant, elle tient Lily au-dessus de l'évier de la cuisine et lui lave le visage et les mains. Et puis, le téléphone sonne. Ce doit être Oliver. Quand il a téléphoné, il y a dix minutes à peine, elle lui a demandé de rappeler un peu plus tard, le temps qu'elle « redonne visage humain » à leur fille.

— Boucherie Sans-Os! lance-t-elle en décrochant.

Lily étouffe un petit rire.

— Boucherie Sans-Os? répète Claudia.

Silence, puis une voix de femme :

— Excusez-moi… j'ai dû me tromper de numéro.

— Oh, non! Non, c'était une blague. Je suis désolée. Je pensais... Lily, arrête, veux-tu?

L'enfant l'éclabousse joyeusement.

— Tu as de la terre sur ta figure, maman!

— Je voulais joindre le 322-8217, reprend la femme.

— Oui, c'est bien ça.

Silence encore. Puis, la femme prend une inspiration oppressée.

— Est-ce que c'est… Claudia ? demande-t-elle.

Et Claudia sait.

— Oui. C'est Claudia.

— Je…

Un autre silence crépite entre elles.

— Je m'appelle Jenny. Je veux dire… C'est Jenny à l'appareil. Oh, mon Dieu !

— Maman, tu me fais mal !

— Excuse-moi, chérie.

Claudia desserre un peu son étreinte, relâche les doigts qu'elle a crispés sur sa fille, dépose doucement l'enfant sur le sol, puis s'assied.

— C'est Claudia, répète-t-elle, parce qu'elle ne sait pas quoi dire d'autre.

Son cœur bat à tout rompre. Son esprit tourne à toute vitesse, affolé, mais elle a la bouche sèche et sa langue colle à son palais. Elle ne peut pas prononcer un mot. L'autre non plus ne dit rien. Claudia l'entend seulement qui sanglote.

— Maman ! tu m'avais promis de faire du coloriage !

— J'arrive, murmure-t-elle en tendant les crayons de couleur à sa fille. Commence sans moi, chérie.

Assise par terre, Lily dessine.

— Allô ?

— Excuse-moi… dit la femme d'une voix haletante. Je pensais que j'avais pleuré toutes les larmes de mon corps mais, tu vois ? Il en reste. Et je n'ai même pas de mouchoir à portée de main. Oh, non !

Un grand fracas, puis encore des sanglots.

— Que se passe-t-il ?

— J'ai accroché ma lampe de chevet. Tout est tombé. Ça ne fait rien.

Jenny rit, puis elle se mouche, elle rit encore, hoquette.

— Ce n'est pas comme ça que je m'étais imaginé la scène. Mais qu'est-ce que j'en savais ? Il n'y a pas de guide pratique pour… pour ce genre de situation. Tu sais, je ne suis plus la même depuis hier. Elle est en lambeaux. Ta lettre, je veux dire, elle est en lambeaux. Je la traîne partout avec moi, je n'arrive pas à m'en séparer. Elle est toute chiffonnée et…

Elle se mouche encore, rit un peu, soupire.

— Elle est en lambeaux et tout humide, aussi, avec ce que j'ai pleuré.

Puis, elle se tait.

Elles se taisent toutes les deux. Claudia se mordille les lèvres.

— Je voulais te dire que je t'aime, reprend Jenny. Tu dois avoir envie de me raccrocher au nez, après ça. Pourtant, c'est vrai. Seigneur !

Elle pleure encore.

— C'est vrai. Je t'ai toujours aimée, malgré ce que tu peux en penser. Je t'ai toujours aimée, depuis le jour de ta naissance. Toujours.

Claudia fixe un point vague du côté du réfrigérateur, quelque part au-dessus de la tête de Lily. Elle ne voit qu'une masse blanche et floue comme un grand désert de neige.

— Tu étais très belle. Quel bébé magnifique ! À chacun de tes anniversaires, j'essayais de t'imaginer, de t'envoyer des messages. « Je t'aime, ma petite fille. Je veux que tu saches que je t'aime, où que tu sois. »

Un torrent de mots. Des paroles décousues qui courent à folle allure. Le souffle court. Claudia hoche la tête et caresse distraitement les cheveux de sa fille.

— Est-ce que tu as eu des clowns pour ton anniversaire ? Des ballons ? J'essayais de t'imaginer avec des tresses, au milieu de tes amis…

Lily regarde sa mère mais Claudia ne semble pas la remarquer. Elle voit défiler devant elle des scènes de ses fêtes d'enfant, gâteaux roses et blancs, bougies, le visage épanoui de Margaret par-delà les flammes : « Fais un vœu, mon ange. Souffle les bougies et fais un vœu. »

— Maman ? murmure Lily d'une voix inquiète.

— Les cheveux tressés ou en queue de cheval, poursuit Jenny. Est-ce que tu avais une queue de cheval, étant petite ? Halloween, Noël, les bals de l'école… À chaque occasion, j'essayais de t'imaginer, de t'envoyer des messages.

Une momie. John l'avait enroulée dans des bandelettes de gaze parce qu'elle voulait se déguiser en momie. « Tu ne préférerais pas une ballerine, mon ange, ou une fée ? » « Non, maman, une momie ! » Une petite momie déambulant dans le quartier, portant à la main une citrouille évidée qui recueillera les bonbons des voisins. Le premier bal de l'école, des années plus tard. Elle n'y était pas allée. Aucun « soupirant » ne s'était proposé de l'y emmener. La deuxième fois, elle était arrivée au bras de Mike Zindell. Il ne l'intéressait pas vraiment, mais Gena tenait beaucoup à ce bal et l'avait suppliée d'y aller pour qu'elle n'y soit pas seule.

— La petite école, le secondaire… Tu dois avoir des photos, j'imagine ?

Jenny renifle. Elle est hors d'haleine mais continue de parler. On dirait qu'elle ne peut pas s'arrêter.

— Seigneur, excuse-moi ! Tu n'as pas encore dit un mot.

Elle s'éclaircit la gorge.

— Je ne t'ai pas laissée placer un mot, plutôt. Je me tais, c'est promis. Je ne parle pas comme ça, d'habitude, je t'assure. Une vraie pie… C'est juste que… Mon Dieu ! Je n'arrive pas à croire que tu sois vraiment là.

Claudia s'aperçoit qu'elle s'est levée sans s'en rendre compte et que Lily la fixe des yeux depuis le sol. Elle lui sourit pour la rassurer : « Ta maman est là, ma chérie ». Non. Elle lui sourit pour se rassurer, pour ne pas perdre pied. Elle se rassied le plus calmement possible.

— J'ai fait mes études à Columbia, déclare-t-elle.

— À Columbia ?

— Oui.

— À New York ! Tu as fait tes études ici !

— Oui. Quatre ans.

— Tu as vécu quatre ans à New York !

— Oui.

— Seigneur !

Silence.

— J'ai enseigné à Columbia, tu sais.

— Ah, oui ?

— Oui.

— Quelle matière ?

— Histoire de la danse.

— Ah.

Jenny éclate de rire.

— Je vais vraiment faire un infarctus, pour le compte. Ne me dis pas que tu as étudié l'histoire de la danse ?

— Non.

— Ah.

— C'est ton métier, professeur ? Ou danseuse, plutôt ?

— Danseuse. C'était mon métier. Enfin, non : je suis encore danseuse. Comme on dit : clown un jour, clown toujours. Mais j'ai passé l'âge de me produire en public. Je danse toute seule dans mon salon. C'est plus prudent pour tout le monde.

— Tu t'es déjà produite en public ?

— Oh, oui ! J'en ai bien peur, hélas ! Heureusement que le ridicule ne tue pas…

— Tu es célèbre, alors ?

— Oh, non ! lance Jenny dans un grand rire. Célèbre ? Mon Dieu, non ! J'étais dans les chœurs. Tu sais, les filles qui s'agitent en arrière-scène, derrière les solistes… Non, non, je n'étais pas célèbre. Je me demande pourquoi nous parlons de ça, de toute façon.

Une danseuse ! Claudia tente de s'imaginer une autre elle-même qui ne travaillerait pas dans un bureau à écouter des gens lui raconter leur vie. Une autre elle-même qui se pavanerait sur une scène au son des trompettes, les cheveux relevés très haut sur le crâne, ses jambes interminables gainées de bas résille, le justaucorps minimaliste, les plumes, les paillettes…

— Je n'ai jamais pensé que tu pouvais être danseuse, murmure-t-elle.

Silence.

— Ah, non ?

— Non.

— Alors, tu pensais à moi ? Je veux dire, tu essayais de m'imaginer…

— Bien sûr.

— Ah, oui ?

— Oui. Bien sûr.

Claudia pourrait lui raconter tous ses rêves, toutes ces images qui lui hantaient l'esprit. Elle la cherchait partout, scrutait les visages dans la foule pour y trouver le sien, celui d'une femme qui ne serait pas elle mais qui lui ressemblerait en tous points. Elle cherchait la silhouette grande, élancée. Une femme châtain passe au loin… Et si c'était elle ? Toujours ce sentiment d'avoir égaré quelque chose, d'avoir oublié. Toujours cette sensation fugace et tenace qu'il lui manquait quelque chose, sans qu'elle sache exactement quoi. Pourtant, elle continue de se taire. Elle n'en dira rien à Jenny. Pas maintenant. Ces mots-là ne voudront jamais sortir de sa gorge. Pas aujourd'hui, en tout cas…

— Est-ce que tu as dansé sur Broadway ?

— Pardon ? Ah, oui ! Bien sûr. Broadway et ailleurs.

— Ah, oui ?

— Tout ce qui passait, en fait. Les tournées, les compagnies obscures, n'importe quoi pour survivre.

— Peut-être que je t'ai vue.

Claudia se penche vers l'avant.

— Dans quoi est-ce que j'aurais pu te voir ?

— Ah, mon Dieu ! Je ne pense pas que j'étais sur Broadway à l'époque où tu habitais New York. Je devais faire une tournée triomphale dans une salle minable de l'Indiana, ou quelque chose du genre...

Claudia rit.

— Tu ris ? Je t'ai fait rire, mon Dieu ! Jamais je n'aurais cru que je te ferais rire un jour.

— Ne pleure pas comme ça, dit Claudia d'une voix douce.

Mais elle aussi sent ses joues couvertes de larmes.

— Pourquoi tu pleures, maman ? demande Lily. Je ne veux pas que tu pleures !

Elle grimpe sur ses genoux et lui entoure le cou de ses deux bras.

Elles parlèrent une heure durant. Non. Plus d'une heure, peut-être une heure et demie. Elles parlèrent de choses cruciales et d'insignifiances, de tout, de rien. Une partie de ping-pong qui couvrait plus de trente années.

— Psychologue ? s'écriait Jenny d'une voix incrédule. Tu es psychologue ? Il faudra que je t'appelle « docteur », alors ?

Et Claudia, riant de bon cœur :

— Non, je n'ai fait que la maîtrise. Je ne suis pas allée jusqu'au doctorat.

Plus tard :

— Quoi ! Tu étais dans *Lucky Lady* ?

— Oui, mais dans le fond. Tu sais, l'arrière-scène...

— Elle est drôle, dit Claudia.

Oliver rentrait du travail.

— Tu dois tenir d'elle, alors.

Elle le regarda comme s'il venait de proférer l'ineptie du siècle.

— Qu'est-ce que tu racontes ? Je ne suis pas drôle !

Et non, elle n'était pas drôle ! Elle était... gentille. Gentille ! Tu parles d'une qualité affriolante ! Agréable, alors ? Encore pire ! Quelle pitié... Souple ? Tolérante ! Oui. Claudia se considérait comme une personne tolérante d'agréable compagnie. Et alors ? Ce n'est pas un crime, tout de même ! Agréable et tolérante, on est à l'aise partout.

— Quoi d'autre ? demanda Oliver.

Elle voulait tout lui raconter dans l'ordre mais elle oubliait. Alors, plus tard, quand les souvenirs lui revenaient, elle courait lui dire. Oliver regardait un match de foot dans le salon tout en préparant pour ses élèves les questions du prochain examen. Il était cerné de livres et de notes. Elle faisait irruption sans s'annoncer, le visage radieux.

— Tu sais quoi ? Elle aime le country !

— Ah ! Tu vois ? Tu tiens d'elle ! Le country, c'est bien ma veine...

Claudia s'envolait en riant et revenait quelques minutes plus tard.

— Est-ce que je t'ai dit qu'elle aimait le steak saignant ?

— Oui, chérie, comme toi. Vous pourrez aller Chez Ruth et partager un quart de bœuf, bande de vampires !

Claudia riait.

— Et, dis-moi, comment en êtes-vous venues à parler de steak ?

— Eh bien... je ne sais pas. On devait parler cuisine, j'imagine ! Je ne sais pas !

Elle riait de plus belle.

Jenny allait venir la voir à Los Angeles.

— Elle a dit : « Si tu veux », bien sûr.

— Et toi ?

— Quoi, moi ?

— Toi, qu'est-ce que tu as dit ?

— J'ai dit que je voulais.

— Bon.

— Elle a dit : « À moins que tu ne préfères venir me rencontrer à New York ». Elle m'a proposé de m'envoyer un billet d'avion...

Oliver la regardait en silence.

— J'ai dit que je préférerais qu'elle vienne. C'est mieux, hein ? Qu'est-ce que tu en penses ?

— Si tu trouves que c'est mieux, c'est comme tu le sens, chérie.

Claudia eut un sourire pâle.

Devait-elle aller à New York ? Devait-elle la laisser venir à Los Angeles ? Quelle différence, après tout ? Jenny avait même proposé, pour rire, qu'elles se rencontrent à mi-chemin.

— Tu connais Chicago ?

Elles s'esclaffaient toutes les deux. L'énervement du début avait passé. Elles étaient à l'aise. Elles faisaient connaissance.

— Ou alors, on pourrait se rencontrer dans un endroit mémorable ! En dessous du Golden Gate Bridge, tiens, ou sous l'horloge de Grand Central...

— En haut de l'Empire State Building...

— Comment on va se reconnaître ?

— Je te reconnaîtrai, avait dit Claudia.

Comment pouvait-elle en être aussi sûre ? Et si l'autre mère de la réalité n'avait rien à voir avec celle de ses rêves ? Elles parlaient de tout et de rien, de choses cruciales et d'insignifiances, puis elles se taisaient brusquement. De quoi avait-elle l'air ? Lui ressemblait-elle ? Et si elle la détestait ? Que ferait-elle ? « Va au diable, l'autre mère, et emporte l'autre père avec toi ! » De l'autre père, elles n'avaient rien dit. Ni Jenny ni Claudia ne l'avaient évoqué. C'était comme s'il n'avait pas existé. Encore un peu et Jenny aurait prétendu avoir vu une étoile dans le ciel : « Très, très loin vers l'est. J'ai vu l'étoile et l'ange Gabriel est venu m'annoncer... »

— Qu'est-ce que tu dis ? hurla Gena. Quand ?

— Jeudi de la semaine prochaine.

Gena soupira.

— Tu l'as dit à Margaret ?

— Non. J'attends le moment propice. Je ne lui ai rien dit, en fait.

— Même pas que tu lui avais parlé ?

— Non.

— Ah.

— Quoi, « ah »? Tu trouves ça mal ?

— Moi ? Pas du tout !

— Je sais qu'il faudra que je le lui dise, Gena, mais j'attends.

— Tu attends quoi ? Godot ?

— Mais non, idiote ! J'attends… Je ne sais pas… Je voudrais profiter de cette joie-là sans avoir à me préoccuper de ce que ça fait à Margaret. Tu comprends ? Si je lui dis tout de suite…

— Je comprends.

Claudia se pencha pour ouvrir le robinet d'eau chaude.

— Tu ne laisses pas tomber le téléphone dans la baignoire, hein ? Ce serait bien le moment de jouer les tartines dans le grille-pain !

— Comment sais-tu que je suis dans la baignoire ?

— Je te connais comme si je t'avais tricotée, malheureuse ! Elles écoutèrent ensemble le rugissement de l'eau.

— Qu'est-ce qu'elle fait, maintenant ?

— Je ne sais pas… Elle ne danse plus, mais je ne sais pas ce qu'elle fait.

— Est-ce qu'elle a parlé de lui ? Ton… Comment veux-tu qu'on l'appelle, au fait ?

— Je ne sais pas, Gena. Non, elle n'a pas parlé de lui.

Claudia poussait l'eau chaude vers l'arrière de la baignoire, dans son dos.

— Et toi ?

— Moi non plus.

Claudia appuya sa tête contre l'émail.

— Elle est mariée ?

— Oui. Ron Glass, un chirurgien.

— Chirurgien de quoi ?

— Mon Dieu, je n'en sais rien ! Je ne le lui ai pas demandé.

— Ah, non ? Dis donc ! Je me demande bien ce qui s'est passé entre elle et ton… Hé ! Et elle, comment tu l'as appelée ?

— Je ne l'ai pas appelée. Et elle disait simplement : « Jenny ».

La voix de Claudia s'étrangla. Elle arrêta l'eau chaude. Les deux femmes gardèrent le silence quelques instants.

— Tu lui as demandé si elle avait d'autres enfants ?

— Non. C'est elle qui en a parlé. Elle a deux fils, mais ce ne sont pas les siens. C'est-à-dire que son mari les avait déjà quand ils se sont rencontrés. De toute façon, ils sont grands, maintenant. Ils ont quitté la maison depuis longtemps.

— Tu te rends compte ? Elle n'a pas eu d'autre enfant que toi ! Des enfants à elle, je veux dire…

— Oui.

— Seulement toi.

— Oui. Seulement moi.

Elle avait déjà passé tout ce qu'elle possédait. Tous ses pantalons, toutes ses robes, tout ce qu'elle avait dans sa garde-robe gisait sur le lit. Elle avait tout essayé puis tout rejeté. Inutile de demander conseil à Oliver. S'il n'en tenait qu'à lui, tout le monde affronterait l'existence en shorts et t-shirts et ce serait très bien comme ça. Gena vivait trop loin. Lily n'avait que trois ans. Alors, quoi ? Elle n'avait donc pas d'amie ? Même pas une vague connaissance à qui elle aurait pu s'adresser, personne d'assez proche pour l'aider dans ses choix vestimentaires ? Incroyable ! Et depuis quand stagnait-elle dans cet isolement, cette solitude ? Depuis toujours, peut-être… Quand elle aurait rencontré Jenny, se sentirait-elle moins seule ? Elle se regarda dans le grand miroir. Jambes nues dans ses escarpins, vêtue seulement d'une petite culotte. Elle recula de quelques pas et prit la pose. Elle avança une jambe, fit saillir sa hanche, posa la main dessus. Elle leva l'autre bras très droit au-dessus de sa tête, creusa ses joues, redressa le buste et avança d'une démarche ondulante qui lui paraissait irrésistiblement sexy. Elle regarda ses fesses dans le miroir, couvrit sa poitrine de ses bras et se laissa tomber sur le lit en riant. Elle pourrait demander conseil à Margaret. Le problème, c'est qu'elle ne lui avait toujours rien dit. À Santos, peut-être ?

— Oliver ?

— Oui ?

— Qu'est-ce que je devrais porter, à ton avis ?

Il leva les yeux, surpris.

— Pour aller où ?

— Quand je vais la rencontrer.

— Qui ça ?

— Enfin, Oliver !

— Ah, oui ! Bien sûr, où avais-je la tête ? Euh… je ne sais pas.

Elle le fixa sans répondre.

— Euh… Ta robe noire ? Tu sais, la courte avec les petites bretelles ?

— Tu te moques de moi ? C'est une robe de cocktail !

— Ah ? Eh bien… tu n'as qu'à y aller en jeans !

— En jeans ? Tu veux rire !

— Bon, alors… Mets… une jupe !

Claudia éclata de rire. Elle traversa la pièce pour aller vers lui.

— Pas mon rayon, hein ? demanda-t-il d'un air penaud.

— Pas vraiment, non. Excuse-moi. J'avais oublié.

— Je ne pense pas que ce soit très important. À mon avis, tu pourrais y aller toute nue que ça ne la dérangerait pas. Moi, en tout cas, ça ne me dérangerait pas…

— Merci, chéri.

— C'est quand tu veux, mon amour.

Elle s'assit sur le sofa. Oliver l'attira contre lui. Elle posa sa tête contre sa poitrine.

— Comment te sens-tu ?

— Ivre. Je suis très impatiente de la voir et, en même temps, j'ai une de ces peurs ! Tu n'as pas idée…

— Nerveuse ?

— Oui. Mais ça vaut quand même mieux.

— Mieux que quoi ?

— Mieux que de ne pas savoir, de rester dans l'incertitude. Ça ne pouvait plus durer comme ça, Oliver.

Elle opta finalement pour la jupe mais, d'abord, elle alla voir Margaret. Et John aussi, bien sûr.

— Elle va venir me rendre visite.

— Oh, mon Dieu! Quand?

— Jeudi de la semaine prochaine.

John s'assit dans un fauteuil et posa ses deux grandes mains sur les accoudoirs. Claudia l'observa longuement pour tenter de décrypter son visage. En vain.

— Est-ce qu'elle vient seule?

— Oui. Enfin, je crois.

Un silence s'appesantit entre eux. Margaret bougea, puis replaça les coussins du canapé derrière elle.

Elle regarda John.

— Où va-t-elle dormir? demanda-t-il.

— Au Beverly Wilshire.

— Elle a les moyens, on dirait.

Claudia ne répondit pas. Margaret examina longuement ses mains, puis les cacha sous ses cuisses.

— Il faut que j'aille chez le coiffeur, marmonna-t-elle.

— Qu'est-ce que tu dis, maman?

— Oh, rien! Je disais juste que... Non, rien.

Claudia posa sa main sur son épaule.

— Tu t'inquiètes, maman? Il n'y a pas de quoi, je t'assure.

Margaret s'efforça de sourire un peu.

— Où allez-vous vous rencontrer? demanda John.

— À son hôtel.

— Bon.

— Veux-tu que nous y allions avec toi?

— Ne dis pas de bêtises, Margaret!

— Non, merci, maman. Il vaut mieux que j'y aille seule.

Ils restèrent assis sans bouger, sans parler, chacun perdu dans ses pensées.

Il y aurait eu tant à dire, pourtant, mais pour quoi faire? À l'âge de deux mois, tout de suite après le foyer d'accueil, elle était devenue leur fille.

« C'était la procédure, à l'époque, lui avait expliqué Margaret. On envoyait les enfants dans une famille d'accueil et, dès qu'on leur avait trouvé de vrais parents... je veux dire, des parents adoptifs... dès qu'on leur avait trouvé des parents, ils allaient chez eux et voilà. »

Elle avait raconté l'anecdote à Claudia cent fois.

— Tu avais des coliques.

— Tu me l'as déjà dit, maman.

— Oui. Au début, nous pensions que c'était le lait maternisé. Nous avons changé de marque trois fois, sur le conseil du docteur Charlie, mais rien n'y a fait. Le docteur Charlie disait que nous faisions tout comme il faut, que ce n'était pas de notre faute. Certains bébés sont comme ça, paraît-il. Ils font des coliques et on ne sait pas pourquoi. Leurs intestins ne sont pas prêts à fonctionner, semble-t-il. Tu pleurais, ma pauvre petite ! Oh, mon Dieu ! Ça commençait vers quatre heures de l'après-midi, et comme ça toute la nuit. Par intermittence, bien sûr ! Mais jusqu'au lendemain matin, tu pleurais !

— Comment faisiez-vous pour supporter ça ?

— Oh, moi, je ne le supportais pas ! Je pleurais avec toi. C'était plus fort que moi.

— Elle a failli me rendre fou, ajoutait John. Moi, je t'emmenais en voiture ! C'est-à-dire, si j'arrivais à t'arracher à ta mère, je te mettais dans la voiture et je te faisais faire des tours dans le quartier jusqu'à ce que tu t'endormes.

— Ton père a souvent passé la nuit dans l'entrée de garage, tu sais. Il avait tellement peur de te réveiller en te ramenant dans la maison qu'il dormait avec toi dans la voiture. Le matin, il rentrait sans faire de bruit, il te couchait près de moi, il sautait dans la douche et il allait directement au tribunal ! N'est-ce pas, John ?

— Oui, Margaret. Mais ça ne fait rien. Je n'ai jamais manqué de sommeil.

— Oh ! je n'en suis pas si sûre ! Je ne comprends toujours pas comment tu pouvais travailler toute la journée après une nuit pareille.

— Tu dis ça parce que tu aurais préféré que je vienne dormir avec toi!

— Oh, John!

Ils se regardaient l'un l'autre en souriant.

Elle avait été leur fille tout ce temps-là. Bébé, fillette, adolescente, femme, mais toujours la fille de Margaret et John. Ils n'avaient jamais eu à la partager avec personne et, brusquement, jeudi de la semaine prochaine, une étrangère allait survenir et la leur voler. Plus tôt, John avait pris Margaret dans ses bras et lui avait murmuré :

— Il faut que tu te prépares, ma chérie. Comme on dit, la fête est finie.

Claudia. Ils l'avaient appelée Claudia. Avait-elle connu d'autres Claudia avant elle ? Jenny prit son verre.

Oui ! Mais c'était dans un film. L'un des personnages s'appelait Claudia. Quel en était le titre, déjà ? *La Maison enchantée.* À moins que ce ne soit *Claudia et...* quelque chose. Ou alors, elle confondait deux films. Quoi qu'il en soit, ça racontait l'histoire de deux amoureux défigurés par un accident de voiture mais, quand ils étaient dans leur maison, ils redevenaient très beaux. Ou plutôt, non. Ils étaient très beaux l'un pour l'autre, mais pas pour le reste du monde. Quelque chose dans le genre, en tout cas...

Ron parlait. Ses lèvres bougeaient, donc il devait parler. Ah, oui... L'un de ses patients... Qui, exactement ? Et que disait-il ? Depuis quand avait-elle cessé d'écouter ? Quatre jours ? Non. Elle l'avait appelée il y a quatre jours. Cela faisait cinq jours, donc. Cinq jours que la lettre bleue avait glissé sur son ventre, cinq jours qu'elle avait cessé d'être attentive à ce qui l'entourait. Elle l'avait encore sur elle, la lettre bleue. Elle n'arrivait pas à s'en séparer. Ron avait cru à une crise cardiaque, s'était penché sur elle, le visage gris de peur, l'avait prise dans ses bras et serrée contre lui. Elle avait bafouillé des mots sans suite une bonne partie de la nuit, comme une démente. Elle sourit à Ron. Elle l'aimait beaucoup. Elle aimait beaucoup de choses en lui. Par exemple, la passion qu'il éprouvait pour son travail, ses taches de rousseur, ses grands bras maigres, sa bonté… Elle reprit une gorgée de martini. Bien sûr, qu'elle l'aimait. Comment ne pas aimer un homme tel que lui ? Elle sourit à Ron, et aussi à Bernie et Susan. Ils ne faisaient pas attention à elle mais cela ne faisait rien. Elle sourit quand même, reprit une gorgée d'alcool et appuya son dos contre sa chaise. Le restaurant était bondé d'hommes et de femmes élégants et joyeux, des danseurs, des comédiens. Ils parlaient trop fort, trop vite, fumaient, dévoraient des *fettucine primavera,* engloutissaient des expressos très noirs quand ils auraient dû se reposer sagement dans leurs lits après le spectacle. Déjà minuit passé à New York, guère plus de vingt et une heures à Los Angeles. Elle le savait sans avoir besoin d'y penser. Depuis cinq jours, quand elle regardait sa montre, elle soustrayait automatiquement trois heures. Dans trois jours, elle la verrait. Elle passa son doigt sur le bord de son verre.

La Californie ! Jamais elle n'aurait cru que son bébé y aurait grandi. Sans trop savoir pourquoi, elle s'était imaginé le Minnesota, le Montana, le Texas. Un État très loin, avec des fermes et des ranches. Elle s'était figuré que l'enfant avait été élevée à la campagne, loin de tout, au milieu des chevaux, des poules et des chiens. Quand elle pensait à sa fille, elle la voyait toujours avec un chien. La petite portait une salopette de velours rouge et courait dans l'herbe avec son chien.

Jenny replia sa serviette de table sur ses genoux, la déplia, la replia en éventail. Il faudrait qu'elle lui demande si elle avait eu un chien étant petite.

— Veux-tu savoir qui sont les parents adoptifs ? lui avait demandé madame Havermeyer, ses yeux tristes enfoncés dans son visage jaunâtre. Jennifer ? Veux-tu savoir qui sont les parents adoptifs quand nous les aurons choisis ? Tu pourrais même les rencontrer, si tu veux.

— Oh, non ! Non, merci.

Les parents adoptifs. Ils avaient toujours formé un tout dans son esprit, comme deux siamois collés par la hanche ou les doigts. Deux catholiques, un homme et une femme indissociables l'un de l'autre et qu'on appelait « les parents adoptifs ». Ils souriaient depuis l'autre côté de leur jolie table en formica bien propre et couverte de victuailles appétissantes. Appétissantes et saines. Pas des horreurs en conserve comme on fait de nos jours. Non. Appétissantes et saines. Un repas familial traditionnel. De la purée de pommes de terre avec une noisette de beurre fondu, des haricots verts à l'étuvée, leurs extrémités coupées en biseau. Le bébé était dans sa chaise haute et serrait un haricot vert dans son petit poing potelé. La femme était debout derrière le mari, une cafetière dans une main, l'autre main soudée à la sienne parce qu'ils étaient siamois. Et puis, une odeur de tarte aux pommes. Quand Jenny tentait de se représenter l'enfant dans sa famille, ça sentait toujours la tarte aux pommes. D'où sortaient toutes ces pommes ? Avaient-ils un verger ? « Tu reprendras bien un peu de café, chéri ? » demandait la femme.

— Hé ! Jenny ! Un café, un beignet nature, un beignet pruneau ! C'est ça ? Le palmier, c'est pour qui ?

Un homme aboie dans les coulisses d'une salle de spectacle plongée dans le noir. La troupe répète. Ça doit faire un million d'années, tout ça. Susan murmure :

— Jenny, tu regardes ? Fais attention ! Si on n'y arrive pas, ils vont nous jeter dehors. Jenny hoche la tête en signe d'assentiment et porte à ses lèvres la tasse en carton de café brûlant. L'image du bébé dans sa chaise haute s'évanouit dans l'odeur du café. Elle s'oblige à examiner attentivement l'enchaînement des pas. Si elles n'y arrivent pas, ils les mettront dehors. « Arrête de penser à tes haricots verts, espèce d'idiote ! On est dans une coulisse, ici, pas dans une cuisine ! Qu'est-ce que tu ferais d'un enfant, de toute façon ? Tu le rangerais dans ton sac en attendant la fin de la répétition ? »

— Veux-tu savoir qui sont les parents adoptifs, Jennifer ?

— Non, madame Havermeyer. Non, merci. Non, non, je ne veux pas.

— Si tu l'aimes, il faut que tu la donnes en adoption.

Rae Lee, l'infirmière, se tenait très droite au pied du lit de Jenny et posait sur elle un regard grave.

— La seule façon de lui montrer que tu l'aimes, c'est de lui offrir une vraie vie avec une mère et un père, de vrais parents qui pourront lui donner tout ce dont elle a besoin.

« Je peux lui donner tout mon amour », avait pensé Jenny. « Bon. C'est bien, l'amour, mais est-ce que ça suffit ? Qu'as-tu d'autre à proposer ? Une jolie ferme, comme les parents adoptifs ? Non. Pas même une maison, pas même un appartement. Tu n'as pas de travail, pas d'argent. Quel avenir lui prépares-tu si tu la gardes ? Je n'ai que de l'amour à lui donner. Eh bien, si tu l'aimes, confie-la en adoption ! C'est beaucoup mieux pour elle. » La rengaine de Rae Lee, le refrain de l'infirmière. Sans se lasser, elle le répétait à l'infini :

— Si tu l'aimes, tu dois lui offrir une vraie vie. Ses parents adoptifs lui donneront tout l'amour que tu pourrais lui donner, mais aussi la ferme, les haricots verts, la purée de pommes de terre, le chien, les arbres et même peut-être un petit cheval.

— Hé, Jenny ! tu dors ou quoi ? Si tu continues de rêvasser comme ça, tu vas te retrouver au chômage, tu m'entends ?

— Oui, monsieur.

Alors, elle dansait. Elle observait l'enchaînement des pas, elle mémorisait la chorégraphie et elle dansait comme une damnée pour chasser de son esprit les images qui lui revenaient de Stella Maris, ces visions de fermes et de ranches et de chiens et de haricots verts sur une table en formica. « Oublie ça et passe à autre chose. Hé ! tu m'entends ? Oublie ça et vis ta vie ! Passe à autre chose. »

Draps blancs, taies d'oreiller blanches, serviettes de table blanches. Elle sentait encore l'odeur de la buanderie, l'humidité sur sa peau, la vapeur javellisée. Elle revoyait les branches des orangers qui se balançaient aux fenêtres, puis les vingt-huit petites filles enceintes, terrorisées, leurs visages luisant dans la lumière des bougies qui décoraient l'autel. Rose assise à côté d'elle dans la chapelle, puis ses doigts enchevêtrés aux grilles de Stella Maris quand elle était partie avec Buster. Et puis, la petite fille qu'elle avait mise au monde et qu'elle avait tendue, tout emmaillotée de blanc, à sœur Berl, et puis...

Jenny retira la dernière olive de son martini et la mangea. C'était il y a si longtemps ! Elle n'était pas retournée en Californie depuis Stella Maris. Elle avait refusé tous les engagements, toutes les tournées qui l'auraient contrainte à y remettre les pieds. Plusieurs émissions de télé à Los Angeles, un spectacle important à San Francisco, une série à Long Beach... C'était quand, déjà ? Peu importe. Elle avait refusé tout ce qu'on lui proposait en Californie. Même pas la peine de demander, même pas la peine de négocier ou de marchander. C'était non.

— Tu prends autre chose, Jenny ?

— Non, merci.

Le visage de Bernie tout près du sien. Ses cheveux gris ondulés, ses sourcils fournis, ses yeux bleus. Jenny se tamponna les lèvres de sa serviette de table. Non ! il ne fallait pas qu'elle pense aux yeux bleus. Ce n'était pas le moment. La lettre bleue, oui, mais pas les yeux bleus. Toute la semaine, elle s'était interdit de penser à ses yeux, à ses mains, son visage. Cela faisait plus de trente ans, autant dire des millions d'années. Et d'un coup, tout lui était revenu, tous les souvenirs, avec une effarante précision. Elle se sentait vaguement ridicule.

Et si l'enfant lui ressemblait, à lui ? Elle avait les yeux bleus étant bébé. Ça ne veut rien dire. Souvent, leurs yeux foncent avec le temps. Bon, d'accord. Admettons même qu'elle ait encore les yeux bleus. Mais le reste ? Aurait-elle aussi ses longues jambes minces, ses cheveux, ses pommettes ? Aurait-elle sa démarche, ses mains ?

Bernie interpella le garçon.

— Vous nous apportez l'addition ?

— C'est notre tour, lança Ron.

— Ah, non ! Pas question !

Le jour où elle avait déposé l'enfant dans les bras de sœur Berl, elle s'était juré de ne jamais retourner en Californie, de ne jamais partir à sa recherche, de ne jamais la revoir. Elle avait tenu parole. C'était pourtant une grande promesse pour un pissenlit aussi frêle, aussi lâche, pour une mauviette comme elle qui n'avait même pas eu assez de colonne vertébrale pour garder sa fille, pour retenir le seul enfant qu'elle aurait de toute sa vie. « Et toi, tu veux des enfants ? » « Moi ? Certainement pas ! »

Jenny ferma les yeux. Jamais elle n'était retournée en Californie. La semaine prochaine, elle y serait.

— Ça va ?

— Pardon ?

Arpège. Susan porte encore *Arpège* à une époque où plus personne ne porte *Arpège*. Susan a toujours eu beaucoup de classe.

— Tu as l'air bizarre, Jenny. Ça va ?

— Mais je suis bizarre, Susan ! Tu ne t'en étais jamais rendu compte ?

— Sans rire… Ça va ?

— Oui. J'étais dans la lune, c'est tout.

Susan continue de la fixer d'un air grave.

— Trop de martini, je crois ! ajoute Jenny dans un rire.

— Si ce n'est que ça, tant mieux.

Susan ne boit pas. Ce n'est pas qu'elle a peur de sombrer dans l'alcool. Un cheval lui a envoyé un coup de sabot dans le ventre quand elle avait onze ans et lui a endommagé le foie pour toujours. Pas question qu'elle prenne une goutte d'alcool, ont décrété les médecins. Jenny lui a dit, pour la lettre et le coup de téléphone. Elle n'en a parlé à personne d'autre. Sauf à Ron, bien sûr, puisqu'il l'a trouvée presque inconsciente. Susan est son amie depuis toujours, c'est-à-dire depuis qu'elle est arrivée à New York. Sa première amie dans la grande ville, sa première colocataire. Elles ont battu le pavé ensemble, couru les auditions. Jenny ne parlait jamais de sa vie d'avant. C'était comme si elle était venue au monde au foyer Barbizon pour jeunes filles, à l'âge de dix-huit ans. Athéna sortie tout armée du cerveau de Zeus. Sauf qu'au lieu du casque et du bouclier Jennifer avait pour tout bagage un justaucorps et des ballerines. Comme Athéna, elle avait mené la vie dure à ses parents. Athéna était un véritable cauchemar pour son père. Jenny avait mis un point d'honneur à empoisonner l'existence de sa mère. Sa mère, jamais son père, parce que c'était Esther qui avait tout manigancé.

Elle ne lui dirait pas, pour la lettre et le coup de téléphone. De toute façon, cela faisait très longtemps qu'elles ne se parlaient plus. Quand même... quelle jouissance ça aurait été de lui cracher à la figure : « Tu sais, Esther, cette enfant dont tu disais que je l'oublierais, que je m'en remettrais ? Eh bien, tu vas rire ! Imagine-toi qu'elle m'a écrit et que nous nous sommes parlé pas plus tard que la semaine dernière... »

À Rose, par contre, elle aurait beaucoup aimé raconter la lettre et le coup de téléphone. Elle faisait de son mieux pour le lui dire, pour qu'elle sache. Elle lui avait envoyé des dizaines de messages toute la semaine. En février, cela ferait huit mois que Rose était morte. Depuis la lettre, Jenny était allée chaque jour à l'église Saint Patrick pour s'asseoir à sa place habituelle, troisième rangée à partir du fond, sur le côté. Elle avait allumé d'innombrables cierges au pied de la Vierge puis elle était restée paisible, heureuse, dans la douce lumière des bougies. Elle avait ouvert son cœur à Rose et à la Vierge Marie. C'était toujours là qu'elle allait puiser du réconfort depuis qu'elle s'était établie à New York, là qu'elle avait affronté tous les tourments de son âme et savouré toutes ses joies. C'était là aussi qu'elle venait se recueillir à chacun des anniversaires de l'enfant. « Je t'aime, ma belle petite. Je t'aime autant que tes parents adoptifs. Je t'en supplie, crois-moi. C'est moi, Jenny. Vierge Marie, je vous en supplie, dites-lui que je l'aime, faites-lui savoir en son cœur, faites qu'elle m'entende. » Des messages qui jaillissaient de son âme, des mots d'amour qui glissaient contre les poutres en bois de Saint Patrick, se faufilaient à travers les vitraux, s'élevaient dans le ciel comme la voix de sœur Mary Julia à l'époque de Stella Maris. Ses messages parviendraient à la petite. Si elle priait avec assez de force, avec assez de conviction, ils arriveraient jusqu'à elle.

———— · ————

— Je t'ai appelée trois fois! Tu étais cloîtrée dans Saint Patrick ou quoi?

Rose et Jenny se téléphonaient au moins une fois par semaine.

— Je deviens plus catholique que toi, ma chère. Peut-être que je suis mûre pour la conversion…

— Toi? Tu n'as aucune envie de te convertir, Jenny!

— Tu crois? Pourquoi?

— Qu'est-ce que j'en sais, moi? demandait Rose en riant. Nostalgie d'Hanoukka, je suppose!

— Tu rigoles ou quoi? Noël est bien mieux!

— Allons, c'est très bien, Hanoukka! Les huit chandelles, tout ça…

—. Oui mais, l'étoile des bergers, les anges, les guirlandes…

— Non, non! Les guirlandes, ça n'a rien à voir avec Noël!

— Bon, bon. Oublions les guirlandes! Marie, Joseph, l'enfant… La crèche, les Rois mages… À côté de ça, les Maccabées peuvent aller se rhabiller, c'est moi qui te le dis!

— Pourquoi tu me racontes tout ça, Jenny? Je suis déjà catholique!

— Et pas seulement Noël! Pâques aussi. Le mercredi des Cendres, la croix de cendre sur le front, la pénitence, tout le tralala! C'est grandiose, non?

— Le plus grandiose, c'est qu'il faut renoncer à quelque chose.

— Pardon?

— Pour le carême, on doit renoncer à quelque chose d'important, quelque chose qui nous tient à cœur. Ça, oui, c'est grandiose!

— Pour ce qui est de renoncer, j'ai déjà donné, Rose.

Un enfant. Le seul enfant qu'elle aurait de sa vie, elle y avait renoncé. C'était comme un mort sans cadavre, sans deuil, sans tombe pour se recueillir et pleurer.

— Jenny! ce n'est pas ce que je voulais dire et tu le sais!

— Je sais, Rose. Et Buster, comment va-t-il? Il doit faire dans les deux mètres à l'heure qu'il est?

Elle n'avait jamais remis les pieds dans une synagogue. Elle allait régulièrement à l'église Saint Patrick mais, sans trop savoir pourquoi, elle ne s'était jamais convertie. Rose lui tenait lieu de confesseur. Elles se parlaient chaque semaine, se racontaient leurs vies.

Compte rendu minutieux à chaque audition, avec en fond sonore les hurlements de Buster qui faisait ses dents.

— Je lui ai mis de l'alcool sur les gencives, comme a dit ma mère, mais ça ne marche pas !

— Essaie donc de le mettre sur tes gencives à toi, répliquait Jenny en riant. Au moins, tu ne l'entendras plus pleurer !

Rose avait quitté la maison de ses parents. Jenny avait emménagé avec Susan et Luba, qui cherchaient une troisième fille pour partager l'appartement.

— C'est au quatrième étage et il n'y a pas d'ascenseur, Rose ! Je dors sur un canapé qui grince et j'ai vu quelques cafards. Nous avons fait connaissance. Ils sont plutôt sympathiques.

— Qui ça ?

— Les cafards.

— Ah, bon ! Tout va bien, alors.

Rose qui hurle dans le téléphone depuis sa cuisine de Fond du Lac.

— Il se tient debout, Jenny ! Tu devrais voir ça ! Il se tient debout et il tape du poing sur la table ! Tu l'entends ?

— Tu veux rire ? On doit l'entendre depuis la planète Mars !

Et Jenny qui sanglote dans une cabine téléphonique crasseuse de la Quarante-quatrième, le souffle opacifié par le froid, les larmes gelées sur ses joues.

— Alors, il m'a envoyée dans l'autre groupe et il a dit : « Toutes celles dont je vais dire le nom se mettent en rang dans le fond : Iva, Katherine, Jenny, Maxine, Maryalice, dans le fond. Les autres, vous restez devant. »

— Sainte Mère, souffle Rose d'une voix angoissée.

— Alors, on est toutes là, à attendre. On ne sait pas ce qui se passe, on croit toujours qu'on n'aura rien et, finalement, il dit : « Toutes celles du fond, vous restez. Les autres, vous pouvez rentrer chez vous. Je vous remercie. » Je l'ai eue, Rose !

Jenny qui sanglote et Rose qui pleure avec elle.

— Merci, Seigneur Jésus ! fait brusquement Rose. Avec toutes les chandelles que j'ai brûlées pour toi, j'ai failli foutre le feu à sainte Agnès.

Elles se voyaient, aussi. Rose qui contemple Jenny d'un regard radieux depuis le premier rang d'une salle de spectacle. Jenny étendue sur une serviette de bain dans la pelouse de Fond du Lac, au mois d'août. Buster poussait des hurlements de joie en versant de l'eau sur son dos avec un arrosoir. Et puis, rencontre au sommet entre Jenny et l'astronaute. Il couvait Rose du regard où qu'elle aille. Il n'a jamais quitté sa femme, l'astronaute. Il n'a jamais quitté Rose non plus. Rose disait que c'était très bien comme ça, mais Jenny ne la croyait qu'à moitié. Et puis, au fil des ans, elle dut se rendre à l'évidence : Rose semblait effectivement s'accommoder de la situation. Rose qui sanglote de joie sur l'épaule de Jenny en pleine fête scolaire : Buster termine la maternelle, puis le primaire, puis le secondaire. Jenny et Rose assises ensemble sur le banc habituel de l'église Saint Patrick, leurs têtes baissées, leurs épaules serrées l'une contre l'autre comme au temps de Stella Maris. C'était il y a deux ans. Un grand manitou de Sloan-Kettering venait d'annoncer à Rose que son cancer du sein avait gagné les os. Si seulement elle avait pu vivre encore un peu ! Non ! Comment pouvait-elle être égoïste à ce point ? Rose avait enduré un calvaire dans ses derniers mois. Pour rien au monde elle n'aurait voulu que ses peines se prolongent. Tout est bien ainsi... Rose savait certainement qu'elle avait eu des nouvelles de sa fille. Jenny lui avait envoyé des dizaines de messages depuis la lettre bleue. Elle avait tant prié et supplié la Vierge Marie de le lui faire savoir ! Rose devait être au courant depuis belle lurette.

Toute la semaine, Jenny s'était imaginé la scène. Elle serait au volant de sa voiture, en pleine ville, et soudain, le téléphone sonnerait. Elle décrocherait : « Allô ? » et ce serait Rose. « Rose ! Ma fille est vivante ! Elle m'a écrit une lettre et nous allons nous voir ! Si tu savais comme je suis heureuse, Rose... » Agrippée à son téléphone portable, survoltée, elle freinerait brusquement au coin de la Cinquante-septième et de l'avenue Madison et verserait des larmes de bonheur et d'émotion dans un tinta-marre de coups de klaxon et de pare-chocs froissés. « Je suis tellement heureuse, Rose... »

Jenny sourit. Un rêve impossible, un peu puéril... Et pour-quoi pas ? S'il y avait au monde une seule personne capable de dégoter un téléphone public au paradis, c'était bien Rose.

Margaret regarde les boîtes empilées en haut de sa garde-robe. Elles sont fermées par du ruban adhésif, soigneusement marquées et rangées sur l'étagère du haut. Il faudrait qu'elle monte sur quelque chose pour les attraper. Ce n'est pas une chose à faire. Oh, non ! Pas avec les genoux qu'elle a. Elle tire quand même la chaise de derrière le bureau de Claudia et la traîne jusque devant la garde-robe. Margaret s'appuie d'une main au mur et, de l'autre, au dossier de la chaise. Elle lève avec précaution une jambe, pose le pied sur la chaise, lève l'autre jambe. La voici debout, mais les cartons restent hors de sa portée. Alors, elle se hisse sur la pointe des pieds et tend le bras, s'étire jusqu'à ce qu'elle arrive à agripper le coin d'une boîte. Elle tremble quand elle redescend de la chaise. Elle tremble et sent tout son corps couvert de transpiration, mais elle a réussi. Déplaçant le carton centimètre par centimètre, elle l'a fait tomber par terre. Margaret prend la boîte et s'assied. Du bout de ses doigts, elle frotte les articulations déformées de ses mains, puis détourne la tête pour ne plus les voir. Elle essuie la sueur qui a perlé au-dessus de ses lèvres et repousse ses cheveux vers l'arrière, tire le mouchoir qu'elle glisse toujours dans le poignet de son chemisier, s'éponge la gorge.

— Mon Dieu ! soupire-t-elle.

Margaret voit les mots tracés de sa propre main au feutre noir sur la boîte. Elle prend le couteau à légumes qu'elle a apporté de la cuisine, coupe le ruban adhésif et soulève les rabats du carton. Du papier de soie, des feuilles et des feuilles de papier de soie, puis, enfin... Elle porte la main à sa poitrine, inspire profondément, puis abaisse ses doigts vers la boîte. De petites layettes blanches avec des rubans de satin qui courent tout le long de l'ourlet pour refermer le tissu sous les pieds du nourrisson. Margaret entend encore John s'écrier :

— Qu'est-ce que c'est que cet engin de torture, enfin ? On dirait Olive !

— Mimosa, John ! Le bébé dans *Popeye* s'appelle Mimosa. Olive, c'est la fiancée.

— Bon, bon. Peu importe. Allez ! Passe-moi donc le Mimosa que je l'embrasse.

Des bonnets de coton et des chaussons tricotés, des combinaisons rose pâle. Elle avait voulu les offrir à Claudia quand Lily était née.

— Ils sont trop beaux, maman. Je vais les abîmer.

— Ça n'a pas d'importance, voyons ! Ils sont faits pour être portés ! Ils étaient à toi, il est normal qu'ils reviennent à ta fille.

— Maman... ce sont des vêtements qui se repassent. Tu sais bien que je ne repasse pas.

Quand Claudia avait une idée en tête, inutile d'insister. Margaret avait replacé les petits vêtements dans un carton et n'en avait plus parlé. Jamais elle n'aurait pu se résoudre à les offrir à quelqu'un d'autre ou à en faire don à un organisme de charité. Oh, non ! Elle voulait bien donner tout ce qu'on voudra, mais pas les vêtements de son bébé.

— Margaret, je crains fort que ce ne soit une fausse couche de trop, avait dit le docteur Braverman en secouant la tête d'un air triste. Celle-ci a fait trop de dégâts... Je suis navré, Margaret. Vous ne pourrez jamais mener une grossesse à terme.

Cette fois, c'était en plein milieu de l'escalier de la maison. Elle s'était mise à saigner, des rivières de sang qui s'échappaient d'elle comme si on l'avait poignardée. Elle était tombée à genoux dans les marches, une main sur la rampe, l'autre main sur son ventre. Elle avait essayé de se relever. Elle y arriverait, coûte que coûte ! Mais que se passait-il ? Oh, mon Dieu, non !

Était-ce le cordon ombilical qui s'enroulait à ses doigts ? « Seigneur Jésus, aidez-moi, je vous en supplie. »

— Nous avons un enfant, avait dit monsieur Stanley. Vous et monsieur Magers pourriez-vous venir la voir vers la fin de cette semaine ?

La voir ? Une fille, alors...

Debout au pied de son lit, John était très pâle.

— Nous allons adopter, Margaret. Cette fois, c'est décidé. Je ne veux plus que tu souffres comme cela. Nous n'essaierons plus. Je t'en prie, Margaret, soyons raisonnables. C'est trop dur. Nous allons adopter.

Elle avait une fossette en haut de la joue gauche et des yeux bleus comme les petites fleurs qui poussent au bord des routes. Elle était menue, douce et belle. Mon Dieu, qu'elle était belle ! Margaret avait souvent prié pour avoir un enfant. Elle ne demandait même pas qu'il soit beau. Juste un enfant. « Je vous en prie, Seigneur, donnez-moi un enfant. » Et voilà qu'on lui confiait cette petite fille aux yeux bleus, l'air sérieux, qui donnait des coups de pied en l'air en serrant ses petits doigts sur le pouce de Margaret.

Dans la boîte se trouvent encore trois tricots avec les bonnets assortis que Mae a tricotés en bleu-vert, rose et crème. Les mailles sont aussi solides qu'il y a trente-cinq ans. Une combinaison de ski jaune. John avait tenu à l'emmener voir la neige.

— Elle ne se rappellera pas, John ! Attendons qu'elle ait grandi un peu.

— Moi, je me rappellerai. Allons-y !

D'autres feuilles de papier de soie, puis des petits maillots de corps tout minces avec de minuscules boutons-pression sur les épaules, une robe de baptême en dentelle blanche. Margaret la tient longuement devant elle. Et puis, les premières chaussures de Claudia, en cuir blanc tout raide. Elles sentent encore le cirage. Leurs lacets sont joliment noués. Avec les chaussures, l'instantané un peu flou que le vendeur avait pris de la petite. La main de Claudia perdue dans celle de John, immense, son sourire radieux, ses yeux bleus lumineux.

— On va voir si ce sont des chaussures qui courent vite, avait dit le vendeur.

Margaret et lui riaient aux éclats. John, complet veston et cravate, courait à travers le magasin en tenant Claudia par la main.

Margaret sort les chaussures du carton. Elle prie le Seigneur que son enfant l'aime encore. Les jours de coliques et de varicelle sont loin. Les rentrées des classes, les caprices, les peines d'amour de l'adolescence se sont enfoncés dans le passé. Claudia n'égare plus son argent de poche, ne pleure plus parce que le garçon de ses rêves ne l'a pas invitée au bal de l'école, ne se trompe plus dans ses examens, ne fait plus d'histoires pour mettre son manteau. C'est une femme adulte, et Margaret sait que ce ne sont ni les anges ni les cigognes qui la lui ont apportée. C'est une autre femme qui lui a donné la vie, une femme aux cheveux châtains qui ne pouvait pas la garder et qui sera ici la semaine prochaine.

— Seigneur Dieu, je Vous en supplie, faites que mon enfant m'aime encore, murmure Margaret. Je Vous en supplie, Seigneur, faites que ma fille continue de m'aimer. *Amen.*

— Bonne nuit, la Lune, et bonne nuit... Ah !

— Où est la souris, maman ?

— Attends voir... Sur le bol de céréales ? Non...

— Je sais ! Je sais ! hurle Lily en se trémoussant sur les genoux de sa mère.

— Tu la vois, toi ? Alors, dis-moi...

— Oui, je la vois ! Cherche, maman !

— Incroyable ! Je ne vois pas du tout où elle peut être...

Lily pousse des cris ravis. Elle adore ce jeu, ce rituel quotidien. Les grands font semblant de ne pas voir où se cache la souris dans les pages du livre. Elle la trouve toujours avant eux et cela la rend folle de joie.

— Claudia ! ta mère est au téléphone. Qu'est-ce que vous faites, les filles ? Vous cherchez la souris ?

— Viens, papa ! Moi, je sais, mais maman ne la voit pas !

Oliver prend Lily dans ses bras et s'assied dans le fauteuil que Claudia vient de quitter.

— Va parler à Margaret, je m'occupe de la souris. Alors, Lily ? Tu es sûre qu'elle est là ? Je ne crois pas, moi.

— Je la vois, papa ! Je la vois !

— Incroyable ! Moi, je ne vois rien du tout.

Claudia entre dans leur chambre et prend le récepteur sur la table de chevet.

— Maman ?

— Bonjour, ma chérie ! Est-ce que je te dérange ?

— Pas du tout. Je lisais une histoire à Lily.

— *Bonne nuit, la Lune*, comme d'habitude ?

— Eh oui ! Comme d'habitude…

Elles rient toutes les deux.

— Alors, reprend Margaret, comment te sens-tu ?

— Pour demain, tu veux dire ?

— Oui.

— Eh bien… un peu nerveuse, je crois.

— Je te comprends.

Claudia ne répond pas.

— Tout va bien se passer, ajoute Margaret au bout de quelques secondes. Elle va être tellement contente de te voir !

— Tu crois ?

— J'en suis sûre ! Je suis si fière de toi, Claudia ! N'importe quelle mère serait comblée d'avoir une fille comme toi.

— Merci, maman, articule Claudia, les yeux pleins de larmes.

— Allons, ne fais pas la sotte, murmure Margaret d'une voix étranglée.

— Je t'aime, maman.

— Moi aussi, mon ange. Je t'aime de tout mon cœur.

Silence.

— Est-ce que tu vas m'appeler quand tu l'auras vue ?

— Bien sûr.

— Bon, très bien. Bonne chance, alors.

— Merci, maman.

— Au revoir, chérie.

Margaret raccroche.

Claudia repose le récepteur et reste assise, immobile, sur le bord de son lit.

Margaret replace la chaise derrière le bureau d'adolescente de Claudia, tire les rideaux et referme la porte de l'ancienne chambre de sa fille.

L'avion est presque vide. Jenny se retrouve à peu près seule en première classe. Elle a demandé une vodka et refusé le plateau-repas que lui proposait l'agent de bord. Elle avait déjà pris une vodka à l'aéroport, mais peu importe. Ron avait tenu à l'accompagner.

— C'est la première fois que tu me conduis à l'aéroport.

— L'occasion le mérite.

— Mais j'ai déjà appelé le taxi !

— Nous décommanderons.

Ils s'étaient regardés en silence quelques instants.

— Merci, chéri.

— Avec plaisir.

Il était sorti de la voiture pour lui dire au revoir, l'avait embrassée sur la joue et lui avait caressé légèrement le dos, chose qu'il n'avait pas faite depuis longtemps.

— J'espère que tout va bien se passer.

— Mais oui…

— Comment te sens-tu ?

— Bien.

Soudain, elle avait éclaté d'un rire nerveux.

— Enfin, je crois.

— Bon. Tu m'appelles ?

— Aussi tôt que possible.

— Très bien.

Une fois seule, elle avait pris une vodka dans l'aérogare. La lettre bleue avait amorcé une trêve entre eux. Pas une trêve, non.

Un sursis, plutôt, le report d'une échéance qu'ils savaient inéluctable. D'ailleurs, il n'y avait pas d'hostilité entre eux. Qu'y avait-il, alors ? De la monotonie ? de l'ennui ? Oui… De l'ennui. En un sens, leur décision aurait été plus facile s'ils s'étaient haïs, s'ils s'étaient disputés, insultés. Mais, non. Leur relation était simplement tiède.

Tiédeur. L'impression d'être assis dans dix centimètres d'eau tiède sans arriver à décider d'en sortir, ni d'y rester. Jenny n'avait jamais éprouvé de passion pour Ron et l'avait toujours su. Lui aussi, d'ailleurs. Quand il l'avait demandée en mariage, elle avait joué franc jeu.

— Je t'aime beaucoup, Ron. Tu es un homme merveilleux et j'aime ce que tu es, ce que tu fais, la façon dont tu mènes ta barque. En revanche, je n'éprouve pas pour toi les sentiments que tu dis avoir pour moi. Veux-tu vraiment épouser quelqu'un qui t'aime beaucoup et qui t'estime, mais sans passion ?

— Oui, je le veux ! avait-il répondu en souriant. Sans hésitation !

Elle n'aurait peut-être pas dû. Qui sait si ce n'était pas son absence de passion envers lui qui dormait entre eux toutes les nuits ?

Quoi qu'il en soit, elle l'avait épousé. Treize ans déjà ! À quarante ans, Jennifer Jaffe avait convolé en justes noces pour la première fois. Jusque-là, elle avait vécu en célibataire, s'arrangeant toujours pour trouver une bonne raison de rompre quand ses relations devenaient un peu trop sérieuses à son goût. Contrairement aux autres, Ron avait montré une telle détermination qu'elle avait fini par rendre les armes.

— Évidemment qu'il te faut une longue robe blanche ! s'était écriée Rose.

— Je suis trop vieille pour ça, voyons !

— On n'est jamais trop vieille pour une robe de mariée, qu'est-ce que tu racontes ? Avec un voile ! Et même une traîne, si tu veux.

— Non, merci ! J'ai assez traîné de boulets dans ma vie, Rose ! Mais pourquoi je ne pourrais pas rester célibataire ?

— Jenny…

La conseillère en garde-robe nuptiale de chez Bergdorf avait souri avec grâce et discrétion.

— Un tailleur blanc ? avait demandé Jenny. Ce ne serait pas joli, ça ?

— Avec une cravate noire pendant que tu y es ?

— Pourquoi pas ?

— Une longue robe blanche ! avait tranché Rose avec un grand sourire. C'est tellement joli !

— Ce serait en effet plus indiqué, madame, avait renchéri la conseillère. Ce sont des noces habillées, si je peux me permettre de le souligner. Tous ces messieurs porteront le smoking et les dames, la robe longue.

Rose avait adressé à Jenny un sourire victorieux.

Elle choisit donc une longue robe blanche, ou plutôt ivoire. Ou plutôt, non. Ainsi que le précisait la conseillère :

— Coquille d'œuf rehaussé d'un soupçon de rose pâle. C'est la couleur de votre peau, madame !

Jenny avait envoyé une bourrade bien sentie dans les côtes de Rose pour l'empêcher de rire bêtement. Allons ! Va pour le coquille d'œuf ! Empoignant la lourde jupe de soie, elle avait grimpé sur une petite marche pour permettre aux deux couturières de marquer l'ourlet avec des épingles. Jenny se regardait sans sourire dans les miroirs du salon d'essayage.

— Qu'est-ce que je fais là, Rose ?

— Tu te maries, Jenny !

— Pourquoi je me marie ?

— Pourriez-vous tourner un peu vers la gauche, s'il vous plaît ? demanda l'une des femmes agenouillées devant elle.

Rose lui fit une grimace dans le miroir. Jenny soupira et fit deux petits pas vers la gauche dans ses souliers de satin.

L'astronaute vint en avion depuis Fond du Lac avec Rose et Buster. Susan et Bernie étaient aussi de la fête, évidemment. Ron n'était-il pas le magicien du bistouri qui avait reconstitué le genou de Bernie déchiqueté par une balle ? Il y avait aussi quelques amis danseurs et comédiens des vieux jours, des connaissances plus récentes. C'est tout. Sa mère, hors de question. Son père était mort depuis longtemps. En tout, vingt-deux invitations pour Jenny, cent dix pour Ron.

Il voulait faire les choses en grand. Si sa future épousée lui avait laissé le champ libre, il aurait sans doute loué un panneau lumineux sur Broadway pour annoncer la grande nouvelle au monde entier avec fanfare, flonflons, serpentins et cotillons. Ron eut quand même la salle de bal du Saint-Régis pleine à craquer, une cathédrale emplie de chandelles, des tonnes de roses, des huîtres à profusion, du caviar, un orchestre. Il avait également tenu à ce que Jenny descende l'allée dans sa belle robe pour aller le rejoindre au pied de l'autel.

— Comme une mariée, tu veux dire ?

— Mais tu es une mariée ! avait-il rétorqué, riant de bon cœur en l'attirant vers lui.

— Seigneur Dieu !

Elle descendit l'allée, sa main tremblante posée sur l'avant-bras de Buster, le seul enfant que Jenny ait connu depuis le berceau. Il avait bien grandi, le nourrisson braillard de Stella Maris. À vingt-deux ans, il était bâti comme un déménageur de pianos et rutilait de fierté dans son smoking.

— Tu es très belle, tante Jenny, avait-il murmuré en se penchant vers elle pour l'embrasser.

Et dans les yeux de Buster, elle s'était revue devant l'école de danse de Lala Palevsky. Elle avait revu le visage de celui qu'elle attendait alors, son Prince charmant qui n'avait jamais tourné le coin de la rue au volant de sa Mercury. Elle avait revu le visage de Will et son cœur avait cessé de battre un instant. Puis, Buster avait pris la main qu'elle avait posée sur son avant-bras et l'avait déposée dans celle de Ron. Alors, Jenny s'était tournée vers son futur mari, qu'elle n'épousait pas dans l'Oklahoma, et son rêve fugitif s'était évanoui dans la lumière dansante des chandelles.

Ron l'avait aimée passionnément dès le début. Elle soupçonnait que son métier de danseuse n'était pas étranger à la fascination qu'il ressentait pour elle. Il devait tout mélanger dans sa tête : ce qu'elle était vraiment et les paillettes, elle et le clinquant de la scène. Le plus étrange, cependant, c'est qu'il avait continué de l'aimer follement bien après qu'elle eut renoncé aux planches.

— Fais-moi ta chanson d'audition, disait-il.

— Allons, Ron !

— Si ! J'adore te regarder danser, tu le sais bien !

— Tu es dingue, mon pauvre docteur.

— Je t'en prie, Jenny !

Alors, elle penchait la tête légèrement de côté et souriait comme elle le faisait autrefois. Elle posait une main sur sa hanche pointée vers le réfrigérateur et levait l'autre bras très droit au-dessus de sa tête. Elle faisait le tour de la table de la cuisine en dansant. Elle chantait, aussi.

Ron était amoureux fou, mais pas elle. Elle se répétait qu'elle avait de la chance parce que, comme le disait Rose : « Il t'adore et cela fait assez longtemps que tu es seule. Je commençais à me demander si tu ne finirais pas noyée au fond d'une tisane entourée de chats galeux. »

Elle avait donc épousé Ron et emménagé avec lui et ses deux fils « à temps partiel ». Les garçons, quatorze et seize ans, leur rendaient visite quand ils sortaient de leur pension. Ils n'avaient pas besoin d'elle puisqu'ils avaient leur mère, dont Ron s'était séparé quand ils étaient enfants. Néanmoins, ils aimaient bien Jenny et la laissaient les chouchouter comme elle le pouvait. Ils étaient trop vieux pour être câlinés, trop grands pour être bordés dans leurs lits. Elle se contentait donc de leur parler, de les écouter, de répondre en toute franchise à leurs questions. Cela semblait leur plaire. Devenus adultes, ils volaient de leurs propres ailes. L'un d'eux était même marié. Ils considéraient Jenny comme… leur mère ? Non, pas leur mère. Une amie, peut-être. Elle n'avait jamais été une mère pour personne. Comme elle l'avait dit à Ron il y a longtemps déjà : « La maternité, c'est pas mon truc. » Il lui avait posé la question en lui demandant de l'épouser. Lui, ses enfants étaient grands déjà. Mais elle, en voulait-elle ?

— Qui ça, moi ? À quarante ans ? Non, merci !

— Ah, non ?

— Non.

— Tu es sûre ?

— Parfaitement !

— Des tas de femmes ont des enfants à quarante ans de nos jours, et même bien plus. Je pourrais te montrer les chiffres…

Non, merci. Oui, elle était sûre. Il l'avait regardée attentivement, la tête penchée comme pour mieux comprendre.

— Mais, pourquoi ?

— Vois-tu, Ron, quand j'avais dix-sept ans…

Elle lui avait tout raconté. Enfin, non, pas tout. Elle lui avait dit pour le bébé mais, de Will, pas un mot.

Jenny sort de la gigantesque baignoire en marbre de sa chambre au Beverly Wilshire, égoutte ses orteils sur le tapis de coton et observe son long corps dans le miroir. Des angles, des os qui saillent et… oui, à bien y regarder, des cernes sous les yeux. Elle n'a presque pas dormi de la nuit. Taxi de l'aéroport à l'hôtel, formalités d'inscription à la réception. Elle a longuement fait les cent pas dans sa chambre, puis elle est sortie prendre l'air. Elle a erré dans les rues de Beverly Hills, est entrée dans quelques magasins en attendant que la nuit tombe. Elle a fini par acheter un ours en peluche blanc, tout doux, avec un gros nez marron et de longs cils. Elle l'a pris sur l'étagère et puis, impossible de le reposer. Elle l'a acheté, l'a ramené à l'hôtel, a ouvert la boîte sur son lit et l'a regardé à plus de trois reprises, emmailloté dans son papier de soie. Pas une seule fois il ne lui est venu à l'idée qu'elle venait d'acheter un ours en peluche pour une femme de trente-cinq ans. Elle a demandé à ce qu'on lui serve son repas à la chambre, s'est démaquillée, a mis son pyjama de soie et s'est étendue sur le lit sans le défaire. Toute la nuit, elle a revécu les moments qu'elle a passés avec l'enfant, cette enfant qui n'a pas quitté ses pensées depuis trente-cinq ans et qu'elle reverra demain pour la première fois. Elle s'est endormie un peu avant l'aube.

Jenny avale une gorgée de café, laisse sa serviette tomber sur le sol, verse du lait hydratant dans ses mains et les fait courir sur ses jambes, ses bras, ses seins, son ventre. Elle s'observe dans le miroir. Une petite fille qu'elle a confiée en adoption, deux avortements qu'elle a toujours tenus claquemurés dans sa mémoire. Deux avortements, parce qu'une femme capable d'abandonner son premier enfant ne devrait pas connaître la joie d'en avoir un autre. Et puis, les fils de Ron. Voilà. C'était toute l'étendue du territoire maternel qu'elle avait arpenté jusque-là. Dans quelques heures, ces frontières étroites éclateront à jamais.

Le voiturier prit les clés que lui tendait Claudia et alla garer sa voiture. Claudia glissa le ticket de stationnement dans la poche de sa veste, puis le sortit pour le ranger plutôt dans son sac, derrière son portefeuille. Il faisait un soleil radieux. Elle grimpa les trois marches qui menaient de l'allée asphaltée au porche luxueux du Beverly Wilshire, passa les portes aux cuivres étincelants et remonta le couloir qui conduisait à la réception, les yeux rivés sur le bout de ses escarpins. En sortant de sa voiture, il lui était brusquement venu à l'esprit qu'elle pouvait fort bien rencontrer une connaissance dans cet hôtel.

— Claudia, bonjour ! Quel plaisir ! Qu'est-ce que tu fais ici ?

— Euh… je suis venue voir ma mère.

— Tu manges avec Margaret ? En tête-à-tête ? Comme c'est charmant ! Quel dommage que ma fille habite si loin ! J'aimerais tellement la voir plus souvent… Mes meilleurs souvenirs à ta mère !

— Je n'y manquerai pas.

Et c'est ainsi qu'en arrivant dans la chambre de Jenny elle devrait lui transmettre le meilleur souvenir d'une inconnue qui avait cru bien faire en priant Claudia de saluer sa mère parce qu'elle pensait que c'était avec Margaret qu'elle avait rendez-vous, alors qu'en fait… Enfin, bref.

— Est-ce que je peux vous aider, madame ?

— Euh... oui. Les téléphones intérieurs ? C'est pour appeler une chambre.

— Juste devant vous, madame.

— Merci.

— Avec plaisir, madame.

Elle avait les mains si moites que le récepteur faillit lui glisser entre les doigts.

— Central, bonjour ! Que puis-je faire pour vous ?

— Euh... oui. Madame Jennifer Glass, s'il vous plaît.

— Un instant, je vous prie.

— Allô ?

Claudia la connaissait déjà, cette voix basse, profonde.

— Bonjour.

— Bonjour.

— Je... je suis en bas, à la réception.

— Veux-tu que je descende ?

— Je... préférerais monter, si ça ne te dérange pas.

— Au contraire. Je ne pense pas que mes jambes me porteraient jusque-là !

— Moi non plus, confessa Claudia en souriant, je ne suis pas sûre que mes jambes vont me porter jusque-là.

— Je suis dans la chambre 907.

— J'arrive.

Elle examina son visage dans les glaces du somptueux ascenseur qui l'emportait vers le 907. Elle essaya plusieurs sourires, mais sentit la panique lui monter du fond du ventre. Elle détourna le regard. Elle avait finalement décidé de mettre ce qu'elle avait de plus beau pour la circonstance. Dès huit heures trente, elle était prête. Elle s'était examinée dans tous les miroirs de sa maison, sous tous les angles. Oliver était déjà parti depuis longtemps, mais Santos s'était extasiée sur son allure quand elle était revenue de conduire la petite à la garderie. Claudia portait le même tailleur beige qu'à l'état civil, celui que Margaret lui avait offert pour son trentième anniversaire. Elle lissa sa jupe, rajusta le col de sa veste et pensa soudain qu'elle avait choisi des vêtements que sa mère lui avait offerts pour aller voir son autre mère. Non ! Mieux valait ne pas penser à ce genre de choses, pas maintenant. Claudia passa ses doigts dans ses cheveux. L'ascenseur émit un petit « ping ! » distingué, puis s'immobilisa. Les portes massives s'ouvrirent sur un couloir silencieux aux murs crème, et dont le sol était couvert d'un épais tapis jaune pâle orné de roses. La porte du 907 était entrouverte.

De Jenny, Claudia ne vit d'abord que les mains. De longs doigts pâles aux ongles courts soigneusement taillés, vernis de carmin sombre, une alliance dont les diamants minuscules semblaient faire tout le tour. La porte s'ouvrit et Jenny avança d'un pas.

Souriante, elle était vêtue d'une robe noire toute droite avec ce que Margaret aurait appelé « une encolure bateau ». Éberluée, Claudia crut entendre la voix de Margaret qui lui expliquait posément : « C'est ce qu'on appelle une encolure bateau, ma chérie. » Jenny avait les cheveux gris et ondulés, coupés net à hauteur du menton. Elle ne portait presque pas de maquillage, à peine un peu de mascara, un rouge à lèvres cerise. Des taches de rousseur parsemaient ses joues et son nez mais surtout, Jenny était exactement de la même taille que Claudia. Elles pouvaient se regarder droit dans les yeux, sans contorsions. Claudia dut prendre sur elle pour ne pas s'effondrer.

— Mon Dieu ! dit Jenny. Tu es magnifique.

Elle posa sa main sur le visage de sa fille et Claudia sentit que son cœur s'apaisait un peu. Surprise, elle s'entendit murmurer d'une voix douce :

— Je te ressemble.

Lily tomba tout de suite amoureuse de l'ours en peluche et le baptisa Mash, pour une raison que nul ne put s'expliquer. La fillette semblait très sûre de son fait. Elle regarda l'ourson, affirma catégoriquement qu'il s'appelait Mash et s'endormit en le serrant contre elle, flanquée de son lapin favori et de son cher morceau de satin. Jamais elle ne soupçonna que l'ourson pût appartenir à sa mère. Elle était convaincue que c'était pour elle que Claudia l'avait ramené à la maison.

— Tu veux dormir avec Mash ? demanda Oliver tandis qu'ils contemplaient leur fille endormie. Tu peux, si tu veux. Je ne suis pas du genre jaloux.

Claudia sourit en pressant son visage contre son torse nu. Comme elle se tournait un peu, il sentit qu'elle posait un baiser sur sa peau. Oliver était très gentil avec elle ces derniers temps, très délicat, comme si elle avait relevé d'une maladie longue et grave. À vrai dire, personne ne savait comment se comporter dans les circonstances. John avait raison : leurs retrouvailles auraient pu aisément passer à la télé. Elles n'auraient pas déparé dans l'une de ces émissions survoltées d'émotion où tout le monde rit et pleure en même temps. Jenny avait ouvert les bras et Claudia s'y était jetée sans hésitation. Elles étaient restées sans rien dire, sans bouger, deux inconnues rivées l'une à l'autre dans l'embrasure de la porte d'une chambre d'hôtel. Claudia aurait voulu tout raconter à Oliver le soir même, mais elle était exténuée. «Une bonne fatigue», aurait peut-être dit Margaret. Claudia se sentait soulagée. Cette rencontre était pour elle un baume apaisant sur une blessure. Les rêves, les fantasmes et les cauchemars allaient cesser. Son autre mère était entrée de plain-pied dans sa réalité. La déchirure était apaisée. Pas encore cica-trisée, non, mais apaisée. Claudia regardait sa fille dormir et se rendit compte qu'elle éprouvait plus que du soulagement. Pour la première fois de sa vie, elle se sentait vraiment libre.

— C'était... inimaginable, dit Jenny.
— Raconte-moi, répondit Ron à l'autre bout du fil.
— Elle est magnifique ! Très grande, mince...
— Comme toi, alors.
— Oui, mais différente. Ses cheveux sont plus clairs que les miens... les miens avant qu'ils ne grisonnent, évidemment ! Mon Dieu, si tu savais ! Elle est... Tout en elle est plus léger, plus lumineux. Oui ! on dirait qu'une lumière céleste émane d'elle.

Jenny éclata d'un rire franc, joyeux.

— Je suis tellement content pour toi, ma chérie !

— Je ne peux pas t'expliquer ce que je ressens, Ron. Tout s'embrouille, je suis soûlée, mais c'est bien ! C'est très bien ! Si tu savais comme je suis heureuse...

Non, elle ne pouvait pas lui expliquer. Ses pensées couraient plus vite que ses mots, et surtout, tout ce qu'elle avait vécu avec Will rugissait en elle comme un torrent, défilait dans sa tête en un diaporama devenu fou. Will au volant de sa Mercury, Will derrière le comptoir de Chez Joe, faisant voler les crêpes dans sa poêle, le visage de Will si près du sien qu'elle peinait à distinguer ses traits. La lumière de Claudia, c'était celle de son père. Elle tenait des deux mais, de Will, elle avait l'allure générale, sa façon de se tenir debout, de froncer les sourcils pour mieux réfléchir, de bouger les mains — ce geste qui remuait tant de souvenirs dans la mémoire de Jenny. Elle avait ses yeux bleus aussi, des yeux bleus intenses qui vous regardent bien en face. Dans l'esprit de Jenny, les traits de Claudia se confondaient avec ceux de Will, bleus comme le ciel, dorés comme la lumière. Jenny s'endormit ce soir-là sans manger, toutes les lampes allumées dans sa chambre d'hôtel. Elle aurait voulu aller s'allonger dans son lit, mais le sommeil la prit par surprise et l'engouffra dans son fauteuil, avec sa robe noire à encolure bateau. Elle rêva. Elle fit tous les rêves qu'elle avait ensevelis depuis trop longtemps au fond d'elle, tous les rêves enterrés vivants qui lui parlaient de Will.

Claudia était au téléphone quand Oliver revint de son jogging matinal.

— Qui est-ce ? murmura-t-il.

— Gena.

— Quoi ? demanda Gena.

— Rien. Oliver me demandait avec qui je parlais.

— Ah ! Notre grand sportif est de retour au bercail ? Dis-lui bonjour de ma part !

— Gena te fait dire bonjour.

Oliver sourit, embrassa Claudia et enleva son t-shirt.

— Alors, quoi d'autre ? reprit Gena. Dis-moi tout !

Claudia bâilla et donna un coup du plat de la main dans son oreiller pour s'y installer plus confortablement. Oliver s'assit au pied du lit et entreprit d'ôter chaussures et chaussettes.

— Est-ce qu'elle t'a parlé… de lui ?

— Non. Elle ne veut pas aborder le sujet, j'ai l'impression. Du moins, pas pour le moment. Elle m'a raconté plus ou moins sa vie à New York, je lui ai raconté la mienne ici, mais tout ça dans le désordre. On sautait du coq à l'âne sans arrêt. C'est comme si on avait essayé de rattraper le temps perdu, mais tout en même temps…

— Comme disait ma grand-mère : il y a de l'eau qui a coulé sur les ponts.

— Ouais… Quoi ? Sous les ponts, tu veux dire ?

— Mais non, c'est justement ça qui est drôle ! Elle disait : « sur les ponts ».

— Ah ! excuse-moi, Gena. Je crois que je ne suis pas encore réveillée.

— Ouais…

Oliver jeta son short sur une chaise et se dirigea, nu, vers la salle de bains. Claudia regarda ses fesses et sourit.

Silence.

— Je lui ai donné le chapelet de perles de verre.

— Quoi ! Et qu'est-ce qu'elle a dit ?

— Au début, elle ne voulait pas. Elle disait qu'il m'appartenait. Elle était très émue, je crois. C'était son amie Rose qui le lui avait offert, et elle est morte l'année dernière. Rose était catholique, c'est ce qui explique le chapelet. Elles s'étaient connues à Stella Maris.

— À quoi ?

— Stella Maris, le foyer pour mères célibataires où je suis née.

— Ah ! Est-ce qu'il existe encore ?

— Non.

Silence.

— Je devais avoir l'air d'une vraie folle, Gena. Je la dévisageais comme une demeurée. Impossible de détacher mon regard d'elle.

— Mon Dieu… je comprends !

Jenny roule sur son flanc pour enfoncer son visage dans l'oreiller. Elle s'est éveillée à l'aube et s'est traînée jusqu'à son lit. Elle n'arrive pas à se défaire de tous ces rêves qui déclenchent les souvenirs. Ils défilent dans sa mémoire, impitoyables, et elle doit les regarder, atterrée, terrifiée, impuissante à les chasser.

Elle ouvre la porte de l'école de danse. C'est difficile, très difficile de repasser par cette porte devant laquelle elle a tant attendu. « Je te prendrai devant chez Lala Palevsky à six heures, comme d'habitude. Je serai là à six heures, ma petite chérie, mon amour. » Derrière la porte, huit filles en justaucorps, jeunes et maigres. Tellement jeunes, Seigneur, de vraies gamines ! Elles ont les épaules dégagées, la tête haute. Ce n'est peut-être pas leur jeunesse qui leur donne cet air si léger, mais seulement leur complète insouciance.

Elle se dirige vers le vestiaire des filles et s'adosse aux armoires de métal alignées face au banc. Lala Palevsky sait qu'elle est là. Sans que ses yeux aient dévié des justaucorps virevoltants, sans que sa tête ait bougé d'un demi-centimètre, elle a vu Jenny entrer puis se diriger vers le vestiaire, et Jenny sait qu'elle l'a vue. Elle s'aperçoit dans un miroir. Est-ce que ça se voit, qu'elle vient d'avoir un enfant ? Son corps et son attitude trahissent-ils la grossesse et l'accouchement ? Jenny sent le métal froid des armoires à sa nuque. Les filles entrent en riant, énervées comme des oiseaux. Puis, une voix demande :

— Mademoiselle Jennifer ?

Alors, les filles se taisent. Jenny lève les yeux. Lala Palevsky la fixe depuis le seuil.

— Venez, je vous prie.

Elle appellera New York. Elle connaît des gens là-bas. Elle leur téléphonera et leur dira qu'elle leur envoie Jenny.

— Il n'y a rien d'autre à discuter pour le moment, tranche-t-elle. Vous allez à New York et vous serez danseuse.

— Et si je n'y arrive pas, mademoiselle ? Si je n'ai pas le talent ?

— Eh bien, vous reviendrez !

— Oh, non ! Jamais je ne reviendrai ici.

— Dans ce cas, il faudra que vous ayez le talent.

Elle se dresse dans son lit, compose le numéro du service aux chambres.

— Service aux chambres, Julio à l'appareil. Un instant, s'il vous plaît.

Elle était convaincue qu'elle trouverait quelque chose de lui à son retour de Stella Maris. N'importe quoi, un petit mot, une lettre. Elle était convaincue qu'il lui aurait envoyé quelques lignes, même s'il l'avait quittée. Il y aurait repensé pendant qu'elle était en Californie. Il se serait ravisé et lui aurait fait parvenir une lettre, un message, n'importe quoi. Ou alors, il aurait envoyé quelqu'un. Ou alors, il l'attendrait en personne devant chez elle, le buste droit, le regard franc. Il serait déterminé à se battre contre ses parents, contre la terre entière s'il le fallait. Il la serrerait dans ses bras et lui dirait qu'il l'aimait. Toutes les émotions que Jenny avait refoulées en elle pendant son séjour à Stella Maris avaient surgi avec une violence inouïe dès son retour à Kansas City. Rien ne l'y attendait : ni Will, ni message, ni lettre.

Toute la scène de ses retrouvailles avec ses parents lui revient en mémoire. Elle serre plus fort encore le récepteur de sa chambre du Beverly Wilshire.

— Il faut que je parte, papa. Je ne peux pas rester à Kansas City.

Esther ouvre la bouche, mais Mose la réduit au silence d'un regard dur.

— Service aux chambres. Julio à l'appareil.

— Oui… c'est madame Glass, chambre 907…

Elle ne peut pas en dire plus. Les yeux grands ouverts, elle ne voit devant elle qu'une gamine de dix-huit ans qui prend l'avion pour New York, seule, il y a trente-cinq ans.

En se garant devant l'hôtel, Claudia constate avec soulagement que Jenny l'attend dehors. Grande et mince, verres fumés, talons hauts, chemisier de soie blanche, pantalon cigarette de lin noir, gilet de cachemire noir qu'elle a replié sur son avant-bras. Claudia ne lui dira pas la peur atroce qui l'a tenaillée pendant tout le trajet : elle demanderait madame Glass à la réception et un employé en uniforme du Beverly Wilshire lui répondrait qu'elle avait repris l'avion pour New York le matin même.

Elles arriveront vers dix-neuf heures. D'abord, ils avaient pensé se voir à midi, puis pour l'apéritif. Ensuite, John avait proposé d'aller au restaurant, mais Margaret venait de convaincre Claudia de la recevoir ici.

— Tu resteras avec elle pendant que je ferai à manger.

— C'est trop de travail, maman ! Voyons-nous plutôt chez moi !

— Non, non ! Il vaut mieux que ce soit ici, je t'assure. Je t'en prie, chérie, ça me ferait tellement plaisir !

Et puis, comme elle venait juste de convaincre Claudia, John avait proposé qu'ils aillent au restaurant ! Il avait insisté, insisté, mais Margaret s'était battue bec et ongles.

— C'est beaucoup plus commode à la maison.

— Allons donc, Margaret !

— Je t'assure que si ! Nous serons plus à l'aise. Et puis, je ne vois pas pourquoi tu fais tant d'histoires, John ! Je ne te demanderai rien d'autre que de servir l'apéritif et le vin. Ce n'est quand même pas trop, il me semble ?

Il avait cédé. Elle ferait du poulet boulanger. John appelait ça son « poulet boy-scout » : toujours prêt ! Depuis le temps, elle

259

le préparait très vite. Elle aurait même réussi sa recette les yeux fermés et les mains attachées dans le dos. Du poulet pané avec du riz, des champignons et des petits pois. Ce plat principal s'accompagnerait d'une salade verte avec des tomates cerises et le repas se terminerait par un gâteau à la noix de coco. Tout d'abord, ils prendront l'apéritif au salon. Elle servira de minces tranches de saumon fumé sur du pain de seigle avec une mayonnaise à la moutarde relevée d'aneth frais. Margaret était en train de hacher l'aneth quand une douleur fulgurante lui traversa le genou et faillit la faire s'écrouler sur le sol de sa cuisine. Elle s'agrippa précipitamment au comptoir. La nausée lui montait à la gorge.

— Seigneur Jésus, murmura-t-elle.

Elle laissa tomber sa tête vers l'avant. L'aneth semblait danser devant elle pour la narguer. Elle ferma les yeux.

— Qu'est-ce que tu fais, Margaret ? demanda John en entrant dans la cuisine.

— Je lis ma recette, articula-t-elle en tirant une fiche cartonnée vers elle.

— Je vais passer la commande, pour les alcools. Tu as besoin de quelque chose ?

Elle crispa les doigts plus fort sur le comptoir de cuisine.

— De la crème. Non ! Prends plutôt moitié-moitié. Plus personne ne met de crème dans son café, de nos jours. Enfin, je ne pense pas.

— C'est tout ?

— Oui.

« Demande-leur aussi s'ils n'ont pas des articulations de rechange », ajouta-t-elle mentalement.

— Tu as l'air assommée, ma pauvre Margaret !

— Ne dis pas de bêtises, rétorqua-t-elle en empoignant son hachoir.

— Ça va ?

— Mais oui ! Ça va très bien, merci.

Il scruta longuement son visage.

— Tu en fais trop, Margaret.

— Je prépare le repas, John! Ce n'est quand même pas la première fois que tu me vois cuisiner, que je sache! Est-ce que tu voudrais m'aider, par hasard?

— Moi?

— Oui, toi! dit-elle d'une voix plus douce.

— Tu plaisantes?

— Mais oui, tu le sais bien.

— Très drôle, conclut-il en sortant.

Margaret reposa son hachoir, prit un verre d'eau à l'évier et le but d'un trait, puis un autre. Elle laissa l'eau froide couler sur ses mains et ses poignets quelques instants, mouilla son visage et sa nuque. Tremblante, elle prit un flacon d'analgésiques et tenta d'en retirer le bouchon. « Allez! s'exhortait-elle en silence. Tu peux très bien l'ouvrir toi-même. Tu n'as pas besoin de l'appeler. Courage! » Elle tourna le bouchon de ses doigts enflés, cogna le flacon contre le bord de l'évier, essaya encore de l'ouvrir à gestes brouillons. Enfin, le bouchon céda. Elle fit sortir trois comprimés dans sa paume et les avala, puis elle se redressa, rejeta ses épaules vers l'arrière, inspira profondément et tamponna du revers de la main sa lèvre supérieure couverte de sueur. Elle y arriverait. Malgré ses genoux qui la mettaient au supplice, malgré les serres d'aigle qui lui tenaient lieu de mains, malgré ses doigts tordus comme de vieux arbres, elle y arriverait. Elle leur préparerait un excellent repas et saurait faire bonne impression. Elle était la mère de Claudia, après tout, et elle était ici chez elle. Margaret prit encore une inspiration profonde, tenta de calmer le roulis qui s'était emparé de son corps et de son esprit. Puis, avec toute la superbe d'un grand chef, elle empoigna son hachoir et fit un sort à l'aneth.

Une petite-fille. Une fille et une petite-fille en même temps. Seigneur Dieu… Calée dans une chaise minuscule de la chambre de Lily, Jenny s'étonnait. Une fille et une petite-fille en même temps. C'était la fin du jour. Une lumière rose entrait par les fenêtres, effleurait les oreillers et les animaux de peluche entassés à la tête du lit.

— C'est mon lit de grande fille, avait expliqué Lily le plus sérieusement du monde. Les berceaux, c'est pour les bébés, mais moi, maintenant, je suis grande. Alors, j'ai un vrai lit.

Du haut de ses quatre-vingt-dix centimètres, la « grande fille » dessinait à la table près de Jenny. Son crayon jaune traça d'abord un ovale assez serein, puis une frénésie de zigzags en travers de la feuille. Lily avait des cheveux de soie claire, des cheveux tels que Jenny n'en avait pas revu depuis Will. Elle aurait voulu tendre la main vers l'enfant, repousser du bout des doigts les boucles qui lui tombaient sur le visage. Elle n'osa pas.

— C'est un zèbre, annonça Lily.

— Ah, oui ?

— Oui. Il n'est pas content parce qu'il a faim et le repas n'est pas prêt. Il aime les céréales. Et toi, tu ne dessines pas ?

— Si, bien sûr.

Jenny prit le crayon violet que lui tendait la fillette et fit un petit cercle.

— Voilà !

— Et les yeux, alors ?

— Ah, oui ! Les yeux...

Elle ajouta deux petits ronds dans le cercle.

L'enfant se serrait contre elle. Jenny s'enivrait de son odeur, de la douceur de sa peau. La petite sentait le talc, les biscuits à l'avoine et le shampoing pour bébés.

— Est-ce que tu as une petite fille à ta maison ?

— Non.

— Un petit garçon, alors ?

— Non plus.

— Moi, j'aurai huit enfants quand je serai grande !

— Huit ?

— Oui, et aussi un chien, un chat et des canards.

— Des canards ?

Lily leva les yeux de son dessin et la toisa d'un regard grave.

— Moi, j'aime beaucoup les canards, déclara-t-elle.

— Je comprends.

— Et toi, qu'est-ce que tu aimes ?

— Comme animal ? Euh…

— Qui veut aller chez grand-maman ? demanda Claudia en faisant irruption dans la chambre.

— Moi ! hurla Lily.

Elle lâcha ses crayons et courut vers elle.

— Excuse-moi de t'avoir laissée si longtemps, reprit Claudia en regardant Jenny. C'était ma mère… C'était Margaret au téléphone.

— Pas de problème, dit Jenny en s'extirpant de la chaise minuscule. Nous avons dessiné des zèbres. Elle est… Elle est merveilleuse, cette petite.

— Elle n'a pas d'enfant, dit Lily en enlaçant sa mère par le cou.

Claudia et Jenny se dévisagèrent quelques secondes par-dessus la tête de la fillette.

— Et des canards, est-ce que tu as des canards à ta maison ?

— Non, des canards non plus.

— Est-ce qu'elle vient avec nous chez grand-maman ?

— « Elle » a un nom, tu sais. Elle s'appelle Jenny.

— Oui, mais est-ce qu'elle vient avec nous chez grand-maman ?

— Oui.

Lily posa sur Jenny un regard sérieux.

— Il ne faut pas courir dans le salon, dit-elle.

— Je tâcherai de m'en souvenir, répondit Jenny en essayant de ne pas sourire.

Alors que tous la croyaient aux toilettes, elle s'attarda près des photographies posées sur la petite table en haut de l'escalier. Elle les examina à tour de rôle. Lily, Lily et Claudia, Claudia et… Margaret. Oui, ce devait être elle, cette femme petite et rondelette au visage expressif, aux cheveux blonds, au sourire généreux. Elle regardait Claudia avec amour. La petite fixait l'objectif sans crainte, mais les yeux de la femme étaient posés sur... sur sa fille. « Claudia et Margaret, pensa Jenny. Margaret, la mère de mon enfant. » Elle resta là quelques instants, appuyée à la table. Avait-elle sa place dans ces photos de famille ? Ses doigts avaient laissé des traces sur les cadres argentés. Elle les essuya à ses pantalons de lin, reposa les photos et descendit au rez-de-chaussée.

— Vous avez dû venir souvent à Los Angeles, disait John.

— Non, une fois seulement, il y a longtemps. Quand... quand j'étais jeune.

— Vous avez toujours vécu à New York, alors ? Après Kansas City, je veux dire ? Nous sommes allés à New York en avril dernier. Était-ce en avril, Margaret ?

— En mai, John. Nous y sommes allés avec Claudia et Oliver pour voir Gena qui jouait dans une pièce. Gena est la meilleure amie de Claudia.

— Une pièce atrocement ennuyeuse.

— Je ne vous le fais pas dire ! renchérit Oliver en riant.

— Lily, ne touche pas à cela, s'il te plaît, dit Margaret.

— Je t'ai déjà dit de ne pas jouer avec ça, ajouta Claudia en lui retirant un petit plat de cristal. Non, la pièce n'était pas ennuyeuse...

— Bon, bon, bon. Stupide, alors !

— Oliver !

— Quoi ? C'est vrai ! Stupide... et ennuyeuse !

— Non, c'était....

— C'était quoi ?

— Je ne sais pas, moi, convint Claudia. Nouvel âge, peut-être ?

— C'était n'importe quoi ! trancha John. Les comédies musicales, tant qu'on voudra, mais ces pièces de théâtre pseudo-intellos, quelle horreur ! Vous étiez dans la comédie musicale, n'est-ce pas ?

— Oui.

— Allez-vous nous faire une démonstration ?

— John !

— Je plaisantais, chérie. Alors, qu'est-ce que je vous sers, madame Glass ?

— Appelez-moi Jenny, je vous en prie.

— Qu'est-ce que je vous sers, Jenny ?

— Vous avez de la vodka ?

— J'ai de tout ! Vous ne préférez pas un martini ?

— Un martini, ce serait parfait, monsieur Magers.

— Si vous voulez votre martini, je vous conseille de m'appeler John.

Les « parents adoptifs » qu'elle avait si souvent tenté d'imaginer étaient là, devant elle. Ce n'étaient pas des siamois soudés l'un à l'autre par l'épaule ou la main. Un lien plus fort les unissait : des années d'amour. Ces deux-là s'adoraient depuis longtemps, c'était manifeste. John leva son verre en regardant Margaret, et tout en lui disait l'amour qu'il portait à la femme qui partageait sa vie depuis leur jeunesse. On ne sait jamais, quand on signe. Oh, évidemment ! ils avaient tous parlé d'un « couple convenable », mais comment savoir ? L'enfant aurait pu tout aussi bien échouer chez des meurtriers en série, des psychopathes de la tronçonneuse. Comment savoir ? Aujourd'hui, elle savait. Et si la solitude qu'elle portait en elle ne lui avait pas tant pesé, Jenny se serait envolée comme une feuille d'arbre tellement elle était soulagée.

— Est-ce que je peux vous aider ?

— Oh, non ! Non, merci, Jenny, tout va très bien.

Souriante, Margaret sortit de la salle à manger en emportant le reste du gâteau à la noix de coco sur un plateau d'argent. Elle posa le plateau sur le comptoir de la cuisine, plongea son doigt dans la crème blanchâtre et le porta à ses lèvres. Cette femme, on aurait dit une actrice française. Grande, svelte, les cheveux coupés carrés à hauteur du menton. Seigneur Dieu! on l'aurait crue tout droit sortie d'un film! Margaret se passa les mains sous le robinet, les épongea à un torchon et resta là, plantée devant son comptoir de cuisine, à ne plus savoir que faire. Elle plongea de nouveau son doigt dans la crème du gâteau. Elle, ses cheveux n'avaient jamais été très beaux. Pour onduler avec autant d'élégance, il leur fallait les bigoudis, le séchoir et le coup de peigne de Michael, et encore. Ils finissaient toujours par ratatiner comme un soufflé raté. Et puis, la couleur! Elle les laissait gris. Quelle audace! Jamais Margaret ne renoncerait à ses teintures. D'ailleurs, ses cheveux n'étaient même pas gris sous sa coloration blonde. Blancs... Blancs comme neige. Sans teinture, elle aurait l'air de Mathusalem. Elle soupira, trempa encore son doigt dans la crème à la noix de coco et le porta à sa bouche. Et charmante, avec ça. C'est vrai. Elle avait beaucoup de charme. Et quelque chose de désarmant aussi, comme une force, une détermination farouche qu'on sentait poindre sous le sourire. Cela devait lui venir du genre de vie qu'elle menait, une vie de luxe, de raffinement. Une existence différente de celle de Margaret. Et toutes ces anecdotes amusantes qu'elle rapportait sur les spectacles auxquels elle avait participé, sur les tournées, sur la scène... Margaret n'avait pas entendu John rire comme ça depuis des années, surtout quand elle avait raconté qu'elle avait voulu se faire engager dans un spectacle chinois. Toute la distri-bution était asiatique, mais elle avait quand même tenté le coup! Jenny s'était présentée à l'audition en essayant de se faire passer pour une Chinoise! Mon Dieu... Il en fallait, du cran, pour oser une chose pareille! Margaret n'aurait jamais eu cette hardiesse. Et puis, Margaret en Chinoise! Tellement ridicule... Il faut être mince et mystérieux pour jouer les Chinois. Elle avait toujours été boulotte. Chinoise? Et quoi, encore? Margaret tira sur son chemisier. Enfin, c'était une autre vie, voilà tout. La danse, les spectacles, l'insouciance, New York... Pendant ce temps-là, en Californie, elle s'échinait à devenir... à devenir quoi? Une épouse. Oui, une épouse. Jamais elle n'avait aspiré à rien d'autre. Jamais elle n'avait voulu être médecin, avocat, grand chef indien.

Non… D'aussi loin qu'elle se souvienne, elle n'avait jamais envisagé de ne pas vivre comme sa mère, et comme sa grand-mère avant elle, et comme son arrière-grand-mère avant elle. De génération en génération : épouses et mères, femmes au foyer. Jamais elle n'avait rien tenté de différent, de nouveau, d'audacieux. Ah, si, quand même… Elle avait épousé John. Cela lui avait paru très échevelé à l'époque. Elle faisait un beau mariage, des noces au-dessus de sa condition… Jeune avocat prometteur de sept ans son aîné, le premier de sa promotion. « Un jeune homme plein d'avenir ! » claironnait son père d'une voix satisfaite. « Un bel homme », disait sa mère en souriant. « Et puis, quelqu'un qui a du bien », concluait la grand-mère. Évidemment, les choses étaient très différentes à l'époque. Allons donc ! Sa jeunesse ne remontait pas à la préhistoire, tout de même ! Si elle avait suivi les traces de sa mère et de sa grand-mère, ce n'était pas une question d'époque. Elle n'avait jamais été audacieuse, voilà tout. Ce n'était pas dans sa nature. Elle avait en elle à peu près autant le goût du risque que le gâteau à la noix de coco qui achevait de s'affaler devant elle. Oh, non ! Jamais elle n'aurait eu le courage de partir seule à New York pour y faire carrière dans la danse. À vrai dire, elle n'avait jamais eu beaucoup d'envergure. Elle lécha ses doigts et eut un sourire un peu amer. Même en avion, elle avait peur,. Elle manquait d'envergure… Par contre, elle n'aurait jamais laissé son enfant. Oh, ça, non ! Comment une femme peut-elle abandonner la chair de sa chair ? « Et toi, maman, tu l'aurais fait ? » demandait Claudia quand elle était petite. « Tu aurais fait ça, maman ? » Tout ce que Margaret pouvait répondre, c'est qu'il y a toujours des circonstances et qu'il ne faut pas juger sans savoir. Sa mère le lui avait assez répété quand elle était jeune. « On ne sait pas ce que vivent les gens, Margaret. Il ne faut jamais les juger ni dire ce qu'on aurait fait à leur place, pour la bonne raison qu'on ne peut pas s'y mettre ! » Et puis, c'était une autre époque. Aucune femme n'élevait son enfant seule en 1960. Une fille-mère, c'était la honte, le scandale, la disgrâce. Si jamais cela se produisait, mon Dieu, la malheureuse n'avait pas de trop de ses deux parents pour affronter cette épreuve. Ceux de Jenny n'avaient peut-être pas pu l'aider, ou pas voulu. Margaret ne connaissait pas tous les dessous de l'affaire. Par ailleurs, elle savait qu'elle n'aurait jamais eu le grand bonheur d'élever Claudia comme sa propre fille si Jenny ne l'avait pas abandonnée à la naissance. Et certes, elle ne voulait juger personne, ni jeter la pierre à qui que ce soit. Mais quand même... Elle n'aurait pas signé, elle en était sûre. Oh, non! Elle avait perdu trop de bébés, elle avait amorcé trop de grossesses qu'elle n'avait pas pu mener à terme. Si elle avait connu la joie de donner naissance à un enfant, une seule fois, elle s'y serait accrochée comme à sa vie. Rien ni personne n'aurait pu la convaincre de s'en séparer.

— Est-ce que je peux entrer?
Margaret se retourna d'un bond.
— Oui, Jenny, je vous en prie. J'allais justement retourner au salon. Excusez-moi d'avoir tant tardé... En fait, non. J'étais en train de m'acharner sur ce gâteau. Dieu sait pourtant que ce ne sont pas les kilos superflus qui me manquent!
— Il était délicieux, ce gâteau. C'est vous qui l'avez fait?
— Oui.
Jenny se dirigea vers Margaret.
— Je suis nulle en cuisine. Je ne sais même pas pourquoi j'ai des casseroles et un frigo chez moi...
Elle portait un parfum exotique. Pas floral, non. Quelque chose de plus épicé, de plus étrange.
— Oh, moi, je m'en tiens à ce que je connais, vous savez. Je suis la recette, et c'est tout. Je ne suis pas très audacieuse...
— Même avec une recette, je suis nulle. J'ai déjà fait griller un gâteau acheté chez le pâtissier! Je l'ai collé dans le four et... roulez jeunesse! Chaleur maximum pendant vingt minutes! Il me semblait que ce serait meilleur un peu tiède...
Margaret rit de bon cœur.
— Vous m'avez gâtée! reprit Jenny. Tout était succulent. Votre maison est très belle, aussi.

— Merci.

— C'était très gentil de m'inviter. Je ne crois pas que j'aurais pu en faire autant.

— Mais si, voyons…

— Non, je vous assure. Je surgis de nulle part et vous me recevez comme une reine… sachant les circonstances.

— Je suis sûre que vous auriez fait pareil à ma place.

— Comment savoir ? Je ne suis pas à votre place…

— C'est vrai.

Elles se dévisagèrent quelques secondes en silence. Margaret s'aperçut soudain qu'elle avait les doigts pleins de crème à la noix de coco. Ne sachant pas que faire, elle les laissa simplement sur le plateau. Silence encore. Que pourrait-elle dire ? Elles ne se connaissaient pas. Et comment livrer à une inconnue tout ce qu'on a sur le cœur ?

— Est-ce que votre hôtel vous plaît ?

— Il est très bien.

— Tant mieux. Je n'aime pas me trouver dans des hôtels désagréables quand je voyage.

— Vous voyagez souvent ?

— Non ! avoua Margaret dans un rire clair. Les retours sont toujours un peu difficiles pour moi. John dit que j'ai un problème de réacclimatation. Dès que je rentre, je vois tout ce qui doit être réparé dans la maison. Il faudrait changer le tissu des fauteuils de la salle de séjour, remettre de l'ordre dans les tiroirs, boucher une fissure dans le plafond que je n'avais jamais vue jusque-là… Je ne sais plus où donner de la tête et je me mets dans tous mes états.

Elle sourit brusquement et fit un geste vague de la main.

— John dit qu'il ne m'emmènera plus nulle part, à moins de pouvoir m'assommer au retour.

Atterrée, elle s'entendait débiter un tissu d'inepties qui semblaient animées d'une vie propre. Comment faire autrement ? Elle n'allait quand même pas se mettre à parler d'adoption, d'abandon de bébés ? Oh, non ! Margaret vit soudain ses mains s'agiter devant elle tandis qu'elle jacassait, ses doigts couverts de crème à la noix de coco.

— Mon Dieu, regardez-moi ça ! Excusez-moi...

Elle allait se tourner vers l'évier quand Jenny posa sa main sur son bras. Margaret s'arrêta net.

— Il faut que je vous dise quelque chose, Margaret. Merci. Je ne sais pas quoi dire de plus. Elle est... Claudia, elle est exactement telle que je l'avais espéré.

— Seigneur Jésus...

— Qu'est-ce que tu fais, maman ? Pas la vaisselle, au moins ?

Claudia entra dans la pièce et vit les deux femmes se tourner vers elle d'un même mouvement. Elle s'immobilisa sur le seuil.

Elles regardèrent toutes les photos de tous les albums que Margaret gardait précieusement dans sa chambre à coucher. Assises côte à côte sur le sofa de brocart, tournant les pages à tour de rôle, elles s'extasiaient, s'étonnaient, riaient. Oliver était parti en emportant Lily endormie dans ses bras.

— Emmène la petite, avait dit Margaret. Claudia prendra ma voiture.

— Je vois que ces dames ne veulent pas de moi ! s'était-il exclamé en souriant. Je vous laisse. Amusez-vous bien !

Des souvenirs, des petits riens, des fragments de l'enfance de Claudia, des anecdotes... Jenny voulait tout savoir et Margaret... Margaret était ravie de tout raconter.

— Elle n'a pas gratté ses boutons de varicelle, vous savez ! Oh, non ! Je la suivais pied à talon pour qu'elle ne se gratte pas. Il lui en reste quand même une petite cicatrice. Voyez.

Le visage soucieux, Jenny scrutait le trou minuscule que la varicelle avait laissé au-dessus du sourcil gauche de Claudia.

John s'était assoupi dans le canapé du salon. Claudia avait couvert son grand corps d'un jeté de lit quand elle était redescendue chercher le brandy. En effet, Margaret avait décrété qu'elles devaient absolument prendre un verre « entre femmes ». Claudia avait l'impression d'être passée dans un autre espace-temps. La scène lui paraissait irréelle.

Jenny avait enlevé ses chaussures et replié une jambe sous elle. Margaret se penchait vers les photos, le visage rosi d'excitation. Elle relatait, distillait les moindres détails des jeunes années de Claudia. Jenny l'écoutait goulûment. Claudia tendit à chacune un petit verre de cristal empli de brandy. Elles parlaient d'elle comme si elle n'avait pas été dans la pièce. « Oh, non, elle n'est pas allergique aux fraises ! Est-ce que vous l'êtes ? » « Seigneur, oui ! Elle sait monter à cheval, mais je lui ai toujours interdit de faire du saut. Je trouvais ça trop dangereux pour un enfant. »

— Elle n'a jamais beaucoup aimé la natation.

— Moi non plus, fit Jenny.

— Oui, elle a toujours été plus douée en anglais qu'en mathématiques et elle adorait les histoires. Les sucreries ? Mon Dieu, elle en raffole !

Margaret riait.

— Ce doit être de famille !

— Et puis, plus sérieuse :

— C'est idiot, ce que je dis là. Si elle aime les sucreries, ça doit plutôt lui venir de vous.

— Certainement pas ! répondit Jenny en riant. Je préfère de loin les chips !

— De son père, alors ?

— Oh, son père ! Il adorait la tarte !

Elle se leva, soudain très pâle, et son verre de brandy alla s'écraser par terre.

— Excusez-moi, fit-elle. Je suis confuse.

— Non, non, ce n'est rien. Je m'en occupe.

Margaret se hissa difficilement hors du sofa pour aller chercher des serviettes et de l'eau. L'alcool avait laissé une tache d'ambre sur le tapis. Elle ne voulait pas que ce soit Jenny qui nettoie, mais elle-même n'arrivait pas à s'agenouiller sur le sol. Ce fut Claudia qui prit en main l'opération.

— Ça va, maman, je m'en occupe.

— Non, non, disait Jenny. Laissez. C'est à moi de le faire.

Le malaise avait passé. Elles ne reparleraient pas des sucreries, ni de la tarte, ni du père. Claudia comprit qu'elle devrait oser, qu'elle devrait poser des questions très directes à Jenny si elle voulait savoir de son père autre chose qu'un grand appétit pour la tarte.

— N'insiste pas, dit Jenny en s'engouffrant dans sa salle de bains de l'hôtel Wilshire. Ça ne vaut pas la peine, je t'assure.

— Ce n'est pas à toi d'en décider, rétorqua Claudia en la suivant pas à pas.

— Crois-moi, je le connais.

Jenny prit un rouge à lèvres, un mascara, un flacon de lait hydratant qui traînaient sur la tablette. Elle les jeta dans sa trousse de toilette, les yeux obstinément rivés sur le lavabo.

— C'est injuste, fit Claudia.

— La vie est injuste.

— J'en sais quelque chose, figure-toi.

Jenny prit sa brosse à cheveux et se tourna vers Claudia.

— Il est inutile d'insister. Je ne t'aiderai pas à le retrouver.

— Je te demande simplement son nom !

Jenny sortit de la salle de bains en frôlant Claudia de son épaule.

— Tu es la seule qui sache son nom.

— Ne me demande pas ça, dit Jenny en entassant des vêtements dans sa valise.

— Pourrais-tu arrêter de bouger cinq minutes, qu'on puisse se parler ?

— Je ne veux pas rater mon avion.

— Pourquoi tu fais ça, au juste ? Pour me protéger ?

— Ce n'est pas un homme qui gagne à être connu.

— Qu'est-ce qu'il t'a fait, pour l'amour du ciel ? Il t'a violée, c'est ça ? C'était quelqu'un que tu ne connaissais pas ?

— Non, il ne m'a pas violée. Si, je le connaissais.

— Tu l'aimais ?

Jenny continua d'entasser ses affaires dans la valise et referma d'un coup sec la fermeture éclair.

— Je suis une adulte, Jenny ! Pourquoi tu ne veux pas me dire ce qui s'est passé ? Et regarde-moi, bon sang !

Jenny leva les yeux vers elle. Claudia était toute pâle.

— C'est moi qui t'ai cherchée et moi qui t'ai trouvée, Jenny ! Pas l'inverse ! Ça m'a pris des années pour me décider, des années de doute, d'hésitation, d'incertitude. J'ai failli en devenir folle tellement je ne voulais faire de mal à personne. « Pourquoi remuer tout ça, Claudia ? Tu as déjà un père et une mère. Allons, sois raisonnable ! Ce qu'on ne sait pas ne fait pas mal... » Eh bien, si, justement ! Des années à faire un pas en avant, deux en arrière ! Et finalement, je me suis décidée. Je l'ai fait et j'étais prête à affronter toutes les conséquences parce que je ne pouvais plus vivre comme ça. Tu comprends ce que ça veut dire, Jenny ? C'est moi qui t'ai cherchée, c'est moi qui t'ai trouvée et c'est moi qui t'ai invitée à entrer dans ma vie !

— Je sais.

— Tu n'as pas le droit de m'empêcher de le retrouver. Ça me regarde aussi, figure-toi ! Tu crois qu'il n'appartient qu'à ton passé ? Tu te trompes ! Je veux savoir qui il était parce que ça me regarde !

— Claudia...

— Non ! Je veux que tu me dises son nom, un point c'est tout. Tu ne vois donc pas que je ne peux pas rester sans savoir ?

Jenny se détourna.

— Mon avion décolle à midi. Si tu ne veux pas m'emmener à l'aéroport, ce n'est pas grave. Je prendrai un taxi.

— C'est comme ça que tu résous tes problèmes ? Tu appelles un taxi et tu te sauves ?

— Oui, répondit Jenny d'une voix lasse, c'est comme ça que je résous mes problèmes.

Silence.

— Je n'aurais jamais dû venir, ajouta-t-elle.

— Comment peux-tu dire une chose pareille? souffla Claudia.

— Tu devrais t'estimer heureuse de ne pas me ressembler, puisque tu n'aimes pas ma façon d'être.

Jenny fit un pas vers le téléphone. Claudia se dressa devant elle.

— Te ressembler? Et comment pourrais-je savoir si je te ressemble? Je ne te connais même pas!

— Ce n'est pas ma faute.

— C'est la mienne, peut-être?

Jenny devint très blanche. Elle essaya d'avancer, mais Claudia continuait de lui barrer le chemin.

— Comment as-tu pu faire une chose pareille? Comment as-tu pu abandonner ton enfant?

— Je n'ai pas eu le choix.

— Pourquoi? C'est lui qui t'a obligée?

— Je t'en prie, Claudia, je ne veux pas parler de ça. Pas maintenant.

— Quand, alors? Après-demain? À Noël? La semaine des quatre jeudis?

Jenny secoua la tête. Elle ouvrit la bouche, puis la referma sans avoir prononcé un mot.

— Je te demande simplement de me dire son nom. Rien d'autre, c'est promis. Je ne t'ai jamais rien demandé de ma vie! Tu pourrais quand même faire ça, non?

— Je ne peux pas, Claudia. Demande-moi n'importe quoi, mais pas ça.

— N'importe quoi, mais justement pas ça! répéta Claudia dans un rire amer. Et tu te prétends ma mère?

— Je suis ta mère.

— Non, Jenny. Tu n'as pas le droit de dire ça parce que tu n'as pas conquis ce droit-là. Tu ne le mérites pas. Margaret est ma mère. Elle ferait tout pour moi.

Ses paroles flottèrent quelques instants entre elles. Jenny baissa les yeux.

— Je vais appeler un taxi, dit-elle.

Elle fit un pas. Claudia lui empoigna le bras.

— Je t'en prie, laisse-moi.

— Tu ne comprends donc pas que je ne pourrai pas vivre en paix tant que je ne saurai pas qui c'est ? Tu ne comprends donc pas que ça n'a rien à voir avec toi, que c'est pour moi que je le fais ?

— Laisse-moi...

— Dis-moi son nom, Jenny, gronda Claudia, les yeux vrillés dans les siens. Tu me dois bien ça, tu ne crois pas ?

— Match nul ! conclut Oliver quand elle lui apprit la nouvelle. Je me doutais qu'elle ne voudrait pas cracher le morceau. À rien près, j'ai cru que tu prendrais l'avion avec elle et que tu la talonnerais jusqu'à New York !

Jenny manqua son avion. Elle manqua aussi le suivant et dut passer la nuit à Los Angeles. « Tu me dois bien ça, tu ne crois pas ? » Des mots que Claudia n'avait jamais pensé prononcer un jour, des mots que Jenny aurait voulu ne jamais entendre. Des mots à tiroirs, des mots gigognes. Des mots qui voulaient dire aussi : « Pourquoi m'as-tu abandonnée ? Comment as-tu fait pour me laisser là comme un sac en consigne et continuer à vivre ? Comment pouvais-tu vivre sans savoir ce que je devenais, sans te demander ce qui était advenu de moi ? Comment peux-tu te prétendre ma mère ? Comment saurais-tu être ma mère, toi qui n'as jamais cherché à me retrouver ? »

— J'ai fini par me convaincre que je n'avais pas le droit de te chercher, Claudia. Je ne sais pas comment t'expliquer... Je me disais que je n'en avais pas le droit.

— Comment pouvais-tu vivre sans savoir ?

— Je m'y suis forcée.

— Moi, je ne pourrais pas vivre sans savoir ce qui est arrivé à Lily.

— Nous ne sommes pas pareilles, voilà tout.

Elles se parlèrent ouvertement, sans détour, avec brutalité.
Elles ne cherchaient plus à se ménager. Elles se déchiraient l'une
l'autre avec leurs mots sans même paraître s'en apercevoir.
L'heure n'était plus aux sourires ni aux délicatesses.

— Pourquoi m'as-tu abandonnée ? Pourquoi m'as-tu laissée
comme un sac en consigne ?

— Comment t'ont-ils élevée ? Qu'est-ce qu'ils t'ont dit ?

— Et maintenant, est-ce qu'il y a une place pour moi dans
ta vie ?

— Et maintenant, est-ce qu'il y a une place pour moi dans
ta vie ?

« Tu me dois bien ça, tu ne crois pas ? »

Jenny regarda Claudia longuement, les deux mains collées
sur sa bouche, puis elle les abaissa lentement.

— Il s'appelait Will, dit-elle d'une voix éteinte.

Ses yeux s'emplirent de larmes. Elle fit deux pas en arrière
et s'effondra dans un fauteuil.

— Will McDonald. William Cole McDonald.

Jenny ne voulait pas trop en dire, seulement le strict nécessaire. Elle garda pour elle ce que Gena appelait « les détails
croustillants ». C'était son jardin secret, sa douleur. Elle ne
voulait pas rouvrir la plaie. Elle l'aimait à la folie, ils allaient se
marier. Il l'avait plantée là au bord de l'autoroute.

— Je n'ai pas dit « plantée là au bord de l'autoroute », Gena.

— Bon, sur un trottoir de Kansas City ! Quelle différence ?

— Il faut toujours que tu dramatises.

— Attends un peu ! Elle tombe enceinte, il lui promet de
l'épouser, il prend le fric que ses parents lui offrent, il se sauve
sans un mot, et c'est moi qui dramatise ? Sainte Mère de Dieu,
ouvre les yeux, Claudia !

Un silence pesa entre elles. Les deux femmes essayaient
d'imaginer, de comprendre.

— Et pour couronner le tout, elle te donne son nom !
ajouta Gena d'une voix plus douce, presque hébétée.

— Oui...

— Elle devait s'imaginer qu'il reviendrait.

Claudia écrivit : « Cole » sur un bloc-notes.

— Elle n'a plus jamais eu de ses nouvelles ?

— Non.

— Elle n'a jamais su ce qui lui était arrivé ?

— Non.

— Il a disparu dans la nature du jour au lendemain et il n'a jamais rétabli le contact avec elle ?

— Non.

— Et elle l'aimait ?

— Oui. Beaucoup.

— Tu m'étonnes qu'elle ne voulait pas te dire son nom !

Silence.

— Tu parles d'un salopard de première !

— Gena, je t'en prie !

— Ben, quoi ? C'est pas vrai, peut-être ?

Claudia ne répondit pas.

« William Cole McDonald, pensa-t-elle. William Cole McDonald, mon père, que nous désignerons désormais par ce nom : le salopard de première. »

Will

Claudia sort sa voiture du garage. Le soleil n'est pas encore levé. En s'engageant dans la rue, elle renverse quelques gouttes du café qu'elle tient à la main. Tant pis ! Elle ne va pas perdre de précieuses minutes à réparer les dégâts. Le ciel reste de jais tandis qu'elle traverse Palmdale et Lancaster. À l'approche de Mojave, il commence à pâlir un peu. Le temps qu'elle aille se chercher un autre café, à quelques kilomètres de là, il tourne au bleu vif. Appuyée contre sa voiture, Claudia regarde les étoiles s'éteindre une à une et s'étire, le visage caressé par la fraîcheur matinale. Elle n'a pas conduit autant de kilomètres d'affilée depuis l'université. En reprenant le volant, elle s'aperçoit qu'elle sourit.

— Veux-tu que j'y aille avec toi ? demanda Oliver.
— Non, merci. Ce ne sera pas la peine. C'est quoi ? Trois, quatre heures de route, peut-être ?
— D'après la carte, quelque chose comme ça, oui.
— Facile !
Il l'embrassa en riant.
— Embrasse-moi aussi, papa ! ordonna Lily en le tirant par le bras.

—— · ——

— Lone Dove ! s'écria Gena quand elle lui annonça qu'elle partait. Comme c'est joli !

— Lone Tree, Gena. Pas Lone Dove, Lone Tree.

— Ah ? Tant pis ! C'est joli quand même. Est-ce qu'Oliver t'accompagne ?

— Non.

— Tu y vas seule ?

— Oui.

— Tu ne vas pas dormir chez lui, n'est-ce pas ? Je veux dire : si tu le trouves, tu n'iras pas dormir chez lui ?

— Mais non, voyons ! J'irai au motel.

— Tu es sûre qu'il y a des motels à Lone Dove ?

— Gena ! s'exclama Claudia en riant.

— Lone Tree, pardon !

— Je ne sais pas, mais je suppose ! Le moindre patelin a son motel, de nos jours.

— Qui te dit que ce n'est pas un hameau ? Un poteau indicateur, deux granges, un tracteur et l'affaire est dans le sac !

— Dans ce cas, je reviendrai, ou alors je dormirai dans la voiture.

— Dis donc ! Je paierais cher pour voir ça ! Je n'en reviens pas que tu partes comme ça !

— Ouais... Oliver m'a promis de m'acheter un imper mastic et des lunettes noires si je me rends jusque-là.

— Toujours le mot pour rire, Oliver ! Et si tu ne le trouves pas ?

— Je ne sais pas. J'aviserai en temps et lieu.

— On croirait entendre Margaret.

— Ah, oui ? demanda Claudia en souriant.

Il leur avait fallu environ cinq mois et deux mille coups de téléphone mais, finalement, Dorothy Floye avait trouvé.

— J'estime qu'il me faudra entre trois et six mois, avait-elle dit. Et je n'ai pas l'intention de chômer, vous savez ! Le problème, c'est que je n'ai pas grand-chose à me mettre sous la dent… On ne peut pas dire que madame Glass soit très coopérative.

Claudia soupira.

— Allons ! Ne vous inquiétez pas, mon chou ! Je m'occupe de tout et je vous en donne des nouvelles !

En effet, « madame Glass » ne s'était pas révélée être le puits d'information qu'on aurait pu souhaiter. Elle ne se rappelait pas grand-chose et, de toute façon, elle ignorait presque tout de la vie de Will avant qu'ils ne se rencontrent. Il était né à Bishop, ou peut-être à Kernville. Il avait grandi à Burbank, à moins que ce ne soit à Darwin. Et il était allé en prison à…

En prison ?

Claudia regarde le petit morceau de papier qu'elle a coincé sous sa cuisse. Pour la centième fois, elle relit le gribouillage de Dorothy Floye : « William Cole McDonald, Poste restante, Lone Tree (Californie). »

— Merci ! bredouilla Claudia en agrippant le bout de papier. Merci infiniment !

— Avec plaisir, mon chou ! répondit Dorothy dans un grand rire. La prochaine fois que vous chercherez vos parents, faites-moi signe !

— Comment l'avez-vous trouvé ? demanda Oliver.

— Nous avons nos méthodes…

— Secret professionnel ?

— Plus ou moins…

— Allons, ce n'est pas une affaire d'État, tout de même ! Vous pouvez me le dire…

— Et risquer ma carrière ? Disons que nous fouillons dans les anciens annuaires, les anciens registres… Toutes les vieilleries qui traînent, quoi !

— Poste restante ? demanda Claudia.

— C'est tout ce que j'ai pu obtenir jusqu'ici.

— Pas d'adresse ?

— Non.

— Pas de numéro de téléphone ?

— Non, mais je poursuis mes recherches, ne vous inquiétez pas.

Dorothy lui souriait largement et papillotait de ses grands yeux verts magnifiques. Claudia n'aurait jamais le courage d'attendre plus longtemps. Elle avait un indice... cela lui suffisait amplement pour passer à l'action. Cinq mois qu'elle était sur des charbons ardents ! Cinq mois qu'elle connaissait son nom, qu'elle bouillait d'impatience, qu'elle espérait chaque jour que Dorothy le débusque enfin. Cette fois, le sort en était jeté : elle irait à Lone Tree.

— À la poste, ils ne vous diront rien ! Ils n'ont pas le droit de révéler ce genre d'information.

— Je sais, Dorothy.

— Alors, qu'allez-vous faire à Lone Tree ? Vous déguiser en facteur ? Vous asseoir au bord du trottoir en attendant qu'il vienne chercher son courrier ? Vous ne savez même pas de quoi il a l'air !

— J'en ai une petite idée, quand même...

— Allons donc ! Jenny vous l'a peut-être décrit en long, en large et en travers, mais on change en trente-cinq ans ! Et croyez-moi, je suis bien placée pour le savoir !

— Il faut que j'y aille, Dorothy ! Je ne peux quand même pas rester assise dans mon salon en attendant que vous lui mettiez la main au collet !

— Vous risquez de faire le voyage pour rien et de revenir très déçue. Je vous le dis ! Il y a neuf chances sur dix que vous reveniez bredouille.

— Laissez tomber, Dorothy, soupira Oliver en souriant. Cette femme-là, quand elle a une idée dans la tête...

Claudia avale une gorgée de café tiède et enfonce une cassette dans le lecteur de sa voiture. Le soleil est pleinement levé. Elle se débarrasse de sa veste d'un haussement d'épaules et baisse la vitre. Un air pur envahit la voiture et fait voleter ses cheveux.

Jenny ne savait même pas son âge exact. Il détestait les anniversaires, disait-elle. Elle connaissait le jour, mais pas l'année. Elle se rappelait le prénom de sa mère, mais pas son nom de jeune fille. Quant au prénom du père, mystère ! Elle ignorait la raison pour laquelle il s'était établi à Kansas City. Non, ce n'était pas pour se rapprocher de sa famille. Will n'avait aucune parenté dans la région. Elle ne savait pas grand-chose de son entourage familial du reste, si ce n'est qu'une certaine tante Cleo l'avait plus ou moins élevé. Jenny ne connaissait pas son nom de famille, mais elle se rappelait qu'elle était propriétaire d'un salon de beauté. Non, elle ne savait pas dans quelle ville.

— Demandez-lui s'il a des frères et sœurs, mon chou.

— Des frères et sœurs ?

— Oui ! Surtout des frères, d'ailleurs, parce que ses sœurs ont pu changer de nom en se mariant.

Oui, il avait des frères et des sœurs, avait expliqué Jenny, mais pas un qui soit vraiment proche. Attends voir… Il avait parlé d'un certain Jim, une fois. À moins que ce ne soit Tom ? Claudia devait la cuisiner pour lui arracher la moindre parcelle d'information. Elle lui posait des dizaines de questions, insistait, faisait des recoupements… De quoi vivait-il avant de s'installer à Kansas City ? Avait-il un métier ?

— San Quentin ? répéta Dorothy en se penchant par-dessus la table du Marie Callender. Ah ! ça, c'est intéressant !

Un voleur… Vol à main armée, avait précisé Jenny. Dans l'esprit de Claudia, Buffalo Bill était tombé d'un coup dans le clan des brutes et des brigands.

De part et d'autre de l'autoroute, le paysage a la couleur de la terre brûlée. Au loin, des montagnes aux sommets enneigés. Claudia sourit. On dirait un décor de film à grand déploiement. Elle passe sa tête par la vitre de sa portière et double la camionnette et le camion qui se traînent devant elle. Elle chante à tue-tête par-dessus sa cassette et appuie à fond sur l'accélérateur.

— Je ne pense pas qu'il soit nécessaire de le dire à John tout de suite, fit Oliver.

— Lui dire quoi ? Que je cherche mon père naturel ?

— Non, qu'il a fait San Quentin.

— Moi non plus, je ne pense pas, renchérit Gena. Sinon, tu vas lui flanquer la crise cardiaque du siècle.

Motus et bouche cousue, donc. Même pas un mot sur l'adresse en poste restante. Ni à John, ni à Margaret, ni à Jenny. Surtout pas à Jenny. Elles se parlaient pourtant presque une fois par semaine.

— Comment vas-tu ?

— Bien !

— Et Ron ?

— Bien merci. Et Lily ?

— Très bien.

— Et Oliver ?

— Très bien, très bien. Tout le monde va bien.

Elles s'échangeaient les politesses d'usage, puis la conversation languissait. Ce n'était pas que Claudia n'aimait pas lui parler mais… Qu'avaient-elles à se dire, en somme ? Que savaient-elles l'une de l'autre ? Une partie de ping-pong intensif de quatre jours, cela ne suffit pas pour bâtir une relation. Elles auraient voulu se raconter tout ce qui leur était arrivé depuis la naissance de Claudia. C'était évidemment impossible. Et puis, en si peu de temps… Et quand bien même elles auraient réussi ! Il leur manquait la durée. Elles n'avaient rien partagé pendant trente-cinq ans. Ce n'est pas en quatre jours et une conversation téléphonique par semaine qu'on rattrape un tel retard. Jenny lui avait envoyé un chandail en cachemire noir de chez Barney, un vêtement magnifique, visiblement très cher, accompagné d'une très belle lettre. Claudia n'avait pas eu le cœur de dire à cette femme, qui aurait pu la connaître mieux que quiconque, qu'elle était allergique à la laine…

Elles ignoraient tout l'une de l'autre, ou presque. Une fois les politesses expédiées, une fois qu'elles s'étaient demandé des nouvelles de tout le monde, il ne restait à Claudia que des questions pesantes et sans fin. Jenny ne lui demandait jamais si elle l'avait retrouvé. Peut-être ne le lui demanderait-elle jamais. Qui sait ce qui s'était passé entre eux ? Claudia décida qu'elle mènerait ses recherches à terme, quoi que Jenny puisse en penser. Et puis, elle n'était pas tenue de tout leur dire, à la fin ! Pas tout de suite, en tout cas. Et si jamais son expédition à Lone Tree portait fruits, il serait toujours temps d'en avertir Jenny dans trois semaines, quand elle reviendrait à Los Angeles.

— Tu es sûre ? demanda Jenny.

— Mais oui, viens ! Ce sera bien !

— Je ne suis pas obligée de faire escale à Los Angeles. Je peux transiter par le Texas, aussi. Dallas, je crois.

— Non ! Passe plutôt par ici.

Jenny devait rejoindre Ron à Mexico à la fin d'un congrès. Ils prendraient là-bas quelques jours de vacances ensemble.

— Et cette fois, tu dors chez nous ! décréta Claudia.

— Oh, non !

— Pourquoi pas ?

— C'est plus commode à l'hôtel…

— Allons, Jenny ! C'est seulement pour deux jours!

— Bon… Je vais y penser.

S'il y avait du nouveau à Lone Tree, il serait toujours temps de lui en parler quand elle serait chez elle.

Claudia sort de l'autoroute et va s'acheter deux bouteilles d'eau de source dans un magasin dont l'enseigne proclame : « Épicerie Brady ». Il fait une chaleur suffocante. Claudia dégage son t-shirt de ses jeans. La ceinture de son pantalon, trempée de sueur, lui colle à la peau. Elle agite le bas de son t-shirt pour se rafraîchir le ventre et le dos. Elle prend une gorgée d'eau fraîche et s'adosse contre sa voiture. Le ciel bleu s'étire à l'infini. Une distributrice de boissons gazeuses ronronne derrière elle. Une abeille bourdonne. De temps à autre, une voiture passe au loin. Puis, des pas traversent lourdement l'allée de gravier.

— Besoin d'essence, ma petite dame ?

— Non, merci. C'est déjà fait.

— Ah !

L'homme sort un mouchoir de sa poche et retire ses lunettes. Claudia lui sourit.

— Vous allez où comme ça ? demande-t-il en s'épongeant le visage.

— Lone Tree.

— Ah !

— Vous connaissez ?

— Oui. J'ai habité là un bon bout de temps.

— Ah, oui ?

— Après, je suis venu ici. Quelle chaleur, hein ?

— Oui.

— C'est comme ça, par ici.

— Et dites-moi… commence Claudia en se redressant. En parlant de Lone Tree, vous ne connaîtriez pas un dénommé William Cole McDonald, par hasard ?

— Attendez voir… fait l'homme en remettant ses lunettes. William Cole McDonald ? Non, ça ne me dit rien du tout.

— Tant pis !

— Ça ne veut rien dire, vous savez ! Avec tous les gens qui déménagent…

— Oui…

L'homme la dévisage, remet son mouchoir dans sa poche.

— Il y a une voiture de police avec un radar un peu plus loin. À peu près deux kilomètres vers le nord. Vous ferez attention.

— Oui. Merci, monsieur Brady.

— Oh, non ! s'exclame l'homme en riant. Moi, c'est Garris. Le vieux Brady est mort, ça fait des années.

Il se retourne et s'éloigne. Ses chaussures poussiéreuses crissent sur le gravier.

— Vous ferez attention, avec le radar ! dit-il encore.

À quelques heures à peine de Los Angeles, Claudia a l'impression d'être en plein western. En repartant vers l'autoroute, elle aperçoit dans son rétroviseur l'homme de la station-service qui se tient debout près des pompes à essence. On dirait qu'il lui adresse un signe de la main en guise d'adieu. Elle n'a jamais vu la voiture de police, mais elle a quand même pris garde de ne pas dépasser la vitesse limite. Une route toute droite qui s'enfonce à l'infini, puis une courbe et, plus loin, la terre brûlée fait place au vert. « Bienvenue à Lone Tree ! » clame un panneau. Claudia éclate de rire et serre ses mains plus fort sur le volant.

— J'ai une table dans deux minutes ! lance la serveuse.

De chaque côté de son sourire, deux trous noirs rappellent que certaines de ses molaires ont déclaré forfait. Claudia la remercie d'un hochement de tête et parcourt le restaurant du regard. La salle est comble. On dirait que tout Lone Tree s'est donné rendez-vous pour le petit-déjeuner.

— Par ici ! lance la serveuse.

Elle l'emmène à une table qui vient de se libérer et lui met un menu entre les mains.

— Un café pour commencer ?

— Oui, merci.

Elle lui apporte presque aussitôt une tasse gigantesque avec un petit pot de crème. Puis, elle sort de sa poche calepin et stylo.

— Je voudrais… des œufs brouillés, euh… du pain grillé, et puis…

Elle regarde autour d'elle. À la table d'à côté, quatre colosses engloutissent un repas pantagruélique sans dire un mot. Claudia se rend compte qu'elle a une faim de loup, elle aussi.

— Du bacon…

— Autrement dit, vous voulez le mont Whitney ! déclare la serveuse en montrant le menu du bout de son stylo. Deux œufs, deux crêpes, deux tranches de bacon.

— Je ne veux pas de crêpes.

— Allons donc, ma belle ! Une sucrerie le matin, c'est toujours bon pour le moral !

Claudia sourit.

— D'accord ! Va pour le mont Whitney !

— C'est comme si c'était fait !

Claudia verse du sucre dans son café. Et s'il était ici même, dans ce restaurant ? Jenny disait qu'il était blond. Claudia examine les clients. Il y a un blond là-bas. Non… trop jeune. Et celui-là ? Non… trop petit. « Un mètre quatre-vingt-huit », avait dit Jenny. Par ailleurs, difficile de savoir combien mesure un homme qui mange, le nez dans son assiette. « Des yeux très bleus, avait murmuré Jenny d'une voix douce, comme les tiens. » Les mêmes yeux et le même nom, sauf que Jenny ne l'appelait pas Cole. Elle l'appelait Will. Un homme à quelques tables de la sienne lui sourit largement. Depuis combien de temps le dévisage-t-elle ? Si elle continue comme ça, ils vont appeler le shérif et l'accuser de grossière indécence. Claudia baisse les yeux et sourit à la salière et à la poivrière qui montent la garde devant elle. Elle sortirait du restaurant les menottes aux poignets. Ce serait le bouquet, tiens ! Et lui ? Lui avait-on passé les menottes quand il avait été arrêté ?

— Et voilà, ma belle ! lance la serveuse en déposant son assiette devant elle.

Le bureau de poste de Lone Tree se trouve tout près du restaurant, un peu en retrait de la rue principale. Celle-ci est en fait l'autoroute par laquelle Claudia est arrivée. L'autoroute s'assagit un peu le temps de traverser la ville et reprend tous ses droits une dizaine de coins de rue plus loin. La ville s'étale de part et d'autre de cette grande artère. D'un côté, c'est la plaine. De l'autre se dresse une chaîne montagneuse à la limite de la Sierra Nevada. Les monts Alabama sont connus notamment pour leur mont Whitney, éponyme du petit-déjeuner que Claudia vient d'engouffrer. Le bureau de poste niche dans un bâtiment de pierre carré percé de grandes fenêtres. Les portes en sont ouvertes. Dans la première pièce, une flottille de boîtes postales en laiton couvre trois des quatre murs. La deuxième est équipée d'un comptoir de service. Une jeune femme en shorts et sandales y est accoudée, un enfant sur la hanche, un deuxième assis sur le comptoir près d'un petit carton ouvert, un troisième endormi dans une poussette à ses pieds.

— Comment veux-tu que je sache quoi prendre ? demande la jeune femme à l'employé des postes.

— Mais enfin, Mary, tu sais bien que ma mère a horreur des bibelots !

Claudia se place prudemment derrière la jeune femme pour attendre son tour.

— Ce n'est pas un bibelot, Marshall ! C'est une tasse !

— Une seule tasse, Mary, ça n'a pas de sens ! On ne peut quand même pas offrir une seule tasse !

— C'est une tasse à thé anglaise, imagine-toi ! Très chic ! Pas le genre de truc qu'on achète à la douzaine, tu peux me croire !

— Oui ? Eh bien, en tout cas, ça ne lui plaira pas !

— Et comment veux-tu que je sache ce qui lui plaît, moi ?

La jeune femme soupire ostensiblement, change l'enfant de hanche et jette un œil vers Claudia.

— C'est bien, une tasse. Non ?

Claudia hésite.

— Mary, je t'en prie, dit l'employé des postes.

— Laisse-moi donc tranquille, Marshall !

Elle sort la tasse du petit carton et la montre à Claudia.

— Elle est chouette, non ?

C'est effectivement une jolie tasse de porcelaine anglaise couleur ivoire avec de petites fleurs jaunes peintes autour.

— Très chouette, confirme Claudia.

— Ah ! Tu vois ? s'exclame la jeune femme d'un ton victorieux. La petite dame aussi la trouve très chouette ! Tu n'as pas de goût, voilà ce que c'est !

— Je ne dis pas qu'elle n'est pas chouette, Mary. Je dis simplement que ça ne plaira pas à ma mère. Elle ne boit même pas de thé, bon sang !

L'enfant assis sur le comptoir s'empare d'un morceau de papier de soie dans le petit carton et se met à le faire tourner au-dessus de sa tête comme une fronde. Mary l'empoigne de son bras resté libre et le dépose sur le sol. Il se met aussitôt à pousser des cris stridents.

— Ça suffit, Marshall ! lui lance la jeune femme. Quant à toi, si tu n'aimes pas la tasse, eh bien, tu te débrouilleras tout seul pour trouver un cadeau à ta mère !

L'enfant qu'elle a dans ses bras fait chorus avec le petit Marshall, qui continue de hurler par terre.

— Dieu du ciel ! soupire le grand Marshall.

— Si vous n'arrêtez pas de pleurer tout de suite, vous pouvez faire une croix sur les glaces, les enfants ! lance Mary d'une voix décidée.

Du bras qui tient le bébé, elle agrippe la poussette. Puis, elle attrape d'une main le petit Marshall en larmes et s'éloigne.

— Mary...

— À plus tard ! lance-t-elle à Claudia.

Enfin, elle disparaît par les portes grandes ouvertes avec son bruyant équipage.

— Mary ! répète le postier.

Trop tard. L'homme se frotte le front d'un air las, puis regarde Claudia.

— Une tasse ! murmure-t-il.

Claudia lui sourit gentiment. Il soupire.

— Qu'est-ce que je peux faire pour vous, ma petite dame ?

La tasse, les gamins qui braillent... pas formidable, comme prise de contact. Claudia hésite. Ne ferait-elle pas mieux d'acheter des timbres et de revenir plus tard, quand le postier sera remis de ses émotions ? À moins qu'elle ne lui dise d'emblée toute la vérité ? Ou seulement quelques extraits choisis ? Aurait-elle avantage à l'appeler Marshall ? Devrait-elle faire semblant d'habiter Lone Tree ? Ou prétendre qu'elle envisage de s'y installer ?

— Je...

Elle sourit encore et fouille vainement sa mémoire : quelle était sa stratégie, déjà ?

— Je voudrais... des renseignements sur la poste restante.

— Comme quoi ?

— Eh bien… disons que quelqu'un reçoit son courrier en poste restante. Mettons Will McDonald, par exemple…

— Et alors ?

— Il reçoit son courrier en poste restante, n'est-ce pas ?

— Oui.

Ça marche ! Ah ! La tête que va faire Dorothy Floye quand elle apprendra ça !

— En d'autres termes, vous ne lui apportez pas son courrier chez lui ?

— On livre seulement sur les routes rurales.

— Ah !

— Jusque dans les monts Alabama.

— Ah, bon.

— Les autres ont des boîtes postales, sauf ceux qui préfèrent la poste restante. Je ne sais pas pourquoi, mais il y a des gens qui aiment mieux venir ici pour prendre leur courrier. C'est comme ça. Remarquez que les postes restantes n'en reçoivent pas beaucoup, en général, du courrier.

— Ah, non ?

Ils se regardent en silence un bon moment.

— Will McDonald, par exemple, reprend Claudia, puisqu'il reçoit son courrier en poste restante… vous gardez ses lettres ici même, au bureau de poste, jusqu'à ce qu'il vienne les chercher ?

Elle a l'air d'une idiote ! On dirait qu'elle parle à Santos.

— C'est ça ! dit le postier en désignant du doigt un petit meuble de bois à compartiments. Je range les lettres par ordre alphabétique, de A à Z. Je les garde trente jours et, après, retour à l'expéditeur. Ça veut dire que je les renvoie aux personnes qui les ont envoyées.

Il la regarde et se tait. Allons bon ! La contagion gagne. Marshall aussi commence à lui parler comme à Santos.

— Je vois…

En vérité, Claudia ne voit rien du tout. Elle a complètement perdu le fil de ses idées. Que voulait-elle, au juste ? Quel était son plan d'attaque ? En avait-elle un, au moins ?

— Vous êtes un inspecteur des postes ? demande soudain Marshall.

— Moi ? Oh, non ! Pas du tout !

— Parce que, si c'est ça, il faut le dire tout de suite ! En tout cas, moi, je fais comme on m'a dit et ça fait neuf ans que ça dure ! Alors, si ce n'est pas du goût de Will McDonald, j'aimerais autant qu'il vienne me le dire en face au lieu d'appeler les postes pour m'envoyer des espions !

— Non, non ! dit Claudia en agitant ses mains devant elle. Non, je vous assure, je ne travaille pas pour les postes. Je... je cherche Will McDonald. Voilà. C'est tout.

Marshall l'examine d'un œil soupçonneux.

— Il faut absolument que je lui parle et comme je n'avais que la poste restante comme adresse, je... je me suis dit que vous ne voudriez pas me dire où il habite, alors je cherchais un moyen de... Je ne ferais pas un très bon détective, en tout cas. Ça, c'est sûr.

L'employé des postes lui répond d'une moue silencieuse.

— Sans compter que nous sommes partis du mauvais pied avec cette histoire de tasse... ajoute Claudia.

— Ma mère va être furieuse !

Il se recule un peu, la dévisage encore, les yeux plissés.

— Vous ne seriez pas une ex-femme de Will, par hasard ?

— Non.

— Parce que moi, je n'ai pas envie de le voir débarquer ici avec un flingue, si vous voyez ce que je veux dire.

Comment ça, un flingue ? Will a donc pour habitude de se promener avec un flingue ?

— Non, je vous assure ! Je ne suis pas une ex-femme de Will.

— Ce n'est pas non plus pour une comparution, ou quelque chose du genre ? Vous n'avez pas l'air d'une avocate...

— Non, je... je suis de la famille.

— Quel genre de lien de famille ?

Seigneur Dieu ! Sa sœur qui habite en Chine ? Sa petite cousine de Toledo du côté de sa mère ? Claudia regarde l'employé des postes. Il se frotte le front et fait encore la moue. « L'authenticité, Claudia. C'est toujours la voie la plus sûre. » « Qu'est-ce que ça veut dire, papa ? » « Tu regarderas dans le dictionnaire, ma chérie. »

— Je suis sa fille, lâche-t-elle brusquement.

Le postier l'étudie des pieds à la tête.

— Je ne savais pas que Will McDonald avait une fille…

— Eh bien, voyez-vous, Marshall… il y a de bonnes chances pour qu'il n'en sache rien non plus.

— Ah, ben… Ça, alors ! Ah, ben, ça !

Claudia se met à rire.

— Et vous allez lui faire la surprise ?

— Je ne sais pas encore exactement.

— Ah, ben… Ça alors ! Je donnerais cher pour voir ça !

Claudia lui adresse un sourire aimable.

— Je vais vous dire, moi ! ajoute le postier d'un air gourmand. Il habite Owens Road.

Owens Road est la route qui serpente entre les pâturages à chevaux et grimpe à l'assaut des montagnes, vers la Sierra Nevada. Claudia verra des champs clôturés, des herbages, des gros rochers ocre, mais pas d'adresses sur les maisons. Marshall lui décrit celle de Will. Il faudra qu'elle conduise lentement pour ne pas la manquer.

— La route tourne un peu vers la droite. Il habite juste avant le virage à gauche qui suit, entre les deux courbes. Il y a tellement d'arbres qu'on ne voit presque pas l'entrée. Il aime les arbres, Will, c'est comme ça. Il y en a tellement que vous risquez de ne pas voir sa maison, ni sa camionnette, ni rien du tout.

Elle hésita. Elle se demanda longuement où garer sa voiture. Il lui semblait imprudent de la laisser au bord de la route. Elle s'engagea dans un chemin pour faire demi-tour, revint lentement vers l'entrée qu'elle avait cru repérer parmi les arbres, s'arrêta. Non, décidément, elle ne pouvait pas abandonner sa voiture là. C'était risquer qu'un autre automobiliste la heurte en débouchant du virage. Elle alla faire un deuxième demi-tour, revint vers l'entrée. Elle s'y engagea, éteignit le moteur et sortit. Elle s'adossa à la carrosserie en tentant de distinguer une éventuelle maison à travers les branchages touffus. Rien. Elle renfonça son t-shirt dans ses jeans, se passa les doigts dans les cheveux, se pencha vers le rétroviseur pour voir quelle tête elle avait. Elle se demanda si elle devrait remettre du rouge à lèvres, décida qu'elle était très bien comme ça. Enfin, elle s'éloigna de sa voiture.

Ce n'étaient pas les possibilités d'action qui manquaient. Elle pouvait retourner à Los Angeles et se faire couper les cheveux, enfiler le pantalon qui la faisait paraître plus mince, revenir quand elle aurait quarante ans, cinquante peut-être. Elle pouvait aussi arrêter d'échafauder des plans stupides et continuer d'avancer sans penser à des bêtises. Elle arriva en vue d'une clôture en rondins qui barrait une allée de gravier. Elle s'arrêta. Les lieux paraissaient tranquilles.

À part le chant des oiseaux et le murmure du vent dans les feuilles, tout était silence. Elle souleva d'une main prudente le loquet de la barrière. Un chien de berger assez petit, mais l'air féroce, se mit à grogner.

— Doux Jésus ! souffla Claudia.

Ils étaient deux, qui la regardaient d'un œil mauvais. Elle s'immobilisa, retira sa main du loquet sans faire de gestes brusques.

— Bonjour, les chiens ! murmura-t-elle d'une voix qu'elle voulait engageante.

Le plus gros retroussa ses babines.

— Gentil, le chien !

Ils n'avancèrent pas, mais continuèrent de gronder en la fixant depuis l'autre côté de la clôture. Elle fit un pas vers l'arrière, puis un autre, puis un autre encore, précautionneusement, sans quitter les deux molosses des yeux. Elle continua de marcher à reculons alors même qu'ils n'étaient plus en vue, se cognant la nuque aux branchages. Enfin, elle sentit le capot de sa voiture contre ses jambes. Elle glissa prudemment le long du métal tiède, ouvrit la portière et s'engouffra dans son véhicule. Son cœur allait sauter hors de sa poitrine s'il persistait à battre aussi fort. Elle se regarda dans le rétroviseur. Son visage était rose et couvert de sueur. Elle s'essuya la lèvre supérieure et le front du revers de la main, puis repoussa les mèches humides qui avaient collé à sa peau. Eh bien, pour une surprise, c'était une surprise… mais ce n'était pas Will qui en avait fait les frais. Le postier lui était sympathique, mais elle n'irait quand même pas jusqu'à se faire dévorer par des chiens pour mettre du piquant dans sa vie. Elle imaginait la scène.

— J'ai trouvé les restes d'une femme déchiquetée devant chez moi, dirait Will.

— Je la connais ! s'exclamerait Marshall d'un ton fanfaron.

Non, merci. Claudia démarra le moteur, fit demi-tour et redescendit la côte. Impossible d'accéder à la maison avec les deux cerbères. Il fallait trouver autre chose. Elle inspira profondément. Bon, d'accord, Columbo n'aurait pas commis une erreur aussi grossière. Il aurait prévu le coup des chiens et se serait méfié. Toutefois, elle ne s'avouait pas vaincue. Il existait sûrement une solution simple, efficace et sans danger. Elle allait retourner au bureau de poste. Non ! elle allait retourner au restaurant et commander quelque chose à boire. Non ! elle allait retourner au bureau de poste et demanderait à Marshall si Will avait du courrier. Puis, elle installerait un lit de camp derrière le comptoir et dormirait là jusqu'à ce que Will vienne chercher ses lettres. Si le postier n'était pas d'accord, elle s'adresserait à sa femme. Après tout, elle avait pris son parti dans l'histoire de la tasse. Mary lui revaudrait sûrement ça. Elle se trouvait à mi-hauteur de la pente quand elle l'aperçut. « Une camionnette Ford soixante-douze, avait dit Marshall. Il a plusieurs véhicules mais c'est celui-là qu'il utilise le plus souvent. Un demi-tonne vert. » Claudia n'avait aucune idée de ce qu'était un demi-tonne mais la camionnette qui venait vers elle était bel et bien verte et c'était suffisant pour lui redonner courage. Elle ne réussit pas à distinguer les traits du chauffeur quand il la croisa. Tant pis ! Elle s'arrêta en plein milieu de la route, attendit quelques minutes que son cœur se calme un peu et fit demi-tour. Il était en train de refermer la barrière derrière lui quand elle surgit au détour de son allée. Les chiens aboyèrent. La main sur le loquet, l'homme leva la tête vers la voiture qui s'approchait. Claudia s'arrêta, éteignit le moteur et sortit.

— Couchés ! lança l'homme.

Les chiens se turent immédiatement.

Claudia le dévisagea. De toute évidence, c'était lui. Même pas la peine de demander.

Il était grand, large d'épaules. On voyait l'encolure d'un t-shirt dans le col ouvert de sa chemise aux manches relevées, maculée de taches. Il avait la peau tannée par le soleil, presque brune, un début de ventre en haut de jambes immensément longues qui surplombaient des pieds gigantesques. L'homme portait des jeans et des bottes qui n'étaient plus neuves. Il avait des pommettes saillantes d'Indien, une chevelure épaisse et grise, une moustache, grise aussi, des yeux du même bleu que ceux de Claudia.

« Je vais m'évanouir », pensa-t-elle.

Elle posa une main sur l'aile de sa voiture. Il retira la sienne du loquet. Elle le regardait sans rien dire. Tout ce qui lui venait à l'esprit, c'étaient des idioties : « Devine qui c'est ? » Elle aurait dû demander à Gena de lui souffler une réplique bien tournée d'une pièce de théâtre ou d'un scénario. Non. Elle aurait dû se préparer, voilà tout, trouver d'avance les mots qu'il faut, et même les écrire pour plus de sûreté. Qu'est-ce qui lui avait pris d'arriver comme ça, d'improviser dans des circonstances pareilles ? Imbécile heureuse, va ! Elle avait roulé quatre heures dans un décor de western sans penser à rien, et elle se retrouvait plantée comme une poire sans savoir quoi dire, à le fixer avec des yeux stupides.

— Beau temps, hein ? demanda-t-il.

Sa voix avait le même timbre que celle des chiens, bas et grondant. Claudia soupira. Cela devait faire une éternité qu'elle ne respirait plus. Il avança de quelques pas vers elle. Il avait une coquetterie à la jambe droite. Une claudication de naissance, peut-être, ou alors il s'était blessé.

— Vous êtes perdue ?

— Non.

— Bon. C'est déjà ça.

Il sourit, faisant naître une multitude de rides autour de ses yeux, des rides aussi profondes que les crevasses qu'on observe à la surface de la lune certains soirs. Il avait les mêmes yeux qu'elle, et pas seulement la couleur. La forme, aussi. Les mêmes yeux qu'elle.

Elle sentit des larmes rouler sur ses joues.

— Quelque chose qui ne va pas ? demanda-t-il avec gentillesse.

Elle avait l'impression de se lézarder de l'intérieur, d'entendre en elle les craquements d'une carcasse qui se démantèle. Elle hocha la tête de gauche à droite, puis de haut en bas.

— Ça n'a pas l'air d'aller très fort, constata-t-il doucement.

Les dernières pièces du casse-tête tombaient en place. Elle avait vu en Jenny une partie de ce qu'elle était. Elle avait en cet instant devant les yeux un autre visage d'elle.

— Je m'appelle Claudia, murmura-t-elle d'une voix étranglée. Ils m'ont appelée Claudia.

Les images terrifiantes d'inondations qu'elle avait vues à la télé défilèrent dans sa mémoire. Elle se sentait comme ces arbres arrachés du sol, brisés en mille brindilles par un torrent déchaîné.

— Mais ce n'est pas mon vrai nom, poursuivit-elle péniblement. Mon vrai nom, c'est Cole.

Il fronça légèrement les sourcils.

— Elle m'avait appelée Cole.

C'était comme si elle avait retenu son souffle toute sa vie et soudain, l'air s'engouffrait en trombe dans ses poumons. « Tu as été adoptée. » Margaret et John le lui avaient annoncé le plus délicatement du monde. « Adopter, prendre légalement pour fils ou fille, reconnaître comme son propre enfant. » Elle avait regardé le mot des dizaines de fois dans le dictionnaire, s'était répété inlassablement l'histoire depuis qu'elle avait six ans. D'où viennent les bébés ? C'est comme ça que la ribambelle de questions avait déboulé. Les bébés viennent du ventre de leur maman. Le ventre de la maman grossit parce que le papa et la maman font quelque chose ensemble et après, le bébé sort du ventre de la maman. C'est ce que Billy Shelton avait dit. « C'est vrai, maman ? Je suis sortie de ton ventre ? » Alors, Margaret avait tourné les yeux vers John. « Toi, tu es quelqu'un de très spécial, lui avaient-ils expliqué dans sa chambre de froufrous jaunes à petits pois. Nous t'avons adoptée. » Et Jenny, assise dans le sofa de sa chambre du Beverly Wilshire, ses deux jambes repliées sous elle :

— Tu ne peux pas t'imaginer comment c'était, à l'époque. Je n'avais pas d'autre choix.

— Et lui ? Est-ce qu'il a su que j'étais née ?

— Je ne pouvais pas le joindre. Je ne savais pas où il était…

Eh bien, elle, elle avait su le joindre ! Il était là, debout devant elle au milieu d'un bois, en plein Far West, de l'autre côté d'une clôture en rondins. Claudia sentit que son corps s'affaissait légèrement contre l'aile de sa voiture.

— Je suis ta fille, dit-elle.

Sur le visage de Will, l'étonnement souriant fit place à une véritable stupeur. Claudia se rappelle très bien son visage ébahi. Après, ses souvenirs sont flous. Elle était comme étourdie et ses jambes ne la portaient plus. Elle se souvient seulement d'avoir vu un petit ruisseau, puis une maison de bois cernée par les mauvaises herbes, des arbres à n'en plus finir, et puis des camions, des camionnettes, une flotte automobile.

— Ils ne fonctionnent pas tous, expliqua-t-il. Je m'en sers seulement pour récupérer des pièces.

Elle vit encore une table et des chaises de séquoia qui avaient l'air d'avoir poussé à même le sol.

— C'est toi qui les as faits ?

— Oui.

Il lui tendit un verre d'eau, puis un autre, et la vit reprendre des couleurs. Ensuite, il lui offrit une citronnade avec de la glace pilée. Il lui avait passé le bras autour de la taille pour l'emmener vers la maison. Ses mains étaient grandes et fortes. Claudia sentait ses muscles puissants sous la chemise. Tout en lui était solide. Il portait un après-rasage démodé que Claudia se souvenait avoir senti dans un grand magasin. Il émanait aussi de lui une odeur de savon et de sueur. Il la fit s'asseoir sur une chaise et resta debout près d'elle, immobile, jusqu'à ce qu'elle arrête de trembler. Il ne disait rien. Il resta simplement là, sans bouger, une main posée sur son épaule, jusqu'à ce qu'elle s'apaise. Ensuite seulement, il alla chercher la citronnade. Il apporta également quelques sachets d'édulcorant qu'il déposa près de la carafe.

— Il faut que je fasse attention au sucre, expliqua-t-il.

Il s'assit à côté d'elle. Les chiens tournèrent en rond jusqu'à ce qu'il se soit installé, puis ils s'affalèrent sous la table, aussi tranquilles que des agneaux.

L'homme étendit ses longues jambes devant lui, ouvrit un sachet d'édulcorant et en versa la moitié dans son verre. Il replia soigneusement le bord du sachet pour le refermer, le posa sur la table. Il prit une grande gorgée de citronnade et se lissa la moustache du bout des doigts.

— On commence par où ? demanda-t-il.

Claudia soupira, posa ses bras sur les accoudoirs de sa chaise en bois.

— Tu savais que j'existais ? demanda-t-elle.

— Je savais qu'elle avait eu un enfant.

Il la regardait bien en face. Il sourit.

— Je ne savais pas que c'était une fille.

Il avait les yeux peut-être encore plus bleus que ceux de Claudia, un sourire désarmant. Elle était décontenancée, ne savait plus si elle rêvait ou si ce qu'elle voyait était réel.

— Comment savais-tu qu'elle avait eu un enfant ?

— Parce qu'elle était enceinte.

Il baissa les yeux et son visage s'assombrit.

— On allait se marier. Tu le savais ?

— Oui.

Il reprit le sachet qu'il avait posé sur la table et se mit à le faire tourner entre ses doigts.

— Tu savais qu'elle avait mené la grossesse à terme?

— Oui.

Ils avançaient à pas prudents, comme si chacun d'eux s'était attendu à ce que l'autre fasse un geste, prononce un mot déterminant pour la suite.

— Tu ne savais pas ce que j'étais devenue?

— Non.

— J'ai été adoptée.

Il la regarda, surpris.

— Par des gens de Los Angeles. J'ai grandi dans Hancock Park.

— À Los Angeles?

— Oui.

Il se pencha vers l'avant, reposa l'édulcorant sur la table, se passa les mains sur le visage.

— Ce n'est pas ce que j'avais imaginé.

Alors, il pensait à elle? Il essayait de l'imaginer?

Il écarta le pouce et l'index et lissa les extrémités de sa moustache. Il lui manquait une phalange à trois doigts.

— Je pensais qu'elle t'avait gardée, reprit-il. Je pensais que tu avais grandi avec elle.

— Non. Je ne l'ai retrouvée que tout récemment.

Il se rencogna dans sa chaise, comme sous l'impact d'un coup de poing au ralenti.

— Tu ne l'as retrouvée que tout récemment, répéta-t-il, hébété.

— Oui.

Il regardait droit devant lui, les yeux fixes.

— Est-ce que ça va? demanda Claudia.

— Quand?

— Il y a cinq mois environ, à Los Angeles.

— C'est là qu'elle habite?

— Non. Elle vit à New York. C'est moi qui habite à Los Angeles.

Le berger allemand le plus jeune se leva en ronchonnant. Il vint s'asseoir près de son maître et posa sa patte sur son genou. D'un geste machinal, Will se mit à lui gratter la tête. Le chien se tordit un peu le cou pour qu'il lui caresse aussi les oreilles.

— Et toi, demanda-t-il. Ça va ?

— Oui... Je ne sais pas trop. Je suis un peu perdue, je crois.

— Moi aussi.

Il la regarda plus attentivement, puis sourit.

— Tu ressembles à ma mère.

— C'est vrai ?

— Oui. La bouche... Enfin, pour autant que je m'en souvienne. En tout cas, tu n'as pas la bouche de Jenny.

Il éleva sa main vers les commissures de ses lèvres.

— Oui, tu ressembles à ma mère ici... et ici.

Ses doigts flottaient à quelques centimètres d'elle sans la toucher. Instinctivement, elle pencha sa tête vers l'avant et posa sa joue dans sa main. Elle s'enivrait de son odeur, de ses doigts calleux contre sa peau. Ils restèrent immobiles une minute au moins, sans parler, le visage de Claudia dans la paume de Will.

Puis, le chien fit glisser sa patte jusqu'au pied de son maître et laissa tomber sa bonne grosse tête contre sa botte. Claudia et Will éclatèrent de rire en même temps. Claudia retira son visage et Will laissa tomber sa main. Ils ne dirent pas un mot. Claudia tremblait. Le contact avec Will était très différent de ce qu'il avait été avec Jenny. Sans savoir pourquoi, elle sentait entre elle et lui un lien puissant et mystérieux.

— Quand je pense que je suis allé jusque-là, dit-il en riant doucement.

— Pardon ?

— Je suis allé à New York.

Claudia vit un immense séquoia de dessin animé portant des bottes de cow-boy et traversant les rues encombrées de New York au sortir des spectacles. Le grand arbre portait la moustache et il errait gauchement au milieu d'un tintamarre de crissements de pneus et de coups de klaxon furieux.

— Pour quoi faire ?

— Pour la chercher. Elle et l'enfant... Elle et toi. Je ne savais pas...

Il secoua la tête, puis se leva. Ses yeux regardaient quelque part au loin, très loin de la maison.

— Ça fait longtemps. Tant pis. Tu veux voir la rivière ?

Les chiens se levèrent à sa suite. Will regardait Claudia, qui restait immobile dans sa chaise.

— Tu as cherché Jenny ?

— Ma pauvre petite, fit-il d'une voix douce, j'ai cherché Jenny toute ma vie.

Will se passe la main sur le visage. Il s'est assoupi dans sa chaise longue et la nuit est tombée depuis longtemps. Il faudrait qu'il allume les lampes. Il redresse son dossier, se lève, s'étire. Les chiens bougent un peu. Babe ne le lâche pas des yeux. Sarge l'examine quelques secondes puis, voyant qu'il ne sortira pas, il repose sa tête sur le tapis pour se rendormir aussitôt. Will allume la lumière dans la cuisine, boit un peu d'eau du robinet au creux de ses mains. Il observe le ciel par la fenêtre, se passe de l'eau sur le visage et sur la nuque. Quelle journée ! Il était rentré chez lui comme d'habitude. Sauf qu'elle était là. Là ! Dans son entrée... Une adulte. Jamais il n'aurait cru ça. Depuis des années, il avait abandonné l'espoir de voir l'enfant. Elle a surgi comme ça dans son entrée, au volant de sa voiture. Une fille... Aussi grande que Jenny, presque aussi grande que lui. Mais différente. « Elle est moins anguleuse que Jenny, plus douce. Plus lumineuse, aussi. Elle est splendide. » Will n'a jamais rien vu d'aussi beau. Et Jenny l'a appelée Cole. Il fronce les sourcils, se détourne de la fenêtre, va dans sa chambre. Il s'assied au bord de son lit, retire ses bottes. Il surprend son reflet dans le miroir qui surmonte la commode de chêne et laisse échapper un ricanement moqueur. Trente-cinq ans ! « Et Jenny, de quoi a-t-elle l'air, maintenant ? » Il déboutonne sa chemise, la jette sur une chaise près de la porte, retire son t-shirt. Il se dévisage dans le miroir et fait glisser ses doigts le long de la cicatrice. « Jenny. »

Dans sa chair, en dessous de son bras, il a gravé son prénom avec l'extrémité d'un clou chauffé à blanc au chalumeau. Will se penche vers le miroir. « Elle a retrouvé Jenny. » Il enfouit son visage dans ses mains.

Claudia traverse le stationnement du Frontier, « le meilleur motel de Lone Tree », s'il faut en croire son enseigne.

— J'ai de la place ici, si tu veux, avait dit Will tandis qu'ils sortaient de chez lui.

— Non, merci...

Il avait approuvé d'un signe de tête.

— Je te suis.

— Ce n'est pas la peine. Je suis passée devant en venant ici. Je retrouverai facilement.

— Je te suis.

— Ce n'est pas la peine, je t'assure...

— Hé! qu'est-ce que je viens de te dire?

— Tu viens de me dire que tu allais me suivre, répondit-elle en souriant.

D'abord, ils mangèrent au Lone Tree Café. Elle commanda des *enchiladas rancheras,* parce que c'était le plat du jour et que Al, le propriétaire, affirmait que c'était sa grande spécialité. Will rit et dit qu'il n'en doutait pas une minute, mais il prit le buffet. Elle demanda un verre de vin. Il expliqua qu'il ne buvait pas d'alcool. La serveuse lui apporta d'office son thé glacé. Les clients le saluaient. Tout le monde semblait le connaître, ici.

— Salut, Will! fit un petit homme en lui adressant un signe de tête rapide.

— Salut, Jim.

— Bonsoir, Will! lança un couple dans un coin de la salle.

— Bonsoir, Ruth! Bonsoir, Brock!

— Will! hurla Al depuis son comptoir. Tu as trouvé la culasse pour ta camionnette? Hoot Clarence dit qu'ils en auraient peut-être à Markleeville.

— J'ai déjà trouvé, merci!

— Ah, oui ?

— Oui.

— Ah, bon.

— Alors ? Qu'est-ce que je vous sers ? demanda la serveuse en examinant Claudia des pieds à la tête.

— Stefanie, je te présente ma fille, dit Will avec un petit sourire.

La serveuse le dévisagea, bouche bée, puis se retourna vers Claudia.

— Et ouais ! fit la jeune femme.

— Oh, ben, ça, alors ! s'exclama Stefanie. Will McDonald, espèce de cachottier !

Elle éclata de rire et asséna une tape vigoureuse sur son bras.

— Al ? claironna-t-elle. Tu ne devineras jamais qui est la petite dame !

Claudia fait le tour de la petite piscine ovale et se laisse tomber dans une chaise métallique sur la pelouse qui s'étend devant le motel. La nuit est douce, paisible et belle. Cependant, l'esprit de Claudia tourne à toute vitesse. Ses pensées s'emballent sans qu'elle réussisse à leur tenir la bride. Impossible de dormir, ou même de rester dans sa chambre. Il l'a cherchée ! Il les a cherchées, plutôt, elle et Jenny ! Ces mots clignotent dans sa tête comme un néon. Elle jurerait qu'ils traversent le ciel en feux d'artifice.

Assise dans le noir, elle récapitule les bribes d'information qu'elle a glanées au fil de la journée. Il a fini consciencieusement son plat et a ramassé la sauce jusqu'à la dernière goutte avec un morceau de pain. Ensuite, il a déposé sur sa grande assiette bien propre ses couverts, puis son assiette à salade, puis l'assiette à pain, puis son verre et sa serviette en papier, le tout empilé par ordre de taille. Il a fini à la petite cuillère la sauce que Stefanie avait apportée pour les *enchiladas* de Claudia et il a ajouté la petite cuillère et la soucoupe à sauce à son édifice. Enfin, il a soigneusement ramassé les miettes de pain sur la table avec une autre serviette en papier, l'a repliée et placée au sommet de la pyramide, puis il s'est renfoncé dans sa chaise et s'est lissé la moustache du pouce et de l'index en regardant sa fille. Il a souri.

— On a du temps à rattraper, a-t-il constaté en se balançant sur les pattes arrière de sa chaise. Raconte-moi quand tu étais petite !

Claudia appuie sa tête au dossier de la chaise de jardin, fait glisser ses chaussures du bout des orteils et plonge ses pieds nus dans l'herbe humide et fraîche. Un ciel noir immense, de grosses étoiles éblouissantes si proches qu'on pourrait grimper dessus, des grillons, des vaches. Claudia sourit. Jamais elle n'aurait cru que les vaches mugissaient la nuit. Des vaches au visage tout pâle avec de grands cils qu'on aurait dits couverts de mascara, comme ceux des actrices du cinéma muet. Leur enclos arrive jusqu'au stationnement. Claudia s'est plantée devant elles et leur a mugi quelque chose pour leur rendre la politesse. Will riait à gorge déployée.

Il l'accompagna jusqu'à sa chambre, entra avec elle pour en faire l'inspection, examina la salle de bains. Puis, il prit une chaise et la traîna devant la porte.

— Quand je serai parti, tu placeras la chaise comme ça.

Il la fit basculer sur ses pattes arrière pour coincer le dossier sous la poignée de la porte.

— Tu plaisantes ou quoi ?

— Non. Tu vois comment on fait ?

— Oui, mais… Est-ce qu'il y a tant de voleurs que ça, par ici ?

— Non.

— Alors, pourquoi veux-tu que je bloque ma porte avec une chaise ?

Il ne répondit pas.

— Je suis une grande fille, tu sais.

— Je vois ça.

— En plus, il paraît que c'est le meilleur motel de Lone Tree.

Il la regardait sans un mot, sans un geste.

— Bon, d'accord, dit-elle enfin.

Les mains collées sur son visage, Claudia sourit. Elle passe ses doigts dans ses cheveux et fixe la lune jusqu'à ce que son regard se brouille.

Elle lui a raconté son enfance. Sœur Anne et les récréations. Le jour de sa première communion, quand elle a vomi sur sa belle robe blanche. L'arrivée de Gena dans son école, la fois où elles se sont fait piquer par des abeilles. Pendant des mois, elle s'est réveillée en sursaut presque chaque nuit en pensant que les insectes avaient envahi sa chambre. Elle avait peur de poser sa main sur la rampe des escaliers mécaniques quand elle était petite, même si grand-maman Mae lui assurait qu'il n'y avait rien à craindre. Elle pensait que la rampe allait l'entraîner quand l'escalier arriverait en haut, qu'il l'aspirerait dans le sol à travers la petite grille. Et puis, sa chambre en froufrous jaunes à petits pois, son lit tellement haut que Margaret avait placé un tabouret devant, mais les fleurs brodées sur le dessus lui grattaient la plante des pieds. Elle avait toujours adoré lire. Comme animal de compagnie, elle possédait un lapin qui s'appelait Capitaine. C'était plutôt un nom de chien parce que, justement, elle aurait préféré un chien, mais Margaret et John ne voulaient pas. Quelqu'un était allergique dans la maison mais elle n'avait jamais su qui c'était, finalement. Margaret lui donnait toujours la croûte de caramel et les cerises de son renversé aux ananas. Quand Gena venait dormir chez elle, Margaret leur disait qu'une fois endormies elles sortiraient de leur lit en volant et voyageraient avec les anges par-delà les toits des maisons, jusqu'au pays où dort Jésus. John lui a appris à nager sans les petites bouées pour les bras, à faire du vélo sans les roues d'appoint, à bloquer les passes de foot en se laissant tomber sur un genou. Et puis, sa rencontre avec Oliver. Il faisait des paniers sur un terrain de basket-ball à New York et ses cheveux lui tombaient sur les yeux. Il est allergique aux noix de pacane et, justement, elle lui a fait une bonne tarte aux pacanes la première fois qu'elle l'a invité chez elle! Il lui a confié par la suite qu'il était passé à deux doigts de la manger quand même et de risquer la mort pour ne pas lui faire de peine. Il est tellement gentil, Oliver! Et puis, la première fois qu'elle a vu Lily. Le docteur Brooks la lui a tendue avant même de couper le cordon. La petite avait les yeux grands ouverts et donnait des coups de poing dans l'air, mais elle ne pleurait pas. Claudia lui a dit aussi comment elle se l'imaginait, lui, depuis que Margaret et John lui avaient révélé qu'elle avait été adoptée.

Patient et silencieux, discret, Al attendait à quelques pas de leur table. Elle ne l'avait pas vu arriver. Will posa doucement sa main sur son bras pour la faire taire.

— Excuse-moi, Will, dit Al d'un air contrit. Betty a loué deux vidéos, deux histoires d'amour, comme d'habitude. Il faudrait que je rentre…

— Bien sûr, Al. On part tout de suite.

Il déposa quelques billets sur la table. Elle sortit son portefeuille pour payer sa part, mais il la regarda d'un tel air qu'elle le remit dans son sac sans même avancer un mot de protestation. La nuit était tombée tandis qu'elle parlait. Le restaurant était désert. Même Stefanie avait disparu. Il ne restait qu'eux deux et Al.

Il lui prit les clés de sa voiture des mains, lui ouvrit la portière, lui rendit ses clés, attendit qu'elle se soit installée et referma la portière sur elle. Puis, il la suivit jusqu'au motel dans sa camionnette. Claudia regardait ses phares dans le rétroviseur. Elle avait parlé sans discontinuer et lui l'avait écoutée sans jamais l'interrompre. Il n'avait pas dit un mot, pas fait une seule remarque. Il souriait parfois, hochait la tête, fronçait le sourcil.

— Lily te ressemble, avait dit Claudia.

Alors, il avait souri de tout son visage, même des yeux.

— Ah, oui?

Il avait ri très fort quand elle avait imité Gena. Et de tout ce temps-là, il n'avait rien dit, attentif à chacun de ses mots.

309

Il resta près d'elle tandis qu'elle s'inscrivait à la réception du motel, puis il alla inspecter la chambre en sa compagnie. Il dit qu'il passerait la prendre le lendemain matin. « Huit heures, ça va ? Pas trop tard, pour bien profiter de la journée. » Ils iraient manger ensemble et après, il y avait deux ou trois choses qu'il aimerait lui montrer dans le coin. Le mont Whitney l'intéresserait sûrement, ou alors il l'emmènerait à Darwin. Oh ! Si elle était d'accord, bien sûr ! Et si elle pouvait. Il ne voulait surtout pas s'imposer. Avait-elle prévu de rester un peu ?

Il en avait de bonnes, lui ! Évidemment qu'elle restait !

— Et Lily ?

— Elle peut se passer de moi un jour ou deux.

— Et ton mari…

— Oliver.

— Oui.

— Lui aussi, il peut se passer de moi un jour ou deux. Alors, on va à Darwin ?

— Oui.

Il se tenait dans l'embrasure de la porte de sa chambre et la regardait.

— C'est là que ma mère est née, dit-il.

Il tendit la main vers elle et lui caressa l'épaule du bout des doigts.

— Elle était indienne, tu sais, à moitié shoshone.

Il dansait d'un pied sur l'autre, hésitait, tentait de gagner du temps, de trouver les mots justes.

— Je regrette de ne pas avoir été là quand tu étais enfant.

Il recula d'un pas, enfonça ses mains dans les poches de son jean.

— Bonne nuit, petite.

Il referma la porte et partit.

Claudia se lève de sa chaise de jardin, bâille largement, dépose un baiser à l'intérieur de ses doigts et souffle dessus pour l'envoyer vers les étoiles. Elle prend ses chaussures dans une main et regagne sa chambre, pieds nus sur l'asphalte. « Il n'aimerait pas me savoir dehors à une heure aussi tardive », pense-t-elle en souriant. Elle mugit en apercevant les vaches, qui lui répondent. Elle referme soigneusement la porte de sa chambre et met le verrou, puis elle coince la chaise sous la poignée comme il lui a montré. Elle éclate d'un rire joyeux. Elle se déshabille complètement, laisse ses vêtements tomber en tas sur le sol et se couche. Sans se brosser les dents. Ce soir, elle ne se brossera pas les dents, ne se démaquillera pas. Elle tire les couvertures sur elle, tend la main vers le téléphone et appelle Oliver. Claudia ne peut pas s'empêcher de sourire. Elle a l'impression d'avoir six ans.

Dès cinq heures du matin, Will était debout. Il donna à manger à ses chiens et à boire à ses arbres. D'abord les peupliers, puis les cerisiers. Pour finir, il lava sa camionnette à grande eau. Ensuite seulement, il prit sa douche, se rasa, s'habilla, alla chercher Claudia. Depuis son lever, il devait se faire violence pour ne pas se précipiter, ne pas arriver à son motel deux heures avant le rendez-vous, ne pas la bousculer, préserver au moins une apparence de calme. Mais au fond, il se mourait d'envie de la voir, de l'entendre. Il se sentait emporté, ivre, comme s'il venait de gagner le jackpot à Las Vegas. Oh non ! Plus riche encore, parce qu'un trésor qu'il croyait perdu pour toujours venait de lui être rendu. Son enfant lui était revenue.

Elle l'attendait près des vaches.

— Est-ce que tu aimes tous les animaux, lui demanda-t-il en sortant de sa camionnette, ou seulement les vaches ?

— C'est la première fois que j'en vois d'aussi près ! confessa-t-elle en riant.

Elle portait un jean et un t-shirt bleu clair avec une encolure en V et tenait une tasse de café dans la main. Sa peau avait des reflets dorés. Le soleil s'était levé par-delà les montagnes et couvrait le monde entier d'or rougeoyant, éclairait les cheveux et le sourire de Claudia. Will la regardait sans faire un geste. Comme elle était belle ! Il en avait le souffle coupé.

— J'aurais dû venir avec Lily, dit-elle.

Il continuait de la contempler sans rien dire.

— Pour jouer avec les vaches, précisa-t-elle. Elle aurait adoré ça !

Ils se dévisagèrent quelques secondes en silence.

— Quelque chose qui ne va pas ? demanda-t-elle.

— Non.

— Bonjour, alors !

Elle alla vers lui et l'embrassa sur la joue.

Ils prirent leur petit-déjeuner au restaurant où Claudia s'était arrêtée à son arrivée. L'établissement était encore bondé. Presque tous les clients saluèrent Will d'un hochement de tête ou d'un mot. La même serveuse que la veille s'approcha de leur table d'un pas nonchalant et brandit son stylo par-dessus son calepin.

— Qu'est-ce que ce sera, ma petite dame ? Bonjour, Will ! Ça va bien ?

— Très bien, merci, Leona.

— Comme d'habitude ?

— Oui.

— Pain grillé ou muffin anglais ?

— Muffin, s'il te plaît.

La serveuse se tourna vers Claudia.

— Du pain perdu, dit-elle souriante. Avec beaucoup de sirop.

— Une petite sucrerie le matin… répliqua la serveuse en souriant.

Elle décocha un clin d'œil à Claudia et s'éloigna lentement.

Claudia avala une gorgée de café.

— Tout le monde te connaît, ici.

— Ça fait un bout de temps que je traîne dans le coin.

— Depuis quand ?

— Soixante-huit.

— Tu habites ici depuis soixante-huit ?

— Non, j'ai acheté mon premier terrain en soixante-huit, mais je vivais encore à Los Angeles à l'époque. Je me suis installé petit à petit.

312

Elle reposa sa tasse et regarda Will d'un air ébahi.

— Tu as vécu à Los Angeles ?

— Oui.

— Ce qui fait que nous avons vécu tous les deux à Los Angeles en même temps ?

— On dirait.

— Seigneur Dieu… Quel coin ?

— Burbank.

— Qu'est-ce que tu faisais là-bas ?

— Chauffeur pour les films.

— Le cinéma ?

— Ouais.

— Eh bien… Ça alors, c'est la meilleure ! Nous avons vécu dans la même ville en même temps ! Tu te rends compte ?

De l'ocre à perte de vue, des buissons. Rien d'autre. Des kilomètres et des kilomètres de néant sans relief, tout en bruns, rouges et ocres et soudain, un gigantesque rocher sphérique couleur bronze.

— C'est vraiment... immense, constate Claudia d'un ton stupéfait.

Un ciel bleu lézardé de nuages vaporeux. Un vent sec comme de la pierre. Des trombes de poussière soulevées par les roues de la camionnette. Le chemin défoncé grimpe en serpentant à l'assaut de la montagne. Le sable érafle les joues de Claudia, le soleil lui griffe le bras qu'elle a passé par la portière.

— C'est un raccourci ! lance Will en riant.

Elle se tourne vers lui. Il retire sa main du volant pour ajuster son rétroviseur.

— Quel paysage somptueux ! murmure-t-elle.

— Ah, oui ? Ce n'est pas ce que les gens disent, d'habitude.

— Ah, non ?

— En général, ils trouvent le désert… désolé, sec, triste.

— Moi, je le trouve somptueux.

— C'est parce que tu viens d'une longue dynastie de desperados. Les desperados se sentent chez eux dans le désert.

— Allons, bon! dit Claudia en riant. Me voilà donc officiellement membre de la communauté des desperados?

— Ouais! Comme moi!

Ils arrivent à Darwin. Des puits abandonnés de mines d'argent, des éclats fugitifs qui s'allument dans la montagne, aveuglants. Une ville fantôme où la grand-mère de Claudia a vu le jour. Rien de plus que des cabanes de bois éparpillées au hasard et cernées par des barbelés. Will et Claudia sortent de la camionnette.

— C'est ici qu'ils parquaient les Indiens, dit-il.

Il se tient droit sur ses deux jambes, les mains dans le dos, la mâchoire crispée.

— À part des Blancs?

— Oui.

Claudia met sa main en visière pour ne pas être éblouie par les reflets qui s'enflamment ici et là dans la montagne.

— Est-ce qu'on peut monter?

— Ça t'arrive souvent, de franchir des barbelés? demande Will en riant.

— Jamais.

Il examine les huttes abandonnées qui s'agrippent encore aux flancs de la terre.

— Il doit y avoir un système de sécurité, murmure-t-il.

— Si on se fait attraper, je dirai que je suis une archéologue en mission. Non! Journaliste! Je dirai que je prépare un article pour un magazine.

— Et moi, alors, je suis qui? Ton garde du corps?

— Non, mon guide touristique!

Will rit encore.

— Petite futée, va!

Il soulève la bâche qui couvre la plateforme arrière de sa camionnette, sort des cisailles et coupe les barbelés. Puis, il prend la main de Claudia et l'entraîne dans le campement. Elle le suit, docile, pose ses pas dans les siens. Baraquements décrépis de travailleurs, tessons de vaisselle, poussière, bouilloires cabossées, casseroles écrasées. Des lambeaux de bourre à matelas s'accrochent encore à des lits de camp. Une cuillère tordue, l'anse d'une tasse brisée, un fragment de photographie et, tout au fond, dans un coin d'une pièce exiguë, les restes d'une poupée de porcelaine. Claudia s'accroupit et la prend dans ses mains.

— Sais-tu dans quelle maison vivait ta mère ?

Will lui répond d'un hochement de tête négatif.

— Est-ce que tu viens souvent ici ?

— Jamais. C'est la première fois.

On n'entend que le sifflement du vent dans les masures, le claquement mat des bottes de Will sur la terre battue.

— Tu peux me la décrire ?

— Oh, petite…

— Tu dois bien te rappeler un peu.

— Elle est morte quand j'avais cinq ans.

Il s'humecte les lèvres. Les rides autour de ses yeux se creusent encore.

— Je n'ai pas beaucoup de souvenirs d'elle.

Claudia continue de le regarder sans ciller.

— Elle avait de longs cheveux noirs, dit-il enfin.

— Mais tu étais blond !

— Oui, mais elle avait les cheveux noirs. Ils lui tombaient jusqu'à la taille. Elle les attachait parfois avec des… Comment on appelle ça, déjà ?

Il fait un geste vague vers l'arrière de sa tête.

— Des peignes ?

— Ouais. Je l'ai vue mourir…

Claudia soutient son regard sans rien dire.

— Elle n'était pas contrariante. Elle était gentille. Voilà… C'est tout ce que je sais d'elle.

Ils restent silencieux quelques instants, puis il lui tend la main.

— Allons-nous-en d'ici.

Claudia repose délicatement la poupée dans le coin de la pièce et prend la main de Will.

315

Silencieux, concentré, il manœuvre prudemment parmi les ornières du chemin. Une mèche grise lui barre le front et quelques gouttes de sueur perlent à son cou. Claudia lui effleure le bras du bout des doigts.

— Alors ? lance-t-elle. Quel a été ton premier exploit de desperado ?

— Ce n'était pas d'entrer par effraction dans une ville fantôme, en tout cas ! J'ai volé des cigares dans une épicerie.

— À quel âge ? Adolescent, j'imagine ?

— Six ans.

— Six ans ?

— Ouais !

— Six ans...

— Le plus beau de l'histoire, c'est que je ne me suis même pas fait prendre. La première fois que je me suis fait coincer, c'était pour un paquet de bonbons à la cannelle. Je devais avoir... huit ans, je crois.

— Qu'est-ce qui s'est passé ?

— L'épicier m'a menacé de le dire à ma mère. Évidemment, il ne savait pas qu'elle était morte. Hé ! je parie que tu n'as jamais été aussi sale de toute ta vie !

Claudia repousse les cheveux qui collent à ses joues, abaisse le pare-soleil et se regarde dans le petit miroir.

— Marshall, dit-elle, le type de la poste, il avait l'air de dire que tu pourrais aller lui tirer dessus.

Will garde les yeux rivés sur la route.

— C'était pour rire, je suppose ? ajoute-t-elle.

— Je ne sais pas.

La camionnette fait un bond dans une ornière. Claudia relève le pare-soleil et s'agrippe au bord de la fenêtre en observant Will. Ses mains sont semblables aux siennes, les ongles larges, une petite tache de naissance sur l'articulation de l'index, exactement comme elle.

— Tu as déjà porté une arme ?

— Des fois.

— Pourquoi ?

— Pour jouer les durs, j'imagine.

— Je te demande ça sérieusement, Will.

— Je te réponds sérieusement, Claudia.

— Bon ! déclara-t-elle d'un ton décidé. Maintenant, c'est à toi de me raconter quand tu étais petit.

Will éclata de rire.

— Il n'y a pas grand-chose à dire. Tu ne préférerais pas que je te raconte quand j'étais grand ?

Elle le regarda et approcha sa chaise de la sienne.

— Parle-moi de toi et Jenny.

— Moi et Jenny ?

— Oui.

— Elle était magnifique. Je l'adorais. Je l'adorais et j'ai tout foutu en l'air. C'est tout.

— C'est tout ce que tu vas me dire de ce qui s'est passé entre vous ?

— Pour le moment, oui.

Elle aurait pu lui demander, c'était le moment. Installée là, devant chez lui, elle aurait pu lui demander pourquoi il avait accepté le pot-de-vin que les parents de Jenny lui proposaient, pourquoi il les avait abandonnées toutes les deux. Elle aurait pu lui poser toutes les questions qui lui passaient par la tête. Il la regardait droit dans les yeux, le regard serein. Il lui aurait répondu. Elle inspira profondément. Elle n'y arriverait pas. Elle n'était pas prête à lui poser la question, ou plutôt, pas prête à entendre la réponse.

Elle se trémoussa un peu sur sa chaise.

— Bon. Alors, raconte-moi la prison.

Will devint soudain très pâle.

— Ce n'est pas très intéressant.

— Je crois que si, au contraire.

— Pourquoi ?

Elle insista, fit valoir que la détention avait sûrement eu une incidence marquante sur sa vie, sur sa manière d'être. Elle lui répéta qu'elle voulait savoir, alors il lui raconta mais pas tout. Il supprimait à mesure les épisodes trop durs, les détails trop âpres. Il avait coupé des arbres, très haut dans la montagne, pour faire des barrières antifeu. C'était le travail des détenus.

— À Preston. On n'était pas payés. Ils nous donnaient seulement des cigarettes, pas d'argent.

Il commençait à se détendre un peu.

— Ça fait une éternité que je n'ai pas repensé à ça.

Depuis Jenny, il n'en avait parlé à personne. Depuis Jenny, personne n'avait été assez proche de lui pour qu'il évoque ces années sombres.

— Douze, quatre, zéro, quatre.

— Pardon ?

Il plongea ses yeux dans les siens.

— C'était mon matricule, petite. Services correctionnels de l'État de Californie, douze, quatre, zéro, quatre. C'était moi, ça.

Elle continuait de le regarder en face, sans ciller, sans tressaillir, sans même avoir l'air atterrée.

Le sport. Il lui parlerait du sport, tiens. Ça ne pouvait pas faire de tort.

— Je faisais des poids et haltères. Arnold Schwarzenegger, à côté de moi, c'était de la petite bière, tu peux me croire !

Il riait, pliait son bras pour faire saillir ses biceps, comme dans les magazines. Elle riait aussi.

— À Mira Loma, je travaillais à la grille d'entrée.

Il fallait se battre pour décrocher un boulot, se battre pour le garder, être constamment sur ses gardes. Tout cela, il pouvait le lui dire. Qu'y avait-il de mal à raconter ce genre de choses à son enfant ? À mesure qu'il parlait, d'autres événements lui revenaient en mémoire. Il avait réussi à s'enfuir de Preston avec un copain. Ils s'étaient rendus en autostop jusqu'à Santa Cruz mais là, un orage épouvantable avait éclaté. Ils s'étaient réfugiés dans une école abandonnée et avaient allumé un feu pour se réchauffer. Les flics étaient arrivés dans le quart d'heure... Retour à la case départ.

— Des desperados de première ! conclut-il en riant. J'avais quel âge, à l'époque ? Quinze ans, je crois.

— Et après ? demanda-t-elle en se penchant vers lui.

Elle observait en souriant la lumière qui jouait sur son visage.

Il lui raconta qu'il avait aussi travaillé en cuisine.

— Tout seul avec mon petit couteau à éplucher les patates et des gros sacs de cinquante kilos devant moi !

Il se mit à se balancer sur les pattes arrière de sa chaise.

— J'étais tellement doué pour la bouffe qu'ils m'ont promu « cuisinier de l'administration pénitentiaire ». Autrement dit, les grands boss de la taule. Depuis ce temps-là, je cuisine toujours pour une armée. Pas moyen de faire des petites portions !

Il avait eu de la chance de travailler là, mais c'était surtout parce qu'il avait des amis. Des amis... c'est beaucoup dire. Ces types-là n'avaient jamais été des amis, en fait. Will avait toujours pris garde de ne pas devenir trop intime avec qui que ce soit au point qu'on puisse le considérer comme un ami. Puis, il a évoqué le groupe D, ce qui l'a amené au foot.

— Pas vraiment des parties de foot pour enfants de chœur, a-t-il précisé.

Là, il s'est arrêté. Il ne pouvait pas lui parler de ça, c'était trop dur. Pas le genre d'histoire amusante qu'on raconte à sa fille. Son visage s'assombrit un peu et il cessa de se balancer sur sa chaise. Les souvenirs s'entrechoquaient dans sa mémoire, surgissaient dans le désordre sans qu'il les ait invoqués. La roue tournait trop vite. Il n'avait pas le temps de faire le tri avant de parler. Il risquait de laisser échapper une anecdote qu'il valait mieux qu'il garde pour lui. Claudia le fixait sans ciller de ses yeux bleus si limpides. Il valait mieux se taire. Will ne savait pas grand-chose de la paternité, mais il lui semblait au moins qu'un père ne doit pas tout dire à ses enfants. Les matchs de foot entre les types de la buanderie et ceux de la cuisine... Les types de la buanderie ont perdu. Ils étaient tellement enragés qu'ils ont renvoyé à ceux de la cuisine leurs chemises lacérées à coups de lame de rasoir. Alors, lui et les autres de la cuisine ont pilé du verre et l'ont mis dans le ragoût. Les types de la buanderie ont eu des déchirures aux intestins. On a dû les hospitaliser. Après ça, leurs chemises sont toujours revenues impeccables de la buanderie. Non... pas vraiment un conte qu'un papa raconte à sa fille pour qu'elle fasse de beaux rêves.

— Will ?

Il avait vu un homme se faire poignarder pour un sandwich.

— Will ? Qu'est-ce qui se passe ?

Il voyait encore le manche du couteau lui sortir de l'œil.

— Will ?

Il entendait encore le bruit mat qu'avait fait le manche en heurtant l'assiette quand le type était tombé, le visage contre la table.

Il se leva brusquement. Allait-il lui raconter la bagarre qui avait éclaté à San Quentin ? L'administration avait marqué en gros sur la première page de son dossier : « Agitateur. Doit faire l'objet d'une surveillance constante. » Un type avait reçu un morceau de pain derrière la tête et avait cru que c'était Will qui le lui avait lancé. Il s'était mis à déblatérer sur son compte et ça, c'est un truc que Will ne peut pas supporter. Alors, un soir, après le repas, il est allé attendre le type au bloc sud et lui a collé quatre coups de poing dans la gorge. « Agitateur. Doit faire l'objet d'une surveillance constante. » C'était ça qu'il voulait que sa fille sache de lui ?

Claudia observait son visage, sa pâleur, son silence. Sa main droite flottait entre eux, indécise, les doigts crispés. Sa main tremblait quand il la passa sur son visage pour chasser le cauchemar.

C'était cela qu'il voulait lui transmettre ? « Prends modèle sur ton papa, ma petite. Regarde ce qu'il a fait, vois comme il s'est bien comporté toute sa vie. Et surtout, n'oublie pas de le répéter à Lily pour qu'elle en prenne de la graine. Écoute-moi bien, ma petite fille. Papa va t'expliquer comment on tue un homme, ou presque. »

— Will...

— Ça suffit pour aujourd'hui.

— Mais…

— Ça suffit.

— Je voulais seulement…

— Hé! qu'est-ce que je viens de te dire?

Il posa les yeux sur elle, ramassa son verre de thé glacé, s'engouffra dans la maison.

— Je veux que tu reviennes, maman! lança Lily au bout du fil.

Claudia sentit son cœur se serrer. Elle éprouvait un tel besoin de voir sa fille, de la tenir dans ses bras, que tous ses os lui faisaient mal.

Will était assis sur la galerie, sa main posée sur la tête de Babe. Claudia téléphonait de la maison.

— Je rentre demain, chérie.

— Non, maintenant!

— Demain, c'est promis. Je serai là quand tu reviendras de la garderie. Est-ce que grand-maman est avec toi?

— Quand je vais me réveiller, tu seras là?

— Quand tu te réveilleras de ta sieste, oui. Je serai là. Est-ce que papa est là?

— C'est moi qui ai mis les petits grains de couleur sur les biscuits.

— Ah, oui?

— Moi toute seule, pas grand-maman!

— C'est bien, ma chérie. Je suis fière de toi.

— Grand-maman dit que je suis sa championne!

Claudia l'entendit soudain pouffer de rire.

— Arrête, grand-papa! Arrête!

Puis, quelques mots que Claudia ne comprit pas.

— Lily, passe-moi ton père, veux-tu?

— Il est pas là. Maman! grand-papa est en train de manger tous les biscuits!

La fillette poussa un hurlement ravi et laissa tomber le télé-phone par terre.

— Allô? demanda John.

Claudia regardait Will, qui la regardait depuis sa chaise sur la galerie.

— Allô?

— Alors, chérie, comment se passe cette cure?

Interloquée, elle ne répondit pas tout de suite. Puis, elle comprit qu'Olivier avait dû inventer n'importe quoi pour expli-quer son absence.

— Très bien!

— Tant mieux, tant mieux. Pas trop difficile?

— Non... Ça va.

— Je parie que tu ne fais pas les promenades du matin.

— Non, en effet.

— C'est ce que je disais à ta mère! Claudia, il faudra qu'ils lui sonnent le clairon dans l'oreille pour la réveiller!

— Oui...

— Bon. Tant mieux. Toi, tu te refais une santé et nous, on s'empiffre de biscuits! Attention, Lily!

— Et, dis-moi... qu'est-ce que vous faites à la maison?

— Oliver avait une réunion parents-professeurs et la voi-ture de Santos est encore en panne. Cette fois-ci, c'est le radia-teur. Elle va devoir s'en acheter une autre. Tu vois ce que je te disais, hein? Ça ne vaut rien, ces bagnoles-là!

— Oui...

— Lily, pas trop de crème! Margaret, prends-la, veux-tu?

— Qu'est-ce qu'elle fait?

— Elle mange de la crème et elle en met plein sur ma che-mise... Lily!

— Pourrais-tu demander à Oliver qu'il me rappelle quand il rentrera?

— Oui. Tu n'abuses pas des haltères, hein? Sinon, tu vas ressembler à Monsieur Muscle!

Claudia entendit sa mère qui riait.

— Mais non, papa, ne t'inquiète pas.

Papa! Elle avait dit : « Papa ». Elle raccrocha, puis regarda Will à travers la moustiquaire.

— C'est l'heure que je préfère, dit-il depuis la galerie plongée dans le crépuscule. Viens! On va aller se promener un peu et après, on mangera. Tu aimes le barbecue?

Il fit griller des côtelettes qu'il avait laissées mariner depuis le matin « au cas où ».

— Je ne savais pas si tu aimais ça, dit-il, mais au cas où...

Elle le regarda préparer les assiettes. Elle avait mille questions à lui poser, mais pas maintenant... Le silence de la maison semblait faire partie intégrante de Will. Claudia voulait profiter de cette atmosphère paisible. Ses questions lui parurent moins pressantes.

— C'est tout ce que je peux te montrer, dit-il en lui tendant une enveloppe.

La grand-mère de Claudia avait effectivement les cheveux très foncés sur le cliché sépia. Elle n'avait pas les yeux clairs comme eux. Par contre, Will avait raison : Claudia avait sa bouche. La bouche et la forme du visage, immortalisées par un photographe bien avant qu'elle ne vienne au monde. Claudia leva les yeux vers Will, puis les abaissa de nouveau vers la photo. Immobile sur le sofa, elle contempla longuement ce petit morceau d'elle perdu à jamais. Il s'assit en face d'elle et ne dit pas un mot.

— Il faudra que je descende à Los Angeles pour voir ta petite Lily.

— Oui. Demain?

— Demain? répéta-t-il en riant. Non, je ne pense pas.

— Pourquoi?

Il bougea un peu et la chaise de jardin craqua sous son poids.

— C'est un peu tôt… Je ne veux pas m'imposer, non plus.
Je n'aime pas marcher sur les platebandes des gens.

— Will… commença-t-elle en se penchant vers lui. Tu as ta
place dans ma vie, tu sais.

— Oui ? C'est bien.

Il tourna son visage vers les étoiles.

— J'apprécie beaucoup, dit-il d'une voix légèrement altérée.
Je descendrai, en tout cas. J'irai te voir, tu peux être sûre.

— Mais pas demain ?

— Non. Je vais essayer de me trouver deux ou trois bou-
quins. C'est la première fois que je suis grand-père. Il faut que je
m'informe un peu.

Claudia vit que ses yeux brillaient plus fort.

— Tu ferais bien de partir très tôt, reprit-il, sinon tu vas
tomber dans les embouteillages de Palmdale et Lancaster. Ou
alors, va-t'en carrément vers le milieu de la matinée.

— Je verrai ça demain. Je me demande où sont passées mes
vaches.

— Elles sont parties visiter de la parenté à Bishop.

Claudia éclata de rire. Ils étaient assis l'un en face de l'autre
sur les chaises de jardin, dans la pelouse qui jouxtait le stationnement du motel Frontier, seuls avec la nuit et les étoiles.

— Je pue le barbecue à plein nez, déclara Claudia.

— Pas étonnant, avec tout ce que tu as mangé ! Dis donc !
je croyais que j'étais le seul à pouvoir engouffrer autant de
côtelettes en si peu de temps ! J'ai trouvé mon maître, on dirait.

— Tu as mon numéro de téléphone…

— Oui.

— Tu viendras me voir ?

— Qu'est-ce que je viens de te dire ?

Elle étudia les contours que dessinaient sa mâchoire et sa
moustache dans l'obscurité.

Une vache mugit.

— Elles sont revenues ! s'écria Claudia en riant.

— À mon avis, elles ont le béguin pour toi.

Le bruissement du vent dans les branches des peupliers, la douceur de l'herbe sous ses pieds nus...

— Il y a un certain nombre de choses dont nous n'avons pas parlé, Will.

— Comme quoi?

— Beaucoup de choses... Presque tout, en fait.

— Je t'écoute.

Elle rit encore.

— Je ne sais pas par où commencer.

— Vas-y dans le désordre! La première chose qui te vient à l'esprit, c'est quoi?

— Comment t'es-tu coupé trois phalanges?

— Avec une scie.

— Ah.

— Elle m'a échappé des mains.

Claudia comprit alors que c'était le moment. Elle ne savait pas exactement pourquoi. Elle savait encore moins comment le lui demander, mais c'était le moment.

— Will...

— Oui?

— J'aurais une question à te poser.

Silence.

— C'est un peu délicat mais... je voudrais savoir.

— Je t'écoute.

— Si tu aimais Jenny tant que ça... commença-t-elle prudemment. Si tu tenais tellement à vivre avec elle et l'enfant...

— Avec toi, tu veux dire.

— Oui, avec moi. Si tu tenais tant que ça à vivre avec Jenny et moi...

Elle prit une inspiration profonde et plongea son regard dans le sien.

— Pourquoi as-tu accepté l'argent?

Il se redressa lentement sur sa chaise. La lune alluma un éclair dans ses yeux.

— Quel argent?

Claudia le dévisagea quelques secondes.

— L'argent qu'ils t'ont donné pour que tu partes.
Il se leva tellement brusquement qu'il renversa sa chaise.
— Nom de Dieu ! grommela-t-il.
— Pardon ?
— Bande de chiens !
Le cœur de Claudia battait à tout rompre.
— Qu'est-ce que tu dis ?
Elle voulut tendre la main vers lui mais l'éclat de son regard l'en dissuada.
— Tu n'as pas pris l'argent ? Will ? Tu n'as pas pris l'argent ?
— Je les tuerai, bande de chiens, je les tuerai !
Il partit à grandes enjambées. Claudia courut derrière lui en abandonnant ses chaussures près de la chaise qui était tombée dans l'herbe humide.

Il passerait prendre Jenny à six heures en face de l'école de danse. Il avait déjà fait place nette dans son appartement. De toute façon, il ne possédait qu'une poignée de vêtements. Il était allé chercher ses deux chèques de paie. Il avait même fait des heures supplémentaires Chez Joe et lui avait demandé s'il pouvait lui remettre son chèque un peu plus tôt que d'habitude. « Alors, on va faire la fête ? » avait répondu Joe en riant. Puis, il était passé au Texaco pour réclamer sa paie à monsieur Boyer. Il fallait encore qu'il aille à la banque et, après, il irait la chercher devant chez Lala Palevsky. Il avait amplement le temps. Quand il passa au coin de la Soixante-quinzième et de Ward Parkway, l'horloge de la tour indiquait cinq heures dix.

Il épouserait Jenny. Tout irait bien désormais. Sa vie avait pris un nouveau virage. Il était content aussi, pour le bébé. Ce serait dur d'élever un enfant alors qu'ils ne possédaient rien, mais ils s'en sortiraient. Ce n'était pas tout à fait ce qu'il avait prévu, mais tant pis. Ou tant mieux, après tout. Il ferait tout pour que ça marche. Il serait à la fois un père et un mari et il prendrait soin d'eux. Jenny, l'enfant et lui. Ce serait comme ça, maintenant. Will jeta un coup d'œil rapide dans le rétroviseur puis revint à la voiture devant lui. Jamais il n'avait aimé quelqu'un comme il aimait Jenny. Il suffisait qu'elle le regarde et il était heureux. Il caressa du bout des doigts le volant de la Mercury en attendant que le feu passe au vert. Il leur faudrait environ quatre heures pour aller jusqu'à Pryor, dans l'Oklahoma, peut-être quatre heures et demie. Ils se prendraient une chambre d'hôtel et le lendemain, à la première heure, ils iraient se marier. Avec les parents qu'elle avait, pas question de lanterner, pas question de prendre le moindre risque ! Surtout la mère… Elle avait même voulu la faire avorter ! Quelle mère digne de ce nom obligerait sa fille à faire ça ? En tout cas, elle ne mettrait pas la main sur Jenny. Ça, non ! C'était son enfant à lui que Jenny portait dans son ventre. Personne ne lui ferait de mal, ni à elle ni à l'enfant. Il faudrait lui passer sur le corps pour lever la main sur eux. Il tambourinait distraitement du bout des doigts sur le volant. Demain matin, à la première heure, ils seraient devant le juge. Au petit-déjeuner, ils seraient devenus monsieur et madame William McDonald. Il sourit. Il accéléra. Le feu venait de passer au vert.

Pour une rare fois dans sa vie, il relâcha sa vigilance. Il ne vit pas la voiture brune qui le suivait avec deux hommes en civil à son bord. Il rêvassait. Il imaginait Jenny en robe de mariée. Les deux hommes lui mirent la main dessus au moment précis où il allait entrer dans la banque. Ils lui passèrent les menottes et le plaquèrent contre le capot de la voiture brune crasseuse. Il les supplia de passer devant l'école de danse pour qu'il puisse lui expliquer.

— C'est à cinq minutes d'ici, plaidait-il.

Le plus maigre des deux hommes riait d'un air méchant.

— Tu t'imagines qu'on est là pour faire du tourisme ? On t'emmène à Los Angeles, vieux. Ça t'apprendra à ne pas respecter ta liberté conditionnelle.

Ils attendirent trois heures à l'aéroport de Kansas City. Will les suppliait sans relâche. Il implora, leur promit tout ce qu'ils voudraient, leur expliqua mille fois sa situation. Enfin, il eut raison du plus maigre.

— Bon Dieu, Pete ! J'en ai marre de l'entendre brailler comme ça. Qu'il passe son coup de fil et qu'on en finisse !

Pete l'accompagna jusqu'à une cabine, enchaîné à lui par les menottes. Pete sentait le café froid et les petites menthes qui sont censées donner l'haleine fraîche. Will réprima la nausée qui lui montait dans la gorge et s'efforça de lui tourner le dos tandis qu'il composait le numéro. Il avait les mains moites et son cœur battait trop fort. Le téléphone sonna et ce fut elle qui répondit. Il la supplia à son tour : « Je vous en prie, madame Jaffe, passez-moi Jenny. Laissez-moi lui parler, juste deux minutes ».

Et elle, tranquille, raccrocha. Il était là, à l'appeler d'un téléphone public de l'aéroport de Kansas City, enchaîné à un flic, tout le corps trempé de sueur et elle, elle raccrochait comme si de rien n'était. Alors, il sut que c'étaient eux. C'étaient les parents de Jenny qui avaient tout manigancé. Évidemment, les flics n'ont rien voulu dire, mais Will en était sûr. Jenny avait dû laisser échapper quelque chose ou leur mettre la puce à l'oreille d'une façon ou d'une autre. En tout cas, ses parents avaient découvert le pot aux roses et ils avaient appelé les flics. Comment expliquer, sinon ? Comment expliquer qu'ils lui aient mis la main dessus juste au moment où il s'apprêtait à partir avec elle ?

Ils le ramenèrent en Californie et le jetèrent à la prison du comté de Los Angeles. Au bout d'un mois, il fut transféré à DuVal, à Lancaster. Des dortoirs pareils à des baraquements d'armée, cinquante lits par pièce. Il retrouva certains des types qu'il avait connus à Mira Loma, mais les choses avaient changé. La deuxième fois qu'il s'était fait pincer, il était retourné en taule sans trop de réticence. D'une certaine façon, il était même content. Cette fois, c'était différent. Il n'avait plus besoin de mesures disciplinaires pour se plier aux ordres, plus besoin de règlements pour rester tranquille. Il n'avait qu'un objectif en tête : se tenir sage pour sortir au plus vite et retrouver Jenny et l'enfant. Désormais, c'était tout ce qui comptait pour lui.

Toutes ses lettres lui furent renvoyées sans avoir été ouvertes, avec la mention « Retour à l'expéditeur — Destinataire inconnu ». Dès qu'il put obtenir l'autorisation de téléphoner, il essaya de la joindre. Ils avaient changé de numéro. Il se mit à penser que, le temps qu'il sorte, ils auraient probablement déménagé aussi pour encore plus de sûreté. Son sort était entre les mains de la Commission des libérations conditionnelles. Elle décréta qu'il devrait rester un an sous les verrous. Un an à DuVal s'il n'avait jamais un mot plus haut que l'autre, s'il ne faisait pas d'incartade. Qu'il perde la tête une fois, une seule, et sa sentence serait prolongée sans autre forme de procès. Le jour où il apprit qu'il en prenait pour un an, il alla chercher un clou et un chalumeau et grava le prénom de Jenny dans la chair de son bras. C'était ça ou casser la gueule au premier venu pour évacuer sa rage. Il n'avait commis aucune infraction dans l'État du Kansas... Aucune importance ! Son seul crime était d'avoir quitté la Californie sans demander l'autorisation à la sacro-sainte Commission des libérations conditionnelles, comme un gamin de cinq ans doit demander la permission de sa maman pour aller s'acheter des bonbons au coin de la rue. Il était parti de Californie, avait rencontré Jenny et l'avait aimée. Elle était enceinte. « Il faut payer, vieux. Tu as voulu de l'amour ? Ça se paie, vieux. Tiens, prends-en toujours pour un an à l'ombre et, si tu te tiens tranquille, on avisera. Sinon... »

Il sortit de DuVal en août 1961. Un an pile, comme ils avaient promis. Il avait réussi. Il avait tenu le coup. Il avait su garder son calme, décrocher un boulot en cuisine, le garder. Il avait pris part à deux bagarres en tout et pour tout, pas une de plus. Pas mal. Le plus dur, et le plus important, c'était de rester sur ses gardes vingt-quatre heures sur vingt-quatre, d'avoir des yeux derrière la tête et, surtout, de ne jamais montrer aux autres quand ils vous faisaient du mal. Ils en auraient profité. Will en était venu à la conclusion que ses principes de taulard restaient valables au-dehors. « Si quelqu'un te fait du mal, ne lui montre surtout pas. Jamais. À aucun prix. » Il est sorti de DuVal un lundi à l'aube, avec en poche un billet d'autobus pour Los Angeles.

— Une fois par mois, tu m'entends ?
— Oui, monsieur.

— Et pas par téléphone, hein ! Je veux te voir ici même, en personne, devant moi, une fois par mois !

— Oui, monsieur.

— Ici, à Los Angeles, en Ca-li-for-nie !

Cette fois, Will ne répondit pas.

— Tu m'as bien compris ?

Son badge de plastique indiquait : « D. Francis ». Il portait un costume pas cher, il avait les cheveux gras et il était assis derrière un bureau en contreplaqué de la Commission des libérations conditionnelles, au centre-ville de Los Angeles. Will ne lui demanda pas ce que le *D* de « D. Francis » voulait dire. Il répondit simplement : « Oui, monsieur. » Puis, il sortit et fila pour Kansas City le jour même. Il se planta à l'échangeur autoroutier, posa un pied sur son sac marin jeté par terre et tendit son pouce aux voitures qui passaient. Il irait à Kansas City et la retrouverait coûte que coûte. Un premier automobiliste l'emmena jusqu'à un casse-croûte de camionneurs du côté d'Ontario. Là, il eut beaucoup de chance. Moins de dix minutes plus tard, il trouvait un camion qui allait jusqu'à El Paso par la 10.

— Si ça t'intéresse, fais vite, lui dit le chauffeur. Je suis pressé.

— Ça tombe bien ! Moi aussi.

Il avait un mois pour retrouver Jenny et l'enfant. À condition qu'ils ne l'aient pas obligée à avorter. Depuis un an, il y pensait tout le temps. Chaque jour que le bon Dieu avait fait depuis un an, il s'était demandé si elle avait eu l'enfant. Il appuya sa tête contre le dossier du siège et ferma les yeux. Il avait un mois pour aller à Kansas City, les trouver, les ramener en Californie à temps pour son rendez-vous avec D. Francis. Avec un peu de chance, c'était faisable.

Ils n'avaient pas déménagé. Le père sortit la Buick du garage à sept heures trente précises pour aller jouer au golf. Will dut patienter jusqu'à onze heures pour voir la mère. Elle sortit l'Oldsmobile bleu ciel du garage à pas de tortue. Arrivée au trottoir, elle tourna trop sec, comme d'habitude. Will ne put s'empêcher de rire. Décidément, elle ne s'arrangeait pas, la vieille. Les traces de pneus dans le gazon étaient encore plus profondes que l'année précédente. Il la suivit jusqu'à la Plaza. Il aurait suffi qu'elle jette un coup d'œil dans son rétroviseur et elle l'aurait vu. Elle aurait reconnu la voiture, à tout le moins. Will passa sa main le long du tableau de bord. Sa Mercury chérie… Il l'avait retrouvée intacte, grâce aux bons soins de Joe. Il avait appelé son ancien patron de Los Angeles pour lui demander de s'en occuper et lui dire qu'il pouvait la conduire. Joe avait ri. « Moi ? Conduire ta beauté ? Jamais de la vie, petit ! Ne t'inquiète pas, va. Becker et moi, on va faire la vidange et on va la mettre sur cales en attendant que tu reviennes. » Elle était là, rutilante, aussi splendide que quand il était parti. Joe et Becker avaient même demandé au gamin de chez Boyer de faire la mise au point et de la nettoyer de fond en comble pour son grand retour. Will leur avait proposé de les dédommager. Joe avait refusé d'un petit sourire : « Ça va comme ça, petit. Tu ne diras pas que je ne t'ai jamais rien donné. » Will avait encore un peu d'argent qui lui restait de sa tante Cleo. Ils se parlaient une fois par mois quand il était à DuVal. Elle lui envoyait de petites sommes de temps à autre. En tout cas, c'est Jenny qui allait être surprise ! Il arriverait au volant de sa Mercury, il l'emmènerait avec l'enfant, ils seraient heureux.

La vieille se gara à l'arrière d'un grand magasin chic. Il lui fallut bien dix minutes pour s'extirper de son tas de ferraille. Elle portait un chapeau ridicule qui lui tombait constamment sur l'œil et tentait d'enfiler sa veste tout en tenant d'une main son sac, ses gants et ses clés. Elle sortit de sa voiture un gros paquet-cadeau avec une petite carte glissée sous le ruban rose. La carte tomba par terre, à ses pieds. Il se pencha, la ramassa, la lui tendit.

— Oh, merci ! dit-elle sans le regarder, les yeux rivés sur la carte.

Elle avait un petit accent, très léger. Beaucoup plus petite que Jenny, beaucoup plus menue aussi. Elle avait sans doute été un beau brin de fille, mais ça faisait longtemps. Will la haïssait de toute son âme. Elle toucha le bord de son chapeau du bout des doigts pour lever la tête et lui décocher un sourire de remerciement.

— Où est Jenny, madame Jaffe ?

Elle cracha quelque chose en allemand. Un juron, sans doute, ou une insulte. Elle était devenue toute pâle sous sa poudre de riz et son fard à joues. Dans sa confusion, elle laissa tomber son sac à main. Will le ramassa prestement et le coinça sous son bras.

— Tout vous échappe, aujourd'hui.

— Rendez-moi mon sac à main !

Incroyable ! Comment arrivait-elle à dire quoi que ce soit en serrant ses lèvres comme ça ? On aurait dit une ventriloque qui fait parler les marionnettes sans avoir l'air d'y toucher. Une ventriloque affublée d'un chapeau ridicule avec des cerises dessus.

— Où est Jenny, madame Jaffe ?

— Rendez-moi mon sac !

— Hé ! vous avez du mal à porter vos affaires et je vous donne un petit coup de main, c'est tout.

Elle gardait les yeux baissés, collés sur le bout de ses chaussures.

Brusquement, Will sentit qu'il n'avait plus de patience. Depuis un an, tous les matins au réveil, tous les soirs au coucher, il ressassait les mêmes questions. Tous les jours depuis un an. C'était devenu sa seule motivation, son carburant, sa raison de vivre, et il allait devenir dingue si ça n'arrêtait pas au plus vite.

— Dites-moi si Jenny a eu l'enfant, madame Jaffe. Dites-moi si elle va bien.

Les yeux plissés par le dégoût, les lèvres retroussées par le mépris, elle ne répondit rien.

— C'est aussi mon enfant, vous savez ! J'ai des droits, madame Jaffe !

— Vous n'avez aucun droit, cracha-t-elle à voix basse.

De toute évidence, ce ne serait pas facile. Il fallait qu'il trouve une bonne stratégie et qu'il manœuvre avec précaution. Il avança d'un pas et se tint à son côté. Il allait prendre son temps, lui demander gentiment, la convaincre. Et puis soudain, l'air parut changer de consistance et Will comprit que cette stratégie de douce persuasion ne mènerait nulle part parce qu'elle avait peur. Il sentait distinctement la panique émaner d'elle, épaisse comme un parfum. Or, Will savait qu'il est facile d'obtenir tout ce qu'on veut de quelqu'un qu'on épouvante. Il savait même comment faire. Il n'avait pas passé un an à DuVal pour rien.

— Ce n'était pas très gentil de ne pas me parler au téléphone, dit-il d'une voix sourde.

Il sentit que ses yeux s'emplissaient de larmes. Les souvenirs affluaient à sa mémoire, le giflaient à toute volée sans qu'il puisse les arrêter.

— Quand je vous ai appelée de l'aéroport, poursuivit-il, la voix légèrement rauque.

Il s'éclaircit la gorge et rejeta la tête vers l'arrière.

— Qu'est-ce que vous lui avez dit, au juste ? Que j'étais parti sans laisser d'adresse ? Que je l'avais plantée là comme une fille de rien ? C'est ça que vous lui avez dit ?

— Vous ne me faites pas peur, vous savez.

— Ah, non ? À vous voir comme ça, on ne dirait pas ! Qu'est-ce que je vous ai fait, hein ? Dites-moi un peu ! Qu'est-ce que je vous ai fait ? Tout ce qu'on peut me reprocher, c'est d'avoir aimé Jenny. Ce n'est quand même pas un crime, que je sache ?

Dans le stationnement presque désert, deux femmes passèrent avec un enfant dans une poussette. Elles souriaient.

Will leur sourit à son tour. Comme Esther levait les yeux, il posa très gentiment sa main sur son bras.

— Donne-moi tes paquets, maman, dit-il, d'une voix suffisamment forte pour que les deux femmes l'entendent. Je vais les porter pour toi.

Il attendit que les passantes soient entrées dans le magasin. Bon, d'accord. Il n'était pas doué pour jouer les durs. Il n'était pas un dur, point. Très bien. Il lui fallait une autre stratégie, et vite. Il fallait qu'il sache où était Jenny.

— Je ne veux pas vous faire de mal, reprit-il. Je vous en prie… Vous n'entendrez plus jamais parler de moi, je vous le jure, mais il faut que vous me disiez où est Jenny. Après, je vous le promets, je vous ficherai la paix pour toujours.

Elle le regarda. Son chapeau était de travers et le bord lui couvrait les sourcils. Un bouquet de cerises lui pendait sur l'œil. Il les tapota du bout des doigts et repoussa le chapeau vers l'arrière. Il avait été sincère. Il avait dit la vérité. Elle le voyait sûrement. Elle ne pouvait pas ne pas se rendre compte qu'il aimait sincèrement Jenny.

— Je ne vous le dirai pas, cracha-t-elle. Vous pouvez me tuer si ça vous chante, mais je ne vous le dirai pas !

Il sentit une décharge d'adrénaline lui traverser le corps. Il eut envie de se jeter sur la vieille, de la bourrer de coups de poing. Il tituba. Pendant un quart de seconde, il chancela sous l'impact des mots qu'elle venait de lui jeter au visage avec tout son mépris.

— Comment pouvez-vous dire une chose pareille, madame Jaffe ? S'il y a une personne au monde qui sait que je ne suis pas un assassin, c'est vous. Vous connaissez mon casier judiciaire mieux que personne. Je suis voleur, madame Jaffe, pas meurtrier, et vous le savez très bien.

Elle inspira en produisant un sifflement comme si elle avait suffoqué. Et si elle crevait là, d'un coup sec, en plein devant lui ? Il dégagea son sac à main de sous son bras, le plaça délicatement sur le paquet-cadeau entouré d'un ruban rose et s'éloigna. Il sortit la Mercury du stationnement de la Plaza et se dirigea vers le sud, vers Ward Parkway. Il avait encore deux recours : Sherry, la copine de Jenny, et l'école de danse.

Il avait fallu qu'il sorte de DuVal pour en avoir le cœur net. Il avait dû supplier D. Francis pour qu'il le lui dise, mais finalement il avait su. Il avait obtenu la confirmation de ce qu'il savait d'instinct depuis un an. C'étaient eux qui l'avaient dénoncé. Eux, les parents de Jenny. De toute façon, c'était la seule possibilité. Si personne ne l'avait donné aux flics, jamais l'État de Californie n'aurait pris la peine d'aller le chercher jusqu'à

Kansas City. Pas un petit voleur comme lui qui n'avait plus que quelques mois de conditionnelle à tirer. Même s'ils s'étaient rendu compte qu'il avait quitté la Californie, jamais ils n'auraient claqué des fonds publics pour aller lui mettre la main au collet là-bas. Sans compter que les flics étaient drôlement bien tombés. Juste au moment où il allait chercher Jenny... Quand même, il avait voulu en avoir la certitude.

— Voyons voir... avait marmotté D. Francis en tripotant le dossier de Will de ses doigts graisseux. C'est confidentiel, tout ça. Je me demande pourquoi je fais ça pour toi.

Will était convaincu que c'était elle. Le vieux n'avait pas assez de tripes pour ça. Will conduisait prudemment dans la file de gauche, pas trop vite. Lui ou elle, quelle importance ?

— Voyons voir... grommelait D. Francis. Alors... La plainte émane de dénommés monsieur et madame Mose Jaffe.

L'agent de libération conditionnelle fronça les sourcils d'un air soucieux.

— Mose ? Tu parles d'un prénom, toi ! D'où ça sort, ça, « Mose » ?

Monsieur et madame Mose Jaffe. Will était satisfait d'en avoir la preuve. Une question de moins qui le tarauderait nuit et jour. Monsieur et madame Mose Jaffe avaient appelé un brillant avocat juif de leur connaissance pour lui dire qu'un certain Will McDonald avait mis leur gentille petite fille enceinte. C'était sans doute un détournement de mineure ? Comme si Jenny avait eu quatorze ans ! Comme s'il avait pu faire ça avec une gamine de quatorze ans ! Jenny n'était même plus vierge quand ils s'étaient rencontrés. Évidemment, ils devaient l'ignorer. Will le savait et s'en fichait. Il avait été le premier à l'aimer vraiment, comme elle avait été la première à l'aimer vraiment. C'était la seule chose qui comptait. Jenny était tout pour lui, mais ça, tout le monde s'en fichait.

Tout ce qu'ils voulaient, c'était qu'il disparaisse du paysage. Facile. Monsieur et madame Mose Jaffe rencontrent leur avocat. L'avocat mène sa petite enquête. William McDonald ? Ah ! voyez-vous ça ! Les dispositions de sa liberté conditionnelle lui interdisent de quitter le territoire de la Californie. Quelle aubaine ! Enfin, ils tenaient le moyen de sauver Jenny des griffes du grand méchant loup. Tout ça parce qu'il s'était conduit comme un imbécile, qu'il avait quitté la Californie sans autorisation. Une fois qu'ils avaient su ça, le reste n'avait plus été qu'un jeu d'enfant. Ils les détruiraient tous les deux comme fétus de paille et lui, ils l'effaceraient comme un trait de craie sur un tableau noir. Ils avaient toutes les cartes en main pour le faire cueillir au coin de la rue et l'expédier en taule. Ils allaient se gêner, tiens !

Cependant, Will ne savait toujours pas ce qu'ils lui avaient raconté, à elle. Il avait beau tourner et retourner tout ça dans sa tête, il ne voyait pas ce qu'ils avaient pu inventer pour expliquer qu'il ne s'était pas présenté au rendez-vous. Tout ce qu'il savait, c'était qu'il lui avait écrit la vérité dans toutes ses lettres et qu'elles lui étaient toutes revenues sans avoir été ouvertes.

Sherry ou la prof de danse ? Pile ou face. Le père de Jenny, on n'en parlait même pas. Elle lui avait dit et répété qu'il avait fait douze mille crises cardiaques, qu'il se promenait dans la maison avec une clochette pour donner l'alerte au cas où il devrait se lever la nuit et qu'un malaise lui tomberait dessus dans la salle de bains. Arrivé à hauteur de la Quatre-vingt-quinzième, Will tourna à droite et quitta Ward Parkway. Il attendit patiemment au coin de State Line que le feu passe au vert. Il avait sans doute de meilleures chances avec Sherry. Au moins, elle le connaissait un peu. La prof de danse ne l'avait même jamais salué. Quand elle le croisait, elle lui lançait un regard glauque et passait son chemin sans rien dire dans son petit costume rose, ses deux mains agrippées à sa canne.

Sherry avait déjà quitté Kansas City pour l'université. « L'université de l'Illinois à Urbana », précisa sa mère. Était-il dans sa classe à Southwest ? Elle ne se rappelait pas l'avoir vu, désolée. Se fréquentaient-ils régulièrement ?

— Pas vraiment régulièrement, mais on faisait partie de la même bande.

— Oh ! Attendez…

Soudainement, son visage s'éclaira d'un grand sourire. Oui, oui, elle se rappelait très bien ! Le William de l'équipe de football, c'était bien ça ?

Pourquoi pas ? Après tout, il serait certainement devenu un grand footballeur si on lui avait donné sa chance…

— Oui, oui, c'est ça !

— Oh ! Vous aviez beaucoup de succès, si je me souviens bien… dit-elle en écrasant sa poitrine de ses deux bras croisés. Cependant, je ne savais pas que Sherry et vous étiez amis… Je me souviens qu'elle parlait de vous de temps à autre, mais seulement quand elle allait voir les matchs.

Will souriait aussi. D'un air désinvolte, il s'appuyait contre la porte en moustiquaire pour la tenir ouverte.

— On a eu quelques cours ensemble, mais on se parlait surtout par téléphone. Je… J'avais une petite amie mais c'était un peu difficile… Sherry m'a pas mal aidé, à l'époque.

— Vous êtes sûr que vous ne voulez pas entrer boire quelque chose ?

— Non, merci ! Il faut que je rentre. Ma mère fait de l'agneau. Elle va m'égorger si j'arrive en retard !

— Oh, je la comprends ! L'agneau, il faut le manger dès qu'il sort du four sinon, ça devient tout sec. J'en sais quelque chose !

Sa moue témoignait qu'elle avait souvent eu l'infortune de manger son agneau tout sec, faute de l'avoir dégusté au sortir du four. Elle haussa les épaules et hocha la tête tristement. Cependant, pas un de ses cheveux ne bougea. À force de laque, ils avaient fini par former une sorte de casque sur son crâne.

— Le gras de l'agneau, quand c'est refroidi, ça ne vaut rien du tout. Ou alors, il faut le réchauffer mais alors là, c'est une catastrophe. Ça durcit, de la vraie semelle. Personnellement, j'ai un petit faible pour le gigot à la moutarde. Est-ce que votre maman le prépare à la moutarde ?

— Euh… Non ! Pas que je me souvienne, en tout cas.

— Il faudra que je lui donne ma recette. Et dites-moi, dans quel quartier habitez-vous ?

— Du côté de Ward Parkway.

— Oh ! Très bien… Vers le sud ?

— Euh, non… Soixante-cinquième.

Will avait délibérément choisi le quartier le plus riche de Kansas City, sur la colline qui surplombe la Plaza, juste après le virage du Carriage Club. Le genre de quartier où les riches jouent au golf en sirotant des whiskies que des Noirs gantés de blanc leur apportent sur des plateaux d'argent… Les maisons sont plus belles qu'ailleurs, les pelouses plus grandes. La mère de Sherry eut un petit sourire entendu. Oh ! pas la peine de lui faire un dessin ! Elle comprenait que ce n'était pas la maman de Will qui préparait l'agneau. Dans ce genre de quartier, les maîtresses de maison ne touchent pas à une casserole et n'entrent même pas dans leur cuisine. Elles ont « des gens » pour ce genre de choses.

— Je viens de revenir et j'essaie de reprendre contact avec les amis… avant de repartir pour l'université.

— Quelle université fréquentez-vous, William ?

— Harvard, dit-il en crispant légèrement ses doigts sur le châssis métallique de la porte.

Et vlan ! Harvard, pourquoi pas ? Au point où il en était, ce n'était plus le moment d'avoir des scrupules.

— Harvaaaaard ! glapit la mère de Sherry dans un sourire extasié. Comme vos parents doivent être fiers de vous, William !

— Euh… Oui, en effet. Eh bien… pourriez-vous dire à Sherry que je suis passé ?

— Si vous voulez, nous pourrions l'appeler tout de suite ? Nous lui ferons la surprise !

« Pour une surprise, ce serait une surprise », pensa Will.

— Non, merci, madame. Il faut vraiment que j'y aille. L'agneau, vous savez…

La femme lui adressa un sourire de pur émerveillement. Il fallait qu'il tente le coup. Après tout, qu'avait-il à perdre ?

— Dites-moi, madame Ronne, savez-vous si l'amie de Sherry est déjà partie pour l'université ? Vous savez... Jenny Jaffe ?

— Oh ! je ne pense pas, non.

— Ah ! Très bien, je vais pouvoir l'appeler alors.

— Oh ! non, je ne pense pas. Elle... elle n'est pas ici en ce moment. Elle est quelque part dans l'Est, je crois, mais pas à l'université.

— Ah, non ?

— Eh bien... Je ne le sais pas de façon sûre. Voyez-vous, Sherry et Jenny ne se parlent plus depuis... depuis ce qui s'est passé, enfin !

— Pardon... Ce qui s'est passé ?

— Eh bien, Jenny est partie, puis elle est revenue, puis elle est repartie, voyez-vous...

La mère de Sherry lui parlait d'un ton de conspiratrice, le sourcil levé en signe de désapprobation.

— Tout cela s'est fait dans le plus grand mystère.

— Elle était enceinte, c'est ça ?

— Oui... J'imagine que tous ses camarades d'école le savaient, n'est-ce pas ?

— Plus ou moins... Des rumeurs...

Il fallait qu'il tente le coup. Il fallait qu'il le lui demande.

— Et dites-moi... elle a eu l'enfant ?

— Eh bien, c'est ce que Sherry a entendu dire mais Jenny ne voulait pas la voir quand elle est revenue. D'ailleurs, elle refusait de parler à qui que ce soit, pour autant que nous sachions. Et puis, elle est repartie !

Elle avait eu l'enfant ! Will était ivre de bonheur. Jenny avait eu l'enfant et elle allait bien ! Il était tellement soulagé qu'il se sentit légèrement étourdi et dut fermer les yeux pour ne pas s'effondrer. Quand il les rouvrit, la mère de Sherry le dévisageait encore.

— Hum ! fit-il en affectant une mine contrite. Est-ce qu'elle élève l'enfant ?

— Je ne sais pas, William.

Il hocha la tête. Elle hocha la sienne aussi, sans que son casque laqué en souffre le moins du monde.

— Vous allez raconter partout que je suis une commère ! minauda-t-elle. Allez, William ! sauvez-vous vite, sinon vous allez être en retard pour l'agneau.

— Oui ! Merci pour tout, madame Ronne !

— Dès que je parlerai à Sherry, je lui dirai que vous êtes passé. Et n'oubliez pas de venir nous dire un petit bonjour quand vous reviendrez à Noël !

— Je n'y manquerai pas !

— Et bonne chance dans vos études ! lança-t-elle encore d'un ton joyeux.

Elle le regarda se diriger vers la Mercury. D'une main, elle tenait la porte en moustiquaire ouverte. De l'autre, elle lui adressait des adieux frénétiques comme s'il était parti pour la planète Mars… et non pour Harvard, comme il le lui avait assuré.

Will tourna la clé dans le contact.

— Elle a eu l'enfant ! dit-il à voix haute. Elle n'a pas avorté ! J'ai un enfant !

La voix couverte par le rugissement du moteur, il poussa un long hurlement de joie.

Lala Palevsky était une dure à cuire. Ça, il devait le reconnaître. Elle n'avait pas froid aux yeux, la vieille. Will dut attendre que le dernier cours de la journée prenne fin et que les élèves soient toutes sorties de l'école. Une envolée d'oiseaux froufroutants. « À demain ! » « À demain ! » Et puis, les voitures qui démarrent toutes en chœur et Will se retrouve seul devant l'école avec sa Mercury. Le soleil s'est couché en laissant des traînées rouges dans le ciel de Kansas City. Pourquoi la vie n'est-elle pas simple comme un coucher de soleil ? Will entre dans l'école. La musique braille à plein volume. Cuivres, percussions, vociférations, grincements. Il n'a jamais rien entendu d'approchant. C'est de la sauvagerie à l'état brut. Lala Palevsky se trouve dans le second studio. « Le second studio », c'est comme ça que disait

Jenny. Will n'est jamais allé plus loin que le premier, celui qui donne sur le stationnement. La deuxième pièce est moins vaste que l'autre. Lala Palevsky y est seule. Elle danse, son corps reflété à l'infini dans les miroirs qui couvrent les quatre murs. Elle danse ? Elle bondit, elle vole, elle se jette en l'air et sur le sol, les cheveux libres, le chignon défait. Elle porte l'espèce de maillot de corps collant qu'elles ont toutes, couleur chair, et rien d'autre. On voit ses mamelons durcis poindre à travers le tissu et des poils qui s'échappent du maillot à l'entrejambe. La vieille danse pieds nus. Chaque fois qu'elle retombe sur le sol, ses pieds claquent durement contre le bois du plancher et Will sent la vibration lui parcourir tout le corps. Dans les spots étincellent les gouttes de sueur qui jaillissent d'elle comme d'une fontaine. Elle danse comme une Russe folle, comme si elle avait quinze ans. Elle danse ! Elle n'a plus sa canne et elle danse comme une Russe folle de quinze ans.

Elle sait qu'il est là et qu'il la regarde. Elle a dû le sentir entrer parce qu'il n'a pas croisé son regard dans les miroirs. Cependant, elle sait qu'il est là et qu'il la regarde. N'importe ! Elle continue de jeter son corps aux quatre coins de la pièce. Est-ce qu'elle danse ? Peut-on dire qu'elle danse ? On croirait que quelqu'un la frappe ou la lance en l'air, sauf qu'il n'y a personne, ni dans les miroirs ni dans la pièce. On dirait que l'homme invisible est en train de lui coller une raclée, mais Will n'a pas le cœur de sourire parce que, quand même, ça fait peur de la voir se démener comme ça. Pendant une bonne dizaine de minutes, il la suit du regard, hypnotisé. Elle danse avec la musique à plein volume. Enfin, elle saute encore plus haut qu'avant, avec encore plus de sauvagerie, et s'effondre sur le sol. La musique s'arrête et, bizarrement, le silence qui suit est presque plus assourdissant que les hurlements qui sortaient des haut-parleurs. Elle est là, immobile, écrasée contre le parquet, le visage pressé sur le sol. On dirait que Will a été changé en pierre. Il la regarde encore, incapable de faire un geste. Et si elle était blessée ? Et si elle était paralysée par sa chute ? Elle en a l'air, en tout cas.

— Est-ce que ça va ? demande-t-il d'une voix incertaine.

La poussière volette encore autour de son corps immobile. Elle semble à peine respirer. Will fait un pas vers elle.

— Madame ?

Elle se lève lentement, infiniment lentement, traverse la pièce et ramasse une serviette sur un banc. Elle la passe sur son visage, sur son cou, puis la drape autour de ses épaules et soulève ses cheveux de ses deux mains.

— Que voulez-vous ? lance-t-elle sans le regarder.

Il vacille, comme s'il venait de recevoir un coup de matraque en pleine figure. Elle prend sa canne qui reposait contre un banc et s'appuie dessus.

— Je rentre chez moi, dit-elle en s'éloignant.

— Attendez !

— Que voulez-vous ?

— Je m'appelle Will McDonald.

— Je sais qui vous êtes.

Lala Palevsky parle comme les espions russes dans les films. Elle a des yeux incroyablement noirs, tellement noirs qu'on ne distingue même pas la pupille dans l'iris.

— Je cherche Jenny.

— Pourquoi ?

— Pourquoi ? répète-t-il sans détourner le regard. Parce que je l'aime.

Elle avance d'un pas vers lui.

— Savez-vous où elle se trouve ? demande-t-il.

Silence.

— Je crois que vous êtes la seule personne à part moi qui l'aime vraiment, dit-il, peut-être même autant que moi. N'est-ce pas ?

L'espace d'un instant, une lueur tremble dans le regard de Lala Palevsky.

— Elle n'est pas ici, dit-elle néanmoins d'un ton sec.

— Je sais. Je veux savoir où elle est.

— Elle ne reviendra pas.

— Où est-elle ?

Elle est plantée devant lui, tout près de lui. Sa respiration est presque redevenue normale et ses cheveux glissent, épars, sur ses épaules. Will sent son odeur puissante qui monte vers lui.

— Elle est danseuse. Laissez-la tranquille.

Elle se détourne et quitte la pièce. Will sait qu'il serait inutile d'insister, de lui poser des questions, de la supplier. Il voit dans son corps qu'elle ne dira rien de plus. Il sort de l'école et s'en va. Plus tard, il revint et entra par effraction dans les locaux. Trois cartes postales ensevelies sous un désordre invraisemblable au fond d'un tiroir de son bureau. Pas d'adresse de retour, mais un cachet postal de New York. Will passa doucement ses doigts sur la signature : « Jenny », puis il partit en emportant les trois cartes dans la poche de sa chemise.

— Tu veux rire, petit ? lança Joe en reprenant une gorgée de bière. On voit que tu n'as jamais mis les pieds à New York. C'est gigantesque, cette ville-là ! Autant chercher une aiguille dans une meule de foin…

Jamais il n'avait vu une telle humidité. La sueur ruisselait sur lui en permanence. Will n'aima pas New York. Trop de bruit, trop de gens entassés les uns sur les autres, trop peu d'espace. Il n'aima pas New York et la ville le lui rendit bien.

— Va te faire pendre ailleurs, vieux ! T'étais déjà là hier et je t'ai dit la même chose. Dégage !

Le portier de jour de la salle Imperial n'appréciait pas de voir des inconnus traîner à côté de son entrée des artistes. Will haussa les épaules et s'éloigna de quelques pas. Il avait fait le pied de grue devant le Saint James, sur la Quarante-quatrième, puis il avait remonté Shubert Alley. Après l'Imperial, il irait voir du côté de la Quarante-sixième. Il avait pris un café au Howard Johnson de Broadway, un autre au Edison Coffee Shop de la Quarante-septième. Il arpentait comme ça avec méthode, avec obstination, tous les secteurs de la ville susceptibles d'avoir vu passer Jenny. Vers midi, il serait au Vim & Vigor, juste en face de Carnegie Hall. C'est là qu'ils se rencontrent, paraît-il, qu'ils s'échangent des tuyaux pour les auditions, des adresses, des numéros de téléphone. C'est là qu'ils mangent, boivent du café, fument beaucoup trop. Les danseurs, les artistes de la scène, les « bohémiens ». En quelques jours seulement, Will avait découvert tous leurs repaires, savait où ils se tenaient, où ils suivaient leurs cours. Il a demandé à tout le monde. Tous ceux qui semblaient toucher de près ou de loin au monde du spectacle, il leur a demandé. Il est allé partout où ils lui ont conseillé d'aller, chez Luigi, au studio June Taylor… À l'Equity, il s'est engueulé copieusement avec une maigre qui ne voulait même pas lui dire si elle avait entendu parler de Jenny. Il savait quelles salles se spécialisaient dans les comédies musicales, lesquelles étaient réservées au théâtre. Il scrutait le *Back Stage* et le *Show Business* pour connaître les heures et les lieux des auditions. Il dévisageait les filles qui faisaient la queue devant la porte. Il allait aux Variety Arts et aux Showcase Studios. Il traînait dans l'entrée du Ballet Arts et de l'École internationale de danse. Il fouillait du regard toutes les salles d'attente, les moindres recoins. Il attendait devant chez Johnny Ray et le Downy. Il harcelait tous les portiers, tous les gardiens, tous les concierges de jour et de nuit, interrogeait tout ce qui lui paraissait susceptible de porter un justaucorps ou de chanter sur une scène. Il plaidait, suppliait, décrivait Jenny sans se lasser. Cela faisait trois semaines que ça durait et personne ne la connaissait, personne ne l'avait vue, personne n'avait entendu parler d'elle.

Il n'avait plus que deux jours, grand maximum. Il vivait au Dixon, un trou à rats de la Quarante-troisième, et il ne lui restait que huit dollars en poche. Il en possédait quinze en quittant Kansas City. Quand il était arrivé à New York, son pécule s'élevait à cinquante dollars. Incroyable, tout ce qu'on peut faire pour trouver de l'argent quand on est au pied du mur. Will avait forcé toutes les distributrices de boissons entre Kansas City et New York et ramassé tous les autostoppeurs qui possédaient assez de monnaie pour payer un plein. Il ferait pareil pour le retour. Si nécessaire, il avait aussi deux mètres de tuyau d'arrosage pour siphonner l'essence des voitures garées à l'écart. Ça devrait aller. Il avait fait le calcul : il lui faudrait au moins six jours pour regagner Los Angeles au volant de la Mercury et se présenter ponctuel à son rendez-vous avec D. Francis. Six jours, peut-être cinq s'il ne s'arrêtait que pour dormir quelques heures par nuit. Tout ce qu'il voulait, c'était un indice, un seul. Un signe, n'importe quoi qui lui indiquerait un semblant de piste. C'est au Vim & Vigor qu'il le trouva. Une grande blonde solidement charpentée mangeait un sandwich au thon, assise au comptoir.

— Les New-Yorkaises, on les repère tout de suite ! lança-t-elle. Jamais elles ne mangeraient un sandwich au thon sur pain blanc.

— Ah, non ? demanda Will en s'efforçant de garder une apparence de calme.

— Non, confirma la blonde en mastiquant vigoureusement, elles le prennent toujours sur pain de seigle.

— Ah ! D'où tu viens, si tu n'es pas new-yorkaise ?

— Du Michigan, mâchouilla-t-elle du bout de ses lèvres roses maculées de mayonnaise. C'est comme ça qu'on s'est mises à parler, ta copine et moi. Elle aussi, elle mangeait un sandwich au thon sur pain blanc. Ça nous a fait un sujet de conversation.

Elle se passa les doigts sur les commissures des lèvres, lécha la mayonnaise qui s'y était collée, reprit une bouchée de son sandwich.

— Jenny Jaffe, de Kansas City. Ouais, je me rappelle très bien. Aussi grande que moi mais maigre, avec des grands yeux bruns.

— Des grands yeux bruns, répéta Will, le souffle court.

— En tout cas, ils font les meilleurs sandwichs au thon de tout New York. Tu n'as vraiment pas faim ?

— Non.

— Bon. Alors, comme ça, vous n'êtes plus ensemble ?

— Non, mais on se remettra ensemble dès que je l'aurai retrouvée.

— Tu es sûr de ça ?

— Absolument.

— Tu ne doutes de rien, toi, hein ?

— Je l'aime, c'est tout.

Elle le regarda par-dessus son sandwich, mordit dedans.

— Et elle, tu crois qu'elle t'aime encore ?

— Oh, oui !

— Eh, ben… Tu veux un cornichon ?

— Non, merci.

— Tu n'aimes pas les cornichons ?

— Si, mais je n'ai pas faim. Comme ça, vous avez mangé ensemble… Est-ce que tu l'as revue par la suite ?

La blonde eut un petit rire.

— On dirait un flic, ma parole ! Mangé ensemble, c'est beaucoup dire. On était dans le même restaurant en même temps. On a fait un brin de conversation, c'est tout.

Il la regardait sans rien dire.

— Et, non, je ne l'ai pas « revue par la suite », comme tu dis.

— Jamais ?

— Non. Ah, si ! Une fois. Du moins, je crois que c'était elle mais je n'en mettrais pas ma main au feu. Elle entrait chez Luigi. Pour un cours, j'imagine. Quoi qu'il en soit, elle ne m'a pas vue.

— Ah, non ?

— Non, fit la blonde en engloutissant le dernier morceau de son sandwich.

Will resta pensif quelques instants.

— Tu ne sais pas dans quel coin elle habite, par hasard ?

— Non. Écoute… je ne l'ai pas connue, pour ainsi dire. Je veux dire… je ne la connais pas, ta copine. Je l'ai vue deux fois, point !

Will se passa la main sur le visage. Il se sentait encore plus désespéré qu'avant de parler avec cette fille. Il la tenait, sa piste, mais elle ne menait nulle part. Il eut envie de se jeter sous les roues d'un autobus.

La blonde s'essuya la bouche avec une serviette en papier.

— Tu n'as pas son adresse ? demanda-t-elle.

346

— Non.

— Aucune idée d'où elle habite ni de ce qu'elle fait en ce moment ?

— Non.

— Et tu pars à sa recherche comme ça en plein New York ? Eh ben, toi, quand tu as une idée quelque part...

Elle ouvrit son sac de danse, en sortit quelques dollars et ramassa l'addition que la serveuse avait posée devant elle.

— En tout cas, bonne chance ! conclut-elle. Tu vas en avoir besoin...

Will sentit une grosse boule se former dans sa gorge. La fille sauta en bas de son tabouret. Il tendit impulsivement la main vers elle, comme pour la retenir.

— Je commence à manquer d'imagination... confessa-t-il. Je ne sais plus quoi faire.

— Il me semble que tu as déjà fait tout ce que tu pouvais, répliqua-t-elle avec un regard en coin. Écoute... il y a trois possibilités : Broadway, la tournée nationale ou la galère.

— C'est quoi, la galère ?

— Une tournée minable, expliqua-t-elle avec une moue. Des salles miteuses, des bleds pourris. Pas le genre de contrat qu'on met en première page de son CV. Tu vois ce que je veux dire ?

— Oui... je crois.

Elle lui effleura le bras du bout des doigts et pencha la tête sur le côté pour mieux le dévisager.

— Et puis, écoute... Peut-être qu'elle n'a pas envie de te revoir. Tu y avais pensé ?

Will la fixait, interloqué, le visage très pâle.

— Non...

— Eh bien... il faudrait peut-être que tu y penses. Bon, je me sauve. Tu as de l'argent ? Pour manger, je veux dire, tu as ce qu'il te faut ?

— Oui, merci.

— Je peux te filer quatre ou cinq dollars, si tu veux.

Il hocha la tête de gauche à droite.

— Sûr ? Ça arrive à tout le monde, d'être fauché. Pas la peine d'avoir honte.

Il hocha la tête encore.

— Bon. Alors, j'y vais. J'ai un cours.

Elle se pencha vers lui et déposa un baiser rapide sur sa joue.

— Non mais, regarde-moi ça ! s'exclama-t-elle en riant. Voilà que je fais la bise comme les New-Yorkais ! Je vais bientôt me mettre au pain de seigle, ma parole !

Elle lui serra légèrement le bras du bout des doigts et lui sourit. Des yeux brun clair et beaucoup de mascara.

— Bonne chance, dit-elle encore.

Puis elle disparut. Will resta une bonne vingtaine de minutes immobile sur son tabouret, le temps que ses jambes arrêtent de trembler. « Et puis, écoute… peut-être qu'elle n'a pas envie de te revoir. » Son seul indice… Sa seule piste, et elle menait à un cul-de-sac.

Il quitta New York le jour même.

— Tu as jeté ta voiture en bas d'une falaise ? répéta Claudia d'une voix incrédule.

— Oui.

— Tu as fait New York-Los Angeles en voiture, puis tu l'as jetée en bas d'une falaise ?

— Oui.

Ils gardèrent le silence quelques instants.

— Elle te rappelait trop Jenny, j'imagine… La Mercury…

Will ne répondit pas. Claudia se tut.

Il lui avait fallu plus d'une heure pour le calmer, pour le ramener au motel, lui faire boire un verre d'eau, le convaincre de s'asseoir. Il avait longuement marché dans sa chambre, puis s'était effondré sur une chaise au pied du lit.

— Et après ?

— J'ai trouvé du boulot, je me suis marié.

— Pardon ?

— Camionneur à la Warner.

— Et tu t'es marié ?

— Quoi ? Oui… je me suis marié.

— Mais tu étais encore amoureux de Jenny !

Il se leva.

— Il faut bien vivre, petite.

Ils se regardèrent quelques secondes sans rien dire.

— Écoute… j'ai été marié cinq fois, si tu veux savoir. Et aucune d'entre elles n'a vraiment compté.

Claudia ouvrit la bouche, puis la referma sans avoir prononcé un mot. Will se remit à arpenter la pièce.

— Tu n'as pas eu d'autres enfants ?

— Non.

— Pourquoi ?

— Je ne sais pas. Ça ne s'est pas fait, c'est tout.

— Combien de temps as-tu été marié ?

— Jamais plus de deux ans à la même.

Arrivé au mur, il tourna et repartit dans l'autre direction de son pas nerveux. Interdite, Claudia le suivait des yeux sans rien dire.

Il ne la retrouverait jamais. Quoi qu'il fasse, où qu'il soit, ces mots-là lui martelaient la tête. « Je ne la retrouverai jamais. » Il envoya la Mercury se fracasser au bas d'une falaise. Faute de pouvoir annuler le passé, faute de pouvoir oublier, il lança sa Mercury dans le vide en espérant effacer de sa mémoire ce qu'ils avaient vécu. Il était revenu de New York à Los Angeles, l'accélérateur au plancher, ne s'arrêtant que pour dormir quelques heures ici ou là. Il s'allongeait en travers du siège avant, la poignée de la porte passager encastrée dans sa joue. Il arriva à temps pour son rendez-vous avec D. Francis. Le soir même, il alla jeter la Mercury du haut d'une falaise de Stough Park, du côté de Burbank. Puis, il partit à pied sans se retourner, sans regarder dans le ravin. Sa décision était prise. Il s'en remettrait, de la Mercury. Et de son histoire avec Jenny aussi, il finirait un jour par s'en remettre.

Claudia partit avant l'aube, ainsi que Will le lui avait conseillé. Heureuse, elle profita pleinement de son trajet de retour. Comme promis, elle était à la maison quand Lily rentra de la garderie. Elles firent fondre du fromage sur des tortillas et se préparèrent de la citronnade, puis Lily voulut jouer au volleyball. Claudia la regardait courir de toutes ses petites jambes d'un bout à l'autre du jardin et renvoyer la balle de ses poings dodus. Elles riaient aux éclats toutes les deux et poussaient de grands cris ravis à chaque passe. Tandis qu'elle renvoyait à sa fille le ballon gonflable de plastique mauve, Claudia se repassait mentalement ce que Will lui avait appris. Jamais elle ne pourrait le dire à Jenny par téléphone. Il faudrait attendre qu'elle vienne. Trois semaines… Elle attendrait trois semaines et, quand Jenny serait là, elle lui raconterait tout. Elle appela Will le soir même, après avoir couché Lily, et lui annonça qu'elle parlerait à Jenny dès qu'elle arriverait à Los Angeles.

— Espérons qu'elle ne tuera pas le messager, dit Gena d'une voix sombre.

Assise sur le sol de la cuisine, Claudia coinça le récepteur entre son épaule et son menton, étendit ses jambes devant elle et se mit à bâiller.

— Tu bâilles ! s'écria Gena d'un ton scandalisé. Non, mais, dis donc ! Je te signale qu'il est deux heures du matin pour moi et même pas minuit chez toi ! Enfin, bref. Reprenons.

— Reprenons quoi ?

— Redis-moi ce qui s'est passé, comment il est.

— Je t'ai déjà tout dit ! fit Claudia dans un rire.

— Mais je n'arrive pas à le croire ! Je m'étais imaginé un salaud de la dernière espèce et aujourd'hui…Il est quoi ? Un gentil déguisé en méchant ? Un héros ? Et pourquoi tu ne m'as pas appelée de Lone Dove, d'abord ? J'ai failli devenir dingue, à attendre comme ça.

— Gena…

— Oui, je sais, c'est Lone Tree. Je préfère Lone Dove, que veux-tu que je te dise ? J'ai le droit, tout de même !

— Oui… convint Claudia en souriant.

— En tout cas, les vrais salauds, si je peux me permettre, ce sont tes grands-parents maternels. Est-ce que Jenny t'avait parlé d'eux ?

— Non. Elle m'a seulement dit que son père était mort et qu'elle n'avait plus de contacts avec sa mère.

— Tu m'étonnes…

Elles restèrent silencieuses quelques instants.

— Claudia ?

— Oui ?

— Il y a quand même un truc que je trouve plus incroyable que tout…

— Quoi ?

— Tu m'as bien dit qu'il portait la moustache ?

Claudia éclata de rire et se laissa rouler sur le sol de la cuisine.

— Oui, Gena ! hurla-t-elle en riant. Il a une moustache !

Elle se glissa sous les draps et se lova contre Oliver, ses genoux collés à ses jambes, sa poitrine serrée tout contre son dos. Elle passa un bras par-dessus son torse et lui caressa la main du bout des doigts.

— Mhhh ? grommela-t-il.

— Mhhh quoi ?

— Mhhh.

— Tu dors ?

— Mhhh.

— Oliver…

— Mhhh ?

Claudia étouffa un petit rire.

— Ça va, murmura-t-elle. Dors !

— Mhhh.

Elle entendit sa respiration qui s'apaisait, devenait plus profonde et plus régulière. Elle accorda son souffle à celui d'Oliver, embrassa doucement sa nuque. Il sentait bon le savon et... lui. Il sentait bon Oliver. Claudia sourit et enfouit son visage contre son dos en fermant les yeux.

— Je suis un peu déçu, ronchonna-t-il soudain.

— Espèce de clown! Tu ne dormais même pas!

— Mhhh!

Elle lui pinça la hanche.

— Hé!

— Comment ça, un peu déçu?

— J'aurais préféré que ce soit le propriétaire des Knicks, ou au moins des Lakers.

— Guignol, va!

— J'avais déjà préparé ce que je lui dirais au cas où ce serait Jack Nicholson.

— Ah, oui? Quoi?

— Salut, Jack!

Claudia rit doucement.

— Tu veux savoir ce que je lui aurais dit s'il avait été Pat Riley?

— Salut, Pat?

— Non. Salut, m'sieur Riley! Un peu de respect, tout de même!

Claudia se serra plus fort contre lui. Elle souriait dans le noir, sans rien dire.

— Comme ça, il te plaît? demanda Oliver.

— Oui.

— C'est bien, chérie. Je suis content pour toi.

— Moi aussi, convint-elle en bâillant. Quelle histoire...

— Ouais! On peut dire qu'ils n'ont pas eu de chance...

— Non.

— Comme quoi il faut apprécier ce qu'on a, hein?

— Oh, oui!

— Tout ce que la vie nous offre...

Elle resserra son étreinte.

— Tu sais quoi, Oliver ? souffla-t-elle. Ils devaient former un couple du tonnerre !

— Ouais…

Elle soupira dans son cou.

— Tu sais quoi, Claudia ?

— Mhhh ?

— Je n'ai jamais fait l'amour avec une femme qui avait deux pères et deux mères.

Il glissa sa main de sous la sienne et lui caressa le bas du ventre.

Elle continuait de respirer dans son cou, le souffle chaud et profond.

— Chérie, tu dors ?

Elle ne répondit pas. Elle se retenait de rire, sachant qu'il tendait l'oreille, qu'il l'écoutait.

— C'est vrai qu'avec les trois jours que tu viens de passer… murmura Oliver.

Il posa sa main sur la sienne et enlaça ses doigts aux siens.

— Presque quatre, dit-elle en pouffant doucement.

— Tu faisais semblant de dormir, espèce de canaille ! s'écria-t-il d'une voix faussement offusquée.

Il se tourna d'un bond et se jeta sur elle en riant.

— Je ne faisais pas une cure, maman, déclara Claudia.

Par la porte de la cuisine, Margaret regardait Lily qui jouait dans le jardin avec son grand-père. John était caché derrière le tronc d'un oranger dont il débordait amplement de chaque côté. Margaret se retourna en souriant.

— Qu'est-ce que tu dis, chérie ?

— Je n'étais pas dans un centre de repos, maman. Je suis allée rencontrer Will.

Des hurlements de joie leur parvenaient depuis le jardin :

— Je t'ai vu, grand-papa ! Je t'ai vu !

— Tu l'as rencontré ? demanda Margaret, le cœur battant à tout rompre.

— Oui.

— Et puis ?

— Très bien. Nous nous sommes bien entendus.

Margaret se détourna de nouveau pour regarder dehors. Elle prenait de grandes inspirations pour calmer la panique qui s'était emparée d'elle. C'était au tour de Lily de se cacher. Elle était agenouillée derrière des buissons, les deux fesses bien en vue. John faisait semblant de ne pas l'avoir aperçue et criait son nom aux quatre vents. On aurait dit un mauvais acteur dans le rôle du chef indien.

— Maman ?

— Ton père est un phénomène, tu sais !

— Je sais.

Margaret se retourna vers elle et vint s'asseoir à la table de la cuisine, à côté de Claudia. Elle croisa ses mains sur ses genoux et attendit.

— On se croirait à l'église, constata Claudia.

Margaret décroisa ses mains.

— Alors… dit-elle. Raconte.

— Il est très bien. Nous avons beaucoup parlé, nous avons ri.

— Bon.

— Tu devrais voir la tête que tu fais, maman. On dirait que je viens de t'annoncer que j'ai un cancer en phase terminale.

— Ne dis pas des choses pareilles, Claudia ! Tu sais que je n'aime pas qu'on plaisante avec ça !

— Excuse-moi.

— Seigneur Dieu… il ne manquerait plus que ça !

Elles se regardèrent. Claudia sourit.

— Qu'est-ce qui se passe, maman ?

— Rien ! soupira Margaret. J'espère seulement que cette rencontre ne changera pas la relation que tu as avec ton père.

— Est-ce que ma rencontre avec Jenny a changé celle que j'ai avec toi ?

— Non.

Et c'était vrai. Tout était resté pareil entre Margaret et Claudia, si ce n'est qu'elles se sentaient toutes les deux infiniment soulagées. Margaret avait l'impression d'être plus légère depuis qu'elle avait livré son secret, depuis qu'elle avait ouvert le petit coffret en laque de Chine de l'arrière-grand-mère et qu'elle avait offert à Claudia son vrai nom. Des années durant, elle avait attendu que sa fille lui annonce qu'elle voulait les retrouver. C'était chose faite. Margaret se sentait délestée d'un écrasant silence. John disait que c'était parce que la réalité est toujours moins terrible que les peurs. Et sa réalité à lui, la trouverait-il moins terrible que ses peurs ?

— N'est-ce pas, maman ? reprenait Claudia. Le fait que je rencontre Jenny n'a rien changé entre nous ?

— Rien du tout, ma chérie, répondit Margaret avec un sourire tendre.

— Il faut que j'aille parler à papa, dit Claudia en se levant.

— Ça va peut-être te paraître bizarre, reprit Margaret, mais je me doutais que tu n'étais pas dans un centre de repos. Je ne sais pas pourquoi... Ça ne te ressemble pas, de partir comme ça sans prévenir. Bizarre, non ?

— Non, maman. C'est seulement parce que tu me connais bien.

Jenny s'assied sur le troisième banc à partir de Central Park South, sur le chemin qui mène au zoo. Elle va pouvoir regarder les gens, s'interroger sur leurs vies et tenter de faire le point sur la sienne. Deux jeunes Noirs s'embrassent fougueusement. Le garçon a enroulé l'une de ses jambes autour de celles de la fille. Ils sont bien jeunes pour s'embrasser comme ça. Bien jeunes aussi pour fumer. Pourtant, ils s'embrassent à pleine bouche et tiennent des cigarettes entre leurs doigts. Une mendiante a installé ses quartiers sur le banc qui fait face à celui de Jenny. Deux sacs de plastique presque déchiquetés de chez D'Agostino et deux autres du Food Emporium sont appuyés contre ses jambes. Jenny préfère le Food Emporium. La femme ne semble pas avoir d'opinion très arrêtée sur le sujet. Par contre, elle presse contre sa poitrine un autre sac, plus petit, qui porte le logo de chez Bergdorf. Un petit sac couleur lavande avec des silhouettes féminines qui se découpent en noir sur le côté. Que garde-t-elle si précieusement là-dedans ? Ses bijoux ?

— Ça pourrait m'arriver aussi.

Il y a un an et demi, Jenny et Rose traversaient la Cinquième Avenue, du côté de la Soixante-cinquième Rue. Elles allaient manger au Montparnasse, tout près de là.

— Tu ne seras jamais clocharde, voyons ! souffla Rose. Comment voudrais-tu que ça t'arrive ?

— Je ne sais pas.

Vaguement adossée sur quelques lambeaux de carton, la femme gisait devant elles comme un tas de chiffons.

— Même si tu perdais tout, Ron et tout ce que tu possèdes actuellement, tu pourrais toujours travailler.

— Comme quoi, par exemple ?

— Réceptionniste ! lança Rose en riant.

Elles durent faire un détour pour éviter de marcher sur la mendiante qui avait étalé ses jambes sur le trottoir, la peau couverte de croûtes de sang séché, de plaies plus ou moins cicatrisées. Elle n'avait pas de chevilles. Ses jambes étaient des piliers cylindriques qui partaient de ses genoux et s'enfonçaient dans ses chaussures déchirées.

— Comment ça, réceptionniste ? demanda Jenny en essayant de s'arracher au spectacle des pieds enflés.

— Quand j'étais gamine, je rêvais de quitter Fond du Lac pour devenir réceptionniste au *Harper's Bazaar*, à New York. Pour moi, c'était le summum du chic et de l'ascension sociale !

— Tu ne m'avais jamais raconté ça.

— Tu vois ? Il t'en reste à découvrir.

Ses yeux larmoyants, ses doigts gercés. Rose entraîna Jenny loin de la femme, de sa puanteur aussi tenace que les relents fétides qui stagnaient entre les immeubles de la grande ville. Jenny se laissait faire.

— Tu pourrais reprendre l'enseignement ! ajouta Rose.

— Non.

— Pourquoi pas ?

— Parce que la danse, c'est comme tout : il faut l'aimer passionnément pour bien l'enseigner.

— Allons, ne dis pas de bêtises. Tu étais une danseuse hors pair !

— Mais je n'aimais pas vraiment ça.

Quand elles entrèrent au Montparnasse, une bouffée de lumière vive et de chaleur leur sauta au visage. Un maître d'hôtel les accueillit et les débarrassa prestement de leurs manteaux.

C'était il y a un an et demi, avant que le cancer de Rose ne récidive et ne l'emporte. Il y a un an et demi, Rose était avec elle. Jenny lisse son pantalon du revers de la main et recroise les jambes. Oui, mais Claudia n'y était pas. Jenny a un petit rire. Comment on appelle ça, déjà ? Du chantage ? Du troc ? « On ne peut pas tout avoir dans la vie. D'accord, Je te rends ta fille mais Je te prends ta meilleure amie. » Non. Rose dirait sûrement que Jésus ne ferait jamais une chose pareille.

La clocharde lève les yeux vers Jenny et grommelle quelques syllabes incompréhensibles. Les bouts de chiffon qu'elle a enroulés à ses mollets ressemblent aux jambières des danseurs. Jenny détourne le regard.

Elle se voit badigeonnant ses ampoules crevées de gentiane bleue qui tournait au lavande à travers les compresses.

— Tu ne vas quand même pas faire ça ? lui criait Susan tandis qu'elle sortait de leur petit appartement. Tu es dingue ou quoi ?

Elle le faisait quand même. Son partenaire de *Lucky Charlie* ne l'avait pas rattrapée à temps dans un saut. Deux orteils cassés. Tant pis ! La douleur muselée par la novocaïne, elle avait continué. Elle avait dansé avec un ligament déchiré dans *Gift of Gab*, avec des pieds ensanglantés serrés dans des chaussures à claquettes orange ornées de faux diamants dans *Chili Gumbo*, avec les deux genoux emmaillotés dans des bandes sous sa jupe à crinoline dans *River Belle*. Rien ne l'arrêtait. Quels que soient les aléas de sa vie, les blessures, la douleur, elle dansait. Elle ne manquait aucun cours, aucune audition. Quand elle décrochait un rôle dans un spectacle, elle ne prenait jamais de pauses pendant les répétitions. Tandis que les autres soufflaient dix ou vingt minutes, elle répétait les chorégraphies toute seule dans un coin.

Si elle dansait sans aucun répit, sans doute arriverait-elle à ne plus penser. Les souvenirs qu'elle avait de Will finiraient par s'estomper. Elle oublierait ce qu'il lui avait fait ; elle oublierait qu'elle n'avait jamais su ce qui lui était arrivé ; elle oublierait jusqu'au visage de son enfant. Elle enchaînait les spectacles sans vacances ni repos et ne manquait jamais de travail. Les producteurs la savaient parfaite, ou presque. Une danseuse précise, rapide, infatigable. Elle, elle savait qu'elle n'était qu'une machine impeccablement rodée, un robot sans âme. Elle dansait sans amour. Elle aurait pu tout aussi bien raccrocher ses chaussons le jour où elle avait entendu sa mère cracher dans l'obscurité d'une salle de spectacle : « Celle du dernier rang, c'est mon vilain petit canard de fille. » Elle n'était jamais allée plus loin que ça. Une fois de plus, la sorcière avait gagné. Elle l'avait dépouillée de son rêve d'enfant. Oh, bien sûr ! Jenny était devenue danseuse professionnelle mais, au fond, elle était restée ce que sa mère avait prédit qu'elle serait : une anonyme dans une foule, un vide en justaucorps qui virevolte avec virtuosité sur une scène. Autrement dit, personne.

À quelques mètres de là, un homme donne du pain à des pigeons. Les oiseaux se posent partout sur lui, sur ses épaules, ses bras, sa tête. C'est répugnant. À force de s'embrasser, les deux gamins noirs se sont un peu déplacés sur leur banc. Le garçon a passé sa main sous le manteau de la fille et semble y être fort occupé. Jenny baisse les yeux pour examiner ses propres mains posées sur ses genoux. Il fait un froid vif et perçant. Elle devrait sortir ses gants de sa poche et les enfiler, mais elle n'a pas envie de bouger. Elle fait tourner son alliance de diamants autour de son annulaire.

Plus rien n'est pareil depuis qu'elle est revenue de Los Angeles. Sa rencontre avec Claudia projette une lumière nouvelle sur sa vie, et même sur sa relation avec Ron. Elle lui a tout raconté, petit à petit, par à-coups, à mesure que les souvenirs lui revenaient. Elle lui a tout dit dans le désordre : Claudia, Oliver, Lily, chacun des instants qu'elle a passés à Los Angeles. Ron était heureux de la voir heureuse et tout allait bien. Puis les semaines ont passé, et les mois. Son bonheur tout neuf s'est tassé comme un oreiller de plume et sa vie est redevenue ce qu'elle était depuis longtemps : ennuyeuse et sans relief. Certes, elle pouvait téléphoner à Claudia aussi souvent qu'elle le souhaitait. Cela l'apaisait considérablement. Cependant, cette sérénité nouvelle ne changeait rien aux sentiments qu'elle éprouvait envers son mari. Claudia finirait par retrouver Will. Cela, Jenny le savait de façon sûre. Elle avait beau faire comme si de rien n'était, elle pensait constamment qu'un jour Claudia finirait par retrouver Will. Jamais elle ne lui avait demandé si ses recherches progressaient, jamais elle n'avait même mentionné le nom de Will dans leurs conversations. Mais elle savait. Claudia retrouverait Will et, pour la première fois depuis qu'il l'avait quittée, elle saurait où il vivait. Elle saurait comment le joindre. Que ferait-elle alors ? Elle lève sa main qui porte l'alliance et presse fortement ses doigts contre ses lèvres.

Will glissa de sous le camion, prit appui sur sa bonne jambe et se releva. Il jeta ses outils sur le banc de bois, essaya de nettoyer son jean de la terre et de l'herbe qui s'y étaient collées, essuya ses mains graisseuses à son t-shirt et monta dans le camion. Il fit tourner la clé de contact. Le moteur toussa, puis s'arrêta. Bon. Ce n'était pas le démarreur. Très bien. Il resta assis dans le camion, la porte grande ouverte, un pied à terre. Il se passa les doigts dans les cheveux. Le temps change bien des choses, comme on dit. Elle aurait changé. Lui aussi. Ils seraient différents tous les deux. Et il voulait la revoir ? Ridicule ! Quoi de plus grotesque qu'un vieux débris accroché à un rêve de jeunesse ? Il faisait pitié, tiens. Il tourna de nouveau la clé dans le contact. Le moteur toussa encore, poussa une sorte de gémissement, puis se tut. C'était sûrement l'allumage. Bon sang de bois! Il sortit du camion, prit une gorgée de thé glacé et se dirigea vers la remise en emportant le pichet. Il ouvrit quelques tiroirs, fourragea dedans, se rendit compte qu'il avait oublié ce qu'il était venu chercher, referma tous les tiroirs d'un claquement sec. Elle lui avait fait croire qu'il l'avait quittée. La garce! Elle avait réussi à la persuader qu'il l'avait abandonnée! Et qu'ils l'avaient payé pour qu'il parte, par-dessus le marché! Comment Jenny avait-elle pu avaler des boniments pareils? Ça, ça le dépassait! Ça, c'était pire que tout! Il sortit de la remise et remonta dans le camion. Babe aboya. Le chien s'était installé sur le siège passager et attendait que son maître démarre. Il lança un aboiement bref. Il avait l'air heureux d'aller faire un tour.

— Pas tout de suite, murmura Will.

Babe, haletant, le regarda quelques secondes puis se remit à japper.

— Pas tout de suite, j'ai dit! tonna Will.

Le chien s'écrasa de tout son long sur le siège et posa sa grosse tête sur ses pattes. Comment avait-elle pu croire qu'il l'avait laissée tomber? Jamais il ne l'aurait larguée comme ça. La seule façon de l'éloigner, c'était de le coffrer. Ils le savaient très bien et ne s'en étaient pas privés. Il tourna la clé dans le contact. Le moteur crachota un peu, puis s'étouffa dans une sorte de plainte.

— Merde! cria Will en donnant un coup de poing sec contre son siège.

Rien à faire, il faudrait changer l'allumage. Il se pencha et posa ses deux mains en haut du volant, puis il appuya son menton dessus. Encore cinq jours. Claudia lui raconterait ce qui s'était passé et alors, Jenny saurait. Si elle l'aimait encore, elle comprendrait. Elle verrait que ce n'était pas de sa faute et elle lui pardonnerait. Will fit glisser ses mains sur le volant. Claudia lui dirait ce qu'ils lui avaient fait, les chiens, les ordures. Elle lui expliquerait qu'il était parti à sa recherche dès qu'il avait pu prendre le large. Elle lui dirait qu'il voulait la voir. Jenny lui pardonnerait et il irait Los Angeles. Will sentit un sourire cynique lui monter aux lèvres. Et quoi encore ? « Ils vécurent heureux et eurent beaucoup d'enfants ? » Il posa sa main sur le siège passager. Babe leva les yeux vers lui sans bouger la tête. Il le regarda à son tour. Pourquoi s'énerver comme ça ? Il irait voir Jenny, et après ? Autant qu'il se fasse tout de suite à l'idée : elle aurait changé. Elle ne ressemblerait pas au souvenir qu'il avait d'elle. Lui aussi avait changé, d'ailleurs, sur plusieurs plans. Par exemple, ce qui lui plaisait autrefois ne lui plairait pas forcément trente-cinq ans plus tard. Il ne savait même pas quel genre de femme elle était devenue ! Et que lui dirait-il ? « Salut, Jenny, j'ai un truc à te proposer. Tu laisses tomber ton mec de New York et tu viens vivre avec moi ! » Et quoi encore ? Will éclata d'un rire amer. Babe leva la tête.

— Abruti, lui dit Will. Je suis un abruti, Babe. Son mec de New York, c'est son mari, imagine-toi. Tu savais ça, toi ? Hein, le chien, tu savais ça ?

Babe sembla grommeler quelque chose. Jenny, sa Jenny qui le regardait avec des yeux pleins d'admiration, qui croyait en lui. Sa Jenny auprès de laquelle il se sentait devenir quelqu'un de bien, quelqu'un d'important, quelqu'un d'intelligent qui irait loin dans la vie... Maintenant, c'était son mec de New York qu'elle devait regarder comme ça. Claudia lui avait dit qu'il était chirurgien, un type très réputé. Et Will McDonald, il se prenait pour quoi au juste ? S'imaginait-il qu'elle allait quitter son docteur Glass de Park Avenue pour venir vivre avec un type qui n'était rien ?

Non, c'était décidé, il n'irait pas la voir. Pour quoi faire ? Il avait retrouvé sa fille et sa fille avait elle-même une fille. Il était devenu père et grand-père d'un coup. C'était amplement suffisant. Que demander de plus ? Ça faisait trente-cinq ans, bon Dieu ! Pourquoi descendre à Los Angeles et rencontrer Jenny ? Pour jouer les amoureux transis de seconde zone ? Pour se couvrir de ridicule ? Non, merci. Il sortit du camion, contourna la portière encore ouverte et alla refermer le capot d'un geste rageur.

D'un autre côté, on ne sait jamais. Le mariage, ça ne veut rien dire. Il était bien placé pour le savoir. Il essuya ses mains à un chiffon. Ses yeux se posèrent distraitement sur les jets d'eau qui sortaient des arroseurs automatiques disséminés dans la pelouse. Il jeta son chiffon sur un banc, alla déplacer les gicleurs de quelques mètres. Et puis, qu'avait-il à lui offrir ? À supposer même qu'elle accepte de le revoir, de l'écouter, qu'avait-il à lui proposer ? Un peu moins de sept hectares au pied d'une montagne, cinq ou six camionnettes, une baraque construite au petit bonheur, un ruisseau, deux chiens. Autrement dit, rien du tout pour une femme comme elle, une New-Yorkaise qui avait connu les feux de la rampe, l'épouse d'un grand chirurgien... C'est ça qu'elle était devenue, sa Jenny : une dame de la haute qui avait tout fait, tout vu, tout entendu, et qui tenait sans doute à sa vie de mondanités, de strass et de jet-set comme à la prunelle de ses yeux. Lui, c'était tout le contraire. Ce qu'il avait vu du monde lui suffisait amplement et il n'aspirait plus qu'à une chose : la sainte paix. Il aimait sa vie. Il n'avait besoin d'aucun luxe. Il était « un homme simple », comme disait Leona.

— Pour ne pas dire un simple d'esprit, marmonna-t-il.

Qu'est-ce qu'il irait faire avec une femme comme Jenny ? Il était pitoyable. Un vieux sentimental agrippé à un rêve de gamin... Il fallait qu'il se reprenne, et vite. Vient quand même un moment où il faut savoir renoncer aux chimères. Sinon quoi ? On devient gâteux.

Et puis, que faisait-il assis là, à regarder dans le vide comme un nigaud ? Ce n'était pourtant pas le travail qui lui manquait ! Il fallait qu'il change l'allumage, qu'il répare la clôture... Et aussi, qu'il pense à ce qu'il lui dirait quand il la verrait. Il n'avait que cinq jours devant lui. Ce n'est pas beaucoup, cinq jours. Il fallait qu'il se prépare, et que ça saute ! Il se dirigea d'un pas décidé vers l'allée de terre et de gravier. Babe jaillit du camion en panne et faillit le renverser en sautant dans la camionnette verte dont il venait d'ouvrir la portière.

— Bon sang de bois ! bougonna-t-il. Tu ne pourrais pas faire attention ?

— Et qu'est-ce qu'ils vont faire, selon vous ? demanda John d'une voix forte. Monter sur un cheval blanc et s'éloigner dans le soleil couchant ? Nom d'un chien, vous êtes ridicules, à la fin !

— Papa, je t'en prie.

— Quoi ?

— Ne fais pas attention, dit Margaret en déposant sa tasse.

— Elle est mariée, pour l'amour du ciel ! Elle vit à New York avec son mari et lui... Lui, il habite... dans le fin fond de Dieu sait où !

— Papa...

— Et qu'est-ce qu'il fait, dans la vie ?

— Je te l'ai déjà dit, papa. Il est retraité.

— Retraité ! Est-ce qu'on peut savoir à quoi il consacre ses journées ? Il joue au golf, peut-être ?

— Je ne pense pas, murmura Claudia en réprimant un sourire.

Difficile de s'imaginer Will en costume de golf...

— Il ne t'a rien demandé ?

— Non, papa, rien du tout. Je te l'ai déjà dit.

— En tout cas, on ne sait jamais !

— Personne n'a dit que Jenny allait quitter son mari, souligna Margaret en hochant la tête.

— Ah, non ? Qu'est-ce que vous êtes en train de comploter, alors ?

— Il faut qu'ils bouclent la boucle, papa, rien de plus. Et pour ça, il n'y a qu'une solution : il faut qu'ils se voient et qu'ils se parlent.

— Tu fais dans la psychologie de bas étage maintenant ?

Claudia sourit avec indulgence.

— Tu es fâché, papa ?

— Non.

— Bien sûr que si ! trancha Margaret en rassemblant quelques miettes du gâteau dans sa main. Je vais même te dire une chose, Claudia. Il n'a toujours pas accepté le fait que tu n'aies pas pris la toge comme lui.

— Pris la toge ? répéta John en se radoucissant. En voilà, une expression !

— Oui, mon cher. Pris la toge comme on prend la soutane.

John éclata de rire et posa ses grandes mains sur les épaules de Margaret.

— Tu m'amuses, Margaret.

— Eh bien, je suis heureuse de te l'entendre dire, parce que tu es d'une humeur exécrable ces temps-ci.

Margaret sourit, leva la tête vers lui et frotta sa joue contre sa main. Claudia sourit à son tour, puis baissa les yeux. Gena lui enviait beaucoup ses parents quand elles étaient enfants. « Ah ! si seulement j'avais été adoptée... soupirait-elle. Toi, tes parents s'aiment comme dans les films. Les miens, des vrais blocs de glace ! »

— Je n'ai jamais tenu à ce que tu prennes la toge, comme dit ta mère, reprit John. Je suis très fier que tu sois devenue psychologue et tu le sais.

— Oui, papa, je le sais.

— Naturellement, tu aurais pu faire mieux et devenir camionneur pour un studio de cinéma, mais bon.

— Papa, je t'en prie...

— D'accord, d'accord... Passons.

Il se tut quelques secondes.

— Quoi qu'il en soit, je trouve quand même que tu devrais faire le doctorat, ajouta-t-il.

— Je sais, papa.

— John, tu ne vas pas recommencer avec ça, s'il te plaît ! Dis-moi, Claudia, où vont-ils se rencontrer ?

John se tourna vers Margaret, le sourcil froncé.

— Qui ça ?

— Will et Jenny, papa ! Chez moi. Si elle accepte de le voir, il descendra en voiture.

— Will ! lâcha John avec un petit sourire railleur.

— Seigneur Dieu... souffla Margaret en portant ses mains à sa poitrine. Elle va être extrêmement nerveuse, j'imagine. Trente-cinq ans sans le voir et d'un seul coup... Seigneur Dieu !

John laissa tomber bruyamment sa petite cuillère dans sa soucoupe.

— Ne me dites pas que vous êtes revenues là-dessus ?

— Et toi, où seras-tu ? demanda Margaret sans lui accorder la moindre attention.

— Je ne sais pas, répondit Claudia. Pas chez moi, en tout cas.

— Bien sûr que non ! Après tout, c'est leur histoire. Pas la tienne, n'est-ce pas ?

— En effet, maman, convint Claudia dans un sourire.

— Bande de romantiques indécrottables ! lança John en se levant de table. Dans deux minutes, elles vont se demander quel genre de canapés servir au tête-à-tête ! Je vous laisse à votre roman-feuilleton, mesdames. Si vous avez besoin de moi, je serai dans le salon à me préparer un verre.

C'était leur histoire, pas la sienne. Oui, sans doute. Pourtant... Claudia était assise dans sa voiture, devant chez elle, la portière ouverte. Les clés dansaient au bout de ses doigts. Et elle, alors, elle comptait pour du beurre ? C'était quoi, son histoire à elle ? Il était une fois une femme qui partit à la recherche de ses parents naturels et ouvrit la porte d'un long, très long labyrinthe dont elle ne savait pas où il menait. Claudia observa la devanture de sa maison, suivit des yeux le tour de chaque fenêtre, puis sortit brusquement de sa voiture. Un garçon, une fille, une grossesse. Un homme, une femme, un bébé. Un jour, leur vie à tous les trois bascule. Coup de théâtre ! Le bébé, devenu adulte, se met en tête de les retrouver. Coup de tonnerre ! Elle y arrive ! Coup de tonnerre ou pétard mouillé... « L'énigme des parents naturels sera-t-elle un jour pleinement résolue ? » demanderait sans doute Oliver. Claudia sourit, déroula le tuyau d'arrosage et versa un peu d'eau au pied de ses rosiers.

Oui ! Roulement de tambour... Coup de tonnerre ! Contre toute attente, elle les avait retrouvés. Tous les deux ! Oui, mais avait-elle découvert pour autant ce qu'elle voulait tant savoir ?

Pétard mouillé… Et que voulait-elle tant savoir, en définitive ? Elle prit entre le pouce et l'index un puceron qui avait élu domicile dans un bouton de rose blanche et l'écrasa. Elle ferma le robinet et alla replacer le tuyau d'arrosage au mur. Cette histoire qu'elle avait reconstituée au fil de ses recherches, elle avait cru que ce serait la sienne. Elle s'assit dans les marches qui menaient à la maison, se pencha vers l'arrière et s'appuya sur ses coudes en laissant les clés de sa voiture tomber dans l'herbe. En s'élançant sur la piste de Will et Jenny, c'était leur histoire à eux qu'elle avait écrite. Pas la sienne.

Claudia frotta ses genoux de ses paumes. Qu'est-ce qui avait changé dans sa vie depuis qu'elle les avait retrouvés ? Elle savait d'où lui venaient ses yeux très bleus et sa grande taille. Elle savait que c'était sans doute à Will qu'elle devait son caractère bouillant, parfois jusqu'à l'emportement. Elle avait probablement hérité de Jenny sa rigueur, voire une certaine sécheresse. Et après ? Elle avait toujours été comme ça, non ? Qu'est-ce que ça changeait, de savoir de qui elle tenait tel ou tel trait ? Sans compter que son caractère têtu lui venait très certainement de John. Jenny lui avait-elle transmis sa vulnérabilité, en plus de son mètre soixante-quinze ? Et puis son grand cœur et son obsession de la propreté, c'était tout Margaret. Claudia sourit. « Notre-Dame du saint ménage, priez pour nous ! soupirait Gena quand elles étaient petites. Claudia ! Tu arrêtes de ranger ma chambre, oui ? » Et John, avec son art consommé du bluff, si précieux dans sa profession d'avocat… Elle devait bien le maîtriser un peu, elle qui avait toujours su justifier ses retards en classe sans jamais se faire punir… Et la tendresse de Will, la possédait-elle, cette douceur qui vous prenait au dépourvu et vous étreignait la gorge ? Elle l'espérait de toute son âme. Et ses mains, les avait-elle ? Et la patience de Margaret ? « Mon Dieu, faites que j'en acquière au moins quelques miettes au fil des ans… » En réalité, quelle importance, que tel ou tel trait lui vienne de John, de Margaret, de Will, de Jenny — ou du hasard ? Ce n'est pas simple, un être humain. Pas facile de savoir ce qui fait une personnalité, un caractère, une personne. Claudia dénoua ses doigts et laissa tomber ses mains dans l'herbe fraîche. Le fait d'avoir rencontré Will et Jenny ne l'avait pas changée.

Elle leva les yeux.

Non. Au fond, elle était restée exactement la même.

Elle était encore la Claudia qu'elle avait toujours été. Oh, si, quand même, il y avait du nouveau! Elle sourit. Comme Gena l'avait si gaiement souligné, elle pouvait désormais se vanter d'avoir été la seule demi-Juive qui ait jamais fréquenté la très catholique école Saint Mary Magdalene. Si elle était encore de ce monde, sœur Anne s'étoufferait avec son chapelet en entendant ça. Claudia ramassa ses clés dans la pelouse, les jeta en l'air et les rattrapa au creux de sa main. Pourquoi était-elle si heureuse, d'un coup? Elle se leva d'un bond. L'affaire méritait investigation.

— Rien de tel qu'un bon bain de bulles pour y voir plus clair! dit-elle à voix haute en entrant dans la maison.

Elle rit. Et cette fantaisie, ce rire, d'où lui venaient-ils? D'elle-même, peut-être?

— Qu'est-ce que tu fais, Margaret? demanda John depuis le seuil.

Assise au bord de l'ancien lit de Claudia, Margaret feuilletait pensivement des magazines de décoration et levait de temps à autre les yeux sur la pièce.

— Je ne t'avais pas entendu monter! dit-elle. Est-ce que cela fait longtemps que tu es rentré?

Il alla vers elle et déposa un baiser sur sa joue.

— Deux minutes à peine. Qu'est-ce que tu fais?

— Je me demande si nous ne devrions pas réaménager cette pièce.

— Pour quoi faire?

— Eh bien… nous n'y avons pas touché depuis que Claudia est partie pour l'université. Il me semble qu'il serait temps.

— Elle était jaune à petits pois, dit John en allant s'asseoir au bureau.

367

— Quand elle était enfant, oui. Jaune à petits pois et pleine de froufrous.

— Et après, bleue.

— Bleu pâle. L'adolescence...

— Et puis, elle s'est mise à coller des affiches de vedettes, de chanteurs rock ou je ne sais quoi, et tu la laissais faire !

Margaret répondit d'un sourire.

— Claudia, Gena et toute la bande faisaient un raffut d'enfer dans cette maison, poursuivit-il. Ils grimpaient l'escalier quatre à quatre, claquaient les portes, laissaient traîner des boîtes de pizza dans tous les coins, stationnaient n'importe où. Pas moyen de mettre la voiture au garage quand je rentrais du bureau ! Les petits copains, la musique à plein volume...

— Oui... C'était le bon temps, n'est-ce pas, John ?

— Tu lui passais tout.

— Dans les limites du raisonnable, oui.

John la regardait d'un air tendre.

— Tu étais une mère du tonnerre, Margaret.

Elle reprit son magazine, tourna quelques pages en examinant les photos d'un air concentré.

— Tu es encore une mère du tonnerre, ajouta John.

— Seigneur !

— Tu as été très bien dans cette histoire de parents naturels, très courageuse.

— Oui ? Enfin... On fait ce qu'on peut.

— Tu as été magnifique, Margaret ! Tu as soutenu Claudia, tu l'as comprise. Moi, j'étais un peu plus ...

— Inquiet ? demanda-t-elle en levant les yeux vers lui.

— Oh, non ! Pas inquiet, mais...

Le regard de John croisa celui de Margaret.

— Oui, confessa-t-il. J'étais un peu inquiet. Ses enfants, on les protège, c'est normal. On veut ce qu'il y a de mieux pour eux...

Il s'arrêta net, regarda Margaret et la vit sourire doucement. Il eut un petit rire et secoua la tête.

— John...

Il s'éclaircit la gorge et se leva.

— Alors ? demanda-t-il. Qu'est-ce que tu vas faire de cette pièce, finalement ?

— Je ne sais pas. Peut-être un petit salon ou une salle de lecture.

Il replaça soigneusement la chaise devant le bureau.

— Hé ! Et si tu refaisais les froufrous pour quand notre petite-fille viendra dormir chez nous ?

— Hé ! répliqua-t-elle en souriant. Et si tu venais par ici que je t'embrasse ?

— Je vais m'asseoir ici, dit Jenny.

Elle est arrivée la veille, mais trop tard pour tout lui raconter. L'avion était resté immobilisé deux heures sur la piste à New York. Un incident mécanique ou quelque chose du genre. Après, le temps qu'ils reviennent à la maison, qu'ils mangent un peu, qu'ils couchent Lily... La petite avait longuement insisté pour qu'« elle » dorme dans sa chambre. « Elle s'appelle Jenny, ma chérie. » Le temps qu'ils s'installent au salon, que Claudia trouve les mots justes... Cela les aurait menés jusqu'à une heure avancée de la nuit. « Attendons plutôt à demain. Nous serons tous reposés, frais et dispos... »

— Jenny ?

Oui ?

— J'ai quelque chose à te dire.

Jenny secoua la tête en la regardant d'un drôle d'air.

— Tu l'as trouvé, c'est ça ?

« On ne peut pas répéter pour ce genre de situation, avait dit Gena. Vas-y à l'instinct. Dis les choses comme elles te viennent. »

Bon, très bien. Elle a dit les choses comme elles lui sont venues.

— Il n'y a jamais eu d'histoire d'argent entre eux, Jenny. Ils ne lui ont pas proposé d'argent. Ils l'ont fait arrêter et jeter en prison. Ils t'ont menti.

Jenny devenait très pâle à mesure qu'elle saisissait les implications de ce que Claudia venait de lui dire. Son grand corps maigre se rencogna lentement dans son fauteuil.

— Est-ce que tu veux que je reste avec toi ?

Jenny ne répondit pas, ne leva même pas la tête.

— Bon, reprit Claudia en se levant. Je... je serai quelque part dans la maison si jamais tu as besoin de moi.

Jenny n'arrivait pas à détacher son regard du colibri qui voletait devant la fenêtre. Elle ne tombera pas en bas de sa chaise, elle ne hurlera pas, elle ne pleurera pas parce que qu'est-ce que ça changerait ? Par ailleurs, elle n'a jamais vu un colibri immobile. Or, voilà que celui qui volette devant la fenêtre s'arrête. Oh, pas grand-chose ! Quelques fractions de seconde à peine. Il bat des ailes à toute vitesse mais fait du surplace dans l'oranger, juste à hauteur de son visage. Elle voit même le rouge de sa gorge. Comment son petit cœur fait-il pour ne pas exploser ? Comment fait-il pour maintenir ce rythme de folie sans claquer d'un coup sec ? Jenny bouge un peu sur sa chaise. Que doit-elle faire ? Que peut-elle faire, plutôt ? Elle a plusieurs possibilités. Sauter dans le premier avion pour Kansas City et flinguer sa mère. « Une ex-danseuse abat de sang-froid sa mère âgée de soixante-dix-huit ans. » « Prends toujours ça, sorcière ! Sale garce ! Et toi qui me trouvais amère ! Tu n'avais encore rien vu, ma pauvre Esther. »

« Comme tu sembles amère, Jennifer ! »

Elles referment la grille de fer forgé, resserrent leurs manteaux sur elles et s'éloignent. Leurs pas produisent un claquement sec sur la neige tassée. La remarque d'Esther flotte dans le silence, dans ces quelques secondes de silence profond qui s'abattent parfois sur la Quatre-vingt-deuxième, quand le feu passe au rouge et que les voitures restent bloquées sur la Cinquième. À la faveur de ce silence soudain, Jenny se rend compte qu'elle ne reverra plus Esther. Ce cadeau-là, au moins, elle va se l'offrir. Elle ne reverra plus Esther parce que, chaque fois qu'elle pose les yeux sur elle, elle croit voir le visage de son enfant. Elle se le promet : « Je ne la reverrai plus. » Elle a tenu sa promesse, malgré tout ce que Ron a pu dire pour lui faire changer d'avis, malgré tout ce que Rose a pu renchérir. Une seule fois, elle a failli à sa parole. Elle est retournée à Kansas City quand son père est mort. En jeune fille bien élevée, elle s'est tenue près de sa mère durant les funérailles, a jeté une poignée de terre sur le cercueil. Elle est restée trois jours, puis elle est repartie.

Elle s'imagine Esther, toujours aussi belle, toujours coiffée avec grand soin, habillée avec élégance et cependant légèrement rigide. Elle a un petit trou rouge en plein milieu du front. Un filet de fumée s'en échappe. Jenny la regarde, le revolver dans la main. « Prends toujours ça, maman, sale garce ! » Jenny se passe la main sur le visage. Flinguer Esther, en voilà une idée ! Pan ! Un seul coup entre les deux yeux.

Non, dans la bouche. Elle tirera dans la bouche qui a formé ces mots d'horreur autrefois : « Nous lui avons proposé de l'argent pour qu'il te laisse. Il l'a pris, Jennifer. Il a filé sans demander son reste. » Jenny appuie sa nuque au dossier de sa chaise. Pourquoi se salir les mains ? Elle engagera plutôt quelqu'un. Bernie connaît un type… l'ami d'un ami d'un ami. Il a un nez de boxeur et pas trop l'air d'un ange. « Tu peux me rendre un service, Joe ? Non, trois fois rien ! Une petite vieille dans le Midwest… Facile ! » Jenny ouvre les yeux, cherche le colibri du regard. Non. Pourquoi risquer un bon tueur sur un cas aussi minable ? Et puis, quelle importance, maintenant ? Quelle importance, que la sorcière soit morte ou vive ? C'est trop tard. Son père est mort. Sa mère se dessèche seule, accrochée à sa haine et à son mépris comme elle s'accrochait autrefois à ses possessions, à son statut social, à sa richesse. Mieux vaut la laisser pourrir dans son coin. Pas de violence. Ils ont tous fini par vivre leurs vies, pas vrai ? Oui… Sans compter qu'Esther lui a sans doute rendu un fier service. À bien y penser, qu'est-ce qu'il est devenu ? Un loup solitaire terré au fin fond du bout du monde, ou pas loin. Dans la région viticole, peut-être ? Ce serait le comble! Se serait-elle vue vivre au fin fond du bout du monde? Il aurait fallu qu'elle renonce à Broadway, à son existence de femme riche, à ses sorties, aux articles élogieux que les journalistes avaient écrits sur elle, ou plutôt sur les spectacles auxquels elle avait participé. Les larmes coulent entre ses doigts. Un camionneur. Son Will avait fini camionneur. Qu'elle y pense un peu! Elle, Jenny Jaffe, elle aurait porté des tabliers à petits carreaux, elle aurait élevé des poules, pris l'accent cow-boy. Et surtout, qu'aurait-elle fait de ses tailleurs griffés dans cette autre vie? Elle s'imagine en fermière sur une photo noir et blanc, enceinte jusqu'aux yeux, le visage creusé, debout devant une camionnette en plein milieu d'un morceau de désert tout sec, une main posée dans son dos pour soulager ses douleurs lombaires. Le vent soulève des pans de sa robe en lambeaux. Enceinte jusqu'aux yeux et le visage creusé.

« Je t'aime, Jenny. Pour toujours. » Elle le voit encore disant ça.

« Oh, Will! »

Elle essuie ses joues d'un revers de main, lève la tête vers l'oranger. Le petit oiseau a disparu.

Et d'un coup, l'idée du siècle! Et si c'était Will qui la flinguait? Oh, oui! Ce serait mieux que de faire affaire avec un inconnu. Peut-être avait-il encore un revolver caché sous la carrosserie de sa voiture. Peut-être avait-il encore la Mercury. Ils pourraient y aller ensemble. Sa gorge se serre. Ils ont été tellement heureux ensemble et puis, plus rien. À peine le temps de cligner des yeux, ils n'étaient plus ensemble. « Je te vois, je ne te vois plus. » À peine le temps d'un battement de cœur.

— Est-ce que tu veux le voir? demande Claudia.

Son visage flotte devant elle comme au fond d'une rivière. Elle a posé sa main sur son bras sans qu'elle s'en aperçoive. Les yeux bleus de Will la regardent, mais c'est le visage de Claudia qu'elle a devant elle.

Le voir? Non! Pour quoi faire?

Oh, non ! Il ne faut surtout pas qu'elle le voie. Pour se faire du mal encore, se briser le cœur, perturber sa vie ? Non. Sans parler de Ron. Parlons-en, justement ! « Tu es mariée, madame Glass, l'avais-tu oublié ? D'ailleurs, tu ne fais que passer par Los Angeles. Le vrai but de ton voyage, c'est le Mexique, où tu vas rejoindre ton mari. Ron, ton mari qui t'adore et qui tient à tout prix à ce que votre relation fonctionne. »

« Je t'en prie, Jenny, faisons un effort. Notre relation peut fonctionner. Il suffit de le vouloir. »

Depuis quand une relation doit-elle fonctionner comme une machine ? On aime ou on n'aime pas. Quand on aime, c'est une grâce qui envahit tout le corps et l'âme, les mots et les gestes. Une relation se développe, s'épanouit. Elle ne fonctionne pas comme une mécanique poussive qu'il faudrait sans cesse rafistoler.

— Je ne l'aime pas d'amour, Rose, avait dit Jenny treize ans plus tôt.

Deux semaines avant ses noces, elle s'était sauvée à Fond du Lac. Elle aurait couru jusqu'à la lune si le chemin l'avait portée jusque-là.

— Ce n'est pas grave.

— Mais si, c'est grave !

— Mais non, puisque lui t'aime d'amour.

— Cela ne suffit pas, Rose.

— Tous les amours ne sont pas comme celui que tu as vécu avec Will, Jenny. Ça ne fait rien. C'est autre chose, voilà tout.

— Je ne te parle pas de Will, Rose.

— Mais si, tu me parles de Will... Ron t'adore.

— Peut-être, mais moi, je ne l'adore pas ! Je le trouve gentil, c'est tout.

— Allons, tu exagères.

— Bon, d'accord ! Je le trouve merveilleux, profond, intelligent... C'est un excellent médecin. Exactement le gendre que ma mère aurait voulu.

Elle s'était interrompue, stupéfaite.

— Tu te rends compte de ce que je viens de dire, Rose ?

La vérité, sans plus. La vérité lui avait jailli du cœur sans qu'elle l'ait convoqué.

Elle était retournée à New York et elle avait épousé Ron. Cela faisait treize ans et leur couple avait relativement bien « fonctionné ». Alors, quoi ? Qu'est-ce qu'elle aurait voulu ? Les serpentins tous les jours, les confettis, les lunes de miel douze mois par an, les sérénades au bord de mer ?

Elle est mariée, madame Glass, et elle va rejoindre son mari au Mexique. Voilà. C'est sa vie. Sa vraie vie. La réalité. Elle n'a aucune raison de revoir Will. Pour quoi faire, grand Dieu ? Non, non, non. Elle a passé des années à essayer de l'oublier, de tourner la page. Et elle irait risquer bêtement sa tranquillité conquise de haute lutte ? Tout ça parce qu'elle vient d'apprendre qu'il n'a pas filé avec le fric de ses parents ? La belle affaire ! Il est trop tard. Leurs vies sont presque finies. À moitié finies. « Disons aux trois quarts finies et n'en parlons plus. »

Elle essuie ses yeux à un pan de son chemisier.

Et puis, qu'ont-ils en commun ?

Rien.

Elle sourit. Ils n'ont jamais rien eu en commun, du reste.

Ces deux-là n'auraient jamais dû s'attirer l'un l'autre. Leur amour avait été une anomalie dans le paysage, une aberration du hasard. Et tout ça pourquoi ? Parce qu'il l'avait regardée comme il l'avait fait, parce qu'il l'avait écoutée. Parce qu'avec lui elle avait enfin eu le sentiment d'exister, d'être quelqu'un. Une femme. Une femme belle, forte. Quelqu'un de bien. Elle se couvre le visage de ses deux mains.

Et puis, que dire à un homme qu'on n'a pas revu depuis trente-cinq ans ? « Quoi de neuf, Will ? Tu t'es ennuyé de moi ? Tu trouves que j'ai changé ? Allons donc, ne dis pas de bêtises ! Mais non, je n'ai jamais cru que tu avais pris le fric et que tu m'avais quittée. Non, non, je t'assure, arrête de t'en faire avec ça. Je me doutais bien, tu penses ! Je la connais, Esther ! Je savais qu'elle me racontait des bobards ! »

« Qu'as-tu fait à ma vie, maman ? »

Jenny se lève, arpente le patio à pas incertains, comme un enfant qui apprendrait à marcher. Les sanglots déchirent sa gorge. Elle n'arrive pas à les réprimer, cela fait trop longtemps qu'ils attendent. Maintenant qu'elle a entrouvert la porte, ils veulent sortir, tous, tous en même temps. Elle ne savait même pas qu'elle portait en elle cette insondable tristesse. Et puis, quelle importance ? Est-on plus serein quand on peut nommer ses peurs, ses chagrins, ses joies ? Quand on peut mettre des mots sur ce qu'on ressent, apposer des étiquettes sur ses émotions ? Bonheur, peine, amertume, soulagement. Toutes ces années-là, elle n'a même pas su ce qu'elle ressentait. Elle était trop engourdie, trop engoncée dans sa douleur pour se rendre compte qu'elle souffrait. Elle touche du bout des doigts un ballon de plastique mauve qui s'est dégonflé sur une branche d'oranger. Ses mains tremblent. Au fond, elle n'a qu'une certitude. Oui, elle veut revoir Will.

Will lève les yeux vers les montagnes. Un vent sec souffle depuis la Sierra Nevada en faisant tourbillonner des nuages de poussière. Il va revoir Jenny. Claudia l'a appelé ce matin pour lui dire qu'elle est d'accord. Il va descendre à Los Angeles et revoir Jenny. Il partira très tôt pour éviter les embouteillages. Il faudrait qu'il mange quelque chose. Il se balance, appuyé sur les pattes arrière de sa chaise, et se demande s'il va descendre au village ou cuisiner lui-même. Les yeux rivés sur le ciel, il se repasse une fois de plus le film des événements qui l'ont mené jusqu'ici.

Jenny est assise nue sur le lit de la chambre d'amis, dans la maison de Claudia. Elle reverra Will demain. Advienne que pourra ! Bon. Voilà, la décision est prise. Elle ne va plus y penser. Elle va se coucher et demain... demain sera un autre jour. Elle regarde la lune par la fenêtre ouverte, laisse la serviette sur le bord du lit, là où elle l'a jetée en sortant de la douche. Le vent nocturne séchera sa peau.

Les deux mains collées sur les hanches, le torse droit, Lily toisait son père d'un regard dur.

— Tu n'as pas bien rangé tes affaires, papa !

— Pardon ? Comment ça, je n'ai pas bien rangé mes affaires ?

— Non ! Les chaussures, on les met dans l'armoire.

— Ah, pardon !

— On ne les laisse pas traîner au milieu de la pièce, sinon quelqu'un peut se prendre les pieds dedans et tomber.

— C'est vrai.

La gamine envoya un coup d'œil réprobateur aux gigantesques tennis qui gisaient en travers du seuil. Puis, elle se tourna vers sa mère assise à sa coiffeuse.

— C'est maman qui l'a dit ! conclut-elle d'un ton satisfait.

— Oui, eh bien, tu sais, Lily, je vais te dire un secret. Maman fait une petite fixation sur tout ce qui touche le rangement.

— Notre-Dame du saint ménage ! s'exclama Claudia en riant. Je tiens ça de ma mère, c'est plus fort que moi !

— Quelle mère ?

— De Margaret, voyons. Tu sais bien que ma mère, c'est Margaret.

Il la contemple d'un air tendre.

— Ça veut dire quoi, papa, faire une petite fixation ?

Will changea de chemise trois fois, puis se rendit compte qu'il était ridicule. Quelle importance ? Toutes ses chemises étaient du même bleu.

Jenny faisait depuis longtemps les cent pas dans la cuisine de Claudia, les yeux rivés sur le bout de ses chaussures.

Il prit la 395, s'engagea dans la 14, puis la Golden State vers le sud.

Elle se brossa les dents pour la centième fois depuis le matin, retoucha son rouge à lèvres, se demanda quelle mouche l'avait piquée, pour l'amour du ciel, de laisser ses cheveux grisonner comme ça !

Il resta dans la voie de droite, passa rapidement de la Golden State à la 170, doubla une femme qui transportait une nuée d'enfants sur son siège arrière. Que fait donc la police ? Cette femme est un danger public. On ferait mieux de lui retirer son permis avant qu'elle ne cause un carnage. Il ajusta son rétroviseur, tapota son volant du plat de la main.

Elle effleura le chapelet de perles de verre qu'elle avait couché sur la table de chevet, murmura intérieurement une petite prière, erra de pièce en pièce.

Il sortit de l'autoroute à Riverside, continua vers l'ouest en direction de Laurel Canyon, prit à gauche.

Elle se regarda encore dans le miroir de l'entrée, monta l'escalier puis le descendit trois fois de suite, s'assit finalement sur la marche du haut, les genoux serrés contre sa poitrine.

Il monta le canyon, tourna à gauche à Mulholland, s'aperçut dans le rétroviseur intérieur et rit, puis il se rembrunit.

Elle posa sa tête sur ses genoux, sentit le sang rugir à ses tempes.

Il prit à droite dans Woodrow Wilson Drive, comme Claudia le lui avait dit.

Elle lève la tête.

Il remonte la rue jusqu'au 76228.

Elle entend la camionnette qui freine.

Il se gare, passe un petit peigne dans ses cheveux, sort de la voiture.

Elle ne regarde pas par la fenêtre.

Les yeux baissés, il grimpe rapidement les trois marches qui mènent à la maison.

Elle descend l'escalier, s'arrête devant la porte close.

Il remonte son pantalon, lisse les extrémités de sa moustache.

Elle presse ses doigts contre sa bouche.

Il sonne.

Elle abaisse sa main, expire lentement, ouvre la porte.

Ils se regardent.

Il lui tend la rose qu'il a cueillie pour elle en quittant Lone Tree.

Elle se jette dans ses bras.

Remerciements

Un grand merci à tous ceux et toutes celles qui ont bien voulu me parler de l'adoption Sonya Menor, Ida Knapp, Ron Ruscillo, Marlou Russell, Lynne Turner et Anthony Carsola. *Un grand merci aussi à* James H. Ensz, pour le cours express sur les lois du Missouri et de la Californie.

Merci aux nouveaux amis : Ginger Barber et Claire Wachtel.

Merci à ceux et celles qui lisent et relisent, critiquent, protestent... et m'obligent à toujours aller plus loin : Dinah Lenney Mills, David Freeman, Eric Lax, Denise Worrell, Jean Vallely, Gena Rowlands, Leslie Garis et David Francis ;

Aux indispensables sans lesquels je ne pourrais pas continuer : Carole, Razie et Iva.

Merci enfin à :

John Cassavetes,

Tonto,

Bob Gottlieb, jusqu'à la fin des temps,

et Eve, mon adorée.

Dans la même collection

Bernstein, Marcelle	*Corps et Âme*
Bernstein, Marcelle	*Sainte et Pécheresse*
Blair, Leona	*Le Bal de la traversée*
Boucher, Line Véronic	*L'Inavouable*
Chamberlain, Diane	*Enfances meurtries*
Delinsky, Barbara	*Le Jardin des souvenirs*
Erskine, Barbara	*Le Murmure des pierres*
Erskine, Barbara	*Le Secret sous la dune*
Erskine, Barbara	*Les Portes du temps*
Esstman, Barbara	*Laissez courir les chevaux*
Gascoine, Jill	*L'Emprise*
Gates Smith, Brenda	*Le Ventre de la déesse*
Goudge, Eileen	*Révélations*
Guest, Judith	*Ces beaux étés*
Henry, Alexandra	*Cœurs en otages*
King, Tabitha	*Chaleurs*
King, Tabitha	*L'Histoire de Reuben*
Lennox, Judith	*Les Châteaux de sable*
Lennox, Judith	*Souvenir d'un amant perdu*
LLewellyn, Caroline	*Les Ombres du passé*
Muller, Marcia	*La Course contre la mort*
Muller, Marcia	*Les Mains liées*
Norman, Hilary	*Fascination*
Norman, Hilary	*Laura*
Norman, Hilary	*Le Serment*
Norman, Hilary	*Pièges amoureux*
Norman, Hilary	*Susanna*
Rosenberg, Nancy Taylor	*Au-delà de la peur*
Spencer, LaVyrle	*Qui j'ose aimer*
Stone, Jean	*Des vagues au cœur*
Thomas, Rosie	*Libérer le passé*
Thomas, Rosie	*Tous les cœurs ont leur part secrète*
Thomas, Rosie	*Brume sur Moon Island*
Whitney, Phyllis A.	*La Disparition de Victoria*
Whitney, Phyllis A.	*L'Empreinte du passé*